<u>dtv</u>

D0638334

Geheimagentin Thursday Next hat eine Spezialaufgabe: die Welt der Literatur gegen alle möglichen Missetäter zu verteidigen ...
Der Erzschurke Acheron Hades hat Jane Eyre aus dem berühmten Roman von Charlotte Brontë entführt, um ein gigantisches Lösegeld zu erpressen. Eine Katastrophe für England! Und ein hochbrisanter Fall für Thursday Next. Doch wenn es ganz schlimm kommt, kann sie zum Glück immer noch auf ihren anarchistischen Vater zählen, der aus dem Nichts auftaucht, um für ein paar entscheidende Minuten die Zeit anzuhalten ...
»So was Irres und total Durchgeknalltes und dabei so Intelligentes, Ideenreiches und Hinterlistiges steht selten zwischen zwei Buchdeckeln.« (Alex Dengler, denglers-buchkritik.de)

Jasper Fforde wurde 1961 geboren. Seine Romane schrieb er 14 Jahre lang neben seiner Arbeit als Kameramann bei verschiedenen Filmproduktionen. Seine Reihe um die Spezialagentin Thursday Next hat weltweit Kultstatus erlangt, und Jasper Fforde wurde 2004 aufgrund seiner literarischen Verdienste zum zeitweiligen Ehrenbürgermeister von Swindon ernannt.
Mehr unter: JasperFforde.com

Jasper Fforde

Der Fall Jane Eyre

Roman

Deutsch von
Lorenz Stern

dtv

Hintergrundmaterial für
Ihren Lesekreis finden Sie unter
www.dtv-lesekreis.de

Ausführliche Informationen über
unsere Autorinnen und Autoren und ihre Bücher
finden Sie unter www.dtv.de

Von Jasper Fforde
sind bei dtv außerdem erschienen:
In einem anderen Buch (21294)
Im Brunnen der Manuskripte (21295)
Es ist was faul (21296)
Irgendwo ganz anders (21297)
Wo ist Thursday Next? (21453)

Neuausgabe 2011
8. Auflage 2021
Erstmals veröffentlicht 2004 bei
dtv Verlagsgesellschaft mbH & Co. KG, München
© 2001 Jasper Fforde
Titel der englischen Originalausgabe:
›The Eyre Affair‹ (Hodder & Stoughton, London)
© 2004 der deutschsprachigen Ausgabe:
dtv Verlagsgesellschaft mbH & Co. KG, München
Umschlagkonzept: Balk & Brumshagen
Umschlaggestaltung: boldandnoble.com
Satz: Fotosatz Amann, Memmingen
Druck und Bindung: Druckerei C.H.Beck, Nördlingen
Printed in Germany · ISBN 978-3-423-21293-9

Für meinen Vater
John Standish Fforde
1921–2000

der die Veröffentlichung dieses Romans zwar
nicht mehr miterlebt hat, aber dennoch mächtig stolz
– und nicht zuletzt ziemlich erstaunt – gewesen wäre.

1.

Thursday Next

. . . Das *Special Operations Network* wurde zur Durchführung polizeilicher Maßnahmen ins Leben gerufen, die entweder als zu ungewöhnlich oder aber zu speziell erachtet wurden, um von den regulären Einsatzkräften bewältigt zu werden. Es gliedert sich in insgesamt dreißig Teilbereiche, von der eher profanen Sektion Nachbarschaftskonflikte (SO-30) über die sogenannten LiteraturAgenten (SO-27) bis zur Abteilung KunstVerbrechen (SO-24). Die Wirkungsbereiche der Sektionen SO-1 bis SO-20 unterliegen strengster Geheimhaltung, obgleich allgemein bekannt ist, daß die ChronoGarde als SO-12 und die Einheit TerrorBekämpfung als SO-9 firmieren. Gerüchten zufolge überwacht die Abteilung SO-1 ihrerseits die SpecOps. Über die Aufgaben der übrigen Sektionen ist so gut wie nichts bekannt. Fest steht nur, daß sich das Personal zumeist aus ehemaligen Soldaten oder Polizeibeamten mit leichten psychischen Defekten rekrutiert. »Wer zu den SpecOps will«, so eine Redensart, »muß schon ein paar Schrauben locker haben . . .«

MILLON DE FLOSS
– Eine kurze Geschichte des Special Operations Network

Mein Vater hat ein Gesicht, das eine Uhr stoppen kann. Nicht daß er häßlich gewesen wäre; nein, mit diesem Ausdruck bezeichnet die ChronoGarde Personen, die in der Lage sind, den reißenden Zeitstrom sozusagen in ein zäh dahintröpfelndes Rinnsal zu verwandeln. Dad hatte als Colonel in der ChronoGarde gedient und seine Arbeit stets geheimgehalten. So geheim, daß wir von seinem Abgang erst erfuhren, als seine Chrono-Kollegen eines Morgens mit einem unbefristeten, allzeit gültigen Haft- & Eliminationsbefehl in unsere Behausung einfielen und wissen wollten, wo und wann er steckte.

Seither ist mein Vater auf der Flucht; bei seinen späteren Besuchen teilte er uns lediglich mit, daß er den gesamten ChronoDienst für »moralisch und historisch korrupt« halte und einen Kampf als Ein-Mann-Guerrilla gegen die Bürokraten im Ministerium für Zeitstabilität zu führen gedenke. Ich habe bis heute nicht begriffen, was er damit meinte; ich konnte nur hoffen, daß er wußte, was er tat, und dabei nicht zu Schaden kam. Dafür, daß er die Uhr anhalten kann, hat er ein großes Opfer gebracht: Er ist jetzt ein einsamer Wanderer zwischen den Zeiten, der nicht nur einer, sondern allen Epochen gehört und dessen einziges Zuhause der chronoklastische Raum ist.

Ich war nicht bei den ChronoGarden und hatte diesbezüglich auch keinerlei Ambitionen. Nach allem, was man hört, gibt es dort nicht viel zu lachen, obwohl man angeblich sehr gut verdient und das Amt seinen Mitarbeitern eine traumhafte Pension in Aussicht stellt: eine Fahrt an jeden Ort der Welt in jeder gewünschten Zeit (nur Hinfahrt). Nein, das war nichts für mich.

Ich war eine sogenannte »A1-Agentin« in den Diensten von SO-27, der Sektion LiteraturAgenten (LitAgs) des *Special Operations Network* mit Hauptsitz in London. Das ist nicht *halb* so aufregend, wie es sich anhört. Seit 1980 drängten die großen Verbrecherbanden auf den lukrativen Literaturmarkt, und wir waren notorisch überarbeitet und unterfinanziert. Ich war Bereichsleiter Boswell zugeteilt, einem aufgeblasenen Zwerg, der wie ein Mehlsack mit Armen und Beinen aussah. Er lebte einzig und allein für seine Arbeit; Wörter waren seine große Leidenschaft – für ihn gab es nichts Schöneres, als einem kopierten Coleridge oder falschen Fielding nachzuspüren. Unter Boswells Leitung machten wir die Bande dingfest, die mit gestohlenen Samuel-Johnson-Erstausgaben handelte; ein andermal vereitelten wir den Versuch, eine groteske Fälschung von Shakespeares verschollenem *Cardenio* zu authentifizieren. Was streckenweise zwar recht amüsant war, letztlich aber doch nichts weiter als Oasen im öden, tagtäglichen Einerlei von SO-27: Meistens schlugen wir uns mit Hehlern, Betrügern und Raubdruckern herum.

Ich arbeitete seit acht Jahren für SO-27 und teilte mir in Maida Vale eine Wohnung mit Pickwick, einem zahmen, zurückgezüchteten Dodo, der noch aus Zeiten stammte, als Evolutionsumkehr der letzte Schrei war und man Do-It-Yourself-Klon-Kits an jeder Ecke kaufen konnte. Ich wollte – nein, ich *mußte* – unbedingt weg von den LitAgs, doch Versetzung war ein Fremdwort, und eine Beförderung kam nicht in Frage. In den Rang eines Inspektors konnte ich nur dann aufsteigen, wenn mein direkter Vorgesetzter Karriere machte oder sich zur Ruhe setzte. Aber dazu kam es nicht; Inspektor Turners Hoffnung, ihrem Traummann zu begegnen, der sie ehelichte und von dessen Geld sie leben konnte, zerschlug sich immer wieder, weil ihr Traummann entweder trank, log oder schon vergeben war.

Wie gesagt, hatte mein Vater ein Gesicht, das eine Uhr stoppen konnte; und genau das tat es denn auch, als ich eines schönen Frühlingsmorgens in einem kleinen Café unweit meiner Arbeitsstelle saß und ein Sandwich vertilgte. Die Welt flackerte, bebte kurz und blieb stehen. Der Besitzer des Cafés erstarrte mitten im Satz, und das Bild auf dem Fernsehschirm gefror. Vögel hingen bewegungslos am Himmel. Autos und Straßenbahnen hielten schlagartig an, und ein in einen Unfall verwickelter Radfahrer hing mit angstverzerrter Miene einen guten halben Meter über dem Asphalt in der Luft. Auch die Geräusche brachen ab; an ihre Stelle trat die matte Momentaufnahme eines anhaltenden Summtons, der mit gleichbleibender Lautstärke die Welt füllte.

»Na, wie geht es meiner hinreißenden Tochter?«

Ich drehte mich um. Mein Vater saß an einem Tisch und stand auf, um mich liebevoll zu umarmen.

»Gut«, antwortete ich und drückte ihn. »Wie geht es meinem Lieblingsvater?«

»Ich kann nicht klagen. Die Zeit ist eine *hervorragende* Ärztin.«

Ich starrte ihn einen Moment lang an.

»Weißt du, was?« murmelte ich. »Ich habe den Eindruck, du wirst von Mal zu Mal jünger.«

»Werde ich auch. Irgendwelche Enkelkinder in Aussicht?«

»Bei meinem Lebenswandel? Nie und nimmer.«

Mein Vater zog lächelnd eine Augenbraue hoch. »Da wäre ich mir an deiner Stelle nicht so sicher.« Er reichte mir eine Woolworth-Plastiktüte.

»Ich war neulich in '78«, verkündete er, »und habe dir was mitgebracht.«

Die Tüte enthielt eine Beatles-Single. Der Titel sagte mir nichts.

»Haben die sich nicht schon 1970 aufgelöst?«

»Nicht immer. Was macht die Kunst?«

»Nichts Besonderes. Echtheitszertifikate, Urheberrechtsverstöße, Diebstahl . . .«

». . . immer derselbe Mist, ja?«

»Ja.« Ich nickte. »Immer derselbe Mist. Was führt dich her?«

»Ich habe deine Mutter in drei Wochen besucht«, antwortete er mit einem Blick auf den großen Chronographen an seinem Handgelenk. »Aus den – ähem – üblichen Gründen. Nächste Woche will sie das Schlafzimmer mauve streichen – würdest du bitte mit ihr sprechen und ihr das ausreden? Die Farbe paßt nicht zu den Vorhängen.«

»Wie geht's ihr?«

Er seufzte schwer.

»Bestens, wie immer. Mycroft und Polly lassen auch schön grüßen.«

Polly und Mycroft waren meine Tante und mein Onkel; ich liebte sie sehr, obwohl sie den einen oder anderen Sprung in der Schüssel hatten. Besonders Mycroft fehlte mir. Ich war schon seit Jahren nicht mehr zu Hause gewesen.

»Deine Mutter und ich würden uns freuen, wenn du mal wieder vorbeikämst. Sie findet, du nimmst deine Arbeit zu ernst.«

»Das mußt *du* gerade sagen, Dad.«

»Autsch, das hat gesessen. Wie steht's mit deinen Geschichtskenntnissen?«

»Es geht.«

»Weißt du, wie der Herzog von Wellington starb?«

»Logisch«, antwortete ich. »Er wurde gleich zu Beginn der Schlacht von Waterloo erschossen. Von einem französischen Scharfschützen. Warum fragst du?«

»Ach, nur so«, brummte mein Vater mit Unschuldsmiene und kritzelte etwas in sein Notizbuch. Er zögerte einen Moment. »Dann hat Napoleon die Schlacht also *gewonnen*?« fragte er zweifelnd.

»Unsinn«, widersprach ich. »Feldmarschall Blücher hat rechtzeitig eingegriffen und den Karren aus dem Dreck gezogen.« Ich kniff die Augen zusammen. »Das ist Stoff der achten Klasse, Dad. Worauf willst du hinaus?«

»Also, das ist doch ein merkwürdiger Zufall, findest du nicht?«

»Was?«

»Daß sowohl Nelson als auch Wellington, zwei große englische Nationalhelden, gleich zu Anfang ihrer bedeutendsten und entscheidendsten Schlachten erschossen worden sein sollen.«

»Was willst du damit sagen?«

»Daß wieder mal französische Revisionisten dahinterstecken könnten.«

»Aber es hat am Ausgang der beiden Schlachten doch gar nichts geändert«, beteuerte ich. »Wir haben beide Male gewonnen!«

»Davon, daß sie ihr Handwerk tatsächlich verstehen, habe ich nichts gesagt.«

»Das ist doch lächerlich!« sagte ich. »Am Ende willst du mir noch weismachen, daß dieselben Revisionisten 1066 König Harold ermorden ließen, um die Invasion durch die Normannen zu unterstützen?«

Aber Dad lachte nicht. Statt dessen fragte er erstaunt: »Harold? Ermordet? Wieso?«

»Ein Pfeil, Dad. Ins Auge.«

»Ein englischer oder ein französischer?«

»Das ist nicht überliefert«, erwiderte ich, genervt von seinen absurden Fragen.

»Ins Auge, sagst du? – Die Zeit *ist* aus den Fugen«, murmelte er und machte sich noch eine Notiz.

»*Was* ist aus den Fugen?« fragte ich, weil ich ihn nicht verstanden hatte.

»Nichts, nichts. Wie gut, daß ich zur Welt, sie einzurichten, kam ...«

»*Hamlet?*« fragte ich, als ich das Zitat erkannte.

Statt einer Antwort hörte er auf zu schreiben, klappte das Notizbuch zu und massierte sich geistesabwesend mit den Fingerspitzen die Schläfen. Die Welt ruckelte eine Sekunde weiter und blieb dann wieder stehen. Nervös sah mein Vater sich um.

»Sie sind mir auf den Fersen. Danke für deine Hilfe, Schatz. Wenn du deine Mutter siehst, sag ihr, daß sie das Schlafzimmer nicht mauve streichen soll.«

»Alles außer mauve, stimmt's?«

»Stimmt.«

Lächelnd berührte er meine Wange. Ich bekam feuchte Augen; diese Besuche waren viel zu kurz. Er spürte, daß ich traurig war, und schenkte mir ein Lächeln, wie es sich wohl jedes Kind von seinem Vater wünscht. Dann sagte er: »Denn ich schaute das Vergangene, so weit das SpecOp-Auge reicht ...«

Er hielt inne, und ich beendete die Strophe des alten Chrono-Garden-Liedes, das mir mein Vater als kleines Mädchen immer vorgesungen hatte: »... und die Welt lag mir zu Füßen, einem Meer von Möglichkeiten gleich!«

Und dann war er weg. Ein Ruck ging durch die Welt, als die Uhr wieder in Gang kam. Der Barmann beendete seinen Satz, die Vögel flogen in ihre Nester, der Fernseher meldete sich mit einem ekelerregenden SmileyBurger-Spot zurück, und der Radfahrer auf der anderen Straßenseite landete mit einem dumpfen Schlag auf dem Asphalt.

Alles ging weiter, als sei nichts gewesen. Niemand außer mir hatte Dad kommen und gehen sehen.

Ich knabberte abwesend an meinem Krabbensandwich und nippte von Zeit zu Zeit an einer Tasse Mokka, die eine Ewigkeit zu brauchen schien, um auf Trinktemperatur abzukühlen. Es war nicht viel Betrieb, und Stanford, der Wirt, spülte Geschirr. Ich legte meine Zeitung weg, um ein wenig fernzusehen, als das Logo des *Toad News Network* auf dem Bildschirm erschien.

Toad News, ein Tochterunternehmen der Goliath Corporation, war der größte Nachrichtensender Europas. Er versorgte sein Publikum rund um die Uhr mit aktuellen Meldungen; da konnten die nationalen Sender beim besten Willen nicht mithalten. Goliath verlieh Toad jedoch nicht nur Stabilität und finanzielle Sicherheit, sondern auch eine leicht anrüchige Note. Vielen mißfiel der Monopolcharakter des Konzerns, und das Toad News Network mußte ein gerüttelt Maß an Kritik einstecken, obwohl der Sender wiederholt bestritt, daß die Muttergesellschaft das Sagen hatte.

»Hier«, dröhnte die Stimme des Ansagers, begleitet von dramatischer Musik, »ist das Toad News Network. Ihr Nachrichtensender mit Meldungen aus aller Welt, aktuell, informativ und kompetent, JETZT!«

Die Nachrichtensprecherin kam ins Bild und lächelte freundlich in die Kamera.

»Hier sind die 12-Uhr-Nachrichten vom Montag, den 6. Mai 1985, mein Name ist Alexandria Belfridge. Die Krim«, verkündete sie, »geriet diese Woche einmal mehr ins Blickfeld internationaler Aufmerksamkeit, als die Vereinten Nationen die UN-Resolution PN 17296 verabschiedeten, die England und die Russische Reichsregierung zu neuerlichen Verhandlungen über die Zukunft der Halbinsel bewegen soll. Während der Krimkrieg in sein 131. Jahr geht, drängen politische Interessengruppen im Inland und Ausland auf ein friedliches Ende der Feindseligkeiten.«

Ich schloß die Lider und stöhnte leise vor mich hin. Ich hatte meine patriotische Pflicht anno '73 erfüllt und die traurige Wahrheit des Krieges jenseits von Glanz und Gloria mit eigenen Augen gesehen. Die Hitze, die Kälte, die Angst und den Tod. Die Sprecherin fuhr mit einem unverkennbar chauvinistischen Unterton fort: »Als es den englischen Streitkräften 1975 gelang, die Russen aus ihren letzten Stellungen auf der Krim zu vertreiben, galt dies als beispielloser Triumph über einen übermächtigen Feind. Seit damals sind die Fronten jedoch verhärtet, und Sir Gordon Duff-Rolecks faßte die Stimmung im Lande anläßlich einer Friedenskundgebung am Trafalgar Square folgendermaßen zusammen ...«

Aufnahmen von einer großen und überwiegend friedlichen Demonstration im Zentrum Londons wurden eingespielt. Duff-Rolecks stand auf einem Podium und sprach in einen dichten, wildwuchernden Wald von Mikrofonen. »Was im Jahre 1854 als halbherziger Versuch seinen Anfang nahm, die russische Expansionspolitik einzudämmen«, proklamierte der Abgeordnete, »ist im Lauf der Jahre zu einem durchsichtigen Manöver verkommen, das keinem anderen Zweck dient als der Aufrechterhaltung des Nationalstolzes ...«

Ich schaltete auf Durchzug. Ich hatte all das schon tausendmal gehört. Ich trank noch einen Schluck Kaffee; der Schweiß auf meiner Kopfhaut juckte. Duff-Rolecks' Rede wurde mit Archivaufnahmen von der Krim unterlegt: Sebastopol, eine schwerbefestigte englische Garnisonsstadt, von deren architektonischem und historischem Erbe wenig übriggeblieben war. Immer wenn ich diese Bilder sah, roch ich den beißenden Gestank von Kordit und hörte das Krachen explodierender Granaten. Automatisch strich ich mir mit dem Finger über das einzige äußerliche Andenken, das ich von meinem Kriegseinsatz zurückbehalten hatte – eine kleine, leicht erhabene Narbe am Kinn. Andere hatten weniger Glück gehabt. Es hatte sich nichts geändert. Der Krieg schleppte sich weiter dahin.

»Das ist doch alles dummes Zeug«, sagte eine heisere Stimme dicht neben mir.

Es war Stanford, der Besitzer des Cafés. Wie ich war er Krimveteran, wenn auch aus einem früheren Feldzug. Anders als ich hatte er dort mehr verloren als nur seine Unschuld und ein paar gute Freunde; er humpelte auf zwei Blechbeinen durchs Leben und hatte genug Granatsplitter für ein halbes Dutzend Konservendosen im Leib. »Die Krim geht die Vereinten Nationen einen Dreck an.«

Obwohl wir ziemlich unterschiedliche Auffassungen hatten, unterhielt er sich gern mit mir über die Krim. Was sonst eigentlich niemand tat. Die Soldaten, die in den anhaltenden Konflikt mit Wales

14

verwickelt waren, genossen weitaus größeres Prestige; Krimkämpfer auf Urlaub ließen ihre Uniform zumeist im Schrank.

»Das glaube ich nicht«, erwiderte ich unverbindlich und starrte aus dem Fenster; an der nächsten Ecke stand ein bettelnder Krimveteran und rezitierte für ein paar Pennies Longfellow-Gedichte.

»Wenn wir sie jetzt zurückgeben, sind Millionen umsonst gestorben«, setzte Stanford schroff hinzu. »Wir sind seit 1854 auf der Krim. Sie gehört *uns*. Genausogut könnten wir den Franzosen die Isle of Wight zurückgeben.«

»Wir *haben* den Franzosen die Isle of Wight zurückgegeben«, sagte ich nachsichtig; Stanfords Interesse am Tagesgeschehen beschränkte sich im allgemeinen auf die Ergebnisse der Ersten Krocketliga und das Liebesleben der Schauspielerin Lola Vavoom.

»Ach ja«, murmelte er stirnrunzelnd. »Stimmt. Auch so eine Schnapsidee. Wofür hält diese UNO sich eigentlich?«

»Ich weiß nicht, aber wenn sie dem Morden ein Ende macht, ist ihr meine Stimme sicher, Stan.«

Der Barkeeper schüttelte resigniert den Kopf, während Duff-Rolecks seine Rede zu Ende brachte: »... es besteht nicht der geringste Zweifel, daß Zar Alexej Romanow IV. ein verbrieftes Anrecht auf die Hoheitsrechte über die Halbinsel hat, und ich für meinen Teil sehe dem Tag, da wir unsere Truppen abziehen und dieser unermeßlichen Vergeudung von Menschenleben und Ressourcen ein verdientes Ende bereiten, mit Freude und Zuversicht entgegen.«

Die Nachrichtensprecherin ging zum nächsten Thema über – die Regierung wolle den Käsezoll auf 83 Prozent erhöhen, ein unpopulärer Schachzug, der die militanteren unter unseren Mitbürgern zweifellos dazu veranlassen würde, vor den Lebensmittelgeschäften zu demonstrieren.

»Wenn sich die Russkis zurückziehen würden, wäre der Spuk morgen vorbei«, sagte Stanford grimmig.

Das war kein Argument, und das wußte er genauso gut wie ich. Auf der gesamten Krim gab es nichts mehr, was zu besitzen sich lohnte, ganz gleich wer den Krieg gewann. Der einzige Landstrich, den die Artillerieduelle nicht in Schutt und Asche gelegt hatten, war stark vermint. Historisch und moralisch gehörte die Krim zum Russischen Reich, und damit basta.

Die nächste Meldung befaßte sich mit einem Scharmützel an der Grenze zur Volksrepublik Wales; keine Verletzten, nur ein paar Schüsse über den Wye in der Nähe von Hay. Wie üblich hatte der walisische Präsident-auf-Lebenszeit Owain Glyndwr VII. in seinem jugendlichen Übermut Englands imperialistischen Anspruch auf ein vereintes Großbritannien dafür verantwortlich gemacht; wie üblich hatte das Parlament nicht einmal eine Erklärung zu dem Zwischenfall abgegeben.

Die Nachrichten waren noch nicht zu Ende, aber mein Interesse war erschöpft. Der Präsident hatte in Dungeness eine neue Kernfusionsanlage eröffnet. Als das Blitzlichtgewitter losbrach, setzte er ein professionelles Grinsen auf. Ich widmete mich wieder meiner Zeitung und las einen Artikel über einen Gesetzesentwurf, der vorsah, den Dodo angesichts der beängstigend angewachsenen Population von der Liste der geschützten Arten zu streichen, konnte mich jedoch nicht konzentrieren. Die quälenden Erinnerungen an den Krimkrieg gingen mir nicht aus dem Kopf. Zum Glück holte mich das Signal meines Piepsers schlagartig in die Wirklichkeit zurück. Ich warf ein paar Scheine auf den Tresen und rannte zur Tür hinaus, während die Toad-News-Sprecherin mit düsterer Stimme den Mord an einem jungen Surrealisten verkündete – erstochen von radikalen Anhängern der französischen Impressionisten.

2.

Gad's Hill

... Was die Elastizität der Zeit betrifft, streiten sich die Wissenschaftler. Die einen sind der Auffassung, die Zeit sei äußerst unbeständig, so daß noch das scheinbar belangloseste Ereignis den möglichen Ausgang der Zukunft nachhaltig verändern könne. Die anderen betrachten die Zeit als starres Gebilde, das allen Versuchen zum Trotz immer wieder auf eine determinierte Gegenwart zurückspringt. Ich kümmere mich nicht um derartige Banalitäten. Ich verkaufe lediglich Krawatten ...

Krawattenverkäufer,
Victoria Station, Juni 1983

Mein Piepser hatte mir eine beunruhigende Nachricht übermittelt: Das Unstehlbare war gestohlen worden. Das Manuskript von *Martin Chuzzlewit* war nicht zum ersten Mal verschwunden. Zwei Jahre zuvor hatte ein Museumswächter es aus seiner Vitrine entwendet, einfach weil er das Buch in seiner reinen, unverfälschten Form genießen wollte. Da ihn jedoch Gewissensbisse quälten und er schon nach drei Seiten die Segel streichen mußte, weil er Dickens' Handschrift nicht lesen konnte, gab er das Manuskript schließlich zurück und legte ein umfassendes Geständnis ab. Zur Strafe mußte er fünf Jahre über den Kalköfen am Rande von Dartmoor schwitzen.

Zwar hatte Charles Dickens seine letzten Lebensjahre in Gad's Hill Place verbracht, *Martin Chuzzlewit* jedoch in Devonshire Terrace geschrieben, wo er und seine erste Frau bis 1843 wohnten. Gad's Hill ist ein großer viktorianischer Bau bei Rochester, der sich, als Dickens ihn kaufte, eines herrlichen Ausblicks auf den Medway erfreute. Wenn man die Augen zusammenkneift und sich die Ölraffinerie, das Schwerwasserwerk und die ExcoMat-Labors wegdenkt, kann man leicht nachvollziehen, was ihn an diesem Teil Englands gereizt hat.

Täglich drängen sich mehrere tausend Besucher auf den Gängen von Gad's Hill, womit es – nach Anne Hathaways Cottage und dem berühmten Haworth House der Brontë-Schwestern – den dritten Platz unter den beliebtesten literarischen Pilgerstätten Englands einnimmt. Der Ansturm dieser Menschenmassen hatte zu erheblichen Sicherheitsproblemen geführt; seit ein Geistesgestörter in Chawton eingebrochen war und damit gedroht hatte, sämtliche Briefe Jane Austens zu vernichten, wenn seine mäßig spannende und reichlich durchwachsene Austen-Biographie nicht unverzüglich einen Verleger fände, wollte niemand mehr ein unnötiges Risiko eingehen. Damals war alles glimpflich abgegangen, und doch ließ dieser Zwischenfall nichts Gutes ahnen.

Ein Jahr später hatte in Dublin eine organisierte Bande Jonathan Swifts Nachlaß als Geisel genommen. Es war zu einer längeren Belagerung gekommen, in deren Verlauf zwei der Täter erschossen und diverse politische Originalpamphlete sowie eine frühe Fassung von *Gullivers Reisen* vernichtet worden waren.

Das Unvermeidliche geschah. Alle literarischen Reliquien wurden unter Panzerglas gelegt und mittels modernster Elektronik von bewaffneten Beamten bewacht. Das wollte zwar niemand, aber eine andere Lösung gab es nicht. Seitdem war es zu keinen größeren Problemen mehr gekommen, was den Raub von *Martin Chuzzlewit* um so erschreckender erscheinen ließ.

Ich stellte den Wagen ab, klemmte mir meine SO-27-Marke an die Brusttasche und zwängte mich durch die Massen von Presseleuten und Gaffern. Als ich Boswell entdeckte, schlüpfte ich unter der Polizeiabsperrung hindurch und ging zu ihm.

»Guten Morgen, Sir«, murmelte ich. »Ich bin gekommen, so schnell ich konnte.«

Er hob einen Finger an die Lippen und flüsterte mir ins Ohr: »Parterrefenster. Keine zehn Minuten. Sonst wurde nichts gestohlen.«

»Was ist los?«

Da sah ich, was los war. Lydia Startright, die Starreporterin des Toad News Network, wollte ihn interviewen. Die makellos frisierte Journalistin beendete gerade ihre Anmoderation und wandte sich zu uns um. Boswell trat elegant beiseite, knuffte mich neckisch in die Rippen und ließ mich allein im grellen Scheinwerferlicht der Fernsehkameras zurück.

»... von *Martin Chuzzlewit*, das heute aus dem Dickens-Museum in Gad's Hill gestohlen wurde. Bei mir ist Spezialagentin Thursday Next. Sagen Sie, Officer, wie konnte es den Dieben gelingen, in das Haus einzudringen und einen der größten Schätze der Weltliteratur zu entwenden?«

Ich raunte Boswell, der grinsend davonschlich, ein halblautes »Arschloch!« hinterher und trat verlegen von einem Bein aufs andere. Die anhaltende Begeisterung der Bevölkerung für Kunst und Literatur erschwerte unsere Arbeit, von unserem äußerst begrenzten Budget gar nicht zu reden. »Die Diebe verschafften sich durch ein Parterrefenster Einlaß und interessierten sich offenbar ausschließlich für das *Chuzzlewit*-Manuskript«, sagte ich mit meiner besten Fernsehstimme. »Sie waren nach kaum zehn Minuten wieder draußen.«

»Wenn mich nicht alles täuscht, wird das Museum videoüberwacht«, fuhr Lydia fort. »Konnten Sie den Raub auf Band festhalten?«

»Die Untersuchung läuft noch«, antwortete ich. »Sie werden sicher Verständnis dafür haben, daß wir bestimmte Einzelheiten aus ermittlungstaktischen Gründen vorerst geheimhalten müssen.«

Lydia ließ ihr Mikrofon sinken und gab dem Kameramann ein Zeichen. »Haben Sie *überhaupt* etwas für mich, Thursday?« fragte sie. »Auf dieses Blabla kann ich verzichten.«

Ich lächelte. »Ich bin erst seit ein paar Minuten hier, Lydia. Versuchen Sie's in einer Woche noch mal.«

»Thursday, in einer Woche ist das Schnee von gestern. Okay, Kamera.« Brav schulterte der Kameramann die Kamera, und Lydia setzte ihren Bericht fort. »Gibt es schon erste Hinweise?«

»Wir ermitteln in verschiedene Richtungen. Wir gehen jedoch davon aus, daß wir die beteiligten Personen in Kürze dingfest machen und dem Museum das Manuskript zurückgeben werden.«

Ich wollte, ich hätte meinen Optimismus teilen können. Da ich eine Zeitlang den Objektschutz hier geleitet hatte, wußte ich, daß Gad's Hill der Bank von England in puncto Sicherheit nicht nachstand. Die Täter hatten gute Arbeit geleistet. *Sehr* gute Arbeit. Aber nicht nur deshalb hatte ich das Gefühl, daß die Sache eine persönliche Herausforderung war.

Das Interview war zu Ende, und ich schlüpfte unter der SpecOps-Absperrung hindurch, wo Boswell auf mich wartete. »Wir stecken bis zum Hals in der Scheiße«, sagte er. »Turner, bringen Sie Thursday auf den neuesten Stand.«

Boswell ließ uns stehen und machte sich auf die Suche nach etwas Eßbarem.

»Wenn du dahinterkommst, wie die Jungs das Ding gedreht haben«, murmelte Paige, die aussah wie eine etwas ältere und natürlich weibliche Ausgabe Boswells, »fresse ich meine Stiefel, samt Schnallen und allem Drum und Dran.«

Paige Turner und Boswell hatten den LitAgs schon angehört, als ich – nach Abschluß meiner Militärausbildung und einem kurzen Intermezzo bei der Polizei Swindon – dazugestoßen war. Kaum jemand verließ die LitAgs je wieder, es sei denn er ging in Rente oder starb; wer nach London versetzt wurde, hatte das Ende der Karriereleiter erreicht. Einer Redensart zufolge war ein Posten als Literatur-Agent lebenslänglich und nicht auf Bewährung.

»Boswell steht auf dich, Thursday.«

»Inwiefern?« fragte ich argwöhnisch.

»Insofern als er dich an meinem Schreibtisch sehen will, wenn ich ausscheide – ich habe mich am Wochenende nämlich mit einem sehr netten Herrn von SO-3 verlobt.«

Ich hätte wahrscheinlich größere Begeisterung an den Tag legen sollen, aber Paige hatte sich schon so oft verlobt, daß sie sich an jeden Finger und jeden Zeh zwei Ringe hätte stecken können.

»SO-3?« fragte ich neugierig. Obwohl ich selbst bei SpecOps arbeitete, hatte ich keinen Schimmer, welche Abteilung wofür zuständig war – Otto Normalverbraucher war da vermutlich besser informiert. Die einzigen SpecOps-Abteilungen unterhalb von SO-12, über die ich hundertprozentig Bescheid wußte, waren SO-9, die Sektion TerrorBekämpfung, und SO-1, die Dienstaufsicht – die SpecOps-Polizei, die dafür sorgte, daß wir nicht aus der Reihe tanzten.

»SO-3?« wiederholte ich. »Wofür sind *die* denn zuständig?«

»Für die bizarren Fälle.«

»Ich dachte, das macht SO-2?«

»Die erledigen die *noch* bizarreren Fälle. Ich habe meinen Verlobten gefragt, aber er ist leider nicht dazu gekommen, mir eine Antwort zu geben – wir waren sozusagen beschäftigt. Schau dir das an.«

Paige hatte mich in den Saal mit den Manuskripten geführt. Die Glasvitrine, in der *Martin Chuzzlewit* gelegen hatte, war leer.

»Gibt's was Neues?« fragte sie eine Beamtin der Spurensicherung.

»Nein.«

»Handschuhe?« erkundigte ich mich.

Die SpuSi stand auf und streckte sich; sie hatte keinerlei Abdrücke gefunden.

»Nein; und genau das ist das Komische daran. Es sieht aus, als ob sie den Kasten gar nicht angefaßt hätten; keine Handschuhe, kein Tuch – nichts. Wenn ich's nicht besser wüßte, würde ich sagen, der Kasten ist gar nicht geöffnet worden und das Manuskript liegt noch darin!«

Ich inspizierte die Vitrine. Sie war fest verschlossen, und keines der anderen Exponate hatten die Diebe auch nur angerührt. Die Schlüssel wurden getrennt aufbewahrt und sollten jeden Augenblick aus London eintreffen.

»Hoppla, das ist ja merkwürdig...«, murmelte ich und beugte mich vor.

»Hast du was entdeckt?« fragte Paige erwartungsvoll.

Ich deutete auf eine Stelle an einer der Seitenscheiben, die kaum merklich pulsierte. Der Bereich hatte in etwa die Ausmaße des Manuskripts.

»Das ist mir auch schon aufgefallen«, sagte Paige. »Ich dachte, das Glas hat einen Fehler.«

»Gehärtetes Panzerglas?« sagte ich. »Auf keinen Fall. Und bei der Montage war das noch nicht da; das kannst du mir glauben, ich war dabei.«

»Was dann?«

Als ich über das harte Glas strich, kräuselte die blanke Oberfläche sich leicht. Mir lief ein Schauer über den Rücken, und mich beschlich ein unangenehmes Gefühl der Vertrautheit, als hätte mich ein ehemals verhaßter Mitschüler nach Jahren wie ein alter Freund begrüßt. »Diese Handschrift kommt mir irgendwie bekannt vor, Paige. Ich habe das dumpfe Gefühl, daß ich den Täter kenne.«

»Du bist seit sieben Jahren LiteraturAgentin, Thursday.«

Ich wußte, was sie damit sagen wollte. »Seit acht, und du hast ganz recht – du kennst ihn vermutlich auch. Könnte Lamber Thwalts dahinterstecken?«

»Er *könnte* durchaus, wenn er nicht noch hinter Gittern säße – für die Fälschung von *Gewonnene Liebesmüh* muß er noch vier Jahre schmoren.«

»Was ist mit Keens? Das ist genau seine Kragenweite.«

»Milton weilt leider nicht mehr unter uns. Er hat sich in der Bibliothek von Parkhurst eine Analepsie geholt. Und war nach vierzehn Tagen mausetot.«

»Hmm.«

Ich zeigte auf die beiden Videokameras. »Wen haben die gesehen?«

»Nichts und niemanden«, antwortete Paige. »Ich kann dir die Bänder gern vorspielen, aber danach bist du genauso schlau wie zuvor.«

Sie zeigte mir das vorhandene Material. Der diensthabende Wachmann wurde auf dem Revier vernommen. Die Kollegen hofften, daß die Sache auf das Konto eines Angestellten ging, doch danach sah es nicht aus; der Wachmann war ebenso fassungslos wie alle anderen.

Paige spulte das Video zurück und drückte auf PLAY. »Paß genau auf. Der Recorder geht die fünf Kameras nacheinander durch und nimmt jeweils fünf Sekunden auf.«

»Das heißt, niemand bleibt länger als zwanzig Sekunden unbeobachtet.«

»Du hast's erfaßt. Siehst du? Da haben wir das Manuskript...« Sie zeigte auf das Buch, das gut sichtbar in der Bildmitte lag, als der Videorecorder auf die Kamera über dem Eingang schaltete. Es war alles ruhig. Dann weiter zur Innentür, durch die jeder Einbrecher hätte kommen müssen; die anderen Eingänge waren vergittert. Dann kam der Korridor, danach das Foyer; schließlich wechselte der Apparat in den Manuskriptsaal zurück. Paige drückte die PAUSE-Taste, und ich beugte mich vor. Das Manuskript war verschwunden.

»Zwanzig Sekunden Zeit, um einzusteigen, den Kasten zu knacken, *Chuzzlewit* abzugreifen und die Fliege zu machen? Ausgeschlossen.«

»Glauben Sie mir, Thursday, genau so ist es gewesen.« Letztere Bemerkung stammte von Boswell, der mir über die Schulter geblickt hatte. »Ich habe keine Ahnung, wie es die Kerle geschafft haben, aber sie haben es geschafft. Gerade hat Supreme Commander Call angerufen, der Premierminister macht ihm die Hölle heiß. Im Parlament wird heftig debattiert, und der eine oder andere Kopf wird rollen. Und meiner wird das nicht sein, darauf können Sie wetten.«

Er sah uns betont eindringlich an, und mir wurde ein wenig mulmig zumute – schließlich war ich diejenige, die das Museum in Sicherheitsfragen beraten hatte.

»Wir arbeiten auf Hochtouren, Sir«, sagte ich und ließ das Video weiterlaufen. Die Perspektive wechselte im Fünfsekundentakt, ohne jedoch neue Erkenntnisse ans Licht zu bringen. Ich nahm mir einen Stuhl, spulte das Band zurück und sah es mir noch einmal an.

»Wozu soll das gut sein?« fragte Paige.

»Wer sucht, der findet.«

Aber ich fand nichts.

3.

Wieder am Schreibtisch

Das *Special Operations Network* wird direkt von der Regierung finanziert. Obwohl die Arbeit der Behörde im wesentlichen zentral gesteuert wird, verfügen sämtliche SpecOps-Abteilungen über örtliche Repräsentanten, die auf die Vorgänge in der Provinz ein wachsames Auge haben. Diese unterstehen wiederum örtlichen Kommandanten, die mit den staatlichen Behörden für Informationsaustausch, geistige Führung und Grundsatzentscheidungen in ständigem Kontakt stehen. Wie bei den meisten großen Behörden ist das alles bloß Theorie, und in der Praxis herrscht heilloses Chaos. Interne Querelen, Intrigen, politische Interessenkonflikte, Arroganz und schlichte Sturheit führen nachgerade *zwangsläufig* dazu, daß die linke Hand nicht weiß, was die rechte tut.

MILLON DE FLOSS
– Eine kurze Geschichte des Special Operations Network

Nach achtundvierzig Stunden ergebnisloser Jagd auf *Martin Chuzzlewit* hatten wir nicht den geringsten Hinweis auf seinen Verbleib. Von Konsequenzen war die Rede, doch dazu mußten wir erst einmal herausbekommen, wie das Manuskript entwendet worden war. Es hatte schließlich wenig Sinn, jemanden dafür zur Rechenschaft zu ziehen, daß im Sicherheitssystem eine Lücke klaffte, wenn man gar nicht wußte, worin sie bestand.

Mich langsam, aber sicher der Verzweiflung nähernd, saß ich an meinem Schreibtisch auf dem Revier, als mir mein Gespräch mit Dad einfiel. Ich rief meine Mutter an und bat sie, das Schlafzimmer keinesfalls mauve zu streichen. Der Schuß ging insofern nach hinten los, als sie diese Idee für *grandios* hielt und auflegte, bevor ich widersprechen konnte. Seufzend blätterte ich in den Telefonprotokollen, die sich im Lauf der letzten beiden Tage angesammelt hatten. Die meisten Anrufe kamen von Informanten oder besorgten Bürgern, die überfallen oder betrogen worden waren und nun wissen wollten, wie wir mit den Ermittlungen vorankamen.

Aber all das waren Kleinigkeiten im Vergleich zu *Chuzzlewit* – es gab schließlich jede Menge gutgläubiger Menschen, die zu Schleuderpreisen Byron-Erstausgaben kauften und sich bitter beklagten, wenn sie im nachhinein feststellten, daß sie einer Fälschung aufgesessen waren. Wie die meisten meiner Kollegen hatte ich eine ziemlich genaue Vorstellung davon, wer hinter alldem steckte, aber die großen Fische fingen wir nie – nur die »Veräußerer«, die Händler, welche die Ware weiterverkauften. Das Ganze roch nach Korruption an höchster Stelle, aber das konnten wir nicht beweisen. Normalerweise las ich die Protokolle mit Interesse, doch heute schien mir nichts furchtbar Wichtiges dabei zu sein. Die Gedichte von Byron, Poe und Keats sind und bleiben schließlich Originale, Raubdruck hin oder her. Dem Lesevergnügen tut das keinen Abbruch.

Ich zog meine Schreibtischschublade auf, holte einen kleinen Spiegel daraus hervor und sah hinein. Eine junge Frau mit reichlich unscheinbaren Zügen starrte mich an. Ihr halblanges, mattbraunes Haar war im Nacken achtlos zu einem Pferdeschwanz gebunden. Ihre Wangenknochen ließen sich bestenfalls erahnen, und in ihrem Gesicht zeichneten sich unverkennbar erste Falten ab. Ich dachte an meine Mutter, die schon mit fünfundvierzig runzlig wie eine Walnuß gewesen war. Schaudernd legte ich den Spiegel in die Schublade zurück und holte ein verblichenes, leicht zerknittertes Foto heraus. Es zeigte mich im Kreise einer Handvoll Kameraden auf der Krim: Corporal T. E. Next, 33550336, Fahrer (TTP), Leichte Panzerbrigade.

Ich hatte meinem Vaterland gewissenhaft gedient, ein militärisches Desaster überlebt und war dafür ehrenhaft entlassen worden, mit einem Orden als Beweis. Sie hatten von mir erwartet, bei Rekrutierungsveranstaltungen Vorträge über Tapferkeit und Effizienz zu halten, doch ich hatte sie enttäuscht. Ich ging zu einem Bataillonstreffen, weiter nichts; ich hatte unwillkürlich nach Gesichtern gesucht, die gar nicht da sein konnten.

Auf dem Foto stand Landen links von mir und umarmte mich und einen zweiten Soldaten, meinen Bruder, seinen besten Freund. Landen hatte zwar ein Bein verloren, war aber glücklich heimgekehrt. Mein Bruder war immer noch da draußen.

»Wer ist das?« fragte Paige, die mir über die Schulter geblickt hatte.

»*Boah!*« kreischte ich. »Mußt du mich unbedingt so erschrekken?«

»Tut mir leid. Die Krim?«

Ich reichte ihr das Foto, und sie betrachtete es eingehend. »Das muß dein Bruder sein – ihr habt dieselbe Nase.«

»Ich weiß, wir haben sie immer abwechselnd getragen. Ich war montags, mittw-«

»... dann muß der andere Landen sein.«

Ich drehte mich um und sah sie stirnrunzelnd an. Ich redete *nie* mit Fremden über Landen. Das war *Privatsache*. Ich haßte das Gefühl, daß sie mir nachspionierte.

»Woher weißt du von Landen?«

Als sie den Zorn in meiner Stimme bemerkte, zog sie lächelnd eine Augenbraue hoch. »Du hast mir selbst von ihm erzählt.«

»Ach ja?«

»Allerdings. Du hast zwar gelallt und fast nur dummes Zeug geredet, aber es ging eindeutig um ihn.«

Ich zuckte zusammen. »Bei der Weihnachtsfeier letztes Jahr?«

»Oder vorletztes. Du warst aber beileibe nicht die einzige, die gelallt und dummes Zeug geredet hat.«

Ich warf noch einen Blick auf das Foto. »Wir waren verlobt.«

Mit einem Mal wirkte Paige verlegen. Verlobte von der Krim waren ein *äußerst* heikles Thema. »Ist er ... äh ... heimgekehrt?«

»Größtenteils. Er hat ein Bein zurückgelassen. Wir haben uns aus den Augen verloren.«

»Wie heißt er mit Nachnamen?« erkundigte sich Paige; endlich erfuhr sie etwas über meine Vergangenheit.

»Parke-Laine. Landen Parke-Laine.« Ich konnte mich nicht entsinnen, wann ich seinen Namen das letzte Mal laut ausgesprochen hatte.

»Parke-Laine? Der Schriftsteller?«

Ich nickte.

»Gutaussehender Typ.«

»Danke«, sagte ich artig, ohne recht zu wissen, weshalb. Ich legte das Foto in die Schreibtischschublade zurück. Paige schnippte mit den Fingern, als ihr wieder einfiel, was sie eigentlich von mir wollte.

»Du sollst zu Boswell kommen«, verkündete sie.

Boswell war nicht allein. Ein Mann um die vierzig erwartete mich und stand auf, als ich hereinkam. Er hatte eine lange Narbe im Gesicht. Boswell druckste einen Augenblick herum, warf hüstelnd einen Blick auf seine Armbanduhr, schob wichtige Termine vor und ging hinaus.

»Polizei?« fragte ich, als wir allein waren. »Ist ein Verwandter gestorben oder so?«

Der Mann schloß die Jalousien, damit wir gänzlich ungestört waren. »Nicht daß ich wüßte.«

»SO-1?« Ich rechnete fest mit einem Rüffel.

»Ich?« erwiderte der Mann. Seine Verwunderung war nicht gespielt. »Nein.«

»LitAg?«

»Warum setzen Sie sich nicht?«

Er bot mir einen Platz an und ließ sich dann auf Boswells großem Eichendrehstuhl nieder. Er klatschte einen gelbbraunen Ordner mit meinem Namen auf den Schreibtisch. Die Akte war erstaunlich dick.

»Geht es darin nur um mich?«

Er ignorierte meine Frage. Statt den Ordner aufzuschlagen, beugte er sich vor und fixierte mich, ohne zu blinzeln. »Wie beurteilen Sie den Fall *Chuzzlewit*?«

Ich starrte unwillkürlich auf seine Narbe. Sie zog sich von der Stirn bis zum Kinn und war ähnlich klein und unauffällig wie die Schweißnaht eines Schiffsbauers. Sie zerrte an seiner Oberlippe, doch davon abgesehen war sein Gesicht eigentlich recht hübsch; ohne die Narbe wäre es vielleicht sogar schön gewesen. Mein Benehmen war taktlos. Instinktiv hob er die Hand, um die Narbe zu verdecken.

»Kosake vom feinsten«, scherzte er gequält.

»Das tut mir leid.«

»Nicht nötig. Sie ist schließlich kaum zu übersehen.«

Er schwieg einen Augenblick.

»Ich arbeite für SpecOps-5«, verkündete er zögernd und zeigte mir eine polierte Marke.

»SO-5?« stieß ich hervor, außerstande, mein Erstaunen zu verbergen. »Was treibt ihr da eigentlich genau?«

»Das ist geheim, Miss Next. Ich habe Ihnen die Marke nur gezeigt, um Ihnen klarzumachen, daß Sie offen mit mir reden können und sich über die Geheimhaltungsvorschriften keine Gedanken zu machen brauchen. Ich kann das aber auch von Boswell bestätigen lassen, wenn Ihnen das lieber ist . . .«

Mein Herz schlug schneller. Gespräche mit ranghöheren SpecOps-Beamten führten mitunter dazu, daß man versetzt wurde . . .

»Also, Miss Next, wie denken Sie über *Chuzzlewit?*«

»Wollen Sie meine persönliche Meinung hören oder die offizielle Version?«

»Ihre Meinung. Für die offiziellen Versionen ist Boswell zuständig.«

»Ich glaube, es ist noch zu früh, um etwas Genaues zu sagen. Wenn Erpressung das Motiv ist, können wir mit ziemlicher Sicherheit davon ausgehen, daß das Manuskript noch vollständig und unversehrt ist. Gleiches gilt, wenn es gestohlen wurde, um es zu tauschen oder zu verkaufen. Wenn allerdings Terroristen dahinterstecken, sollten wir uns Sorgen machen. In den Fällen eins und drei haben die LitAgs nichts mit der Sache zu tun. Dann übernimmt SO-9, und wir sind aus dem Spiel.«

Der Mann sah mich eindringlich an und nickte.

»Sie fühlen sich hier nicht besonders wohl, nicht wahr?«

»Ehrlich gesagt, ich habe die Nase gestrichen voll«, sagte ich, vielleicht eine Idee zu ehrlich. »Wer sind Sie überhaupt?«

»Entschuldigen Sie. Schlechte Kinderstube; die Mantel-und-Degen-Geschichten sollten Sie nicht allzu ernst nehmen. Meine Name ist Tamworth, Einsatzleiter SO-5. Aber«, setzte er hinzu, »das hört sich dramatischer an, als es ist. Noch sind wir nur zu dritt.«

Ich schüttelte seine ausgestreckte Hand. »Zu dritt?« fragte ich neugierig. »Ist das für eine SpecOps-Abteilung nicht ein bißchen dürftig?«

»Ich habe gestern mehrere Mitarbeiter verloren.«

»Das tut mir leid.«

»Nein, nein. Wir haben lediglich gute Fortschritte gemacht, und das ist nicht immer von Vorteil. Einige Mitarbeiter der Abteilung sind zwar erstklassige Ermittler, drücken sich aber vor jedem Einsatz. Sie haben Kinder. Ich nicht. Insofern kann ich das verstehen.«

Ich nickte. Das ging mir ähnlich. »Was wollen Sie eigentlich von mir?« fragte ich so beiläufig wie möglich. »Ich bin nur eine kleine LiteraturAgentin. Wie mir der SpecOps-Versetzungsausschuß quasi durch die Blume zu verstehen gegeben hat, reicht mein Talent allenfalls für einen Job am Schreibtisch oder Küchenherd.«

Tamworth lächelte. Er klopfte auf den Aktenordner, den er vor sich liegen hatte. »Ich weiß. Da die SpecOps-Personalabteilung nicht weiß, wie man anständig Nein sagt, speist man die Antragsteller immer mit Ausflüchten ab. Darin sind diese Leute ganz groß. Dabei ist man sich Ihrer Fähigkeiten dort vollauf bewußt. Ich habe eben mit Boswell gesprochen, und er ist durchaus bereit, Sie gehen zu lassen, vorausgesetzt, Sie möchten überhaupt in unsere Abteilung wechseln.«

»Sie kommen von SO-5, da hat er wohl keine andere Wahl, oder?«

Tamworth lachte. »Nein. Aber *Sie*. Ich würde nie jemanden einstellen, der nicht mit mir zusammenarbeiten will.«

Ich sah ihn an. Er meinte es ernst.

»Ist das eine Versetzung?«

»Nein«, antwortete Tamworth. »Ich brauche Sie nur, weil Sie über Informationen verfügen, die wir dringend benötigen. Sie werden als Beobachterin fungieren, weiter nichts. Wenn Sie erst mal wissen, womit wir es zu tun haben, werden Sie dafür noch dankbar sein.«

»Mit anderen Worten, wenn der Fall abgeschlossen ist, werde ich wieder hierher zurückversetzt?«

Er sah mich eine Zeitlang schweigend an und überlegte, wieviel er mir versprechen konnte, ohne mich anzulügen. Das machte ihn mir sympathisch.

»Ich kann für nichts garantieren, Miss Next, aber wer einmal für SO-5 gearbeitet hat, darf getrost davon ausgehen, nicht bis in alle Ewigkeit bei SO-27 versauern zu müssen.«

»Was soll ich tun?«

Tamworth holte ein Formular aus seinem Aktenkoffer und schob es mir über den Tisch. Mit meiner Unterschrift verpflichtete ich mich zu strengstem Stillschweigen und trat nahezu sämtliche Menschenrechte an SpecOps ab – und noch viel mehr, falls ich einem Kollegen mit geringerem Sicherheitsstatus auch nur ein Sterbenswörtchen über meine Tätigkeit verriet. Ich setzte pflichtschuldig meine Signatur darunter und gab ihm das Formular zurück. Dafür bekam ich eine polierte SO-5-Marke mit meinem Namen. Tamworth kannte mich besser, als ich dachte. Als das erledigt war, senkte er die Stimme und begann: »SO-5 ist in erster Linie für die Verhaftung und Eliminierung von Straftätern zuständig. Wir verfolgen einen Verdächtigen so lange, bis wir ihn gefunden und außer Gefecht gesetzt haben, und widmen uns dann dem nächsten. SO-4 macht mehr oder weniger dasselbe; nur daß sie hinter anderen Dingen, äh, Personen her sind. Sie wissen schon. Jedenfalls war ich heute morgen in Gad's Hill, Thursday – ich darf Sie doch Thursday nennen? – und habe den Tatort persönlich in Augenschein genommen. Der Dieb des *Chuzzlewit*-Manuskripts hat keinerlei Fingerabdrücke hinterlassen, es gibt keine Hinweise auf einen Einbruch, und auf den Überwachungsvideos ist auch nichts zu sehen.«

»Das ist nicht viel.«

»Im Gegenteil. Das hat meinen ursprünglichen Verdacht bestätigt.«

»Haben Sie Boswell davon erzählt?« fragte ich.

»Warum sollte ich? Uns geht es nicht um das Manuskript, uns geht es um den Mann, der es gestohlen hat.«

»Nämlich?«

»Ich kann Ihnen den Namen nicht sagen, aber ich kann ihn für Sie aufschreiben.« Er zückte einen Filzstift, schrieb »Acheron Hades« auf einen Notizblock und hielt ihn mir hin.

»Kommt Ihnen der bekannt vor?«

»*Sehr* bekannt sogar. Aber es dürfte kaum jemanden geben, der noch nicht von ihm gehört hat.«

»Ich weiß. Aber Sie kennen ihn persönlich, nicht?«

»Und ob«, antwortete ich. »Er war '68 einer meiner Anglistikdozenten an der Swindoner Universität. Keiner von uns war sonderlich verwundert, als er zum Kriminellen wurde. Er war ein ziemlicher Frauenheld. Er hat sogar eine meiner Mit-Studentinnen geschwängert.«

»Miss Braeburn, ja; das wissen wir. Wie steht es mit Ihnen?«

»Er hat es versucht, aber es hat nicht geklappt.«

»Haben Sie mit ihm geschlafen?«

»Nein; ich hatte andere Pläne, als mit meinen Dozenten ins Bett zu gehen. Ich fühlte mich zwar geschmeichelt, wenn er mich zum Essen einlud oder so. Er war schließlich ein Genie – aber moralisch war er ein Vakuum. Ich weiß noch, wie er mitten in einem geistreichen Vortrag über John Websters *Weißen Teufel* aus dem Hörsaal weg verhaftet wurde, wegen bewaffneten Raubüberfalls. Sie konnten ihm zwar nichts nachweisen, aber die Braeburn-Sache kostete ihn dann doch seine Dozentur.«

»Und als er Sie bat, mit ihm zu kommen, haben Sie abgelehnt.«

»Sie scheinen ja bestens informiert zu sein, Mr. Tamworth.«

Tamworth machte sich eine Notiz. Dann hob er den Kopf und sah mich an. »Aber die wichtigste Frage ist: Sie wissen genau, wie er aussieht?«

»Logisch«, antwortete ich, »aber Sie vergeuden Ihre Zeit. Er ist '82 in Venezuela ums Leben gekommen.«

»Nein; er hat seinen Tod vorgetäuscht. Ein Jahr später haben wir das Grab geöffnet. Von einer Leiche keine Spur. Er hatte die Sache so gut vorbereitet, daß er selbst die Ärzte täuschen konnte; sie beerdigten einen leeren Sarg. Er verfügt über bemerkenswerte Fähigkeiten. Deshalb dürfen wir auch seinen Namen nicht laut aussprechen. Ich nenne das die Regel Nummer Eins.«

»Seinen Namen? Warum nicht?«

»Weil er seinen Namen – selbst wenn man ihn nur flüstert – im Umkreis von mindestens tausend Meilen hören kann. Mit seiner Hilfe nimmt er sozusagen unsere Witterung auf.«

»Und wie kommen Sie darauf, daß er *Chuzzlewit* gestohlen hat?«

Tamworth holte eine Akte aus seinem Koffer. Sie trug die Aufschrift »Streng geheim – nur für Angehörige von SpecOps-5«. Das Passepartout auf dem Deckel, in dem normalerweise ein Verbrecherfoto steckte, war leer.

»Wir haben kein Bild von ihm«, sagte Tamworth, als ich den Ordner aufschlug. »Auf Film oder Video bleibt er unsichtbar und war nie lange genug in Gewahrsam, als daß ein Zeichner ein Porträt von ihm hätte anfertigen können. Erinnern Sie sich an die Kameras in Gad's Hill?«

»Ja. Und?«

»Sie haben nichts aufgezeichnet. Ich habe mir die Bänder genau angesehen. Auch wenn alle fünf Sekunden der Kamerablickwinkel wechselt, konnte ihnen der Eindringling *unmöglich* entgehen. Verstehen Sie, worauf ich hinauswill?«

Ich nickte langsam und blätterte in Acherons Akte.

Tamworth fuhr fort: »Ich bin ihm seit fünf Jahren auf den Fersen. In Großbritannien wird er wegen siebenfachem, in Amerika wegen achtzehnfachem Mord gesucht. Diebstahl, Erpressung, Menschenraub. Er ist eiskalt, berechnend und kennt keine Skrupel. Sechsunddreißig seiner achtundvierzig bekannten Opfer waren entweder SpecOps-Agenten oder Polizeibeamte.«

»Hartlepool '75?« fragte ich.

»Ja«, antwortete Tamworth zögernd. »Sie haben davon gehört?« Natürlich. Wer hatte das nicht? Nach einem fehlgeschlagenen Raubüberfall saß Hades im Keller eines mehrstöckigen Parkhauses in der Falle. Ein von der Polizei angeschossener Komplize lag tot in einer nahe gelegenen Bank; Acheron hatte ihn selbst umgebracht, damit er nicht gegen ihn aussagen konnte. Im Keller überredete er einen Polizisten, ihm seine Dienstwaffe auszuhändigen, und erschoß bei seiner Flucht sechs weitere Beamte. Der einzige Überlebende war der Polizist, dessen Waffe er sich angeeignet hatte. Acheron fand das vermutlich witzig. Der fragliche Beamte wußte keine hinreichende Erklärung dafür, *warum* er Hades seine Schußwaffe gegeben hatte. Er ging vorzeitig in Pension und beging nach einer kurzen Karriere als Alkoholiker und Ladendieb Selbstmord, indem er sich in seinem Wagen mit Kohlenmonoxyd vergiftete. Als »das siebte Opfer« erlangte er eine gewisse Berühmtheit.

»Ich habe den Überlebenden von Hartlepool kurz vor seinem Selbstmord noch vernommen«, fuhr Tamworth fort, »nachdem ich den Auftrag erhalten hatte, *ihn* um jeden Preis zu finden. Das Ergebnis meiner Ermittlungen führte geradewegs zu Regel Nummer Zwei: Sollten Sie je das Pech haben, ihm persönlich zu begegnen, *trauen Sie ihm nicht über den Weg.* Er hat noch jeden hinters Licht geführt, sei es mit Worten, Taten, Gedanken oder seinem Äußeren. Ein willensschwacher Mensch ist machtlos gegen seine ungeheure Überzeugungskraft. Habe ich Ihnen schon gesagt, daß wir befugt sind, im Rahmen unserer dienstlichen Tätigkeit alle zur Verfügung stehenden Mittel anzuwenden?«

»Nein, aber das habe ich mir gedacht.«

»Bei unserem Freund schießt SO-5 grundsätzlich scharf ...«

»He, he, Moment mal. Sie dürfen ihn ausschalten *ohne* Prozeß?«

»Willkommen bei SpecOps-5, Thursday – was haben Sie sich denn vorgestellt unter *Eliminierung?*«

Sein Lachen hatte etwas Beunruhigendes.

»Wie heißt es noch so schön? *Wer zu den SpecOps will, muß ein bißchen verrückt sein.* Wir fackeln nicht lange.«

»Ist das denn legal?«

»Ganz und gar nicht. Aber was SpecOps-1 bis 7 angeht, drückt der Große Bruder beide Augen zu. Bei uns gibt es eine Redensart: *Alles unter acht steht über dem Gesetz.* Schon mal gehört?«

»Nein.«

»Keine Angst, Sie werden das noch oft genug zu hören bekommen. Regel Nummer Drei lautet jedenfalls: Verhaftung ist Nebensache. Was für eine Waffe tragen Sie?«

Er notierte meine Antwort.

»Ich besorge Ihnen Deformations-Geschosse dafür.«

»Wenn wir damit erwischt werden, ist der Teufel los.«

»Alles nur Selbstverteidigung«, beeilte Tamworth sich zu versichern. »*Sie* werden ohnehin nichts mit dem Mann zu tun haben; Sie sollen ihn lediglich identifizieren, wenn er sich blicken läßt. Aber eins kann ich Ihnen sagen: Wenn es hart auf hart kommt, sollen meine Leute nicht mit Pfeil und Bogen kämpfen müssen. Gewöhnliche Munition wäre da genauso hilfreich wie eine kugelsichere Weste aus nasser Pappe. Uns liegen keinerlei gesicherte Informationen vor, nicht mal eine Geburtsurkunde. Wir wissen weder, wie alt er ist, noch, wer seine Eltern waren. Nur daß er 1954 als Kleinkrimineller mit literarischen Ambitionen urplötzlich auf der Bildfläche erschien und sich konsequent auf Platz drei der Liste der weltweit meistgesuchten Verbrecher hochgearbeitet hat.«

»Wer belegt die Plätze eins und zwei?«

»Das weiß ich nicht, und man hat mir unmißverständlich zu verstehen gegeben, daß es durchaus von Vorteil sei, es *nicht* zu wissen.«

»Und wie geht es jetzt weiter?«

»Ich melde mich. Lassen Sie Ihren Piepser Tag und Nacht eingeschaltet, damit ich Sie jederzeit erreichen kann. Sie sind ab sofort vom Dienst bei SO-27 beurlaubt, also machen Sie sich ein paar schöne Tage. Bis bald!«

Er war im Nu verschwunden und ließ mich mit pochendem Herzen und der SO-5-Marke zurück. Boswell kam wieder herein, gefolgt von einer neugierigen Paige. Ich zeigte ihnen meine neue Marke.

»Gratuliere!« sagte Paige und umarmte mich; Boswell wirkte nicht sonderlich erfreut. Er mußte schließlich an seine Abteilung denken.

»Bei SO-5 geht es nicht so gemächlich zu wie hier, Next«, meinte er väterlich. »Gehen Sie an Ihren Schreibtisch, und lassen Sie sich die ganze Sache noch mal durch den Kopf gehen. Trinken Sie ein Täßchen Kaffee und essen Sie ein Rosinenbrötchen. Nein, lieber gleich *zwei*. Überstürzen Sie nichts, und wägen Sie das Für und Wider sorgfältig ab. Wenn Sie sich entschieden haben, stehe ich Ihnen gern mit Rat und Tat zur Seite. Verstanden?«

Und ob ich verstanden hatte. Ich stürzte Hals über Kopf aus dem Büro. Fast hätte ich sogar Landens Bild vergessen.

4.

Acheron Hades

... Da ich auf diesem Gebiet nicht umsonst als eine Art
Koryphäe gelte, darf ich wohl behaupten, daß man abscheu-
liche Verbrechen am besten um ihrer selbst willen begeht.
Zwar ist gegen einen kleinen Kapitalzuwachs durchaus nichts
einzuwenden, doch verwässert er den unvergleichlichen Geschmack der Niedertracht derart, daß jeder hergelaufene Dieb
sie zu goutieren vermag. Das wahre, grundlos Böse ist genauso
selten wie das Gute *per se* – und wir wissen ja alle, wie selten
das ist ...

ACHERON HADES
– Die Lust am Laster

Tamworth meldete sich weder in der ersten noch in der zweiten
Woche. In der dritten Woche versuchte ich ihn anzurufen, geriet jedoch an einen professionellen Leugner, der rundweg bestritt, daß es
Tamworth oder SO-5 überhaupt *gab*. Ich nutzte die freie Zeit dazu,
Akten zu lesen und zu archivieren, den Wagen in die Werkstatt zu
bringen und Pickwick – dem neuen Gesetz entsprechend – als
Haustier statt wie bisher als wilden Dodo registrieren zu lassen. Ich
fuhr mit ihm ins Rathaus, wo ein Veterinärinspektor den ehemals
ausgestorbenen Vogel eingehend in Augenschein nahm. Da Pickwick, wie die meisten Haustiere, für Ärzte nur wenig übrighatte,
starrte er feindselig zurück.

»*Plock-plock*«, machte Pickwick nervös, als der Inspektor ihm
fachmännisch den großen Messingfußring anlegte.

»Keine Flügel?« fragte der Beamte mit einem neugierigen Blick
auf Pickwicks etwas merkwürdiges Äußeres.

»Das ist die Version 1.2«, erklärte ich. »Eins der ersten Modelle. Die komplette Sequenz lag erst ab der 1.7 vor.«

»Dann ist er wohl schon ziemlich alt?«

»Er wird im Oktober zwölf.«

»Ich hatte mal einen Beutelwolf«, sagte der Beamte betrübt. »Version 2.1. Bei der Dekantierung stellte sich heraus, daß er keine Ohren hatte. Stocktaub, das Tier. Keine Garantie, kein Garnichts. Die hauen einen nach Strich und Faden übers Ohr. Lesen Sie den *New Splicer*?«

Diese Frage mußte ich leider verneinen.

»Letzte Woche haben sie eine Stellersche Seekuh geklont. Wie soll man so ein Vieh bloß durch die Tür kriegen?«

»Einfetten?« schlug ich vor. »Und ihm einen Teller Seetang unter die Nase halten?«

Aber der Beamte hörte mir gar nicht zu; er hatte sich dem nächsten Dodo zugewandt, einem rosaroten Ungetüm mit langem Hals. Sein Besitzer lächelte verlegen. »Wir haben die fehlenden Stränge mit Flamingo aufgefüllt«, erklärte er. »Ich hätte vielleicht lieber Storch nehmen sollen.«

»Version 2.9?«

»2.9.1, um genau zu sein. Eine ziemlich bunte Mischung, aber für uns ist er schlicht und einfach Chester. Wir würden ihn um nichts in der Welt hergeben.«

Der Inspektor hatte Chesters Meldeunterlagen überprüft. »Es tut mir leid«, sagte er schließlich, »aber die 2.9.1er fallen unter die neue Chimären-Regelung.«

»Was soll das heißen?«

»Wo Dodo draufsteht, ist nicht unbedingt auch Dodo drin. Zimmer sieben, schräg gegenüber. Immer der Dame mit dem Göbler nach; aber nehmen Sie sich in acht, ich habe den Kollegen heute vormittag einen Elektrolurch rübergeschickt.«

Während Chesters Besitzer und der Beamte sich noch stritten, ging ich in den Park hinunter und führte Pickwick ein bißchen Gassi. Ich ließ ihn von der Leine, und er jagte erst einen Schwarm Tauben hoch und verbrüderte sich dann mit ein paar wilden Dodos, die sich im Teich die Füße kühlten. Sie planschten ausgelassen im Wasser und *plock*ten sich leise etwas zu, bis es Zeit wurde, den Heimweg anzutreten.

Gerade als ich endgültig festgestellt hatte, daß ich die Möbel beim besten Willen nicht noch einmal umstellen konnte, rief Tamworth an. Er führe eine Observierung durch, und ich solle ihm dabei helfen. Ich notierte mir die Adresse und war nach kaum vierzig Minuten im East End. Der Einsatzort lag in einer heruntergekommenen, von umgebauten Lagerhäusern gesäumten Straße, die schon vor zwanzig Jahren hatten abgerissen werden sollen. Ich machte die Scheinwerfer aus, versteckte meine Wertsachen und schloß den Wagen ab. Der Pontiac war alt und verbeult genug, um in dieser schäbigen Gegend kein unnötiges Aufsehen zu erregen. Das Mauerwerk bröckelte, und wo sich einst Fallrohre befunden hatten, wucherten jetzt grüne Algen. Die blinden Fensterscheiben waren zerbrochen, und Graffiti und Rußflecken verunzierten die Hauswände. Eine rostige Feuerleiter rankte sich im Zickzack an dem dunklen Bau empor und warf ein schartiges Schattenmuster auf die von Schlaglöchern durchsiebte Straße und mehrere Autowracks.

Tamworths Anweisungen folgend, schlüpfte ich durch eine versteckte Seitentür ins Treppenhaus. Im Verputz klafften Risse, und der Gestank von Desinfektionsmitteln mischte sich mit den seltsamen Gerüchen aus dem Curry-Imbiß im Erdgeschoß. In regelmäßigen Abständen flackerte eine Neonröhre, und ich sah Frauen in engen Miniröcken vor dunklen Zimmertüren stehen. Die Bewohner dieser Gegend waren ein bunt zusammengewürfelter Haufen. Wegen der Wohnungsnot in der Hauptstadt tummelte sich hier praktisch alles vom alteingesessenen Londoner über den Anwalt oder Werbeprofi bis zu Nutten und Pennern. Was der Polizei ein Dorn im Auge war, erlaubte es SpecOps-Agenten, sich unauffällig zu bewegen.

Ich kam in den siebten Stock, wo zwei junge Henry-Fielding-Fans Kaugummikarten tauschten. »Ich gebe dir meine Amelia für deine Sophia.«

»Spinnst du?« erwiderte sein Geschäftsfreund entrüstet. »Wenn du eine Sophia haben willst, mußt du mir dafür einen Allworthy, einen Tom Jones *und* deine Amelia geben!«

Als ihm klar wurde, wie selten die Sophias waren, willigte der Partner widerstrebend ein. Der Tausch war besiegelt, und sie rannten die Treppe hinunter, um nach Radkappen zu suchen. Ich verglich die Wohnungsnummern mit der Adresse, die mir Tamworth genannt hatte, und klopfte an eine pfirsichfarben gestrichene Tür, von der der Lack abblätterte. Ein Mann um die achtzig öffnete zögernd. Er verbarg eine Gesichtshälfte hinter einer runzligen Hand, und ich zeigte ihm meine Marke.

»Sie müssen Next sein«, sagte er mit einer für sein Alter erstaunlich jugendlichen Stimme. Ich ging hinein. Tamworth spähte durch ein Fernglas in ein Zimmer im Haus gegenüber und winkte mir zum Gruß, ohne aufzublicken. Ich sah den Alten lächelnd an.

»Nennen Sie mich Thursday.«

Er schüttelte mir erfreut die Hand.

»Mein Name ist Snood; Sie dürfen mich Junior nennen.«

»Snood?« wiederholte ich. »Sind Sie mit Filbert verwandt?«

Der Alte nickte.

»Ach ja, Filbert!« murmelte er. »Ein guter Junge und seinem alten Vater stets ein guter Sohn.«

Filbert Snood war der einzige Mann, der mich in den zehn Jahren seit meiner Trennung von Landen auch nur ansatzweise interessiert hatte. Snood war bei den ChronoGarden gewesen; er war nach Tewkesbury abberufen worden und nie wieder zurückgekehrt. Eines Tages erhielt ich einen Anruf von seinem Vorgesetzten, der mir mitteilte, Filbert sei »bis auf weiteres verhindert«. Da konnte eigentlich nur eine andere Frau dahinterstecken. Es hatte wehgetan, obwohl ich in Filbert nicht verliebt gewesen war. Das wußte ich genau, in Landen *war* ich nämlich verliebt gewesen. Man spürt das, wenn es soweit ist, so wie man ein Turner-Gemälde auf Anhieb erkennt oder die Westküste Irlands.

»Dann sind Sie sein Vater?«

Snood ging in die Küche, aber so leicht kam er mir nicht davon.

»Wie geht es ihm? Wo wohnt er jetzt?«

Der Alte machte sich am Teekessel zu schaffen.

»Es fällt mir schwer, über Filbert zu sprechen«, gestand er schließlich und tupfte sich den Mundwinkel mit einem Taschentuch. »Es ist *so* lange her.«

»Ist er tot?« fragte ich.

»Nein, nein«, murmelte der Alte. »Er ist nicht tot; man hat Ihnen wahrscheinlich gesagt, er sei bis auf weiteres verhindert, nicht?«

»Ja. Ich dachte, er hätte eine andere oder so.«

»Wir dachten, Sie würden das richtig deuten; Ihr Vater war oder ist vermutlich noch immer bei der ChronoGarde, und wir bedienen uns nun mal gewisser – wie soll ich sagen? – *Euphemismen.*«

Er starrte mich unschlüssig an, aus stahlblauen Augen unter schweren Lidern. Mein Herz hämmerte wie wild.

»Wie meinen Sie das?« fragte ich.

Der Alte schien noch etwas sagen zu wollen, überlegte es sich dann aber doch anders, hielt einen Moment inne und schlurfte ins Wohnzimmer zurück, um Videobänder zu beschriften. Es steckte offensichtlich weitaus mehr dahinter als eine andere Frau in Tewkesbury, aber die Zeit arbeitete für mich. Ich ließ die Angelegenheit vorerst auf sich beruhen.

Das gab mir Gelegenheit, mich ein wenig umzuschauen. An einer feuchten Wand lehnte ein Tapeziertisch voller erstklassiger Überwachungstechnik. Ein Revox-Tonbandgerät stand neben einem kleinen Mischpult, das die Signale der sieben Abhörmikrofone in der überwachten Wohnung und der dazugehörigen Telefonleitung auf die acht Spuren des Tonbands verteilte. Am Fenster waren zwei Ferngläser, ein Fotoapparat mit leistungsstarkem Teleobjektiv sowie eine Videokamera aufgebaut, die zehn Stunden am Stück aufzeichnen konnte.

Tamworth ließ das Fernglas sinken und hob den Blick. »Willkommen an Bord, Thursday. Sehen Sie mal hier durch.«

Ich schaute durch das Fernglas. In der Wohnung gegenüber, kaum dreißig Meter entfernt, erkannte ich einen gutgekleideten

Mann um die fünfzig mit verkniffenem Gesicht und besorgter Miene. Er schien zu telefonieren.

»Das ist er nicht.«

Tamworth lächelte. »Ich weiß. Das ist sein Bruder Styx. Wir haben heute morgen von ihm erfahren. SO-14 wollte ihn sich schnappen, aber *unser* Mann ist ein viel größerer Fisch; ich habe SO-1 eingeschaltet, und jetzt sind wir für Styx zuständig. Hören Sie mal.«

Er gab mir einen Kopfhörer, und ich sah noch einmal durch das Fernglas. Der Bruder von Hades saß an einem großen Nußbaumschreibtisch und blätterte im *London and District Car Trader*. Plötzlich legte er das Anzeigenblatt beiseite, griff zum Telefon und wählte eine Nummer.

»Hallo?« sprach Styx in den Hörer.

»Hallo?« erwiderte eine Frau mittleren Alters am anderen Ende der Leitung.

»Haben Sie einen Chevrolet Baujahr '76 annonciert?«

»Er will ein Auto kaufen?« fragte ich Tamworth.

»Warten Sie's ab. Jede Woche um dieselbe Zeit, wie es scheint. Pünktlich wie die Maurer.«

»Er hat erst 82 000 Meilen drauf«, fuhr die Frau fort, »und läuft wie eine Eins. TÜV und Steuer sind bis Jahresende bezahlt.«

»Das klingt *perfekt*«, erwiderte Styx. »Ich bezahle bar. Würden Sie mir den Wagen reservieren? Ich bin in einer knappen Stunde bei Ihnen. Sie wohnen in Clapham, nicht?«

Die Frau bejahte und nannte eine Adresse, die Styx sich jedoch gar nicht erst notierte. Er bekräftigte sein Interesse, legte auf und wählte eine andere Nummer, diesmal wegen eines Wagens in Hounslow. Ich setzte den Kopfhörer ab und zog den Stecker aus der Buchse, so daß wir Styx' nasale Reibeisenstimme über Lautsprecher hören konnten.

»Wie lange macht er das?«

»Bis ihm langweilig wird, wenn man den Unterlagen von SO-14 glauben darf. Und er ist beileibe nicht der einzige. Wer je versucht hat, einen Wagen zu verkaufen, hatte es mindestens einmal mit jemandem wie Styx zu tun. Hier, die sind für Sie.«

Er reichte mir eine Schachtel mit Spezialmunition, die im Körper des Opfers aufpilzen und größtmöglichen Schaden anrichten würde.

»Dumdum-Geschosse? Seit wann ist er ein Büffel?«

Doch Tamworth fand das gar nicht komisch.

»Wir haben es hier mit einem *ganz* besonderen Fall zu tun, Thursday. Beten Sie zur GSG, daß Sie die Dinger nie benutzen müssen, und wenn doch, sollten Sie nicht lange zögern. Unser Mann gibt Ihnen keine zweite Chance.«

Ich bestückte erst meine Automatik und und dann mein Ersatzmagazin mit der neuen Munition. Ganz oben ließ ich aber jeweils eine Standardpatrone einrasten, falls SO-1 mich kontrollierte. Drüben in der Wohnung hatte Styx inzwischen eine Nummer in Ruislip gewählt.

»Hallo?« meldete sich der bedauernswerte Autobesitzer.

»Ja, ich interessiere mich für den Ford Granada, den Sie inseriert haben«, sagte Styx. »Ist der Wagen noch zu haben?«

Styx ließ sich die Adresse geben, versprach, in zehn Minuten dort zu sein, legte auf und rieb sich triumphierend die Hände. Feixend wie ein kleiner Junge strich er die Annonce durch und ging zur nächsten über.

»Dabei hat er noch nicht mal einen Führerschein«, rief Tamworth durchs Zimmer. »Meistens klaut er Kugelschreiber, sorgt dafür, daß Elektrogeräte kurz *nach* Ablauf der Garantiezeit kaputtgehen, oder zerkratzt Schallplatten in Plattengeschäften.«

»Reichlich kindisch, oder?«

»Kann man wohl sagen«, antwortete Tamworth. »Er verfügt zwar über ein gewisses Maß an Gemeinheit, aber gegen seinen Bruder ist er der reinste Waisenknabe.«

»Und was hat Styx nun mit dem *Chuzzlewit*-Manuskript zu tun?«

»Wir vermuten, daß es sich in seinem Besitz befindet. Nach den Überwachungsunterlagen von SO-14 ist er am Abend des Einbruchs in Gad's Hill mit einem verdächtigen Päckchen nach Hause gekommen. Zugegeben, das ist reine Spekulation, aber seit drei Jahren der erste Hinweis darauf, wo *er* sich verborgen halten könnte. Es wird allmählich Zeit, daß er aus seinem Versteck kommt.«

»Hat er ein Lösegeld für *Chuzzlewit* verlangt?« fragte ich.

»Nein, aber was nicht ist, kann ja noch werden. Die Sache liegt womöglich komplizierter, als wir denken. Unser Mann hat einen geschätzten IQ von 180, da ist eine simple Erpressung vermutlich unter seiner Würde.«

Snood kam herein, bezog ein wenig wacklig hinter dem Fernglas Stellung, setzte die Kopfhörer auf und schob den Stecker in die Buchse. Tamworth nahm seinen Schlüssel und reichte mir ein Buch.

»Ich muß mich mit einem Kollegen von SO-4 treffen. Ich bin in einer guten Stunde wieder da. Wenn was passiert, piepen Sie mich einfach an. Meine Nummer ist auf der Eins gespeichert. Wenn Sie die Langeweile überkommt, werfen Sie mal da einen Blick rein.«

Ich betrachtete das Buch, das er mir in die Hand gedrückt hatte. Es war eine in rotes Leder gebundene Ausgabe von Charlotte Brontës *Jane Eyre*.

»Wer hat Ihnen das gesagt?« fragte ich spitz.

»Wer hat mir was gesagt?« fragte Tamworth sichtlich erstaunt zurück.

»Na ja, ich dachte . . . ich habe dieses Buch oft gelesen. Als junges Mädchen. Ich kenne es in- und auswendig.«

»Hat Ihnen der Schluß gefallen?«

Ich überlegte einen Augenblick. Das unbefriedigende Ende des Romans sorgte in der Brontë-Gemeinde seit jeher für Kopfschütteln und Unverständnis. Man war sich einig, daß das Buch wesentlich besser gewesen wäre, wenn Jane nach Thornfield Hall zurückgefunden und Rochester geheiratet hätte.

»Niemandem gefällt der Schluß, Tamworth. Aber davon abgesehen hat es mehr als genug zu bieten.«

»Dann kann eine neuerliche Lektüre ja nicht schaden, oder?«

Es klopfte an der Tür. Tamworth öffnete, und ein Mann, der keinen Hals, dafür aber um so kräftigere Schultern hatte, kam herein.

»Auf die Minute!« sagte Tamworth mit einem Blick auf seine Uhr.

»Thursday Next, das ist Buckett. Er wird uns vorläufig zur Seite stehen, bis ich einen passenden Ersatz gefunden habe.«

Sprach's und verschwand.

Buckett und ich gaben uns die Hand. Er lächelte gequält, als ob ihm dieser Einsatz nicht behagte. Er sagte, er freue sich, mich kennenzulernen, und plauderte dann mit Snood über den Ausgang eines Pferderennens.

Ich trommelte mit den Fingerspitzen auf das Exemplar von *Jane Eyre*, das Tamworth mir gegeben hatte, und verstaute es in meiner Brusttasche. Ich sammelte die leeren Kaffeetassen ein und stellte sie in das angeschlagene Emailbecken in der Küche. Plötzlich stand Buckett in der Tür.

»Tamworth hat gesagt, Sie wär'n eine LitAg.«

»Wenn Tamworth das sagt, muß es wohl stimmen.«

»Ich wollte auch mal zu den LitAgs.«

»Ach ja?« machte ich und sah nach, ob es im Kühlschrank auch etwas gab, das sein Haltbarkeitsdatum noch nicht um mindestens ein Jahr überschritten hatte.

»Ja. Aber es hieß, man müßte das eine oder andere Buch gelesen haben.«

»Das kann nicht schaden.«

Als es an der Tür klopfte, wanderte Bucketts Hand automatisch zu seiner Waffe. Er war nervöser, als ich gedacht hatte.

»Nur keine Panik, Buckett. Ich mach das schon.«

Er ging mit mir zur Tür und entsicherte seine Pistole. Ich sah ihn fragend an, und er nickte.

»Wer ist da?« fragte ich, ohne die Tür zu öffnen.

»Hallo!« ertönte eine Stimme. »Mein Name ist Edmund Capillary. Haben Sie sich nicht auch schon einmal gefragt, ob Shakespeares wunderbare Stücke auch *tatsächlich* von ihm stammen?«

Buckett und ich atmeten erleichtert auf. Er sicherte seine Automatik wieder und brummte halblaut: »Scheiß Baconier!«

»Ganz ruhig«, erwiderte ich, »das ist schließlich nicht verboten.«

»Leider.«

»Pssst.«

Ich öffnete die Tür so weit, wie es die vorgelegte Kette zuließ, und sah mich einem kleinen Mann im ausgebeulten Cordanzug gegenüber. Er hielt mir einen zerknitterten Ausweis unter die Nase und lüftete nervös lächelnd den Hut. Die Baconier waren zwar reichlich bekloppt, aber im großen und ganzen harmlos. Ihr Lebenszweck bestand darin, den Beweis zu führen, daß nicht Will Shakespeare, sondern Francis Bacon die bedeutendsten Dramen der englischen Sprache verfaßt habe. Und weil sie glaubten, daß man Bacon die gebührende Anerkennung versagte, kämpften sie unermüdlich für die Wiedergutmachung dieses vermeintlichen Unrechts.

»Hallo!« sagte der Baconier freudestrahlend. »Haben Sie vielleicht einen Moment für mich Zeit?«

Ich antwortete langsam: »Wenn Sie allen Ernstes glauben, mir weismachen zu können, daß der *Sommernachtstraum* von einem Juristen verfaßt wurde, muß ich wohl weitaus dümmer aussehen, als ich dachte.«

Doch so leicht ließ der Baconier sich nicht abwimmeln. Es machte ihm offensichtlich Spaß, mein dürftiges Argument zu widerlegen; im richtigen Leben war er vermutlich Anwalt, Spezialgebiet Personenschäden.

»Nicht halb so dumm wie die These, daß ein ungebildeter Schuljunge aus Warwickshire unsterbliche Werke verfaßt haben soll.«

»Woher wollen Sie wissen, daß er ungebildet war?« gab ich zurück; langsam fand ich Gefallen an dem Spielchen. Buckett winkte mir, daß ich den Kerl endlich loswerden sollte, doch ich ignorierte sein Gefuchtel.

»Einverstanden«, fuhr der Baconier fort, »aber es spricht doch einiges dafür, daß es sich bei dem Shakespeare aus Stratford und dem Shakespeare aus London um zwei verschiedene Männer handelt.«

Ein interessanter Ansatz. Ich zögerte einen Moment, und Edmund Capillary nutzte die Gelegenheit, sein Sprüchlein aufzusagen. Wie auf Knopfdruck sprudelte es aus ihm heraus: »Der Shakespeare aus Stratford war ein wohlhabender Getreidehändler und Immobilienmakler, während der Londoner Shakespeare wegen vergleichsweise lächerlicher Summen von Steuereintreibern gejagt wurde. Einmal, im Jahre 1600, verfolgten ihn die Eintreiber sogar bis nach Sussex; warum haben sie ihn sich dann nicht gleich in Stratford geschnappt?«

»Da bin ich überfragt.«

Jetzt kam er richtig in Fahrt.

»In Stratford wußte niemand von seinen literarischen Erfolgen! Nach heutigem Kenntnisstand hat er nie auch nur ein Buch gekauft oder einen Brief geschrieben, sondern lediglich mit Getreide, Malz und ähnlichem gehandelt.«

Das Männlein sah mich triumphierend an.

»Und was, bitte, hat Bacon mit alldem zu tun?« fragte ich.

»Francis Bacon war ein elisabethanischer Schriftsteller, den seine Familie zu einer Laufbahn als Anwalt und Politiker gezwungen hatte. Da es seinerzeit als unfein galt, in Theaterkreisen zu verkehren, sah Bacon sich genötigt, einen kaum bekannten Schauspieler namens Shakespeare als Strohmann zu nehmen – die Historie hat fälschlicherweise eine Verbindung zwischen den beiden Shakespeares hergestellt, um einer ansonsten wenig glaubwürdigen Geschichte größere Plausibilität zu verleihen.«

»Und der Beweis?«

»Hall und Marston – zwei elisabethanische Satiriker – hegten die felsenfeste Überzeugung, daß Bacon der eigentliche Verfasser von *Venus und Adonis* und *Lucretia* sei. Alles weitere steht in dieser Broschüre. Nähere Informationen erhalten Sie bei unseren monatlichen Versammlungen; bis vor kurzem haben wir uns im Rathaus getroffen, aber vorige Woche hat der radikale Flügel der Neuen Marlowianer einen Brandanschlag auf uns verübt. Wo wir das nächste Mal zusammenkommen, steht noch nicht fest. Aber wenn ich Ihren Namen und Ihre Telefonnummer notieren darf, melde ich mich rechtzeitig bei Ihnen.«

Seine Miene war ernst und selbstgefällig; er dachte, ich sei ihm auf den Leim gegangen. Ich beschloß, meinen stärksten Trumpf auszuspielen. »Und was ist mit dem Testament?«

»Dem Testament?« echote er leicht nervös. Er hatte offenbar gehofft, daß ich nichts davon wüßte.

»Ja«, fuhr ich fort. »Wenn es *wirklich* zwei verschiedene Shakespeares gab, warum hat der Shakespeare aus Stratford dann Condell, Henning und Burbage, drei Theaterkollegen des Londoner Shakespeare, in seinem Testament bedacht?«

Dem Baconier klappte die Kinnlade runter. »Diese Frage hab ich befürchtet.« Er seufzte. »Ich verschwende meine Zeit, nicht wahr?«

»Ja. So leid es mir tut.«

Er brummte etwas in seinen nicht vorhandenen Bart und zog von dannen, aber schon als ich den Riegel vorschob, hörte ich, wie er an die Tür der Nachbarwohnung klopfte. Vielleicht hatte er dort mehr Glück.

»Was hat eine LitAg hier überhaupt zu suchen, Next?« fragte Buckett, als wir wieder in der Küche waren.

»Ich bin nur hier«, antwortete ich langsam, »weil ich weiß, wie er aussieht; aber keine Angst: Sobald ich unseren Mann identifiziert habe, schickt Tamworth mich zurück auf meinen alten Posten.« Ich goß klumpige Milch ins Becken und spülte den Karton aus.

»Glück muß der Mensch haben.«

»Ansichtssache. Und Sie? Wie sind Sie an Tamworth geraten?«

»Ich bin eigentlich bei der TerrorBekämpfung. SO-9. Aber Tamworth brauchte dringend Personal. Der Säbelhieb, dem er seine Narbe zu verdanken hat, galt eigentlich mir. Deshalb war ich ihm was schuldig.«

Er senkte den Blick und nestelte verlegen an seiner Krawatte. Auf der Suche nach einem Geschirrtuch lugte ich vorsichtig in einen Küchenschrank, machte eine unappetitliche Entdeckung und schlug die Tür rasch wieder zu.

Buckett zog seine Brieftasche hervor und zeigte mir ein Foto von einem sabbernden Säugling, der sich in nichts von anderen sabbernden Säuglingen unterschied. »Ich bin verheiratet, und Tamworth weiß, daß solche Einsätze für mich tabu sind; ich trage schließlich Verantwortung, wissen Sie.«

»Hübsches Baby.«

»Danke.« Er steckte das Bild wieder ein. »Sind Sie verheiratet?«

»Es hat nicht sollen sein«, antwortete ich und füllte den Teekessel mit Wasser. Buckett nickte und holte eine Rennzeitung hervor. »Setzen Sie auch ab und zu ein paar Scheinchen auf die Hottehüs? Ich habe einen heißen Tip für Malabar.«

»Nein. Tut mir leid.«

Buckett nickte. Anscheinend war ihm der Gesprächsstoff ausgegangen.

Kurz darauf servierte ich Kaffee. Snood und Buckett erörterten den Ausgang des Cheltenham Gold Stakes Handicap.

»Sie wissen also, wie er aussieht, Miss Next?« fragte der alte Snood, ohne von seinem Fernglas aufzublicken.

»Er war einer meiner Dozenten an der Uni. Er ist allerdings nicht ganz einfach zu beschreiben.«

»Schlank?«

»Als ich ihn das letzte Mal gesehen habe, schon.«

»Groß?«

»Mindestens einsfünfundneunzig.«

»Zurückgekämmtes schwarzes Haar und graumelierte Schläfen?«

Buckett und ich sahen uns fragend an.

»Ja...?«

»Dann muß er das wohl sein, Thursday.«

Ich riß den Stecker aus der Kopfhörerbuchse.

»... Acheron!« drang Styx' Stimme aus dem Lautsprecher. »Bruderherz! *Das* ist aber eine schöne Überraschung!«

Ich schaute durch das Fernglas und sah Acheron drüben in Styx' Wohnung. Er trug einen großen grauen Staubmantel und sah genau so aus, wie ich ihn in Erinnerung hatte. Er schien in all den Jahren nicht einen Tag älter geworden zu sein. Mir lief ein Schauder über den Rücken.

»Scheiße«, murmelte ich. Snood hatte Tamworths Piepsernummer schon gewählt.

»Mücken haben die blaue Ziege gestochen«, raunte er in den Hörer. »Danke. Könnten Sie das wiederholen und zweimal senden?«

Mein Herz schlug schneller. Acheron würde vermutlich nicht

lange bleiben, und ich hatte gute Chancen, die LitAgs ein für allemal hinter mir zu lassen. Wenn ich Hades schnappte, war mir eine Beförderung praktisch sicher.

»Ich gehe rüber«, sagte ich so beiläufig wie möglich.

»*Was?!*«

»Hören Sie schlecht? Sie bleiben hier und fordern bei SO-14 bewaffnete Verstärkung an, ohne Blaulicht und Sirene. Sagen Sie denen, daß wir reingegangen sind und sie das Gebäude umstellen sollen. Der Verdächtige ist mit ziemlicher Sicherheit bewaffnet und gefährlich.«

Snood setzte dasselbe Lächeln auf, das mir an seinem Sohn so gut gefallen hatte, und griff zum Telefon. Ich wandte mich an Buckett.

»Sind Sie dabei?«

Buckett wirkte etwas blaß um die Nase.

»Ich ... äh ... bin dabei«, antwortete er. Seine Stimme bebte leicht.

Ich stürzte zur Tür hinaus und die Treppe hinunter zum Ausgang.

»Next ...!«

Buckett. Er war stehengeblieben und zitterte am ganzen Körper.

»Was ist?«

»Ich ... ich ... kann das nicht«, gestand er, lockerte seine Krawatte und massierte sich den Nacken. »Ich habe Frau und Kind! – Sie ahnen ja nicht, wozu *er* imstande ist. Ich bin ein Spieler, Next. Je höher das Risiko, desto besser. Aber wenn wir versuchen, ihn festzunehmen, sind wir beide tot. Ich flehe Sie an, warten Sie auf SO-14!«

»Dann ist er vielleicht längst weg. Wir brauchen ihn doch bloß *fest*zusetzen.«

Buckett knabberte an seiner Unterlippe; der Mann stand Todesängste aus. Schließlich schüttelte er wortlos den Kopf und machte sich eilig aus dem Staub. Es war, gelinde gesagt, frustrierend. Ich spielte mit dem Gedanken, ihm hinterherzurufen, als mir das Foto von dem sabbernden Säugling wieder einfiel. Ich zog meine Automatik, stieß die Haustür auf und ging langsam über die Straße auf das gegenüberliegende Gebäude zu. Da hielt Tamworths Wagen neben mir. Tamworth machte keinen sonderlich erfreuten Eindruck.

»Verdammt, was machen Sie da?«

»Unsere Zielperson beschatten.«

»Kommt nicht in Frage. Wo ist Buckett?«

»Nach Hause gegangen.«

»Das kann ich ihm nicht verdenken. Sind die Kollegen von SO-14 unterwegs?«

Ich nickte. Er blickte an dem dunklen Haus empor, dann sah er mich an. »*Scheiße*. Na gut, bleiben Sie hinter mir und halten Sie die Augen auf. Erst schießen, dann fragen. Alles unter acht ...«

»... steht über dem Gesetz. Ich weiß.«

»Gut.«

Tamworth zog seine Waffe, und vorsichtig betraten wir das umgebaute Lagerhaus. Styx' Wohnung lag im siebten Stock. Mit etwas Glück konnten wir die beiden vielleicht überrumpeln.

5.

... die Großen läßt man laufen

... Insofern hatte es vielleicht sogar sein Gutes, daß sie vier Wochen bewußtlos gewesen ist. Sie verpaßte sämtliche Nachwirkungen, die SO-1-Untersuchung, die Vorwürfe und Unterstellungen, die Beisetzung von Snood und Tamworth. Alles war an ihr vorbeigegangen ... alles, nur die Schuld nicht. Die erwartete sie, als sie die Augen aufschlug ...

MILLON DE FLOSS
– *Thursday Next. Eine Biographie*

Ich versuchte, mich auf die Neonröhre an der Decke zu konzentrieren. Es war mir klar, *daß* etwas passiert war, doch bis auf weiteres waren sämtliche Erinnerungen an den Tag, an dem Tamworth und ich uns Acheron Hades hatten vornehmen wollen, aus meinem Gedächtnis getilgt. Ich runzelte angestrengt die Stirn, hatte aber nur bruchstückhafte Bilder im Kopf. Ich wußte noch, daß ich dreimal auf eine alte Dame geschossen hatte und eine Feuerleiter hinuntergerannt war. Und ich glaubte, mich entsinnen zu können, daß ich auf meinen eigenen Wagen gefeuert und mich eine Kugel in den Arm getroffen hatte. Ich betrachtete meinen Arm, und tatsächlich, er war mit einem weißen Verband umwickelt. Da fiel mir ein, daß ich noch eine zweite Kugel abbekommen hatte – in die Brust. Ich atmete mehrmals ein und aus und stellte erleichtert fest, daß kein Rasseln oder Schnarren zu hören war. Eine Krankenschwester kam ins Zimmer und sagte lächelnd ein paar Sätze, die ich nicht verstand. Merkwürdig, dachte ich, und sank von neuem in tiefen, erholsamen Schlaf.

Als ich das nächste Mal erwachte, war es Abend und kälter als zuvor. Ich lag allein in einem Achtbettzimmer. Überall standen Blumen und Karten, und vor der Tür schob ein bewaffneter Polizeibeamter in Uniform Wache. Mit einem Mal öffnete mein Unterbewußtsein seine Schleusen, und die Erinnerung an jenen Abend kehrte auf einen Schlag zurück. Ich kämpfte mit aller Macht dagegen an, hätte jedoch ebensogut versuchen können, mich gegen eine Flut zu stemmen. Und mit der Erinnerung kamen die Tränen.

Nach einer Woche war ich so weit wiederhergestellt, daß ich aufstehen konnte. Paige und Boswell hatten vorbeigeschaut, und meine Mutter war eigens aus Swindon angereist, um mich zu besuchen. Zum Leidwesen meines Vaters hatte sie das Schlafzimmer tatsächlich mauve gestrichen – und gab nun mir die Schuld dafür. Ich versuchte gar nicht erst, das Mißverständnis aufzuklären. Obwohl ich mich über ihre Anteilnahme freute, war ich in Gedanken woanders: Die Sache war ein gigantischer Reinfall gewesen, und irgend jemand mußte dafür geradestehen; und als einzige Überlebende der Katastrophe war ich die bei weitem aussichtsreichste Kandidatin.

Im Krankenhaus wurde ein provisorischer Verhörraum eingerichtet, und herein spazierte Tamworths früherer Chef, ein Mann namens Flanker, dem ich nie begegnet war und der nicht einen Funken Humor und Wärme im Leib hatte. Er brachte ein Doppelcassettendeck sowie mehrere ranghohe SO-1-Beamte mit, die es nicht für nötig hielten, sich vorzustellen. Ich gab freimütig Auskunft, so emotionslos und gewissenhaft wie möglich. Zwar wußten die Behörden über Acherons seltsame Fähigkeiten durchaus Bescheid, dennoch wollte mir Flanker nicht glauben.

»Ich habe Tamworths Akte über Hades gelesen. Eine ziemlich bizarre Lektüre, Miss Next«, sagte er. »Tamworth war ein eigenwilliger Bursche. SO-5 war sein ein und alles; Hades war für ihn kein Fall, sondern eine fixe Idee. Laut unseren Erkenntnissen hat er grundlegende SpecOps-Vorschriften wiederholt mißachtet. Anders als gemeinhin angenommen, sind wir gegenüber dem Parlament nämlich *durchaus* zur Rechenschaft verpflichtet, wenn auch auf sehr diskrete Art und Weise.«

Er hielt einen Moment inne und blätterte in seinen Notizen. Dann sah er mich an und schaltete den Recorder ein. Er besprach das Band mit dem Datum, seinem und meinem Namen sowie den Dienstnummern der übrigen Beamten. Schließlich holte er sich einen Stuhl und setzte sich.

»Also, wie war das?«

Ich nahm mich zusammen und erzählte ihm die ganze Geschichte, angefangen bei meinem ersten Zusammentreffen mit Tamworth bis hin zu Bucketts eiligem Abgang.

»Es gibt also doch noch vernünftige Menschen auf der Welt«, meinte einer der SO-1-Agenten. Ich ignorierte ihn.

»Tamworth und ich betraten Styx' Haus«, sagte ich. »Wir stiegen über die Treppe in den sechsten Stock, als wir den Schuß hörten. Wir blieben stehen und horchten, aber es war alles totenstill. Tamworth dachte, die beiden hätten uns bemerkt.«

»Die beiden *hatten* Sie bemerkt«, fuhr Flanker dazwischen. »Wie wir der Abschrift des Bandes entnehmen konnten, hat Snood den Namen ausgesprochen. Als Hades das hörte, brannte bei ihm eine Sicherung durch; er bezichtigte Styx des Verrats, nahm das Paket an sich und brachte seinen Bruder um. Ihr Überraschungsangriff kam also alles andere als überraschend. Er *wußte*, daß Sie da waren.«

Ich trank einen Schluck Wasser. Ob wir den Rückzug angetreten hätten, wenn wir uns darüber im klaren gewesen wären? Ich glaube, kaum.

»Wer ging voran?«

»Tamworth. Wir schoben uns vorsichtig an der Wand im Treppenhaus entlang und sahen in den siebten Stock hinauf. Bis auf eine kleine alte Dame, die auf den Fahrstuhl wartete und wütend vor sich hin murmelte, war der Treppenabsatz leer. Tamworth und ich schlichen zu Styx' offener Tür und warfen einen Blick hinein. Styx lag auf dem Boden, und wir durchsuchten die kleine Wohnung.«

»Wir haben das Überwachungsvideo gesehen, Next«, sagte einer der namenlosen Beamten. »Gründliche Arbeit.«

»War Hades auch auf dem Video?«

Der Mann lachte. Sie hatten an Tamworths Aussagen gezweifelt, doch das Video zerstreute auch die letzten Bedenken. Hades war darauf nicht zu sehen – man hörte nur seine Stimme.

»Nein«, gestand er schließlich. »Leider nicht.«

»Tamworth fluchte und ging zur Wohnungstür zurück«, fuhr ich fort. »Da hörte ich den zweiten Schuß.«

Ich schwieg einen Moment; obwohl mir die Situation deutlich vor Augen stand, wußte ich noch immer nicht genau, was ich damals gesehen und empfunden hatte. Mein Herzschlag hatte sich verlangsamt; plötzlich schien alles glasklar. Ich hatte keine Angst, nur das dringende Bedürfnis, den Einsatz erfolgreich zu Ende zu bringen. Ich hatte Tamworth sterben sehen, aber nichts dabei empfunden; das kam erst viel später.

»Miss Next?« fragte Flanker und riß mich aus meinen Gedanken.

»Was? Entschuldigung. Tamworth war getroffen. Ich wollte ihm helfen, aber als ich das Ausmaß seiner Verletzungen erkannte, wußte ich, daß er null Überlebenschancen hatte. Da ich davon ausgehen mußte, daß Hades auf dem Treppenabsatz wartete, atmete ich tief durch und riskierte einen Blick.«

»Und?«

»Und sah die alte Dame, die noch immer auf den Fahrstuhl wartete. Da ich niemanden nach unten hatte rennen hören, nahm ich an, daß Hades aufs Dach geflüchtet war. Ich riskierte einen zweiten Blick. Die alte Dame wollte offenbar nicht länger warten, drehte sich um und schlurfte durch die Wasserpfütze vor der Tür zur Treppe. Als sie an Tamworths Leiche vorbeikam, machte sie leise *tz, tz, tz.* Ich behielt den Treppenabsatz im Auge und schlich zum Dachaufgang, als sich mein Mißtrauen regte. Ich drehte mich zu der alten Dame auf der Treppe um, die halblaut über die Straßenbahnfahrpläne schimpfte. Ihre feuchten Fußabdrücke hatten mich stutzig werden lassen. Obwohl sie winzige Füße hatte, stammten die Abdrücke eindeutig von einem Herrenschuh. Das genügte mir als Beweis. Ich dachte an Regel Nummer Zwei: Acheron hat noch jeden hinters Licht geführt, sei es mit Worten, Taten, Gedanken oder *seinem Äußeren.* Zum ersten Mal in meinem Leben machte ich spontan von der Schußwaffe Gebrauch.«

Da niemand etwas sagte, fuhr ich fort.

»Mindestens drei der vier Kugeln trafen die gedrungene Gestalt auf der Treppe. Die alte Dame – oder, besser, was ich dafür gehalten hatte – stürzte die Treppen hinunter, und ich sah vorsichtig über das Geländer in die darunterliegende Etage. Die Habseligkeiten der Alten lagen auf den Betonstufen verstreut, und am Fuß der Treppe stand ihr Einkaufswagen. Ihre Einkäufe quollen daraus hervor, und mehrere Dosen Katzenfutter rollten langsam treppab.«

»Dann haben Sie sie also getroffen?«

»Mit Sicherheit.«

Flanker fischte einen kleinen, durchsichtigen Plastikbeutel aus der Tasche und zeigte ihn mir. Er enthielt drei meiner Pistolenkugeln; sie waren völlig plattgedrückt, als hätte ich damit auf einen Panzer geschossen.

Als Flanker weitersprach, triefte seine Stimme geradezu vor Sarkasmus. »Wollen Sie damit sagen, Acheron hatte sich als alte Dame verkleidet?«

»Jawohl, Sir«, antwortete ich, ohne ihn anzusehen.

»Und wie hat er das Ihrer Ansicht nach gemacht?«

»Ich weiß es nicht, Sir.«

»Wie könnte sich ein über einsachtzig großer Mann in derart kleine Frauenkleider zwängen?«

»Ich glaube nicht, daß er sich *tatsächlich* verkleidet hat; ich glaube, er hat lediglich das *projiziert*, was ich sehen sollte.«

»Das ist doch absurd.«

»Wir wissen längst nicht alles über Hades.«

»*Das* können Sie laut sagen. Die alte Dame hieß Mrs. Grimswold; ihre Leiche steckte im Kamin von Styx' Wohnung. Die Kollegen mußten sie zu dritt herausziehen.«

Flanker dachte einen Augenblick nach und überließ die nächste Frage einem seiner Begleiter.

»Mich würde brennend interessieren, weshalb Sie beide mit Deformationsmunition bewaffnet waren«, sagte einer der anderen

Beamten und sah dabei nicht mich, sondern die Wand an. Er war klein und dunkelhaarig und litt unter einem lästigen Zucken des linken Augenlides. »Gerillte Hohlspitzprojektile und Hochleistungsgeschosse. Was wollten Sie damit erlegen? Büffel?«

Ich holte tief Luft.

»'77 wurde Hades sechsmal angeschossen, Sir, und das ohne erkennbare Wirkung. Aus diesem Grund gab uns Tamworth die Spezialmunition. Er sagte, SO-1 hätte das ausdrücklich genehmigt.«

»Daß ich nicht lache. Wenn die Journaille davon Wind bekommt, sind wir geliefert. SpecOps hat ein, gelinde gesagt, gespanntes Verhältnis zur Presse, Miss Next. Der *Mole* versucht seit geraumer Zeit, uns einen seiner Schreiberlinge auf den Hals zu hetzen. Dabei sind wir der Politik gegenwärtig ohnehin ein Dorn im Auge. Deformations-Geschosse! – Scheiße, nicht mal unsere Spezialtruppen auf der Krim sind damit ausgerüstet.«

»Das habe ich auch gesagt«, entgegnete ich, »aber wenn ich mir die Dinger so ansehe« – ich hielt den Beutel mit den plattgedrückten Projektilen in die Höhe –, »muß ich gestehen, daß Tamworth außerordentlich zurückhaltend gehandelt hat. Wir hätten Panzerabwehrmunition einsetzen sollen.«

»Sie sind ja wohl nicht ganz gescheit.«

Wir machten eine Pause. Flanker verschwand mit den anderen im Nebenzimmer, während eine Krankenschwester meinen Verband wechselte. Ich hatte Glück gehabt; mein Arm hatte sich nicht entzündet. Ich dachte gerade an Snood, als sie zurückkamen, um die Vernehmung fortzusetzen.

»Als ich vorsichtig die Treppe hinunterstieg, stellte sich heraus, daß Acheron inzwischen keine Waffe mehr hatte«, nahm ich den Faden wieder auf. »Am Fuß der Treppe lag eine 9mm-Beretta neben einer Tüte Vanillesoßenpulver. Von Acheron und der kleinen alten Dame keine Spur. Im unteren Stockwerk fand ich eine Wohnungstür, die jemand mit brutaler Gewalt eingetreten hatte, wobei die Scharniere und das Schloß zu Bruch gegangen waren. Ich versuchte, die Bewohner zu befragen, aber die beiden konnten sich kaum halten vor Lachen; Acheron hatte ihnen offenbar einen Witz über drei Ameisenbären in einer Kneipe erzählt, und ich brachte kein vernünftiges Wort aus ihnen heraus.«

Eine Beamtin schüttelte schwerfällig den Kopf.

»Was ist denn nun schon wieder?« fragte ich pikiert.

»Keine der von Ihnen genannten Personen kann sich an Sie oder Acheron erinnern. Sie entsinnen sich nur, daß plötzlich ohne ersichtlichen Grund die Tür aufsprang. Haben Sie dafür eine Erklärung?«

Ich überlegte einen Augenblick.

»Nein. Vielleicht ist er imstande, willensschwache Menschen zu kontrollieren. Aber wir haben bislang ohnehin nur eine dunkle Ahnung von seinen ungeheuren Fähigkeiten.«

»Hmmm«, machte die Beamtin nachdenklich. »Ehrlich gesagt, hat das Pärchen sogar versucht, uns den Witz über die Ameisenbären zu *erzählen*. Das hat uns dann doch ein wenig stutzig gemacht.«

»Er war nicht komisch, stimmt's?«

»Ganz und gar nicht. Trotzdem haben sich die beiden fast kaputtgelacht.«

Ich wurde langsam sauer; die Art ihrer Befragung ging mir gegen den Strich. Ich sammelte meine Gedanken und fuhr fort, um die Sache so schnell wie möglich hinter mich zu bringen.

»Ich sah mich in der Wohnung um und stellte fest, daß im Schlafzimmer ein Fenster offenstand. Es ging auf die Feuerleiter, und als ich hinausspähte, entdeckte ich Acherons Gestalt vier Stockwerke tiefer auf der rostigen Treppe. Gerade als mir klar wurde, daß ich ihn nicht mehr einholen konnte, sah ich Snood. Er stolperte hinter einem geparkten Wagen hervor, richtete seinen Revolver auf Hades und sank auf die Knie. Damals verstand ich nicht, was er damit bezweckte.«

»Und heute?«

Ich ließ den Kopf hängen.

»Er war *meinet*wegen da.«

Ich spürte, wie mir die Tränen kamen, und kämpfte mit aller Macht dagegen an. Da ich nicht die Absicht hatte, vor diesen Leuten loszuflennen wie ein kleines Kind, kaschierte ich mein Schniefen durch geschicktes Hüsteln.

»Er war da, weil er wußte, was er getan hatte«, sagte Flanker. »Er wußte, daß er Tamworth und Sie in Lebensgefahr gebracht hatte, weil ihm Hades' Name herausgerutscht war. Wir gehen davon aus, daß er seinen Fehler wiedergutmachen wollte. Mit neunundachtzig Jahren trat er einem Mann gegenüber, der erstens zu allem entschlossen und ihm zweitens sowohl körperlich als auch intellektuell weit überlegen war. Das war zwar tapfer. Aber dumm. Konnten Sie hören, worüber die beiden gesprochen haben?«

»Anfangs nicht. Aber als ich die Feuertreppe weiter hinunterstieg, hörte ich Snood ›Polizei!‹ und ›Auf den Boden!‹ rufen. Als ich im zweiten Stock angekommen war, hatte Hades den Alten schon überredet, ihm seine Waffe auszuhändigen, und erschoß ihn damit. Ich drückte zweimal ab; Hades schwankte leicht, fing sich allerdings rasch wieder und rannte zum erstbesten Wagen. *Meinem* Wagen.«

»Und dann?«

»Ich kletterte die Leiter hinunter, ließ mich fallen und landete unglücklich in einem Abfallhaufen, wobei ich mir den Fuß verstauchte. Als ich den Kopf hob, sah ich, wie Acheron das Seitenfenster meines Wagens einschlug und die Tür öffnete. Es dauerte nur ein paar Sekunden, dann hatte er das Lenkradschloß geknackt und den Motor angelassen. Ich wußte, daß die Straße eine Sackgasse war. Wenn Acheron entkommen wollte, mußte er mich über den Haufen fahren. Ich humpelte zur Straßenmitte und wartete. Als er losfuhr, drückte ich ab. Jeder Schuß ein Treffer. Zwei in die Windschutzscheibe und einer in den Kühlergrill. Acheron gab Gas, und ich leerte mein Magazin. Ein Seitenspiegel und ein Scheinwerfer gingen zu Bruch. Wenn er nicht auswich, würde er mich überfahren, aber das war mir in dem Moment egal. Der Einsatz war ohnehin ein Desaster. Acheron hatte Tamworth und Snood umgebracht. Er würde zahllose andere umbringen, wenn ich mich ihm nicht entgegenstellte. Als meine letzte Kugel seinen rechten Vorderreifen traf, verlor Acheron schließlich die Kontrolle über den Wagen. Er rammte einen am Straßenrand geparkten Studebaker, überschlug sich, schlidderte auf dem Dach quer über die Straße und kam zu guter Letzt einen knappen Meter vor mir zum Stehen. Er schaukelte noch einen Augenblick und lag dann still; das Kühlwasser vermischte sich mit auslaufendem Benzin.«

Ich trank noch einen Schluck Wasser und blickte in die Runde. Sie hingen an meinen Lippen, doch das dicke Ende kam erst noch.

»Ich lud nach und riß die Fahrertür des umgestürzten Wagens auf. Ich hatte eigentlich erwartet, daß er bewußtlos herausfallen würde, aber Acheron wurde meinen Erwartungen, wie schon so oft an diesem Abend, leider nicht gerecht. Der Wagen war leer.«

»Hatten Sie ihn entkommen sehen?«

»Nein. Genau darüber dachte ich nach, als ich eine vertraute Stimme hinter meinem Rücken hörte. Es war Buckett. Er war zurückgekommen.

›Wo ist der Kerl?‹ brüllte er.

›Keine Ahnung‹, stammelte ich und warf einen Blick auf den Rücksitz des Wagens. ›Eben war er noch da!‹

›Sie bleiben hier!‹ schrie Buckett. ›Ich sehe vorne nach!‹

Ich war froh, daß mir jemand Befehle erteilte und die Last der Verantwortung von meinen Schultern nahm. Aber als Buckett sich zum Gehen wandte, flimmerte er leicht, und da wußte ich, daß etwas nicht stimmte. Ohne zu zögern, schoß ich Buckett dreimal in den Rücken. Er brach zusammen ...«

»Sie haben auf einen *Kollegen* geschossen?« fragte die SO-1-Agentin ungläubig. »Noch dazu in den *Rücken*?« Ich ignorierte sie.

»... nur war es natürlich nicht Buckett. Die Gestalt, die vor mir auf der Fahrbahn lag und sich jetzt mühsam hochrappelte, war Acheron. Er massierte sich den Rücken an der Stelle, wo ich ihn getroffen hatte, und lächelte milde.

›Das war nicht sehr sportlich!‹ sagte er grinsend.

›Ich hatte für Sport noch nie etwas übrig‹, versicherte ich ihm.«

Einer der SO-1-Beamten fiel mir ins Wort.

»Sie scheinen Ihre Gegner des öfteren in den Rücken zu schießen, Next. Aus kürzester Entfernung, mit gerillten Geschossen, und das soll er *überlebt* haben? Tut mir leid, aber das ist unmöglich!«

»Aber wenn ich es Ihnen doch sage!«

»Sie lügt!« rief er empört. »Ich höre mir das nicht länger an!«

Flanker legte ihm beschwichtigend die Hand auf den Arm.

»Fahren Sie fort, Miss Next.«

Ich gehorchte.

»›Hallo, Thursday‹, sagte Hades.

›Acheron‹, antwortete ich.

Er lächelte.

›Ihretwegen liegt Tamworth da oben in seinem Blut. Geben Sie mir Ihre Waffe, damit das hier ein Ende hat und wir nach Hause gehen können.‹

Hades streckte die Hand aus, und ich verspürte den unwiderstehlichen Drang, ihm meine Pistole zu übergeben. Aber ich hatte ihn schon einmal abgewiesen, obwohl er es damals mit weitaus überzeugenderen Methoden versucht hatte – als er Dozent gewesen war und ich seine Studentin. Vielleicht wußte Tamworth, daß ich die Kraft hatte, ihm zu widerstehen; vielleicht war das einer der Gründe, weshalb er mich dabeihaben wollte. Ich weiß es nicht. Als Hades das bemerkte, setzte er ein leutseliges Lächeln auf und sagte: ›Lange nicht gesehen. Fünfzehn Jahre, stimmt's?‹

›Sommer '69‹, erwiderte ich grimmig. Für seine Spielchen war mir meine Zeit zu schade.

›Neunundsechzig?‹ fragte er und dachte einen Augenblick nach. ›Dann sind es also *sechzehn* Jahre. Wenn mich nicht alles täuscht, waren wir damals ziemlich dick befreundet.‹

›Sie waren ein hervorragender Lehrer, Acheron. Ein solches Genie wie Sie ist mir nie wieder begegnet. Warum das alles?‹

›Dasselbe könnte ich dich fragen‹, gab Acheron lächelnd zurück. ›Du warst die einzige Studentin, die ich ohne rot zu werden als *hervorragend* bezeichnen konnte, und was ist aus dir geworden? Ein besserer Bulle. Eine LitAg. Eine Sklavin des Networks. Was hat dich zu SO-5 verschlagen?‹

›Das Schicksal.‹

Einen Augenblick lang herrschte Schweigen. Acheron lächelte.

›Ich habe dich von Anfang an gemocht, Thursday. Du hast mich zurückgewiesen, und wie wir alle wissen, gibt es nichts Verführerischeres als ein Nein. Ich habe mich oft gefragt, was ich wohl tun würde, wenn wir uns einmal wiedersehen. Mein Schützling, meine Meisterschülerin. Fast wären wir ein Paar geworden.‹

›Ihr *Schützling* bin ich nie gewesen, Hades.‹

Wieder lächelte er.

›Hast du dir schon einmal ein neues Auto gewünscht?‹ fragte er plötzlich, wie aus heiterem Himmel.

Natürlich. Wer hat das nicht? Und das sagte ich ihm auch.

›Wie steht es mit einem großen Haus? Oder, besser noch, *zwei* großen Häusern? Auf dem Land. Mit Park. *Und* einem Rembrandt.‹

Ich begriff, worauf er hinauswollte.

›Wenn Sie mich kaufen wollen, Acheron, müssen Sie schon die richtige Währung wählen.‹

Acheron klappte die Kinnlade herunter. ›Du bist zäh, Thursday. Nur wenige Menschen sind stärker als ihre Habsucht.‹

Mich packte die Wut. ›Was wollen Sie mit dem *Chuzzlewit*-Manuskript, Acheron? Es verkaufen?‹

›Etwas stehlen und verkaufen? Wie *ordinär*‹, sagte er höhnisch. ›Das mit deinen beiden Freunden tut mir aufrichtig leid. Hohlspitzgeschosse richten eine ziemliche Schweinerei an, nicht wahr?‹

Wir standen uns auf der Straße gegenüber. Es konnte nicht mehr lange dauern, bis SO-14 endlich eintraf.

›Auf den Boden‹, befahl ich. ›Oder ich schieße. So wahr ich hier stehe.‹

Hades machte eine Bewegung, fast zu schnell fürs bloße Auge. Ich hörte einen lauten Knall und spürte, wie mich etwas am Oberarm zupfte. Plötzlich durchströmte mich wohlige Wärme, und ich nahm mehr oder weniger gleichgültig zur Kenntnis, daß ich angeschossen worden war.

›Nicht übel, Thursday. Wie wär's mit dem anderen Arm?‹

Ohne es zu merken, hatte ich einen Schuß in seine Richtung abgegeben. Dazu gratulierte er mir jetzt. Ich wußte, daß mir höchstens dreißig Sekunden Zeit blieben, bis der Blutverlust mir das Bewußtsein raubte. Ich nahm die Automatik in die linke Hand und brachte sie erneut in Anschlag.

Acheron lächelte anerkennend. Er hätte dieses brutale Spielchen gewiß noch weitergetrieben, doch jaulende Polizeisirenen in der Ferne zwangen ihn zum Handeln. Er schoß mir in die Brust und ließ mich liegen, in dem Glauben, ich sei tot.«

Als ich mit meiner Geschichte fertig war, änderten die SO-1-Beamten nervös ihre Haltung und wechselten verstohlene Blicke, doch ob sie mir glaubten oder nicht, war mir egal. Hades hatte mich für tot gehalten, aber meine Zeit war offenbar noch nicht gekommen. Tamworths Exemplar von *Jane Eyre* hatte mir das Leben gerettet. Ich hatte es in meiner Brusttasche getragen, und Hades' Kugel hatte es nicht ganz durchschlagen, sondern war im Einband steckengeblieben. Ein paar gebrochene Rippen und eine mörderische Prellung – aber ich hatte es überlebt. Es war Glück, Schicksal oder wie auch immer man es nennen möchte.

»War das alles?« fragte Flanker.

Ich nickte.

»Das war alles.«

Das war natürlich längst nicht alles, es gab noch sehr viel mehr, aber nichts davon ging diese Leute etwas an. So hatte ich ihnen beispielsweise verschwiegen, auf welch gemeine Weise Hades den Tod von Snood dazu benutzt hatte, um mich emotional zu destabilisieren; nur so hatte er den ersten Treffer landen können.

»Mehr brauchen wir nicht zu wissen, Miss Next. Sie können zu SO-27 zurückkehren, sobald Sie dazu in der Lage sind. Ich möchte Sie jedoch daran erinnern, daß Sie zum Stillschweigen verpflichtet sind. Ein falsches Wort könnte überaus ärgerliche Konsequenzen haben. Haben Sie uns noch etwas zu sagen?«

Ich holte tief Luft. »Ich weiß, vieles von dem, was ich Ihnen erzählt habe, klingt unglaubwürdig, aber es ist die Wahrheit. Ich bin die erste Zeugin, die mit eigenen Augen gesehen hat, wie weit Hades zu gehen bereit ist, um sein Ziel zu erreichen. Wer auch immer in

Zukunft mit seinem Fall zu tun hat, sollte sich darüber im klaren sein, wozu er fähig ist.«

Flanker lehnte sich zurück und warf dem Mann mit dem Tic einen fragenden Blick zu; der nickte.

»Nicht nötig, Miss Next.«

»Wie meinen Sie das?«

»Hades ist tot. Obwohl man ihnen eine gewisse Schießwut schwerlich wird absprechen können, sind die Kollegen von SO-14 beileibe keine Totalversager. Sie haben ihn an jenem Abend über die M4 verfolgt, bis er an der Anschlußstelle Zwölf die Kontrolle über sein Fahrzeug verlor und eine Böschung hinunterraste. Der Wagen explodierte und brannte aus. Wir wollten es Ihnen nicht sagen, bevor wir Sie nicht vernommen hatten.«

Die Nachricht traf mich wie ein Faustschlag in den Magen. Rache war eines der wenigen Gefühle, mit denen ich mich über die vergangenen zwei Wochen gerettet hatte. Ohne das brennende Verlangen, Hades seiner gerechten Strafe zuzuführen, hätte ich vermutlich gar nicht durchgehalten. Ohne Acheron konnte niemand meine Aussagen bestätigen. Zwar hatte ich nicht erwartet, daß man mir alles glaubte, aber so konnte ich mich wenigstens darauf freuen, rehabilitiert zu werden, wenn andere seine Bekanntschaft machten.

»Wie bitte?« fragte ich.

»Ich habe gesagt, Hades ist tot.«

»Nein, niemals«, widersprach ich, ohne nachzudenken.

Flanker glaubte vermutlich, ich stünde immer noch unter Schock. »Auch wenn es Ihnen schwerfällt, das zu akzeptieren: Er ist tot. Bis zur Unkenntlichkeit verbrannt. Wir mußten ihn anhand seiner zahnärztlichen Unterlagen identifizieren. Er hatte immer noch Snoods Pistole bei sich.«

»Und das *Chuzzlewit*-Manuskript?«

»Keine Spur – vermutlich ebenfalls verbrannt.«

Ich sah zu Boden. Der Einsatz war ein einziges Fiasko gewesen.

»Miss Next«, sagte Flanker, stand auf und legte mir eine Hand auf die Schulter, »es wird Sie freuen zu hören, daß alles unter SO-8 strengster Geheimhaltung unterliegt. Sie können also bedenkenlos zu Ihrer Abteilung zurückkehren, Ihre Akte bleibt ohne Fehl und Tadel. Es gab zwar Pannen, aber wer weiß schon, wie die Sache unter anderen Umständen ausgegangen wäre. Uns werden Sie jedenfalls nicht wiedersehen.«

Er stellte den Cassettenrecorder ab, wünschte mir gute Besserung und ging zur Tür hinaus. Die anderen Beamten taten es ihm nach, bis auf den Mann mit dem Tic. Er wartete, bis seine Kollegen außer Hörweite waren, und raunte mir dann zu: »Ich halte Ihre Aussage für Schwachsinn, Miss Next. Das Amt kann es sich nicht leisten, Leute vom Schlage eines Fillip Tamworth zu verlieren.«

»Danke.«

»Wofür?«

»Dafür, daß Sie mir seinen Vornamen genannt haben.«

Der Mann wollte noch etwas sagen, besann sich dann aber doch eines Besseren und ging.

Ich stand auf und starrte aus dem Fenster des provisorischen Verhörraums. Draußen war es sonnig und warm, und die Bäume wiegten sich sanft im Wind; die Welt sah aus, als sei für Menschen wie Hades auf ihr wenig Platz. Die Gedanken an besagte Nacht kehrten zurück. Die Sache mit Snood hatte ich ihnen wohlweislich verschwiegen. Acheron hatte auf Snoods müden und verbrauchten Körper gezeigt und gesagt: »Ich soll dir von Filbert ausrichten, daß es ihm leid tut.«

»Das ist Filberts Vater!« verbesserte ich ihn.

»Nein«, sagte er kichernd. »Das war Filbert.«

Ich sah mir Snood noch einmal an. Er lag mit offenen Augen auf dem Rücken, und die Ähnlichkeit war unverkennbar, trotz der vierzig Jahre Altersunterschied.

»O Gott, nein! Filbert? Wirklich?«

Acheron schien sich königlich zu amüsieren.

»*Bis auf weiteres verhindert* ist der gängige ChronoGarden-Euphemismus für eine Zeitaggregation, Thursday. Komisch, daß du das nicht wußtest. Eine Minute außerhalb des Hier und Jetzt, und schon bist du sechzig Jährchen älter. Kein Wunder, daß er sich nie wieder bei dir gemeldet hat. Er wollte nicht, daß du ihn so siehst.«

Also doch keine Frau in Tewkesbury. Mein Vater hatte mir genug von Temporaldilationen und Zeitverzerrungen erzählt. Filbert war irgendwo zwischen Ereignis, Konus und Horizont gefangen gewesen, was seine Rückkehr in die Gegenwart »bis auf weiteres« verhindert hatte. Das Tragische daran war, daß er es mir nicht mehr hatte sagen können. Ich war derart perplex, daß ich nicht reagierte, als Acheron die Waffe hob und schoß. Und genau das hatte er wohl geplant.

Ich ging langsam in mein Zimmer zurück und setzte mich aufs Bett. Ich war am Boden zerstört. Wenn ich allein bin, kommen mir leicht die Tränen. Nachdem ich fünf Minuten Rotz und Wasser geheult hatte, ging es mir schon bedeutend besser; ich putzte mir geräuschvoll die Nase und schaltete den Fernseher ein, um mich ein wenig abzulenken. Ich zappte mich durch die Kanäle, bis ich auf das Toad News Network stieß. Neues von der Krim, was sonst?

»Wir bleiben beim Thema Krim«, verkündete die Nachrichtensprecherin. »Die Abteilung Spezialwaffen der Goliath Corporation präsentierte heute ihre jüngste Entwicklung im Kampf gegen die russischen Aggressoren. Man hofft, mit dem neuen Ballistischen Plasmagewehr – Codename: *Stonk* – die entscheidende Wende im Krieg um die Halbinsel herbeiführen zu können. Unser Verteidigungsberichterstatter James Backbiter mit den Einzelheiten.«

Schnitt auf die Großaufnahme einer exotisch anmutenden Waffe in den Händen eines Soldaten in der SpecOps-Armeeuniform.

»Dies ist das neue Plasmagewehr, das die Abteilung Spezialwaffen der Goliath Corporation heute vorgestellt hat«, verkündete Backbiter und trat neben den Soldaten; die beiden befanden sich anscheinend auf einem Schießstand. »Wir können Ihnen aus verständlichen Gründen nicht allzuviel darüber sagen, aber wir können seine Schlagkraft demonstrieren und Ihnen verraten, daß es Panzer und gegnerische Truppen mittels eines konzentrierten Energiestrahls aus bis zu einer Meile Entfernung ohne weiteres außer Gefecht setzen kann.«

Fassungslos sah ich mit an, wie der Soldat die neue Waffe vorführte. Unsichtbare Energiestrahlen trafen den Zielpanzer mit der Wucht von zehn unserer Haubitzen. Als hätte man ein Artilleriegeschütz in der Hand. Der Feuerstoß brach ab, und Backbiter stellte dem Colonel ein paar offensichtlich abgesprochene Fragen, während im Hintergrund Soldaten mit der neuen Waffe aufmarschierten.

»Wann sollen die Truppen der vorderen Linie mit dem Stonk ausgerüstet werden?«

»Die ersten Waffen sind bereits unterwegs. Der Rest wird geliefert, sobald wir die nötige Produktions-Kapazität aufgebaut haben.«

»Und abschließend: Wie wird sich das auf den Konflikt auswirken?«

Eine kaum merkliche Regung huschte über das Gesicht des Colonels. »Wenn Sie mich fragen, werden die Russen in spätestens vier Wochen um Frieden betteln.«

»Ach du *Scheiße*«, murmelte ich vor mich hin. In meiner Militärzeit hatte ich diesen Satz unzählige Male zu hören bekommen. Er war noch dümmer als das gute alte »Bis Weihnachten ist alles vorbei« und hatte unweigerlich entsetzliche Verluste zur Folge.

Schon vor dem ersten Einsatz dieser neuen Waffe hatte ihre bloße Existenz das Gleichgewicht der Kräfte auf der Krim empfindlich gestört. Nicht länger an einem Rückzug interessiert, versuchte die englische Regierung nun über die Kapitulation aller russischen Truppen zu verhandeln. Die Russen wollten davon nichts wissen. Die UNO hatte beide Seiten aufgefordert, die Gespräche in Budapest wiederaufzunehmen, doch dazu war es zu spät; die Kaiserlich-Russische Armee hatte sich gegen die erwartete Attacke eingegraben. Wenige Stunden zuvor war der Sprecher von Goliath vor das Parlament zitiert worden, um die verzögerte Auslieferung der Waffen zu begründen, die nun schon seit über einem Monat auf sich warten ließ.

Reifenquietschen riß mich aus meinen Gedanken. Ich blickte auf. Mitten im Zimmer stand ein quietschbunter Sportwagen. Ich blinzelte zweimal, doch er wollte nicht verschwinden. Ich hatte nicht den leisesten Schimmer, warum, geschweige denn *wie* er dorthingekommen war, aber da stand er nun, dabei paßte schon mein Krankenbett kaum durch die Tür. Ich roch die Auspuffgase und hörte den Motor tuckern, fand das sonderbarerweise jedoch nicht weiter verwunderlich. Die Insassen starrten mich an. Die Mittdreißigerin am Steuer kam mir irgendwie bekannt vor.

»Thursday!« rief die Fahrerin sichtlich erregt.

Ich runzelte die Stirn. Alles *wirkte* vollkommen real, und ich war mir hundertprozentig sicher, daß ich die Frau schon einmal irgendwo gesehen hatte. Ihr Beifahrer, ein junger Mann im Anzug, winkte fröhlich.

»Er ist nicht tot!« sagte die Fahrerin hastig, so als bliebe ihr nur wenig Zeit zum Sprechen. »Der Autounfall war ein Trick! Leute wie Acheron sind nicht so leicht totzukriegen! Nimm den LitAg-Job in Swindon!«

»Swindon?« echote ich. Ich hatte eigentlich gehofft, dieser Stadt ein für allemal entkommen zu sein – sie hielt ein paar allzu schmerzliche Erinnerungen für mich bereit.

Ich öffnete den Mund und wollte noch etwas sagen, als von neuem Gummi quietschte und der Wagen sich nicht etwa in Luft auflöste, sondern sozusagen zusammenklappte, bis von ihm nichts weiter zurückblieb als das ferne Echo der Reifen und der schwache Geruch von Benzin. Ich stützte den Kopf in die Hände. Die Fahrerin war mir *sehr* bekannt vorgekommen, und ich wußte auch, warum. Sie war niemand anderes gewesen als ich selbst.

Mein Arm war fast verheilt, als das Ergebnis meiner Vernehmung durch die Dienstaufsicht bekannt wurde. Ich durfte den Bericht zwar nicht lesen, aber das störte mich nicht weiter. Hätte ich gewußt, was darin stand, wäre ich wohl nur noch unzufriedener und wütender gewesen, als ich es ohnehin schon war. Boswell hatte mich ein zweites Mal besucht und mir mitgeteilt, daß man mir sechs Monate Genesungsurlaub gewährt habe, bevor ich an meinen alten Arbeitsplatz zurückkehren mußte, doch auch das hob meine Laune nicht sehr. Ich hatte keine Lust, in Boswells öde Höhle zurückzukehren und darauf zu warten, daß Paige Turner vielleicht doch noch heiratete.

»Was hast du jetzt vor?« fragte sie, also ich meine, Paige. Sie war gekommen, um mir beim Packen zu helfen, bevor ich aus dem Krankenhaus entlassen wurde. »Ein halbes Jahr Urlaub kann einem ganz schön lang werden, ohne Hobbys, Familie oder Freund«, fuhr sie fort. Sie war bisweilen ziemlich direkt.

»Ich hab ja jede Menge Hobbys.«

»Zum Beispiel?«

»Malen.«

»Im Ernst?«

»Ja, im Ernst. Im Augenblick male ich ein Seestück.«

»Und wie lange arbeitest du schon daran?«

»Ungefähr sieben Jahre.«

»Dann muß es aber sehr, sehr gut sein.«

»Ganz im Gegenteil.«

»Scherz beiseite«, sagte Paige. In den letzten Wochen waren wir uns nähergekommen als in all den Jahren zuvor. »Was hast du vor?«

Ich reichte ihr das Amtsblatt von SpecOps-27 mit Stellenausschreibungen aus dem ganzen Land. Paige las die Annonce, die ich rot umkringelt hatte.

»Swindon?«

»Warum nicht? Die alte Heimat.«

»Mag sein«, entgegnete Paige, »aber *komisch* ist es schon.« Sie tippte auf das Inserat. »Die suchen eine einfache Agentin – du bist seit über drei Jahren Inspektor!«

»Dreieinhalb. Ist mir egal. Ich gehe trotzdem.«

Den wahren Grund verschwieg ich Paige. Es konnte natürlich Zufall sein, doch der Rat der Sportwagenfahrerin war unmißverständlich gewesen: *Nimm den LitAg-Job in Swindon!* Vielleicht war es ja doch eine echte Vision! Das Amtsblatt mit dem Stellenangebot war schließlich erst da*nach* erschienen. Und wenn das mit dem Job in Swindon stimmte, war vermutlich auch Hades noch am Leben.

Ich hatte mich ohne nachzudenken um den Posten beworben, aber ich konnte Paige beim besten Willen nichts von dem Sportwagen erzählen; sie hätte mich, trotz unserer Freundschaft, bei Boswell angeschwärzt. Boswell hätte mit Flanker gesprochen, was allerlei

Unannehmlichkeiten nach sich ziehen konnte. Ich entwickelte mich langsam, aber sicher zu einer wahren Meisterin in der Kunst, mit der Wahrheit hinterm Berg zu halten, und dabei ging es mir so gut wie schon seit Monaten nicht mehr.

»Du wirst den Kollegen fehlen, Thursday.«

»Das geht vorbei.«

»Du wirst *mir* fehlen.«

»Danke, Paige, sehr nett von dir. Du wirst mir auch fehlen.«

Wir umarmten uns, sie sagte, ich solle von mir hören lassen, und ging; ihr Piepser hatte sich gemeldet.

Nachdem ich fertig gepackt hatte, dankte ich den Schwestern, die mir zum Abschied einen in braunes Packpapier geschlagenen Karton überreichten.

»Was ist das?« fragte ich.

»Es gehörte Ihrem Lebensretter.«

»Wie soll ich das verstehen?«

»Bevor der Krankenwagen eintraf, hat sich ein Passant um Sie gekümmert; die Wunde in ihrem Arm war verbunden, und er hat Sie in seine Jacke gehüllt, um Sie warmzuhalten. Ohne sein Eingreifen wären Sie wahrscheinlich verblutet.«

Gespannt öffnete ich das Paket. Da war zunächst ein Taschentuch, das trotz mehrerer Waschgänge immer noch mit meinem Blut befleckt war. In einer Ecke prangte ein aufgesticktes Monogramm: EFR. Außerdem enthielt der Karton eine Jacke, eine Art Gehrock, wie er Mitte des letzten Jahrhunderts in Mode gewesen sein mochte. Ich durchsuchte die Taschen und fand die Rechnung eines Herrenschneiders. Sie stammte aus dem Jahre 1833 und lautete auf einen gewissen Edward Fairfax Rochester, Esq.

Bleischwer sank ich aufs Bett und starrte auf diese Fundstücke. Normalerweise wäre ich nicht im Traum darauf gekommen, daß Rochester in jener Nacht *Jane Eyre* entstiegen sein könnte, um mir zu helfen; so etwas war schließlich völlig unmöglich. Ich hätte das Ganze vermutlich als albernen Scherz abgetan, wenn, ja, wenn Edward Rochester und ich uns nicht schon einmal begegnet wären ...

6.

Jane Eyre:
Ein kleiner Ausflug in den Roman

Als wir vor der Wohnung von Styx zusammentrafen, war dies weder die erste noch die letzte Begegnung zwischen Rochester und mir. Das erste Mal liefen wir uns in Haworth House in Yorkshire über den Weg, als ich noch jung und aufgeschlossen war und die Grenze zwischen Wirklichkeit und Phantasie sich noch nicht zu dem Panzer verhärtet hatte, der uns als Erwachsene umgibt. Damals war die Grenze biegsam, weich, und dank der Hilfsbereitschaft einer Fremden und dem Zauber ihrer Stimme machte ich die kleine Reise – hin und zurück.

THURSDAY NEXT
– Ein Leben für SpecOps

Es war 1958. Mein Onkel und meine Tante – die mir damals schon uralt vorkamen – waren mit mir nach Haworth House, der alten Brontë-Villa, gefahren. In der Schule hatten wir William Thackeray gelesen, und da er ein Zeitgenosse der Brontë-Schwestern war, schien dies eine willkommene Gelegenheit, mein Interesse an dieser Epoche zu vertiefen. Mein Onkel Mycroft hielt an der Bradford University Vorlesungen über seine Spieltheorie, was den praktischen Vorteil hatte, daß ich beim »Mensch, ärgere dich nicht« fast immer gewann. Da es von Bradford nach Haworth nicht allzu weit war, beschlossen wir, das Angenehme mit dem Nützlichen zu verbinden.

Die Museumsführerin, eine dickliche Frau um die sechzig mit Nickelbrille und Angorastrickjacke, lotste die Besucher mürrisch durch die Räume, weil ohnehin niemand soviel Ahnung hatte wie sie und sie sich nun dazu herablassen mußte, die Leute aus ihrer selbstverschuldeten Unmündigkeit herauszuführen. Gegen Ende des Rundgangs, als die Gedanken längst bei Ansichtskarten und Eiscreme waren, erwartete das Glanzstück der Sammlung, das Originalmanuskript von *Jane Eyre*, die müden Museumsbesucher.

Obwohl die mit verblaßter schwarzer Tinte bedeckten Seiten längst vergilbt waren, vermochte das geübte Auge die feine, krakelige Handschrift, die sich über das Papier zog, durchaus zu entziffern. Alle zwei Tage wurde eine Seite umgeblättert, so daß die ehrgeizigsten Brontë-Anhänger und Stammbesucher des Museums den Roman in seiner ursprünglichen Fassung lesen konnten.

An dem Tag, als ich Haworth House besuchte, lag das Manuskript an der Stelle aufgeschlagen, wo sich Jane und Rochester das erste Mal begegnen, ein zufälliges Zusammentreffen an einem Zauntritt.

»... weshalb es als eines der romantischsten Bücher gilt, die je geschrieben wurden«, leierte die ebenso dickliche wie aufgeblasene Führerin ihren ewiggleichen Monolog herunter, ohne die erhobenen Hände lästiger Fragesteller zu beachten.

»Die Figur der Jane Eyre, einer starken, selbstbestimmten Frau, unterschied sich grundlegend von den üblichen Romanheldinnen jener Zeit, und auch Rochester, ein abstoßender, im Grunde jedoch herzensguter Mensch, fiel durch seine Charakterschwächen und seinen makabren Humor sehr aus dem Rahmen. *Jane Eyre* schrieb Charlotte Brontë 1847 unter dem Pseudonym Currer Bell. Thackerey nannte den Roman ›das Meisterwerk eines großen Genies‹. Wir gehen nun weiter zum Museumsladen, wo Sie Ansichtskarten, Gedenktafeln, kleine Plastik-Heathcliffs und andere Souvenirs kaufen können. Ich danke Ihnen für Ihre ...«

Einer der Zuhörer hob kurzentschlossen die Hand und fiel ihr ins Wort. »Entschuldigen Sie ...«, begann der junge Mann mit amerikanischem Akzent.

Ein Wangenmuskel der Museumsführerin zuckte kaum merklich;

es kostete sie sichtlich Überwindung, anderer Leute Ansichten Gehör zu schenken. »Ja?« fragte sie mit eisiger Höflichkeit.

»Also«, fuhr der junge Mann fort. »Ich kenn mich mit den Brontës nicht so aus, aber ich hatte irgendwie ziemliche Probleme mit dem Schluß von *Jane Eyre*.«

»Probleme?«

»Ja. Wenn Jane aus Thornfield Hall abhaut und bei ihren Verwandten, den Rivers, unterkommt.«

»Der Name ihrer Verwandten ist mir durchaus geläufig, junger Mann.«

»Also, sie läßt sich mit diesem schleimigen St. John Rivers ein, heiratet ihn aber nicht, die beiden setzen sich nach Indien ab, und damit ist das Teil zu Ende? Das kann doch nich' sein! Was wird aus Rochester und seiner verrückten Frau? Wie wär's denn mit 'nem Happy End?«

Die Museumsführerin schaute finster drein.«Wie hätten Sie's denn gern? Sollen Gut und Böse sich in den Gängen von Thornfield Hall vielleicht einen Kampf auf Leben und Tod liefern?«

»So hab ich das nicht gemeint«, fuhr der junge Mann leicht verärgert fort. »Aber das Buch schreit doch geradezu nach einem starken Schluß, der sämtliche Erzählstränge miteinander verknüpft und die Geschichte zu einem befriedigenden Ende bringt. Für mich sieht es allerdings eher so aus, als ob ihr schlicht die Puste ausgegangen wäre.«

Die Museumsführerin starrte ihn durch ihre Nickelbrille durchdringend an und fragte sich offenbar, weshalb die Besucher sich nicht einfach wie Schafe benehmen konnten. Leider hatte der Mann nicht ganz unrecht; sie hatte schon des öfteren über den schwachen Schluß des Romans nachgedacht und sich – wie Millionen anderer Leser – gewünscht, die Umstände hätten es Jane und Rochester gestattet, doch noch den Bund der Ehe einzugehen.

»Manche Dinge werden ewig ein Geheimnis bleiben«, erwiderte sie unverbindlich. »Da Charlotte nicht mehr unter uns weilt, erübrigt sich diese Frage von selbst. Wir können nur das studieren und genießen, was sie uns hinterlassen hat. Außerdem macht ihre überaus lebendige Sprache die winzigen Unzulänglichkeiten des Romans mehr als wett.«

Der junge Amerikaner nickte, und die kleine Gruppe, darunter auch meine Tante und mein Onkel, gingen weiter. Ich blieb zurück, bis außer mir und einer japanischen Touristin niemand mehr im Saal war; dann stieg ich auf die Zehenspitzen und versuchte das Originalmanuskript von *Jane Eyre* zu lesen. Was sich als nicht ganz leicht erwies, da ich für mein Alter ziemlich klein war.

»Soll ich es dir vorlesen?« fragte eine freundliche Stimme dicht neben mir. Es war die japanische Touristin. Sie schenkte mir ein Lächeln, und ich dankte ihr für ihre Mühe.

Sie vergewisserte sich, daß niemand in der Nähe war, setzte ihre Brille auf und fing an zu lesen. Sie sprach hervorragend Englisch und hatte eine wunderbare Lesestimme; die Worte perlten vom Papier und beflügelten mein Vorstellungsvermögen.

... Damals spukten noch allerlei Phantasien in meinem Kopf; Geistergeschichten aus meiner Kindheit kamen mir wieder in den Sinn; und da ich kein Kind mehr war, nahmen sie eine Kraft und Lebendigkeit an, die über das Gruseln eines verschreckten kleinen Mädchens hinausging...

Ich schloß die Augen, und plötzlich erfüllte ein leichter Frost die Atmosphäre ringsum. Die Stimme der Touristin war mit einem Mal ganz klar, so als spräche sie im Freien, und als ich die Augen wieder aufschlug, war das Museum verschwunden, und ich stand auf einem Feldweg. Es war ein herrlicher Winterabend, und die Sonne versank am Horizont. Kein Lüftchen regte sich, und die Farben verblaßten. Abgesehen von ein paar Vögeln, die von Zeit zu Zeit durch die Hecke huschten, lag die Landschaft gänzlich starr und unbewegt. Schaudernd sah ich, wie sich mein dampfender Atem in der kühlen Luft kräuselte, zog den Reißverschluß meiner Jacke zu und bereute, daß ich Mütze und Handschuhe daheimgelassen hatte. Ich schaute mich um und stellte fest, daß ich nicht allein war. Kaum drei Meter

entfernt saß eine junge Frau in Mantel und Haube auf einem Zauntritt und betrachtete den aufgehenden Mond. Als sie den Kopf
wandte, sah ich, daß ihr Gesicht auf den ersten Blick unscheinbar
und reizlos wirkte und dennoch von innerer Kraft und Entschlossenheit zeugte. Ich starrte sie mit gemischten Gefühlen an. Ich
hatte vor nicht allzu langer Zeit erkannt, daß auch ich keine Schön-
heit war, und selbst im zarten Alter von neun Jahren schon mehrfach mit ansehen müssen, wie hübschere Kinder bevorzugt wurden.
Doch die junge Frau hier war der lebende Beweis dafür, daß sich
diese Prinzipien umkehren ließen. Ihre Haltung unbewußt nachah-
mend, hob ich den Kopf und reckte das Kinn.

Ich wollte sie gerade fragen, wohin das Museum verschwunden
sei, als uns ein Geräusch herumfahren ließ. Es war ein heranpre-
schendes Pferd, und im ersten Moment wirkte die junge Frau erschrocken. Der Weg war schmal, und ich trat zurück, um das Pferd
vorbeizulassen. Während ich noch wartete, kam ein großer, schwarz-
weiß gefleckter Hund die Hecke entlanggelaufen und schnüffelte
forschend umher. Der Hund ignorierte die Gestalt auf dem Zauntritt, blieb jedoch schlagartig stehen, als er mich sah. Begeistert mit
dem Schwanz wedelnd, sprang er auf mich zu und beschnupperte
mich; sein heißer Atem hüllte mich in einen warmen Mantel, und
seine Barthaare kitzelten meine Wange. Als ich zu kichern anfing,
wedelte der Hund noch aufgeregter mit dem Schwanz. Er schnüffelte seit 130 Jahren bei jeder Lektüre des Romans an dieser Hecke
entlang, war dabei aber noch nie auf etwas gestoßen, das so, na ja …
echt roch. Er schleckte mich mehrmals ab, mit großer Zuneigung
und Hingabe. Ich stieß ihn kichernd von mir, und er lief davon, um
einen Stock zu suchen.

Heute, nach mehrfacher Lektüre des Romans, weiß ich, daß der
Hund – er hieß Pilot – im Buch nie Stöckchen suchen durfte, weil er
dazu viel zu selten auftrat, weshalb er sich diese Gelegenheit auf
keinen Fall entgehen lassen wollte. Vermutlich hatte er instinktiv
gespürt, daß das kleine Mädchen, das da plötzlich auf Seite 81 auftauchte, nicht an die strenge Erzählstruktur gebunden war. Er
wußte, daß er die Grenzen der Geschichte hier und da ein klein we-

nig ausweiten und sich zum Beispiel aussuchen konnte, auf welcher Seite des Weges er schnüffeln wollte; wenn jedoch im Text stand, daß er bellen, umherrennen oder aufspringen sollte, mußte er sich wohl oder übel danach richten. Er war zu einem langen, sich endlos wiederholenden Dasein verurteilt, was die seltenen Auftritte von Menschen wie mir um so erfreulicher machte.

Als ich aufblickte, stellte ich fest, daß Roß und Reiter die junge Frau passiert hatten. Der Reiter war ein hochgewachsener Mann mit scharf geschnittenen Zügen und einem von Sorgen geprägten Gesicht, dessen Stirn von düsteren Gedanken umwölkt schien. Er hatte meine kleine Gestalt bislang nicht bemerkt, dabei führte ihn sein Weg genau dort entlang, wo ich jetzt stand, über eine tückische Eispfütze hinweg. Gleich darauf stand das Pferd vor mir, trappelte mit schweren Hufen über den gefrorenen Boden und blies mir aus samtigen Nüstern seinen heißen Atem ins Gesicht.

Plötzlich, als er das kleine Mädchen sah, das ihm den Weg verstellte, rief der Reiter: »Verflucht . . . !« und lenkte das Pferd rasch nach links, von mir fort, auf das glatte Eis. Das Pferd verlor den Halt und stürzte krachend zu Boden. Ich trat einen Schritt zurück, beschämt über den Unfall, den ich verursacht hatte; das Pferd versuchte verzweifelt Fuß zu fassen. Als der Hund den Tumult bemerkte, kam er angelaufen, legte mir den Stock vor die Füße, und als er seinen Herrn in Schwierigkeiten sah und das Pferd ächzen und stöhnen hörte, begann er aufgeregt zu bellen, so daß sein heiseres Knurren durch den stillen Abend hallte. Die junge Frau näherte sich dem Mann mit tief besorgter Miene. Sie wollte sich nützlich machen, ihre Hilfsbereitschaft zeigen, und sagte: »Sind Sie verletzt, Sir?«

Der Reiter murmelte etwas Unverständliches und würdigte sie keines Blickes.

»Kann ich etwas für Sie tun?« fragte sie noch einmal.

»Treten Sie beiseite«, antwortete der Reiter schroff und rappelte sich mühsam hoch. Die junge Frau trat zurück, während der Reiter seinem Pferd, das wild mit den Hufen klapperte und stampfte, auf die Beine half. Nachdem er den Hund mit einem lauten »Kusch!«

zum Schweigen gebracht hatte, bückte er sich und betastete sein Bein; es war offenbar verletzt. Seinem brüsken Benehmen nach zu urteilen, war mir der Mann gewiß ganz schrecklich böse, doch als er mich zum zweiten Mal erspähte, zwinkerte er mir zu meinem größten Erstaunen freundlich zu und mahnte mich zum Schweigen, indem er lächelnd einen Finger an die Lippen hob. Ich erwiderte sein Lächeln, und der Reiter wandte sich der jungen Frau zu. Dabei verzog sich sein Gesicht erneut zu einer düsteren Grimasse, wie es seine Rolle verlangte.

Von ganz weit oben hörte ich eine Stimme. Sie rief meinen Namen. Dunkle Wolken rasten über den Himmel. Die kalte Luft auf meinen Wangen erwärmte sich, als der Weg, das Roß, der Reiter und die junge Frau verschwanden und in den Roman zurückkehrten, dessen Seiten sie entsprungen waren. Der Museumssaal nahm Gestalt an, und die Bilder und Gerüche wurden wieder zu bloßen Wörtern, als die Japanerin den Satz zu Ende las.

... denn er hinkte zum Zauntritt, wo ich eben noch gesessen hatte, und ließ sich nieder.

»Thursday!« rief meine Tante Polly wütend. »Nun *trödel* doch nicht so. Du verpaßt ja die Hälfte!«

Sie nahm mich bei der Hand und zerrte mich davon. Ich drehte mich um und winkte der Japanerin zum Dank; sie lächelte freundlich zurück.

Ich war später noch ein paarmal im Museum, aber der Zauber hat nie wieder gewirkt. Als ich zwölf war, fast schon eine junge Frau, bewegten sich meine Gedanken längst in anderen Bahnen. Der einzige Mensch, mit dem ich je darüber gesprochen habe, war mein Onkel. Er nickte weise und glaubte mir aufs Wort. Sonst weiß niemand davon. Gewöhnliche Erwachsene haben es nicht so gern, wenn Kinder über Dinge sprechen, für die sie das Gespür verloren haben.

Mit den Jahren begann ich an meinen Erinnerungen zu zweifeln, bis ich sie an meinem achtzehnten Geburtstag schließlich ein für allemal zum Produkt meiner überhitzten kindlichen Phantasien erklärte. Daß Rochester am fraglichen Abend vor der Wohnung von Styx aufgetaucht war, verwirrte mich allerdings ziemlich. Die Wirklichkeit, soviel stand fest, geriet zusehends aus den Fugen.

7.

Schitt von der Goliath Corporation

... Niemand wird ernstlich bestreiten, daß wir der Goliath Corporation zu Dank verpflichtet sind. Sie hat uns beim Wieder-
aufbau nach dem Zweiten Weltkrieg tatkräftig unterstützt, das
dürfen wir keinesfalls vergessen. In jüngster Zeit jedoch hat es
den Anschein, als habe sich die Goliath Corporation vom Prinzip der Fairness und der Solidarität verabschiedet. Wir befinden
uns nunmehr in der unangenehmen Lage, eine Schuld abtragen
zu müssen, die wir längst beglichen haben – mit Zinsen ...

Parlamentsrede des englischen Goliathskeptikers
SAMUEL PRING

Ich stand auf dem SpecOps-Gedenkfriedhof in Highgate und betrachtete Snoods Grabstein. Die Inschrift lautete:

Filbert R. Snood
Er opferte seinem Beruf
die besten Jahre seines Lebens.
Die Zeit wartet auf niemanden
SO-12 & SO-5
1953 – 1985

Es heißt, Arbeit macht alt – sie hatte Filbert um Jahrzehnte altern
lassen. Es war vermutlich besser, daß er sich nach dem Unfall nicht
bei mir gemeldet hatte. Es hätte nie im Leben funktioniert, und
die – unvermeidliche – Trennung wäre zu schmerzhaft gewesen. Ich
legte einen Kiesel auf seinen Grabstein und wünschte ihm Lebewohl.

»Sie sind ein Glückspilz«, sagte eine Stimme. Ich drehte mich um; auf der Bank mir gegenüber saß ein kleiner Mann im teuren Anzug.

»Wie bitte?« fragte ich etwas verdattert, weil er mich so unvermittelt aus meinen Gedanken gerissen hatte.

»Ich möchte mich mit Ihnen über Acheron unterhalten, Miss Next.«

»Das ist einer der beiden Flüsse in die Unterwelt«, erklärte ich ihm. »Gehen Sie in die Stadtbibliothek und schlagen Sie unter griechischer Mythologie nach.«

»Ich meinte nicht den Fluß.«

Ich starrte ihn einen Moment lang an und versuchte hinter seine Identität zu kommen. Ein kleiner, flacher Hut saß schräg auf seinem rundlichen Schädel, der an einen kurzgeschorenen Tennisball erinnerte. Er hatte kantige Züge, schmale Lippen und war alles andere als attraktiv. Er protzte mit schwerem Goldschmuck und einer Krawattennadel, die funkelte und glänzte wie ein Diamant. Über seinen schwarzen Lackschuhen spannten sich weiße Gamaschen, und eine goldene Uhrkette baumelte an seiner Westentasche. Er war nicht allein. Ein junger Mann – ebenfalls im dunklen Anzug, der an der Stelle, wo man normalerweise eine Pistole trug, eine verräterische Beule aufwies – stand neben ihm. Ich war so sehr in Gedanken versunken gewesen, daß ich die beiden nicht gehört hatte. Sie kamen vermutlich von der SpecOps-Dienstaufsicht; wahrscheinlich waren Flanker und Co. noch nicht fertig mit mir.

»Hades ist tot«, antwortete ich kurz und knapp, da ich keine Lust auf Diskussionen hatte.

»Das glauben Sie doch nicht im Ernst.«

»Nun ja, ich bin wegen Streß ein halbes Jahr krankgeschrieben. Mein Therapeut meint, ich leide unter dem False Memory Syndrome und schweren Halluzinationen. Ich an Ihrer Stelle würde mir kein Wort glauben – einschließlich dessen, was ich gerade gesagt habe.«

Das Lächeln des kleinen Mannes entblößte einen großen Goldzahn. »Ich glaube, Sie leiden ganz und gar nicht unter Streß, Miss

Next. Sie sind genauso klar im Kopf wie ich. Wenn jemand, der die Krim, die Polizei und acht Jahre LitAg überlebt hat, zu mir käme und mir erzählen würde, daß Hades noch lebt, dann würde ich auf ihn hören.«

»Und wer sind Sie, wenn ich fragen darf?«

Er reichte mir eine Karte mit Goldrand, auf der das dunkelblaue Logo der Goliath Corporation prangte.

»Mein Name ist Schitt«, sagte er. »Jack Schitt.«

Ich zuckte die Achseln. Laut seiner Karte war er der Leiter von Goliaths Sicherheitsdienst, einer zwielichtigen Organisation, die nicht der Kontrolle durch die Regierung unterlag; die Verfassung garantierte ihr im ganzen Land freie Hand. Ranghohe Mitarbeiter der Goliath Corporation saßen als Ehrenmitglieder in beiden Häusern des Parlaments und als Berater im Finanzministerium. Goliath hatte seine Leute im Auswahlgremium für die Richter des Obersten Gerichtshofs, und die wichtigen Fachbereiche der meisten größeren Universitäten wurden von Goliath-Angehörigen geleitet. Niemand war sich überhaupt bewußt, welchen Einfluß sie hatten, was bewies, daß sie erstklassige Arbeit leisteten. Doch obgleich Goliath scheinbar nichts als das Wohl der Menschen im Auge hatte, regte sich allmählich Kritik an der uneingeschränkten Vormachtstellung des Konzerns. Seine Beamten waren weder vom Volk noch von der Regierung gewählt, und seine Aktivitäten waren bis in alle Ewigkeit gesetzlich abgesegnet. Kaum ein Politiker wagte seinen Unmut darüber zu äußern.

Ich setzte mich neben ihn auf die Bank, und er schickte seinen Gorilla weg.

»Was interessiert Sie eigentlich so sehr an Hades, Mr. Schitt?«

»Ich will wissen, ob er tot ist oder noch lebt.«

»Haben Sie den gerichtsmedizinischen Bericht nicht gelesen?«

»Darin stand nur, daß ein Mann von Hades' Größe und Statur mit identischem Gebiß in einem Auto verbrannt ist. Hades hat sich schon aus übleren Situationen befreit. Ich habe auch *Ihren* Bericht gelesen; *weitaus* interessanter. Keine Ahnung, weshalb die Armleuchter von SO-1 nichts davon wissen wollten. Jetzt, wo Tamworth tot ist, sind Sie die einzige, die Hades kennt. Wer am fraglichen Abend den entscheidenden Fehler begangen hat, ist mir egal. Mich interessiert vielmehr: Was hatte Hades mit dem *Chuzzlewit*-Manuskript vor?«

»Erpressung, vielleicht?« schlug ich vor.

»Schon möglich. Wo ist es jetzt?«

»Hatte er es denn nicht bei sich?«

»Nein«, antwortete Schitt tonlos. »Bei Ihrer Vernehmung haben Sie ausgesagt, daß es in einem Lederkoffer steckte. In dem ausgebrannten Autowrack war von einem Lederkoffer keine Spur. Wenn er noch existiert, dann dürfte auch das Manuskript noch existieren.«

Ich starrte ihn ausdruckslos an und fragte mich, worauf er hinauswollte.

»Vielleicht hat er es einem Komplizen übergeben.«

»Schon möglich. Auf dem Schwarzmarkt bringt es an die fünf Millionen, Miss Next. Eine hübsche Stange Geld, finden Sie nicht auch?«

»Was wollen Sie damit andeuten?« fragte ich.

»Gar nichts; aber Ihre Aussage und Hades' Leiche passen irgendwie nicht ganz zusammen, oder? Sie haben behauptet, Sie hätten auf ihn geschossen, nachdem er den jungen Beamten getötet hatte?«

»Er hieß Snood«, sagte ich spitz.

»Wie auch immer. Aber der verbrannte Leichnam wies trotz der zahlreichen Schüsse, die Sie auf ihn abgegeben haben, keinerlei Schußverletzungen auf.«

Ich starrte ihn an. Schitt fuhr fort.

»Ich habe die plattgedrückten Projektile gesehen. Sie hätten dieselbe Wirkung erzielt, wenn Sie damit auf Beton gefeuert hätten.«

»Wenn Sie mir etwas zu sagen haben, warum sagen Sie es mir dann nicht einfach?«

Schitt drehte den Deckel einer Thermosflasche ab und hielt sie mir hin. Ich lehnte ab; er goß sich etwas zu trinken ein und fuhr fort: »Ich glaube, Sie wissen mehr, als Sie uns verraten. Was die Ereignisse jener Nacht angeht, müssen wir uns auf Ihre Aussage verlassen. Sagen Sie, Miss Next, was hatte Hades mit dem Manuskript vor?«

»Das habe ich Ihnen doch schon gesagt: Ich habe keine Ahnung.«

»Und warum fangen Sie dann bei den Swindoner LitAgs an?«

»Weil ich nichts Besseres gefunden habe.«

»Unsinn. Ihre Arbeit wurde durchgehend als überdurchschnittlich bewertet, und laut Ihrer Personalakte sind Sie seit zehn Jahren nicht in Swindon gewesen, obwohl Sie dort Verwandte haben. Eine Notiz in Ihrer Akte verweist auf *romantische Verwicklungen*. Liebeskummer in Swindon?«

»Das geht Sie nichts an.«

»Ich habe festgestellt, daß mich in meinem Beruf fast *alles* etwas angeht. Einer Frau mit Ihren Fähigkeiten stehen sämtliche Türen offen, und da wollen Sie ausgerechnet nach Swindon? Ich habe das dunkle Gefühl, daß ein anderes Motiv dahintersteckt.«

»Und das steht wirklich alles in meiner Akte?«

»Aber ja.«

»Was für eine Augenfarbe habe ich?«

Schitt ignorierte meine Frage und trank einen Schluck Kaffee. »Kolumbianischer. Der beste, den es gibt. Sie glauben, daß Hades noch am Leben ist, Next. Ich glaube, Sie haben eine Ahnung, wo er steckt. Gehe ich recht in der Annahme, daß er in Swindon ist und Sie deswegen dorthin wollen?«

Ich sah ihm direkt in die Augen. »Nein. Ich will nach Hause, um mit mir selbst ins reine zu kommen.«

Jack Schitt ließ sich nicht überzeugen. »Für mich gibt es keinen Streß. Bloß schwache Menschen und starke Menschen. Und nur starke Menschen überleben Männer wie Hades. Sie sind eine sehr starke Frau.«

Er schwieg einen Augenblick.

»Falls Sie es sich anders überlegen, rufen Sie mich an. Aber seien Sie gewarnt. Ich behalte Sie im Auge.«

»Wie Sie wollen, Mr. Schitt, trotzdem würde ich Sie gern etwas fragen.«

»Ja?«

»Was interessiert *Sie* eigentlich so sehr an Hades?«

Wieder lächelte Jack Schitt. »Ich fürchte, das unterliegt der Geheimhaltung, Miss Next. Guten Tag.«

Er tippte sich an den Hut, stand auf und ging. Ein schwarzer Ford mit getönten Scheiben hielt vor dem Friedhof, Schitt stieg ein, und der Wagen brauste davon.

Ich blieb sitzen und dachte nach. Als ich dem Polizeipsychiater erklärt hatte, ich könne wieder arbeiten, hatte ich gelogen; als ich Jack Schitt das genaue Gegenteil versichert hatte, auch. Daß Goliath sich für Hades und das *Chuzzlewit*-Manuskript interessierte, konnte eigentlich nur finanzielle Gründe haben. Wenn die Goliath Corporation gemeinnützig und selbstlos war, dann war Dschingis Khan ein Polsterstuhl. Den Goliath-Leuten ging's einzig und allein um Kohle, und niemand traute ihnen auch nur eine Handbreit über den Weg. Zwar hatten sie England nach dem Zweiten Weltkrieg wiederaufgebaut und der Wirtschaft neues Leben eingehaucht. Doch früher oder später mußte die gesundete Nation auf eigenen Füßen stehen, und Goliath wurde längst nicht mehr als großzügiger Onkel, sondern nur noch als despotischer Stiefvater betrachtet.

8.

Luftschiff nach Swindon

... Es ist schlicht sinnlos, gutes Geld für den Bau eines Flugzeug-
motors ohne Propeller auszugeben. Was spricht eigentlich gegen Luftschiffe? Sie tragen die Menschheit seit hundert Jahren
nahezu unfallfrei durch die Lüfte, und ich sehe keinen Grund,
ihre Popularität zu untergraben ...

> Die Kongreßabgeordnete Kelly
> in einer Rede gegen die Bereitstellung
> öffentlicher Gelder für die Entwicklung
> eines sogenannten Düsenantriebs,
> August 1972

Ich flog mit dem Luftschiff nach Swindon. Der kleine Zwanzigsitzer
war nur halbvoll, und dank des kräftigen Rückenwinds machten wir
gute Fahrt. Die Eisenbahn wäre natürlich billiger gewesen, aber wie
so viele Menschen flog ich für mein Leben gern mit einer »Zigarre«.
Als kleines Mädchen war ich mit meinen Eltern an Bord eines gigantischen Luftschiffes der Klipperklasse nach Afrika gereist. Wir
waren quer durch Frankreich geflogen, über den Eiffelturm hinweg,
vorbei an Lyon, mit Zwischenstop in Nizza, und dann weiter über
das glitzernde Mittelmeer, wo ich Fischern und den Passagieren von
Ozeandampfern zuwinkte, und sie winkten zurück. Nachdem der
Captain den Leviathan durch gekonnten Einsatz der zwölf voll
schwenkbaren Propeller einmal rings um die Pyramiden gelenkt
hatte, landeten wir in Kairo. Drei Tage später fuhren wir nilaufwärts
nach Luxor, wo wir ein Kreuzfahrtschiff bestiegen, das uns wieder
zur Küste brachte. Dann traten wir an Bord der *Ruritania* die Heim-
reise nach England an, durch die Straße von Gibraltar und den Golf

von Biskaya. Kein Wunder, daß ich sooft es ging zu den lieben Erinnerungen meiner Kindheit zurückkehrte.

»Eine Zeitschrift, Ma'am?« fragte der Steward.

Ich verneinte. Bordzeitschriften waren langweilig, außerdem machte es mir Spaß, die englische Landschaft vorübergleiten zu sehen. Es war ein herrlicher Sonnentag, und das Luftschiff brummte an den watteweißen Wölkchen vorbei, die den Himmel fleckten wie eine Herde fliegender Schafe. Die Chilterns erhoben sich artig, um uns zu begrüßen, und verblaßten in der Ferne, während wir Wallingford, Didcot und Wantage überflogen. Das Uffington White Horse zog unter uns vorbei und weckte Erinnerungen an Picknicks und Liebeleien. Landen und ich waren oft dort gewesen.

»Corporal Next?« erkundigte sich eine vertraute Stimme. Im Gang stand ein Mann in mittleren Jahren, um dessen Lippen der Anflug eines Lächelns spielte. Ich erkannte ihn sofort, obwohl wir uns seit zwölf Jahren nicht gesehen hatten.

»Major!« antwortete ich und nahm in Gegenwart meines ehemaligen Vorgesetzten unwillkürlich Haltung an. Ich hatte unter Phelps gedient, als unser Bataillon irrtümlich den Russen vor die Rohre lief, die einen Angriff auf Balaklawa zu verhindern suchten. Ich hatte unter Phelps' Kommando einen Truppentransportpanzer gefahren, und das war alles andere als ein Zuckerschlecken.

Das Luftschiff begann mit dem Anflug auf Swindon.

»Wie geht's Ihnen, Next?« fragte er; unser ehemaliges Verhältnis bestimmte die Art und Weise, wie wir miteinander sprachen.

»Gut, Sir. Und Ihnen?«

»Kann nicht klagen.« Er lachte. »Also, ich könnte schon, aber das würde wenig nützen. Diese Vollidioten haben mich zum Colonel gemacht, ob Sie's glauben oder nicht.«

»Herzlichen Glückwunsch«, sagte ich und rutschte verlegen hin und her.

Der Steward bat uns, die Sicherheitsgurte anzulegen, und Phelps setzte sich neben mich und schnallte sich an. Er fuhr mit leicht gesenkter Stimme fort.

»Ich mache mir ein wenig Sorgen wegen der Krim.«

»Wer tut das nicht?« entgegnete ich und fragte mich, ob sich Phelps' politische Ansichten seit unserer letzten Begegnung wohl geändert hatten.

»Sie sagen es. Daß diese UNO-Heinis ihre Nase immer in fremde Angelegenheiten stecken müssen. Wenn wir die Halbinsel jetzt zurückgeben, sind Millionen aufrechter Soldaten umsonst gestorben.«

Ich seufzte. Seine Ansichten hatten sich *nicht* geändert, und ich wollte mich nicht mit ihm streiten. Kaum war ich an der Front, sehnte ich auch schon das Kriegsende herbei. Dieser Krieg hatte mit meiner Vorstellung eines *gerechten* Krieges nichts zu tun. Die Nazis aus Europa zu vertreiben war *gerecht* gewesen. Der Kampf um die Krim jedoch verdankte sich ausschließlich arrogantem Fremdenhaß und falschverstandenem Patriotismus.

»Was macht die Hand?« fragte ich.

Phelps zeigte mir eine lebensechte linke Hand. Er drehte das Handgelenk und wackelte mit den Fingern. Ich war beeindruckt.

»Bemerkenswert, nicht wahr?« sagte er. »Die Impulse kommen von so einem Sensordings, das direkt mit meinem Bizeps verbunden ist. Hätte ich das verdammte Ding über dem Ellbogen verloren, hätte ich dumm dagestanden.« Er schwieg einen Moment und kehrte dann zu seinem Ausgangsthema zurück.

»Ich mache mir ein wenig Sorgen, daß die Regierung aufgrund des öffentlichen Drucks noch vor der Offensive den Geldhahn zudreht.«

»Offensive?«

Colonel Phelps lächelte. »Na sicher. Freunde an höchster Stelle haben mir versichert, daß die erste Lieferung der neuen Plasmagewehre schon in wenigen Tagen eintrifft. Glauben Sie, die Russen haben Stonk etwas entgegenzusetzen?«

»Ehrlich gesagt, nein; es sei denn, sie haben eine eigene Version.«

»Auf keinen Fall. Goliath baut die modernsten Waffen der Welt. Glauben Sie mir, ich hoffe genau wie jeder andere, daß wir es niemals einsetzen müssen, aber Stonk ist der entscheidende Durchbruch, auf den dieser Konflikt gewartet hat.«

Er kramte in seiner Aktentasche und holte ein Faltblatt daraus hervor.

»Ich mache eine Vortragsreise durch ganz England und setze mich für die Krim ein. Ich möchte, daß Sie mich begleiten.«

»Ich glaube eigentlich nicht ...«, begann ich, nahm das Faltblatt aber trotzdem.

»Unsinn!« erwiderte Colonel Phelps. »Als gesunde und erfolgreiche Veteranin des Feldzuges ist es Ihre Pflicht, für die einzutreten, die das letzte Opfer gebracht haben. Wenn wir die Halbinsel zurückgeben, wird jeder einzelne dieser tapferen Kameraden umsonst gestorben sein.«

»Mit Verlaub, Sir, aber diese Menschen sind bereits gestorben, und daran wird nichts und niemand mehr etwas ändern.«

Er tat, als hätte er mich nicht gehört, und ich verfiel in Schweigen. Colonel Phelps' fanatischer Einsatz war seine Art, mit dem Desaster umzugehen, an dem wir beide beteiligt gewesen waren. Wir hatten Order erhalten, gegen einen vermeintlichen »Scheinwiderstand« vorzugehen, der sich jedoch als massierte russische Feldartillerie entpuppte. Phelps hatte in der Ausstiegsluke des TTP gesessen, bis die Russen aus allen Rohren feuerten; ein Granattreffer riß ihm den Unterarm ab und spickte ihm den Rücken mit Splittern. Wir packten ihn mit so vielen anderen Soldaten wie möglich hintenrein und kehrten mit einem Laderaum voll stöhnender Leiber zu den englischen Linien zurück. Sämtliche Befehle mißachtend, fuhr ich noch einmal an die Front und suchte in dem Chaos aus Trümmern und Metall nach Überlebenden. Von den 76 TTP und Panzern unserer Brigade kamen nur zwei Fahrzeuge zurück. Von den 534 beteiligten Soldaten überlebten 51, davon nur 8 unverletzt. Unter den Toten war auch Anton Next, mein Bruder. Desaster war da noch geschmeichelt.

Zu meinem Glück dockte das Luftschiff kurz darauf an, und es gelang mir, Colonel Phelps im Empfangsgebäude abzuhängen. Ich nahm meinen Koffer vom Laufband und schloß mich auf der Damentoilette ein, bis ich sicher sein konnte, daß er gegangen war. Ich riß sein Faltblatt in winzige Fetzen und spülte sie ins Klo. Als ich herauskam, war das Gebäude verlassen. Für das geringe Verkehrsaufkommen war der Flughafen viel zu groß; eine Investitionsruine, welche die zerschlagenen Hoffnungen der Swindoner Stadtplaner widerspiegelte. Auch die Wartehalle war bis auf ein Studentenpärchen mit einem Antikrimkriegstransparent menschenleer. Sie hatten von Phelps' Ankunft läuten hören und hofften, ihn von seiner Kriegstreiberei abbringen zu können. Sie hatten keine Chance, aber nutzten sie.

Als sie mich ansahen, wandte ich mich eilig ab. Wenn sie wußten, wer Phelps war, kannten sie womöglich auch mich. Vor dem Terminal war alles leer. Ich hatte mit Victor Analogy – dem Leiter der Swindoner LiteraturAgenten – telefoniert, und er hatte mir angeboten, mich abholen zu lassen. Doch der Wagen war nicht gekommen.

Da mir heiß war, zog ich meine Jacke aus. Über Lautsprecher wurden nicht vorhandene Autofahrer in regelmäßigen Abständen ermahnt, nicht in der verlassenen Halteverbotszone zu parken, und ein gelangweilter Flugplatzangestellter schob ein paar Gepäckwagen vorbei. Ich setzte mich neben eine Will-Speak-Maschine am Ende der Wartehalle. Bei meiner letzten Reise nach Swindon hatte der Flugplatz noch aus nichts weiter als einer großen Wiese mit einem rostigen Mast darauf bestanden. Und das war vermutlich nicht das einzige, was sich verändert hatte.

Ich wartete fünf Minuten, dann stand ich auf und lief ungeduldig hin und her. Die Rezitiermaschine – ein sogenannter Literatur-Verkaufsautomat – brachte *Richard III*. Sie bestand aus einem schmucklosen Kasten, dessen obere Hälfte durchsichtig war. Im Inneren sah man den Torso einer Puppe im jeweils passenden Kostüm. Für zehn Pence gab die Maschine eine kurze Shakespeare-Passage zum besten. Die Dinger wurden seit den dreißiger Jahren nicht mehr hergestellt und galten inzwischen als Rarität; die Zerstörungswut der Baconier sowie mangelnde Pflege und Wartung hatten ihren Untergang beschleunigt.

Ich fischte ein Zehnpencestück aus der Tasche und warf es ein. Sirrend und klickend erwachte die Maschine zum Leben. Als ich noch ein Kind gewesen war, hatte an der Commercial Road ein *Hamlet*-Automat gestanden. Mein Bruder und ich bettelten unsere Mutter dauernd um Kleingeld an und lauschten der Puppe, die lauter Sachen sagte, die wir nicht verstanden. Sie erzählte uns vom »unentdeckten Land«. In seiner kindlichen Naivität meinte mein Bruder, er wolle dieses Land besuchen, was er siebzehn Jahre später dann auch tat, sechzehnhundert Meilen von daheim, begleitet vom Donnern der Panzermotoren und dem *bumm-bumm-bumm* der russischen Artillerie.

Ward je in dieser Laun' ein Weib gefreit? fragte die Puppe, wild mit den Augen rollend, streckte einen Finger in die Luft und zuckte hin und her.

Ward je in dieser Laun' ein Weib gewonnen?

Sie machte eine Kunstpause.

Ich will sie haben, doch nicht lang behalten . . .

»Verzeihung?«

Ich blickte auf. Einer der Studenten war neben mich getreten und hatte mich am Arm berührt. Er trug einen Peace-Button am Revers, und auf seiner riesigen Nase saß ein gefährlich krängender Kneifer.

»Sind Sie nicht Next?«

»Wie bitte?«

»Corporal Next, Leichte Panzerbrigade.«

Ich massierte mir die Stirn.

»Ich bin nicht mit dem Colonel hier. Das war reiner Zufall.«

»Ich glaube nicht an Zufälle.«

»Ich auch nicht. Ist das nicht ein Zufall?«

Der Student sah mich verwirrt an, während seine Freundin zu uns trat. Er stellte mich ihr vor.

»Sie sind doch die Frau, die aufs Schlachtfeld zurückgefahren ist«, staunte sie, als sei ich ein seltener ausgestopfter Papagei. »Sie haben einen direkten Befehl mißachtet. Sie sollten dafür vors Kriegsgericht gestellt werden.«

»Wurde ich aber nicht.«

»Weil die *Owl on Sunday* von der Sache Wind bekam. Ich habe

Ihre Aussage vor der Untersuchungskommission gelesen. Sie sind gegen den Krieg.«

Die beiden sahen sich an, als könnten sie ihr Glück kaum fassen.

»Wir brauchen noch jemanden, der bei Colonel Phelps' Versammlung spricht«, sagte der junge Mann mit der großen Nase. »Jemanden von der Gegenseite. Der dabei war. Und der einen Namen hat. Würden Sie uns helfen?«

»Nein.«

»Warum nicht?«

Ich sah mich um, in der Hoffnung, daß wie durch ein Wunder mein Chauffeur erschienen war. Vergeblich.

. . . den ich, fuhr die Puppe fort, *vor drei Monden zu Tewkesbury in meinem Grimm erstach?*

»Paßt auf, Leute, ich würde euch ja gern helfen, aber ich kann nicht. Ich versuche seit zwölf Jahren, das alles zu vergessen. Sucht euch einen anderen Veteranen. Es gibt Tausende von uns.«

»Aber keine wie Sie, Miss Next. *Sie* haben den Angriff überlebt. *Sie* haben Ihre gefallenen Kameraden da rausgeholt. *Sie* sind eine von den einundfünfzig. Es ist Ihre verdammte *Pflicht*, im Namen der Toten zu sprechen.«

»Unsinn. Ich bin einzig und allein mir selbst verpflichtet. Seit dem Angriff der Leichten Brigade versuche ich, damit zurechtzukommen, daß ich ihn überlebt habe. Ich stelle mir jeden Tag und jede Nacht dieselbe Frage: Warum ich? Warum lebe ich, während die anderen, unter ihnen mein eigener Bruder, sterben mußten? Auf diese Frage gibt es keine Antwort, und damit fängt der Schmerz erst *an*. Ich kann euch nicht helfen.«

»Sie brauchen ja nicht unbedingt zu sprechen«, drängte das Mädchen, »aber halten Sie es nicht auch für besser, eine alte Wunde aufzureißen statt tausend neuer?«

»Komm mir bloß nicht auf die moralische, du kleine Schlampe«, sagte ich mit erhobener Stimme.

Das verfehlte seine Wirkung nicht. Sie drückte mir ein Flugblatt in die Hand, nahm ihren Freund am Arm und zerrte ihn mit sich davon.

Ich schloß die Augen. Mein Herz hämmerte wie das *Bumm-Bumm-Bumm* der russischen Geschütze. So laut, daß ich glatt überhörte, wie ein Streifenwagen neben mir hielt.

»Miss Next?« fragte eine fröhliche Stimme.

Ich drehte mich um, nickte dankbar und schleppte meinen Koffer zum Wagen. Der Beamte im Wagen lächelte mir zu. Er hatte lange Dreadlocks und eine übergroße dunkle Brille auf der Nase. Sein Uniformhemd war, ziemlich salopp für einen SpecOps-Beamten, bis zum Nabel aufgeknöpft, und er trug reichlich Schmuck, ebenfalls ein grober Verstoß gegen die Vorschriften.

»Willkommen in Swindon, Frau Kollegin! Die Stadt, in der alles passieren kann und aller Voraussicht nach auch wird!«

Er zeigte mit dem Daumen breitlächelnd zum Wagenheck.

»Hinten ist offen.«

Im Kofferraum lagen jede Menge Eisenpflöcke, mehrere Hämmer, ein großes Kruzifix sowie eine Spitzhacke und ein Spaten. Außerdem verströmte er einen modrigen Geruch, den Geruch von Fäulnis und Tod – ich warf eilig mein Gepäck hinein und knallte den Deckel zu. Ich ging zur Beifahrertür und stieg ein.

»Scheiße!« rief ich, als ich merkte, daß auf dem Rücksitz, hinter einem robusten Drahtgitter, ein sibirischer Wolf auf und ab lief. Der Agent lachte laut.

»Lassen Sie sich von dem Hündchen nicht stören, Ma'am! Darf ich bekanntmachen? Mr. Meakle. Mr. Meakle, das ist Officer Next.«

Er meinte den Wolf. Ich starrte das Tier an, das meinen Blick mit beunruhigender Intensität erwiderte. Der Beamte lachte vergnügt und fuhr mit quietschenden Reifen los. Ich hatte völlig vergessen, wie merkwürdig es in Swindon bisweilen zuging.

Während wir davonbrausten, beendete die Will-Rezitiermaschine ihren Monolog:

. . . *Komm, holde Sonn', als Spiegel mir zustatten und zeige, wenn ich geh, mir meinen Schatten.*

»Schöner Tag«, meinte ich, als wir den Flugplatz hinter uns gelassen hatten.

»Jeder Tag ist ein schöner Tag, Miss Next. Ich heiße Stoker...«

Er nahm die Umgehungsstraße Richtung Stratton.

»... SpecOps-17. Vampir- und Werwolfentsorgung. Vulgo Sauger und Beißer. Meine Freunde nennen mich Spike. Sie«, setzte er breit grinsend hinzu, »dürfen mich Spike nennen.«

Wie als Erklärung zeigte er auf einen Pflock nebst Hammer, die an dem Schutzgitter befestigt waren.

»Wie werden Sie genannt, Miss Next?«

»Thursday.«

»Freut mich, Thursday.«

Dankbar schüttelte ich seine Pranke. Er war mir auf Anhieb sympathisch. Er lehnte sich gegen die Türverstrebung, ließ sich den kühlen Fahrtwind ins Gesicht wehen und trommelte mit den Fingern rhythmisch aufs Lenkrad. Aus einem frischen Kratzer an seinem Hals quoll ein Tropfen Blut.

»Sie bluten«, bemerkte ich.

Spike wischte es mit der Hand weg.

»Halb so wild. Er hat sich ein bißchen gewehrt...«

Wieder sah ich auf die Rückbank. Der Wolf hatte sich hingesetzt und kratzte sich mit dem Hinterlauf am Ohr.

»... aber ich bin gegen Lykanthropie geimpft. Mr. Meakle will seine Medizin partout nicht nehmen. Stimmt's, Mr. Meakle?«

Als sich das letzte noch verbliebene Fünkchen Mensch in ihm seines Namens erinnerte, spitzte der Wolf die Ohren. Er hechelte wegen der Hitze. Spike fuhr fort: »Seine Nachbarn haben uns verständigt. Sämtliche Katzen in der Gegend waren verschwunden; ich fand ihn, als er die Mülltonnen hinter einer SmileyBurger-Filiale durchstöberte. Ich liefere ihn ein, er wird behandelt, und wenn er sich zurückverwandelt hat, wird er spätestens am Freitag entlassen. Er hat eben auch Rechte. Und was machen Sie so?«

»Ich... äh... fange bei SpecOps-27 an.«

Wieder schüttelte sich Spike vor Lachen. »Eine LitAg!? Es ist doch immer wieder nett, jemanden kennenzulernen, der genauso unterfinanziert ist wie ich. Da arbeiten ein paar sehr gute Leute. Ihr Chef ist Victor Analogy. Lassen Sie sich von seinen grauen Haaren nicht täuschen – der Mann ist schwer auf Zack, trotz seines Alters. Die anderen Kollegen sind allesamt A-1. Ziemlich arrogante Klugscheißer, wenn Sie mich fragen, aber was soll's. Wohin wollen Sie eigentlich?«

»Hotel Finis.«

»Sind Sie das erste Mal in Swindon?«

»Leider nein«, antwortete ich. »Ich bin hier geboren. Ich war bis '75 bei der Swindoner Polizei. Und Sie?«

»Zehn Jahre Wachdienst an der walisischen Grenze. Als ich '79 in Oswestry mit der Finsternis in Berührung kam, stellte ich fest, daß das irgendwie auf meiner Wellenlänge lag. Als die beiden Depots zusammengelegt wurden, bin ich aus Oxford hierhergekommen. Vor Ihnen sitzt der einzige Pfähler südlich von Leeds. Ich bin zwar mein eigener Herr, aber ein bißchen Gesellschaft könnte ich manchmal gut gebrauchen. Sie kennen nicht zufällig jemanden, der mit dem Hammer umgehen kann?«

»Leider nein«, antwortete ich und fragte mich, weshalb jemand für ein SpecOps-Grundgehalt die höheren Mächte der Finsternis bekämpfte, »aber wenn mir jemand über den Weg läuft, gebe ich Ihnen Bescheid. Was ist eigentlich aus Chesney geworden? Als ich das letzte Mal hier war, hat er die Abteilung geleitet.«

Eine dunkle Wolke huschte über Spikes heiteres Gesicht, und er seufzte. »Er war ein guter Freund von mir, bis er der Schattenwelt anheimfiel und zum Diener der Finsternis wurde. Ich habe ihn selbst erledigt. Pflock rein, Kopf ab – kein Problem. Wesentlich kniffliger war es, seiner Frau das Ganze beizubringen – sie war nicht sonderlich erfreut.«

»Ich wäre wahrscheinlich auch leicht angesäuert.«

»Wie dem auch sei«, fuhr Spike fort, als wäre nichts weiter, »es geht mich zwar einen feuchten Kehricht an, aber was hat eine gutaussehende SpecOps-Kollegin bei den Swindoner LitAgs verloren?«

»Ich hatte Ärger in London.«

93

»Aha«, lautete Spikes vielsagende Antwort.

»Außerdem suche ich jemanden.«

»Wen denn?«

Ich musterte ihn und wußte: Wenn ich einem trauen konnte, dann Spike.

»Hades.«

»Acheron? Fehlanzeige, Schwester. Der Typ ist nur noch ein Haufen Asche. An der J-12 auf der M4 in seiner Karre verbrannt.«

»Angeblich. Wenn Sie was hören ...?«

»Kein Problem, Thursday.«

»Das bleibt doch unter uns?«

Er lächelte. »Pfählen und Geheimnisse bewahren sind meine Spezialität.«

»Moment mal ...« Bei einem Gebrauchtwagenhändler auf der anderen Straßenseite hatte ich einen quietschbunten Sportwagen entdeckt. Spike ging vom Gas.

»Was ist?«

»Ich ... äh ... brauche einen Wagen. Können Sie mich da drüben rauslassen?«

Spike wendete verkehrswidrig, so daß unser Hintermann scharf bremsen mußte und sein Wagen quer über die Straße schlidderte. Der Fahrer schrie uns wüste Beleidigungen hinterher, aber als er erkannte, daß er es mit einem SpecOps-Streifenwagen zu tun hatte, hielt er lieber den Mund und fuhr weiter. Ich holte mein Gepäck aus dem Kofferraum.

»Danke fürs Mitnehmen. Machen Sie's gut.«

»Machen Sie's besser«, sagte Spike. »Ich will sehen, was ich über Ihren vermißten Freund ausgraben kann.«

»Das wäre nett. Danke.«

»Wiedersehen.«

»Bis bald.«

»Tschüs«, sagte ein schüchternes Stimmchen auf dem Rücksitz. Wir drehten uns um. Mr. Meakle hatte sich zurückverwandelt. Ein hageres, ziemlich erbärmlich aussehendes Männlein saß auf der Rückbank, splitternackt und von Kopf bis Fuß mit Schlamm bedeckt. Mit den Händen bedeckte er schamhaft seine Geschlechtsteile.

»Mr. Meakle! Da sind Sie ja wieder!« rief Spike breit grinsend und setzte tadelnd hinzu: »Sie haben Ihre Tabletten mal wieder nicht genommen, was?«

Mr. Meakle schüttelte beschämt den Kopf.

Ich bedankte mich noch einmal bei Spike. Als er davonfuhr, winkte mir Mr. Meakle ein wenig dümmlich durch die Heckscheibe zu. Wieder wendete Spike, so daß ein zweites Auto bremsen mußte, dann war er verschwunden.

Ich starrte den Sportwagen an. Er stand gleich in der ersten Reihe, unter einem Transparent mit der Aufschrift SONDERANGEBOT. Ein Irrtum war ausgeschlossen. Es war zweifellos derselbe Wagen, der mir in meinem Krankenzimmer erschienen war. *Und ich hatte ihn gefahren. Ich* hatte mir geraten, nach Swindon zu gehen. *Ich* hatte zu mir gesagt, daß Acheron noch lebte. Wäre ich nicht nach Swindon gekommen, hätte ich den Wagen nicht gesehen und ihn folglich auch nicht kaufen können. Das leuchtete mir zwar alles nicht recht ein, aber so viel stand fest: Ich mußte diesen Wagen haben.

»Kann ich Ihnen behilflich sein, Ma'am?« fragte ein schmieriger, stark schwitzender Verkäufer, der wie aus dem Nichts erschienen war, und rieb sich nervös die Hände.

»Der Wagen hier. Wie lange haben Sie den schon?«

»Den Porsche? Ungefähr ein halbes Jahr.«

»Ist er währenddessen zufällig in London gewesen?«

»London?« wiederholte der Verkäufer verwirrt. »Mit Sicherheit nicht. Warum?«

»Nur so. Ich nehme ihn.«

Der Verkäufer machte ein leicht schockierten Eindruck.

»Sind Sie sicher? Möchten Sie nicht lieber etwas Praktischeres? Ich hätte da zum Beispiel ein paar erstklassige Buicks, gerade frisch hereingekommen. Goliath-Firmenwagen, aber kaum gefahren, also…«

»Den hier«, beharrte ich.

Der Verkäufer lächelte verlegen. Der Wagen wurde offenbar zu einem Schleuderpreis verkauft, und der Laden verdiente keinen Penny daran. Halblaut vor sich hin murmelnd ging er den Schlüssel holen.

Ich setzte mich hinein. Die Ausstattung war sehr spartanisch. Ich hatte mich nie für Autos interessiert, aber dieser Fall lag anders. Obwohl er mit seiner kuriosen giftgrünen Lackierung auffiel wie der sprichwörtliche bunte Hund, gefiel er mir sofort. Der Verkäufer kam mit dem Schlüssel, und beim zweiten Versuch sprang der Motor an. Der Mann erledigte den nötigen Papierkram, und eine halbe Stunde später lenkte ich den Wagen vom Verkaufsgelände auf die Straße. Der Wagen beschleunigte rasant, mit knatterndem Auspuff. Nach ein paar hundert Metern waren wir unzertrennlich.

9.

Familie Next

... Ich kam an einem Donnerstag zur Welt, daher der Name.
Mein Bruder wurde an einem Montag geboren und erhielt folglich den Namen Anton. Meine Mutter hieß Wednesday, kam
aber an einem Sonntag zur Welt – warum, weiß ich nicht –, und
mein Vater hatte überhaupt keinen Namen – nach seinem Abgang löschte die ChronoGarde seinen Namen und seine Identität. Im Grunde existierte er gar nicht. Aber das spielte keine
Rolle. Für mich war er ohnehin nur Dad ...

THURSDAY NEXT
– *Ein Leben für SpecOps*

Ich fuhr mit heruntergelassenem Verdeck aufs Land hinaus; trotz
der Sommerhitze war der Fahrtwind kühl. Die vertraute Umgebung
hatte sich kaum verändert; sie war noch genauso schön, wie ich sie
in Erinnerung hatte. Swindon hingegen hatte sich sehr verändert.
Die Stadt war in die Höhe und in die Breite gegangen. Am Rand
hatte sich Leichtindustrie angesiedelt, im Zentrum schossen die
gläsernen Hochhäuser der Banken in den Himmel. Die Wohnge-
biete hatten sich entsprechend ausgedehnt; vom Stadtzentrum hinaus aufs Land war es ein ganzes Stück.

Es war Abend, als ich vor einer unscheinbaren Doppelhaus-
hälfte hielt, von deren Sorte es in dieser Straße vierzig oder fünfzig
gab. Ich klappte das Verdeck hoch und schloß den Wagen ab. Hier
war ich aufgewachsen; mein altes Zimmer lag hinter dem Fenster
direkt über der Haustür. Man sah dem Haus sein Alter an. Die
Farbe an den Fensterrahmen war verblichen, und an mehreren

Stellen bröckelte der Putz. Mühsam stieß ich das Gartentor auf, das sich meinen Anstrengungen beharrlich widersetzte, und schloß es unter Stöhnen und Ächzen – was mir um so schwerer fiel, als sich eine Handvoll Dodos erwartungsvoll um mich versammelt hatten und aufgeregt durcheinander*plock*ten, als sie mich wiedererkannten.

»Hallo, Mordechai!« sagte ich zu dem ersten, der zur Begrüßung wippend auf und ab hüpfte. Woraufhin sie alle gekrault und gestreichelt werden wollten, und so blieb ich eine Weile und kitzelte sie unterm Kinn, während sie meine Taschen neugierig nach Marshmallows durchsuchten, einer Süßigkeit, die bei den Dodos besonders beliebt ist.

Meine Mutter öffnete die Tür, um nachzusehen, weshalb die Vögel einen solchen Radau veranstalteten, und kam dann den Gartenweg entlanggerannt, um mich willkommen zu heißen. Da meine Mutter in diesem Tempo eine echte Bedrohung darstellt, suchten die Dodos wohlweislich das Weite.

»Thursday!« rief sie mit glänzenden Augen. »Warum hast du uns denn nicht gesagt, daß du kommst?«

»Weil es dann ja keine Überraschung mehr gewesen wäre. Ich habe mich hierher versetzen lassen.«

Sie hatte mich mehrmals im Krankenhaus besucht und mich mit amüsanten Details von Margot Vishlers Hysterektomie und anderem Klatsch aus dem Hausfrauenbund von meinen Verletzungen abgelenkt.

»Was macht der Arm?«

»Er ist manchmal ein bißchen steif, und wenn ich darauf schlafe, wird er völlig taub. Der Garten sieht gut aus. Kann ich reinkommen?«

Meine Mutter schob mich unter Entschuldigungen durch die Tür, nahm mir die Jacke ab und hängte sie an die Garderobe. Da sie ängstlich auf die Automatik in meinem Schulterholster starrte, stopfte ich die Waffe in meinen Koffer. Im Haus hatte sich, wie ich bald merkte, nichts, aber auch gar nichts verändert: dasselbe Chaos, dieselben Möbel, derselbe Geruch. Ich blickte mich um, ließ alles auf mich wirken und suhlte mich in liebgewordenen Erinnerungen. Hier in Swindon hatte ich das letzte Mal so etwas wie Glück empfunden, und dieses Haus war zwanzig Jahre lang mein Lebensmittelpunkt gewesen. Mich beschlich das ungute Gefühl, daß ich vielleicht doch lieber hätte dableiben sollen.

Wir gingen ins Wohnzimmer, das noch immer vor schauderhaften Braun- und Grüntönen starrte und aussah wie ein Teppich- und Vorhangmuseum. Das Foto von meiner Abschlußparade an der Polizeischule stand auf dem Kaminsims, daneben eines von Anton und mir, lächelnd, in Kampfanzügen, unter der erbarmungslosen Sommersonne der Krim. Auf dem Sofa saß ein altes Pärchen und sah fern.

»Polly! . . . Mycroft! . . . Schaut mal, wer da ist!«

Meine Tante war höflich und stand zur Begrüßung auf, während mein Onkel sich mehr für das Fernsehquiz *Name that Fruit* interessierte. Er lachte schnaubend über einen schlechten Witz und winkte in meine Richtung, ohne aufzublicken.

»Hallo, Thursday, *Schätzchen*«, sagte Tante Polly. »Vorsicht, mein Make-up.«

Wir hielten die Wangen aneinander und machten laut *mmuuah*. Mein Tante roch stark nach Lavendel und hatte so viel Make-up aufgelegt, daß selbst die gute alte Queen Bess entsetzt gewesen wäre.

»Wie geht's, Tantchen?«

»Könnte nicht besser sein.« Sie versetzte ihrem Mann einen schmerzhaften Tritt an den Knöchel. »Mycroft, deine Nichte ist da.«

»Hallo, Kleine«, sagte er, ohne mich eines Blickes zu würdigen, und rieb sich den Fuß. Polly senkte die Stimme.

»Es ist schrecklich. Entweder sitzt er vor dem Fernseher oder bastelt in seiner Werkstatt. Manchmal habe ich das Gefühl, da drin herrscht gähnende Leere.«

Sie starrte einen Augenblick auf seinen Hinterkopf und wandte sich dann wieder mir zu.

»Bleibst du länger?«

»Thursday hat sich hierher versetzen lassen, nach Swindon.«

»Hast du abgenommen?«

»Ich treibe Sport.«

»Hast du einen Freund?«

»Nein«, antwortete ich. Die nächste Frage galt todsicher Landen.

»Hast du Landen angerufen?«

»Nein. Und *du* rufst ihn bitte auch nicht an.«

»*So* ein netter junger Mann. Der *Toad* hat sein letztes Buch in den höchsten Tönen gelobt: *Der letzte Schurke.* Hast du es gelesen?«

Ich gab keine Anwort.

»Gibt's was Neues von Vater?« fragte ich.

»Daß ich das Schlafzimmer mauve gestrichen habe, hat ihm gar nicht gefallen«, sagte meine Mutter. »Wie bist du bloß darauf gekommen?«

Tante Polly winkte mich näher heran und zischte mir so laut, daß es jeder hören konnte, ins Ohr: »Du mußt deine Mutter entschuldigen; sie denkt, dein Vater hätte was mit einer *anderen Frau!*«

Mutter entschuldigte sich und stürzte unter einem fadenscheinigen Vorwand aus dem Zimmer.

Ich runzelte die Stirn. »Was denn für eine Frau?«

»Er hat sie bei der Arbeit kennengelernt – Lady Emma Soundso.«

Ich rief mir mein letztes Gespräch mit Dad ins Gedächtnis, die Geschichte mit Nelson, dem Duke of Wellington und den französischen Revisionisten.

»Meinst du Emma *Hamilton?*«

Meine Mutter steckte den Kopf zur Tür herein. »Du kennst sie?« fragte sie alarmiert und beleidigt.

»Nicht persönlich. Soviel ich weiß, ist sie Mitte des neunzehnten Jahrhunderts gestorben.«

Meine Mutter kniff die Augen zusammen. »Alter Trick.«

Sie nahm sich zusammen und brachte tatsächlich ein Lächeln zustande. »Bleibst du zum Essen?«

Ich bejahte, und sie machte sich auf die Suche nach einem

Hühnchen, das sie zerkochen konnte; ihr Zorn auf meinen Vater schien vorerst vergessen. Das Fernsehquiz war zu Ende, und Mycroft kam in einer grauen Strickjacke mit Reißverschluß und dem *New Splicer* unterm Arm in die Küche gewatschelt.

»Was gibt's zu Abend?« fragte er und stand im Weg herum. Tante Polly sah ihn an, als sei er ein verzogenes Kind.

»Mycroft, was hältst du davon, wenn du, statt hier herumzulaufen und deine Zeit zu verschwenden, zur Abwechslung Thursdays Zeit verschwendest und ihr zeigst, was du in deiner Werkstatt treibst?«

Mycroft blickte uns ausdruckslos an. Dann winkte er mich achselzuckend zur Hintertür, vertauschte seine Hausschuhe mit einem Paar Gummistiefel und die Strickjacke mit einer wirklich grauenhaften karierten Joppe.

»Dann komm mal mit, mein Mädchen«, brummte er, verscheuchte die Dodos von der Hintertür, wo sie sich in Erwartung eines Leckerbissens versammelt hatten, und stapfte zu seiner Werkstatt.

»Du könntest das Gartentor mal reparieren, Onkel – so schlimm war es noch nie.«

»Im Gegenteil«, antwortete er mit einem Augenzwinkern. »Immer wenn es jemand auf- oder zumacht, erzeugt er dabei so viel Energie, daß ich davon eine Stunde fernsehen kann. Ich habe dich in letzter Zeit nicht viel gesehen. Warst du verreist?«

»Äh, ja; zehn Jahre.«

Er schob seine Brille auf die Nasenspitze und sah mich erstaunt an. »Wirklich?«

»Ja. Ist Owens noch bei dir?«

Owens war Mycrofts Assistent. Ein alter Knabe, der für Rutherford gearbeitet hatte, als diesem die Atomspaltung gelang; Mycroft und er waren zusammen zur Schule gegangen.

»Eine tragische Geschichte, Thursday. Wir bastelten gerade an der Entwicklung einer Maschine zur Gewinnung von Methanol aus Zucker, Eiweiß und Hitze, als ein Stromstoß eine Implosion verursachte. Owens verwandelte sich schlagartig in ein Baiser. Als wir ihn endlich aus dem Zeug herausgemeißelt hatten, war der Arme hinüber. Jetzt geht mir Polly zur Hand.«

Wir waren in seiner Werkstatt angekommen. Ein Baumstumpf, in dem eine Axt steckte, diente als Türschließer. Mycroft tastete nach dem Schalter, die Neonröhren flackerten auf und tauchten den Raum in grelles Licht. Im Labor herrschte noch genau dasselbe Chaos wie bei meinem letzten Besuch, nur die Erfindungen waren neue. Aus den vielen Briefen meiner Mutter wußte ich, daß es Mycroft gelungen war, Pizza per Fax zu versenden, und daß er einen 2B-Bleistift mit eingebauter Rechtschreibprüfung erfunden hatte, doch womit er sich im Augenblick befaßte, entzog sich meiner Kenntnis.

»Hat der Gedächtnislöscher eigentlich funktioniert, Onkel?«

»Was?«

»Der Gedächtnislöscher. Als wir uns das letzte Mal gesehen haben, warst du gerade dabei, ihn zu testen.«

»Ich weiß nicht, wovon du sprichst, liebes Kind. Was hältst du davon?«

In der Raummitte stand ein großer weißer Rolls-Royce. Ich trat näher, während Mycroft an eine Neonröhre klopfte, damit sie aufhörte zu flackern.

»Neuer Wagen, Onkel?«

»Nein, nein«, antwortete Mycroft hastig. »Ich habe doch gar keinen Führerschein. Ein Freund von mir, der diese Gefährte vermietet, hat sich darüber beklagt, wie teuer es sei, zwei Stück davon zu unterhalten, einen schwarzen für Beerdigungen und einen weißen für Hochzeiten – da habe ich mir etwas einfallen lassen.«

Er streckte die Hand durchs Fenster und drehte einen großen Knopf am Armaturenbrett. Begleitet von einem leisen Summen, verfärbte sich der Wagen erst gräulich, dann grau, dann anthrazit und schließlich schwarz.

»Wirklich beeindruckend, Onkel.«

»Findest du? Der Lack besteht aus Flüssigkristallen. Aber damit nicht genug. Paß auf.«

Er drehte den Regler noch ein wenig weiter nach rechts, und der

Wagen wurde erst blau, dann grün und schließlich grün mit gelben Punkten.

»Einfarbige Autos gehören endgültig der Vergangenheit an! Aber das ist noch längst nicht alles. Wenn ich den Pigmentierer einschalte, *so*, dann müßte sich der Wagen eigentlich ... ja, schau dir das an!«

Mit wachsendem Erstaunen beobachtete ich, wie sich der Wagen vor meinen Augen in Luft auflöste; die Flüssigkristallbeschichtung imitierte die Grau- und Brauntöne von Mycrofts Werkstatt. Binnen Sekunden hatte sich der Wagen seiner Umgebung vollständig angepaßt. Ich dachte daran, wieviel Spaß es machen würde, Verkehrspolizisten damit zu ärgern.

»Ich habe es ChameleoCar getauft; ziemlich spaßig, nicht?«

»Sehr sogar.«

Ich streckte die Hand aus und berührte die warme Oberfläche des unsichtbaren Rolls-Royce. Ich wollte Mycroft fragen, ob er auch meinem Speedster eine solche »Tarnkappe« verpassen konnte, aber dazu war es schon zu spät; von meinem Interesse angestachelt, war er zu einem großen Sekretär getrottet und winkte mich aufgeregt zu sich.

»Übersetzungskohlepapier«, verkündete er und deutete auf mehrere Stapel grellbunter Metallfolien. »Ich nenne es Rosette-Papier. Vorführung gefällig? Man nehme ein einfaches Blatt Papier, unterlege dies mit einem Spanisch-Kohlepapier, ein zweites Blatt Papier – immer schön darauf achten, daß es mit der richtigen Seite nach oben liegt! –, Polnisch, dann noch ein Blatt Papier, Deutsch, noch ein Blatt und schließlich Französisch und das letzte Blatt ... *fertig*.«

Er rückte den Stapel auf dem Schreibtisch zurecht, während ich mir einen Stuhl heranzog.

»Schreib etwas auf das erste Blatt. Was du willst.«

»Egal was?«

Mycroft nickte, und ich schrieb: *Have you seen my Dodo?*

»Und jetzt?«

Mycroft schaute triumphierend drein. »Schau nach, liebes Kind.«

Ich hob das oberste Blatt Kohlepapier ab, und da stand in meiner eigenen Schrift: ¿Ha visto mi dodo?

»Das ist ja phantastisch!«

»Danke«, antwortete mein Onkel. »Und jetzt das nächste!«

Unter dem Polnisch-Papier stand: Gdzie jest moj dodo?

»Ich arbeite noch an Hieroglyphen und der demotischen Schrift«, erklärte Mycroft, während ich die deutsche Übersetzung las: Haben Sie meinen Dodo gesehen? »Mit den Maya-Codices hatte ich so meine Schwierigkeiten, aber Esperanto kriege ich einfach nicht hin. Keine Ahnung, warum.«

»Dafür gibt es Dutzende von Anwendungsmöglichkeiten«, stieß ich hervor, während ich das letzte Blatt aufdeckte und zu meiner großen Enttäuschung las: Mon aardvark n'a pas de nez.

»Moment mal, Onkel. Mein Erdferkel hat keine Nase?«

Mycroft sah mir über die Schulter und stöhnte. »Da hast du wahrscheinlich nicht fest genug aufgedrückt. Du bist doch bei der Polizei, nicht wahr?«

»SpecOps, um genau zu sein.«

»Dann könnte dich das hier interessieren«, verkündete er und winkte mich vorbei an weiteren wundersamen Gerätschaften, deren Zweck sich bestenfalls erahnen ließ. »Am Mittwoch führe ich diese Maschine dem Polizeiausschuß für technischen Fortschritt vor.«

Neben einem Apparat mit großem Trichter, der aussah wie ein altes Grammophon, blieb er stehen und räusperte sich. »Das ist mein Olfaktograph. Es funktioniert nach einem ganz einfachen Prinzip. Wie dir jeder Bluthund, der sein Geld wert ist, versichern wird, ist der Geruch eines Menschen ebenso einzigartig wie sein Daumenabdruck, woraus folgt, daß eine Maschine, die in der Lage ist, einen Straftäter anhand seines Körpergeruchs zu identifizieren, vor allem dort von Nutzen ist, wo andere erkennungsdienstliche Methoden versagen. Ein Dieb mag Handschuhe und Maske tragen, aber seinen Geruch, den kann er nicht verbergen.«

Er zeigte auf den Trichter.

»Die Gerüche werden hier hineingesaugt und von einem Olfaktoskop, dem von mir erfundenen Analysegerät des Olfaktographen, in ihre einzelnen Bestandteile zerlegt und analysiert, woraus sich ein unverwechselbarer ›Duftabdruck‹ des Täters ergibt. Das Gerät kann die Gerüche von zehn verschiedenen Personen, die sich in ein und demselben Raum befinden, auseinanderhalten, und wenn jemand verschiedene Gerüche ausströmt, kann sie das Olfaktoskop zeitlich einordnen. Es kann dreißig verschiedene Zigarrenmarken unterscheiden, und den Geruch nach verbranntem Toast erkennt es noch nach sechs Monaten.«

»Könnte nützlich sein«, sagte ich zweifelnd. »Und was ist das hier?« Ich deutete auf ein Gebilde, das aussah wie ein mit Weihnachtsschmuck behängter Messinghut.

»Ach ja«, sagte mein Onkel, »*das* gefällt dir bestimmt.«

Er stülpte mir den Messinghut über den Kopf und legte einen großen Schalter um. Ein Summen erfüllte den Raum.

»Und jetzt?« fragte ich.

»Mach die Augen zu und atme tief durch. Versuch, an nichts zu denken.«

Ich schloß die Augen und wartete geduldig.

»Funktioniert's?« fragte Mycroft.

»Nein«, antwortete ich und rief: »Warte!«, als ich einen Stichling vorbeischwimmen sah. »Da ist ein Fisch. Direkt vor meiner Nase. Warte, da ist noch einer!« Nicht lange, und vor meinen geschlossenen Augen schwamm ein ganzer Schwarm bunter Fische herum. Es war eine Schleife; etwa alle fünf Sekunden sprangen die Fische zum Ausgangspunkt zurück und wiederholten ihre Bewegungen. »Unglaublich!«

»Entspann dich, sonst verschwinden sie«, sagte Mycroft beruhigend. »Versuch's mal damit.«

Die Unterwasserszene verwandelte sich, fast zu schnell fürs bloße Auge, in ein pechschwarzes Sternenfeld; es war, als flöge ich durchs All.

»Oder damit«, sagte Mycroft und ließ eine Parade geflügelter Toaster vorüberflattern. Ich schlug die Augen auf, und das Bild verschwand. Mycrofts Blick war ernst.

»Gefällt's dir?« fragte er.

Ich nickte.

»Ich nenne es den Netzhaut-Schoner. Sehr praktisch bei langweiliger Arbeit; statt geistesabwesend aus dem Fenster zu starren, kann man seine Umgebung in eine Landschaft aus beruhigenden Bildern verwandeln. Sobald das Telefon klingelt oder der Chef hereinkommt, braucht man nur zu blinzeln und – *zack!* – ist man wieder im Hier und Jetzt.«

Ich gab ihm den Hut zurück.

»Wird bei SmileyBurger garantiert ein Renner. Wann geht das Ding in Serie?«

»Ich weiß nicht genau; er hat noch die eine oder andere Macke.«

»Wie zum Beispiel?« fragte ich, hellhörig geworden.

»Mach die Augen zu und sieh selbst.«

Ich gehorchte, und ein Fisch schwamm vorbei. Beim nächsten Blinzeln sah ich einen Toaster. Der Netzhaut-Schoner war eindeutig noch nicht ausgereift.

»Keine Sorge«, versicherte er mir. »Das geht in ein paar Stunden vorbei.«

»Das Olfaktoskop war mir lieber.«

»Das Beste kommt noch!« sagte Mycroft und tänzelte zu einem großen, mit Werkzeug und Maschinenteilen übersäten Arbeitstisch. »Dieses Gerät ist meine wahrscheinlich sensationellste Entdeckung. Es ist der einsame Höhepunkt meiner dreißigjährigen Arbeit und ein biotechnologisches Wunderwerk. Wenn du erst dahinterkommst, worum es geht, dann flippst du aus, das garantiere ich dir!«

Mit einer schwungvollen Bewegung zog er ein Geschirrhandtuch von einem Goldfischglas, in dem sich Unmengen von Fruchtfliegenlarven tummelten.

»Maden?«

Mycroft lächelte. »Von wegen Maden, mein liebes Kind. *Bücherwürmer* sind das!«

Seine Stimme vibrierte so sehr vor Stolz und Zuversicht, daß ich mich unwillkürlich fragte, ob mir womöglich etwas entgangen war.

»Ist das gut?«

»*Sehr* gut sogar, Thursday. Diese Würmer sehen zwar *aus* wie leckeres Forellenfutter, aber jedes dieser kleinen Kerlchen ist genetisch derart komplex, daß der Gencode deines Dodos dagegen wie der Einkaufszettel von Polly aussieht!«

»Moment mal, Onkel«, wandte ich ein. »Haben sie dir nach der Geschichte mit den Garnelen nicht die Splicense entzogen?«

»Ein kleines Mißverständnis«, sagte er mit einer wegwerfenden Handbewegung. »Diese Idioten von SpecOps-13 haben ja keine Ahnung von der Bedeutung meiner Arbeit.«

»Und worum geht es diesmal?« fragte ich pflichtschuldig.

»Um die Speicherung möglichst vieler Informationen auf kleinstem Raum. Ich habe die besten Wörterbücher, Thesauri und Lexika sowie Studien zur Grammatik, Morphologie und Etymologie der englischen Sprache zusammengetragen und sie in die DNA dieser winzigen Würmer integriert. Ich nenne sie *Hyper*Bücherwürmer. Du wirst mir hoffentlich zustimmen, daß das ein bemerkenswerter Erfolg ist.«

»Natürlich. Aber wie zapfst du diese Informationen an?«

Mycroft machte ein betrübtes Gesicht.

»Wie gesagt, ein bemerkenswerter Erfolg, mit einem winzigen Nachteil. Aber die Sache hat sich quasi von selbst erledigt; einige meiner Würmer konnten entkommen und paarten sich mit anderen, die ich zuvor mit einem kompletten Satz enzyklopädischer, historischer und biographischer Nachschlagewerke gefüttert hatte; das Resultat war eine neue Art, die ich auf den Namen *Hyper*-Bücherwurm*Plus* getauft habe. Diese Burschen sind die *eigentlichen* Stars in der Show.«

Er holte ein Blatt Papier aus einer Schublade, riß eine Ecke ab und schrieb »bemerkenswert« auf den kleinen Fetzen.

»Nur um dir einen *Eindruck* davon zu vermitteln, was diese Tierchen alles können.« Mit diesen Worten warf er den Zettel in das Goldfischglas. Die Würmer ließen sich nicht zweimal bitten und hatten sich im Nu um den Papierfetzen geschart. Doch statt ihn zu fressen, wimmelten sie aufgeregt durcheinander und untersuchten den Eindringling mit lebhaftem Interesse, wie es schien.

»Die Würmer bei mir in London mochten auch kein Papier...«

»Pssst!« zischte mein Onkel und winkte mich näher heran.

Verblüffend!

»Was denn?« fragte ich leicht verwirrt, doch als ich Mycrofts Lächeln sah, wurde mir klar, daß nicht er gesprochen hatte.

Erstaunlich! murmelte die Stimme leise. *Unglaublich! Überwältigend! Unbeschreiblich!*

Ich starrte stirnrunzelnd auf die Würmer, die einen Ring um den Papierfetzen gebildet hatten und sanft pulsierten.

Herrlich! murmelten die Bücherwürmer. *Phantastisch! Beeindruckend!*

»Wie findest du sie?« fragte Mycroft.

»Thesaurusmaden – Onkel, du verblüffst mich immer wieder.«

Doch Mycroft war mit einem Mal todernst. »Das ist mehr als ein bloßer Bio-Thesaurus, mein liebes Kind. Diese kleinen Kerlchen haben Sachen drauf, die du kaum glauben wirst.«

Er öffnete einen Schrank und holte ein großformatiges, in Leder gebundenes Buch daraus hervor, auf dessen Rücken in Gold die Buchstaben PP prangten. Der Band war reich verziert und mit schweren Messingbändern gesichert. An der Oberseite befanden sich allerlei Regler und Knöpfe, Hebel und Schalter. Es bot einen durchaus beeindruckenden Anblick, aber Mycrofts Erfindungen waren keineswegs immer so zuverlässig und nützlich, wie sie auf den ersten Augenblick aussahen. Anfang der siebziger Jahre zum Beispiel hatte er eine wunderschöne Maschine entwickelt, die nichts Aufregenderes tat, als mit bestürzender Genauigkeit die Anzahl von Kernen in einer ungeöffneten Orange vorherzusagen.

»Was ist das?«

»Das«, begann Mycroft strahlend und mit stolzgeschwellter Brust, »ist ein...«

Doch er kam nicht mehr dazu, den Satz zu beenden. Denn genau in diesem Augenblick rief Tante Polly vom Haus herüber: »Abendessen!«, und Mycroft lief eilig zur Tür. Er murmelte halblaut »Hoffentlich gibt's Würstchen« und bat mich, beim Hinausgehen das

Licht auszumachen. Ich blieb allein in seiner leeren Werkstatt zurück. Mycroft hatte sich wahrhaftig selbst übertroffen.

Traumhaft! pflichteten die Bücherwürmer bei.

Das Abendessen ging friedlich über die Bühne. Wir hatten vieles nachzuholen, meine Mutter erzählte vom Hausfrauenbund. »Letztes Jahr haben wir fast siebentausend Pfund für ChronoGarden-Waisen gesammelt«, sagte sie.

»Sehr gut«, antwortete ich. »Für Spenden ist SpecOps immer dankbar, obwohl man gerechterweise sagen muß, daß andere Abteilungen weitaus schlechter dran sind als die ChronoGarde.«

»Ich weiß«, erwiderte meine Mutter, »aber daß das alles *so* geheim ist. Was treiben die bloß alle?«

»Glaub mir, das weiß ich genausowenig wie du. Reichst du mir mal den Fisch?«

»Welchen Fisch?« fragte meine Tante. »Du hast deine Nichte doch nicht etwa als Versuchskaninchen mißbraucht, Crofty?«

Mein Onkel tat, als habe er nichts gehört; ich blinzelte, und der Fisch verschwand.

»Die einzige andere Abteilung unter SO-20, die ich kenne, ist SO-6«, setzte Polly hinzu. »Das war der Staatsschutz. Und auch *das* wissen wir nur, weil er sich seinerzeit so rührend um Mycroft gekümmert hat.«

Sie knuffte ihn in die Rippen, doch er beachtete sie nicht; er kritzelte ein Rezept für »gefundene Eier« auf eine Serviette.

»Ich glaube, in den Sechzigern verging nicht eine Woche, ohne daß er von der einen oder anderen ausländischen Macht gekidnappt worden wäre.« Polly seufzte wehmütig und dachte mit einem Anflug von Nostalgie an die gute alte Zeit zurück.

»Manches muß aus ermittlungstaktischen Gründen geheimgehalten werden«, plapperte ich wie ein Papagei. »Geheimhaltung ist unsere schlagkräftigste Waffe.«

»Im *Mole* habe ich gelesen, daß SpecOps angeblich von Geheimbünden unterwandert ist, besonders von Wombats«, murmelte Mycroft und verstaute die fertige Gleichung in seiner Jackentasche. »Stimmt das?«

Ich zuckte die Achseln. »Nicht mehr als anderswo, nehme ich an. Ich habe noch nichts davon gemerkt, aber die Wombats interessieren sich ohnehin nicht für Frauen.«

»Das ist doch ungerecht«, sagte Polly mißbilligend. »Natürlich bin ich für Geheimbünde – je mehr, desto besser –, aber ich finde, sie sollten allen offenstehen, Männern *und* Frauen.«

»Es reicht doch, wenn Männer Mitglied werden«, entgegnete ich. »Wenigstens bleibt es der Hälfte der Bevölkerung auf diese Weise erspart, sich zum Affen zu machen. Komisch, daß man dir noch keine Mitgliedschaft angetragen hat, Onkel.«

Mycroft grunzte. »Damals in Oxford war ich eine Weile bei den Wombats. Reine Zeitverschwendung. Und noch dazu reichlich albern; der Beutel scheuerte furchtbar, und das ewige Genage machte meinem Überbiß ziemlich zu schaffen.«

Niemand sagte etwas.

»Major Phelps ist in der Stadt«, versuchte ich das Gespräch in andere Bahnen zu lenken. »Ich habe ihn im Luftschiff getroffen. Er ist jetzt Colonel, predigt aber immer noch denselben Quatsch.«

Einem ungeschriebenen Gesetz zufolge verlor zu Hause niemand auch nur ein Wort über Anton oder die Krim. Folglich herrschte eisiges Schweigen.

»Ach ja?« fragte meine Mutter betont emotionslos.

»Joffy leitet jetzt eine Gemeinde in Wanborough«, versuchte Polly das Thema zu wechseln. »Er hat die erste GSG-Kirche in Wessex eröffnet. Ich habe letzte Woche noch mit ihm gesprochen; er sagt, sie erfreut sich regen Zuspruchs.«

Joffy war mein anderer Bruder. Schon in jungen Jahren religiös geworden, hatte er mit allerlei Religionen herumexperimentiert und sich schließlich für die GSG entschieden.

»GSG?« brummte Mycroft. »Was in drei Teufels Namen ist denn das nun wieder?«

»Die Globale Standard-Gottheit«, erklärte Polly. »Eine Mischung aus allen Religionen. Soll angeblich Religionskriege verhindern helfen.«

Wieder grunzte Mycroft. »Religion ist nie der Grund, sondern immer nur der Vorwand für einen Krieg. Bei welcher Temperatur schmilzt Beryllium?«

»180,57 Grad Celsius«, antwortete Polly wie aus der Pistole geschossen. »Ich glaube, Joffy leistet hervorragende Arbeit. Du mußt ihn unbedingt mal anrufen, Thursday.«

»Mal sehen.« Joffy und ich hatten uns nie besonders nahegestanden. Fünfzehn Jahre lang hatte er mich nur »du Pflaume« genannt und mir einmal täglich auf den Hinterkopf geschlagen. Er hörte erst damit auf, als ich ihm die Nase brach.

»Apropos anrufen, was hältst du davon, wenn du ...«

»Mutter!«

»Wie man hört, ist er inzwischen recht erfolgreich, Thursday. Es könnte dir gut tun, ihn wiederzusehen.«

»Das mit Landen und mir ist endgültig vorbei, Mutter. Außerdem habe ich einen Freund.«

Das hörte meine Mutter *ausgesprochen* gern. Es hatte ihr beträchtlichen Kummer bereitet, daß ich mich nicht mit geschwollenen Knöcheln, Hämorrhoiden und Rückenschmerzen herumquälte, am laufenden Band Enkel produzierte und sie nach obskuren Verwandten benannte. Da Joffy nicht der Typ war, der Kinder in die Welt setzte, ruhten alle Hoffnungen auf mir. Ehrlich gesagt, hatte ich gar nichts gegen Kinder, solange ich sie nicht selbst kriegen mußte. Und Landen war der letzte Mann gewesen, der für mich als Lebensgefährte auch nur ansatzweise in Frage kam.

»Einen Freund? Wie heißt er?«

Ich nahm den erstbesten Namen, der mir in den Sinn kam.

»Snood. *Filbert* Snood.«

»Schöner Name.« Mutter lächelte.

»Blöder Name«, murrte Mycroft. »Genau wie Landen Parke-Laine, wenn du mich fragst. Darf ich aufstehen? Jetzt kommt *Für alle Fälle Spratt*.«

Polly und Mycroft standen auf und ließen uns allein. Die Namen Landen und Anton fielen nicht noch einmal. Meine Mutter bot mir mein altes Zimmer an. Ich lehnte dankend ab. Wir hatten uns schrecklich gestritten, als ich noch zu Hause gewohnt hatte. Außerdem war ich fast sechsunddreißig. Ich trank meinen Kaffee aus und ließ mich von meiner Mutter zur Haustür bringen.

»Sag mir Bescheid, wenn du es dir anders überlegst, Schätzchen«, sagte sie. »Dein Zimmer ist noch genau wie früher.«

Wenn das stimmte, waren die Wände noch immer mit den grauenhaften Postern meiner Teenageridole gepflastert. Schon bei dem Gedanken wurde mir ganz anders.

10.

Hotel Finis, Swindon

Die Miltons waren die mit Abstand glühendsten Dichter-Vereh-
rer. Ein Blick ins Londoner Telefonbuch ergab gut viertausend
John Miltons, zweitausend William Blakes, ein knappes Tausend
Samuel Coleridges, fünfhundert Shelleys, dieselbe Anzahl von
Wordsworths und Keats' sowie eine Handvoll Drydens. Diese
Flut von Namensänderungen führte zwangsläufig zu Problemen
bei der Strafverfolgung. Nach einem Zwischenfall in einem Pub,
bei dem sowohl der Angreifer, das Opfer, der Zeuge, der Wirt, der
festnehmende Polizeibeamte als auch der Richter Alfred Tenny-
son hießen, war ein Gesetz verabschiedet worden, das sämtliche
Namensvettern und -schwestern verpflichtete, sich eine Kenn-
nummer hinters Ohr tätowieren zu lassen. Wie so viele prakti-
sche polizeiliche Maßnahmen stieß es auf wenig Gegenliebe.

MILLON DE FLOSS
– *Eine kurze Geschichte des Special Operations Network*

Ich quetschte mich in eine Parklücke vor dem großen, angestrahl-
ten Gebäude, stieg aus und schloß den Wagen ab. Im Hotel herrschte anscheinend Hochbetrieb, und als ich durch die Tür trat, sah ich
auch, warum. Mindestens zwei Dutzend Männer und Frauen in
Kniebundhosen und weiten, weißen Hemdblusen liefen in der Lobby
herum. Meine Laune war dahin. Ein großes Schild an der Treppe
hieß alle Teilnehmer der 112. Jahresversammlung der John-Milton-
Gesellschaft willkommen. Ich holte tief Luft und kämpfte mich zur
Rezeption durch. Eine nicht mehr ganz junge Empfangsdame mit
überdimensionalen Ohrgehängen schenkte mir ihr bezauberndstes
Begrüßungslächeln.

»Guten Abend, Ma'am, willkommen im Finis, dem Nonplus-ultra in Sachen Eleganz und Stil. Wir sind ein Vier-Sterne-Hotel mit modernster Ausstattung und zahlreichen Serviceleistungen. Es ist uns ein aufrichtiges Anliegen, Ihnen Ihren Aufenthalt so angenehm wie möglich zu gestalten.«

Sie leierte den Text herunter wie ein Mantra. Ich hätte sie mir ebensogut hinter einer SmileyBurger-Theke vorstellen können.

»Mein Name ist Next. Ich hatte reserviert.«

Die Empfangsdame nickte und ging die Reservierungskarten durch. »Mal sehen. Milton, Milton, Milton, Milton, Milton, Next, Milton, Milton, Milton, Milton, Milton, Milton. Nein, tut mir leid. Sieht nicht so aus, als ob wir eine Buchung für Sie vorliegen hätten.«

»Könnten Sie noch mal nachsehen?«

Sie sah noch einmal nach und wurde fündig. »Da ist sie ja. Jemand hatte sie aus Versehen unter Milton abgelegt. Dann brauche ich Ihre Kreditkarte. Wir nehmen: Babbage, Goliath, Newton, Pascal, Breakfast Club und Jam Roly-Poly.«

»Jam Roly-Poly?«

»Entschuldigung«, sagte sie verlegen, »falsche Liste. Das sind die Puddings für heute abend, die unsere Küchenchefs zubereiten.« Als ich ihr meine Babbage-Karte gab, lächelte sie wieder.

»Sie haben Zimmer 8128«, sagte sie und reichte mir einen Schlüsselring, der so groß war, daß ich ihn kaum heben konnte. »All unsere Zimmer sind vollklimatisiert und mit einer Minibar, Tauchsiedern und Teebeuteln ausgestattet. Haben Sie Ihren Wagen auf einem der 300 Plätze unseres geräumigen, selbstregelnden Parkdecks abgestellt?«

Ich verkniff mir ein Lächeln.

»Danke, ja. Haben Sie eine Unterbringungsmöglichkeit für Haustiere?«

»Selbstverständlich. Alle Finis-Hotels verfügen über eine Tierpension. Um was für ein Tier handelt es sich denn?«

»Einen Dodo.«

»Wie süß! Mein Cousin Arnold hatte mal einen großen Alk namens Beany – eine Version 1.4, darum wurde er leider nicht sehr alt. Aber die neuen sollen ja viel besser sein. Ich reserviere Ihrem kleinen Freund einen Platz. Angenehmen Aufenthalt. Ich hoffe, Sie interessieren sich für die Lyrik des siebzehnten Jahrhunderts.«

»Höchstens aus beruflichen Gründen.«

»Dozentin?«

»LitAg.«

»Aha.«

Die Empfangsdame beugte sich zu mir und senkte die Stimme.

»Offen gestanden, Miss Next, ich *hasse* Milton. Gut, seine frühen Sachen, meinetwegen. Aber nachdem sie Karl einen Kopf kürzer gemacht hatten, ist es mit ihm den Bach runtergegangen. Tja, da sieht man mal, wo ein Übermaß an republikanischer Gesinnung hinführen kann.«

»Sie sagen es.«

»Fast hätte ich's vergessen. Die sind für Sie.«

Sie zauberte einen Blumenstrauß unter der Theke hervor.

»Von einem Mr. Landen Parke-Laine ...«

Mist. Aufgeflogen.

»... und im *Cheshire Cat* warten zwei Herren auf Sie.«

»Cheshire Cat?«

»Das ist unsere beliebte, gutsortierte Bar, ein gemütlicher, einladender Bereich zur Entspannung unserer Gäste, der von freundlichem Fachpersonal betreut wird.«

»Und wer sind die beiden?«

»Das Personal?«

»Nein, die beiden Herren.«

»Sie haben ihre Namen nicht genannt.«

»Danke, Miss ...?«

»Barrett-Browning«, sagte die Empfangsdame. »Liz Barrett-Browning.«

»Gut, Liz. Behalten Sie die Blumen. Machen Sie Ihren Freund eifersüchtig. Wenn Mr. Parke-Laine noch einmal anruft, sagen Sie ihm, ich sei an hämorrhagischem Fieber gestorben.«

Ich zwängte mich durch die Massen von Miltons in Richtung Cheshire Cat. Es war nicht zu verfehlen. Über der Tür hing eine große rote Neonkatze, die in einem grünen Neonbaum saß. In regelmäßigen Abständen fing das rote Neon an zu flackern und ging aus, so daß nur noch das Grinsen der Katze zurückblieb. Aus der Bar drangen die Klänge einer Jazzband an mein Ohr, und ein Lächeln huschte über meine Lippen, als ich Holroyd Wilsons unverwechselbares Klavierspiel erkannte. Er war ein waschechter Swindoner. Ein Telefonanruf, und er hätte in ganz Europa auftreten können, doch er hatte es vorgezogen, in Swindon zu bleiben. Die Bar war gut besucht, aber nicht voll, und die meisten Gäste waren Miltons, die trinkend und lachend beieinandersaßen, die Wiedereinsetzung der Stuarts beklagten und sich mit John anredeten.

Ich ging zum Tresen. Im Cheshire Cat war Happy Hour, jedes Getränk 52 Pence.

»Guten Abend«, sagte der Barkeeper. »Was haben der Rabe und ein Schreibtisch gemeinsam?«

»Poe. Er hat auf letzterem über ersteren geschrieben.«

»Sehr gut.« Er lachte. »Was darf's sein?«

»Ein kleines Vorpal's Special, bitte. Mein Name ist Next. Wartet hier vielleicht jemand auf mich?«

Der Barkeeper, der wie ein Hutmacher gekleidet war, deutete auf einen Tisch am anderen Ende des Schankraums, an dem, halb im Schatten, zwei Männer saßen. Ich nahm mein Glas und ging zu ihnen. Die Kneipe war zu voll, als daß sie mir Ärger hätten machen können. Je näher ich kam, desto deutlicher konnte ich die beiden erkennen.

Der ältere war ein grauhaariger Gentleman Mitte siebzig. Er hatte volles weißes Haar und mächtige Koteletten. Er trug einen eleganten Tweedanzug und Seidenfliege. Ein Paar brauner Handschuhe klemmte zwischen seinen Fingern, die den Knauf eines Spazierstocks umfaßten, und auf dem Platz neben ihm lag eine Jagdmütze. Sein Gesicht war stark gerötet, und als ich an den Tisch trat, warf er den Kopf in den Nacken und lachte bellend wie ein Seehund über eine Bemerkung seines Begleiters.

Der Mann ihm gegenüber war um die dreißig. Er hockte auf der Sitzkante und wirkte leicht nervös. Er nippte an einem Glas Tonic und trug einen teuren Nadelstreifenanzug, der aber schon bessere Tage gesehen hatte. Ich wußte, daß ich ihm schon mal irgendwo begegnet war, ich wußte nur nicht, wo.

»Die Herren suchen mich?«

Die beiden standen auf. Der ältere sprach zuerst. »Miss Next? Sehr erfreut, Ihre Bekanntschaft zu machen. Mein Name ist Analogy. Victor Analogy. Leiter der Swindoner LitAg-Abteilung. Wir haben telefoniert.«

Er streckte die Hand aus, und ich schüttelte sie.

»Nett, Sie kennenzulernen, Sir.«

»Das ist Agent Bowden Cable. Sie beide werden zusammenarbeiten.«

»Es ist mir eine Ehre, Ihre Bekanntschaft zu machen, Madam«, sagte Bowden verlegen. Er war ziemlich unbeholfen und wirkte sehr steif. Der Blick, den er mir zuwarf, sprach Bände. Er schien lange keine Frau mehr als Kollegin gehabt zu haben.

»Haben wir uns nicht schon mal gesehen?« fragte ich und schüttelte ihm die Hand.

»Nein«, antwortete Bowden nachdrücklich. »Daran würde ich mich bestimmt erinnern.«

Victor deutete auf den Platz neben Bowden, der Höflichkeiten vor sich hin murmelnd zur Seite rückte. Ich nippte an meinem Drink. Er schmeckte wie alte, in Urin eingeweichte Pferdedecken. Ich bekam einen Hustenanfall. Bowden hielt mir ritterlich sein Taschentuch hin.

»Vorpal's Special?« sagte Victor mit hochgezogener Augenbraue. »Tapferes Mädchen.«

»D-danke.«

»Willkommen in Swindon«, fuhr Victor fort. »Zunächst einmal möchte ich Ihnen sagen, wie sehr wir Ihr kleines Malheur bedauern. Nach allem, was man hört, muß Hades ja ein regelrechtes Ungeheuer gewesen sein. Um ihn ist es nicht schade. Ich hoffe, Sie haben sich einigermaßen erholt?«

»Ich schon, andere hatten da weniger Glück.«

»Das tut mir sehr leid, aber Sie sind hier hoch willkommen. Es ist das erste Mal, daß sich jemand von Ihrem Kaliber in die Provinz verirrt.«

Ich sah Analogy fragend an. »Ich glaube, ich verstehe nicht ganz, worauf Sie hinauswollen.«

»Ich wollte damit sagen – und das ist nun weiß Gott kein Geheimnis –, daß es sich bei unseren Mitarbeitern eher um Akademiker als um typische SpecOps-Agenten handelt. Ihr Vorgänger war Jim Crometty. Er wurde in der Altstadt bei einem mißlungenen Buchkauf erschossen. Er war Bowdens Partner. Jim war uns allen ein ganz besonderer Freund; er hatte eine Frau, drei Kinder. Ich möchte... nein, ich *muß* die Person fassen, die uns Crometty genommen hat.«

Ich starrte verwirrt in ihre ernsten Gesichter, bis der Groschen endlich fiel. Sie hielten mich für eine waschechte SO-5-Agentin auf Heimaturlaub. So etwas war durchaus nicht ungewöhnlich. Bei SO-27 hatten wir ständig ausgemusterte SO-9- und SO-7-Leute zugeteilt bekommen. Sie waren ausnahmslos verrückt gewesen.

»Sie haben meine Akte gelesen?« fragte ich vorsichtig.

»Die haben sie nicht herausgerückt«, sagte Analogy. »Es kommt nicht allzu häufig vor, daß sich ein Agent aus den schwindelnden Höhen von SpecOps-5 zu unserem kleinen Verein versetzen läßt. Wir brauchten einen kampferprobten Ersatz, der in der Lage ist... tja, wie soll ich sagen...?«

Analogy verstummte, um Worte verlegen. Bowden antwortete statt seiner.

»Wir brauchen jemanden, der im Notfall nicht vor *extremer Gewaltanwendung* zurückschreckt.«

Ich sah sie an und überlegte, ob ich ihnen nicht lieber reinen Wein einschenken sollte; schließlich hatte ich in letzter Zeit lediglich auf mein eigenes Auto sowie auf einen offensichtlich unverwundbaren Meisterverbrecher geschossen. Offiziell gehörte ich SO-27 an, nicht SO-5. Aber da es gut möglich war, daß Acheron noch lebte, und ich nach wie vor auf Rache sann, war es vielleicht gar nicht so schlecht, wenn ich mitspielte.

Analogy rutschte nervös herum. »Im Fall Crometty ermittelt selbstverständlich die Mordkommission. Inoffiziell können wir also nicht sehr viel unternehmen, aber SpecOps hält sich auf seine *Unabhängigkeit* seit jeher einiges zugute. Wenn wir im Laufe anderweitiger Ermittlungen rein zufällig auf Beweise stoßen würden, hätte niemand etwas dagegen. Sie verstehen?«

»Durchaus. Haben Sie eine Ahnung, wer Crometty umgebracht haben könnte?«

»Jemand bot ihm etwas zum Kauf an. Ein rares Dickens-Manuskript. Er wollte es sich ansehen und ... tja, er war nicht bewaffnet, wissen Sie.«

»Nur wenige Swindoner LitAgs können überhaupt mit der Waffe umgehen«, setzte Bowden hinzu, »und die meisten wollen es auch gar nicht lernen. Literarische Ermittlungsarbeit und Schußwaffen passen einfach nicht zusammen. Wie heißt es doch? Die Feder ist mächtiger als das Schwert.«

»Nichts gegen schöne Worte«, entgegnete ich kühl; allmählich machte es mir Spaß, die mysteriöse SO-5-Agentin zu spielen, »aber eine Neun-Millimeter ist im Zweifelsfall effektiver.«

Sie starrten mich eine Weile schweigend an. Dann zog Victor ein Foto aus einem gelbbraunen Umschlag und legte es vor mir auf den Tisch. »Was halten Sie davon? Das wurde gestern aufgenommen.«

Ich betrachtete das Foto. Ich kannte das Gesicht nur zu gut. »Jack Schitt.«

»Und was wissen Sie über ihn?«

»Nicht viel. Er ist der Leiter von Goliaths Internem Sicherheitsdienst. Er wollte wissen, was Hades mit dem *Chuzzlewit*-Manuskript vorhatte.«

»Ich verrate Ihnen ein Geheimnis. Sie haben recht, Schitt arbeitet für Goliath, aber *nicht* für die Interne Sicherheit.«

»Sondern?«

»Für die Abteilung Spezialwaffen. Acht Milliarden Jahresetat, und alles läuft über ihn.«

»Acht Milliarden?«

»*Plus* Kleingeld. Angeblich wurde bei der Entwicklung des Plasmagewehrs selbst *dieses* Budget noch überschritten. Er ist intelligent, ehrgeizig und wenig flexibel. Er ist seit vierzehn Tagen hier. Und er wäre nicht in Swindon, wenn es hier nicht etwas gäbe, das für Goliath von besonderem Interesse ist; wir glauben, daß Crometty sich das Originalmanuskript von *Chuzzlewit* ansehen wollte, und wenn das stimmt ...«

»... ist Schitt nur hier, weil ich hier bin«, beendete ich den Satz. »Er fand es merkwürdig, daß ich mich um einen Posten bei SO-27 beworben hatte, und das ausgerechnet in Swindon – ich bitte um Entschuldigung.«

»Schon gut«, meinte Analogy. »Aber daß Schitt sich hier herumtreibt, sagt mir, daß Hades noch am Leben ist – oder doch wenigstens, daß Goliath das *glaubt*.«

»Ich weiß«, sagte ich. »Beängstigend, nicht wahr?«

Analogy und Cable sahen sich an. Sie hatten alles Nötige gesagt: daß ich hier willkommen sei, daß sie Crometty rächen wollten und Jack Schitt nicht riechen konnten. Sie wünschten mir einen angenehmen Abend, zogen Hut und Mantel an und waren im Nu verschwunden.

Die Jazznummer war zu Ende. Auch ich klatschte Beifall, während Holroyd sich wacklig erhob, dem Publikum zuwinkte und von der Bühne ging. Nachdem die Musik verstummt war, leerte sich die Bar rapide, und ich blieb mehr oder weniger allein zurück. Ich blickte nach rechts, wo zwei Miltons einander schöne Augen machten, und dann zum Tresen, wo sich ein paar Vertreter im Anzug auf Spesenrechnung vollaufen ließen. Ich ging zum Klavier und setzte mich. Ich griff ein paar Akkorde und testete erst meinen Arm, bevor ich übermütig wurde und mich an der unteren Hälfte eines Duetts versuchte, das ich im Kopf behalten hatte. Ich sah zum Barkeeper hinüber, um mir noch etwas zu trinken zu bestellen, doch der trocknete gerade Gläser ab.

Als ich zum dritten Mal zur Einleitung der oberen Hälfte des

Duetts kam, erschien jäh eine Männerhand und spielte die erste Note des Diskantparts genau im Takt. Ich schloß die Augen; ich wußte sofort, wer es war, nahm mir jedoch vor, nicht aufzublicken. Ich roch sein Aftershave und bemerkte die Narbe an seiner linken Hand. Mir sträubten sich die Nackenhaare, und ich spürte, wie ein Schauder mich durchlief. Ich rückte instinktiv ein Stück nach links, damit er sich setzen konnte. Seine Finger huschten wie meine über die Tasten, und wir spielten nahezu fehlerlos. Der Barkeeper warf uns einen anerkennenden Blick zu, und selbst die Anzugträger hörten auf zu reden und wandten den Kopf, um zu sehen, wer da spielte. Ich schaute immer noch nicht auf. Als sich meine Hände an die halbvergessene Melodie gewöhnt hatten, wurde ich selbstbewußter und steigerte das Tempo. Mein unsichtbarer Partner hielt tapfer mit.

So spielten wir fast zehn Minuten, und ich hatte ihn immer noch nicht angesehen, weil ich wußte, daß ich dann lächeln würde, und das wollte ich auf keinen Fall. Er sollte merken, daß ich nach wie vor sauer war. *Dann* konnte er mich becircen. Als das Stück schließlich zu Ende war, starrte ich weiter vor mich hin. Der Mann neben mir rührte sich nicht von der Stelle.

»Hallo, Landen«, sagte ich nach einer Weile.

»Hallo, Thursday.«

Ich spielte traumverloren ein paar Töne, ohne aufzublicken. »Lange nicht gesehen«, sagte ich.

»Zehn Jahre«, antwortete er. »Um genau zu sein.«

Seine Stimme klang genau wie früher. Die vertraute Wärme und Sensibilität waren immer noch da. Ich hob den Kopf, sah ihn an und blickte schnell in die andere Richtung. Ich hatte feuchte Augen. Meine Gefühle waren mir peinlich, und ich kratzte mich nervös an der Nase. Er war ein wenig grau geworden, trug sein Haar aber mehr oder weniger genauso wie früher. Er hatte zarte Falten rings um die Augen, aber die konnten vom Lachen herrühren.

Als ich ihn verlassen hatte, war er dreißig und ich sechsundzwanzig gewesen. Ich fragte mich, ob ich genauso gut gealtert war wie er. War ich nicht längst zu alt, um ihm noch böse zu sein? Wenn ich auf Landen sauer war, machte das Anton schließlich auch nicht wieder lebendig. Ich wollte ihn schon fragen, ob wir es nicht noch mal miteinander probieren sollten, aber als ich den Mund aufmachte, kam die Welt scheppernd zum Stillstand. Das Dis, das ich eben angeschlagen hatte, hallte nach, und Landen starrte mich an, sein Blick ein gefrorener Lidschlag. Dads Timing hätte gar nicht schlechter sein können.

»Hallo, Schätzchen!« rief er, löste sich aus dem Schatten und kam auf mich zu. »Störe ich?«

»Allerdings – ja.«

»Es dauert auch nicht lange. Was hältst du davon?« Er reichte mir einen krummen, gelben Gegenstand, etwas größer als eine Möhre.

»Was ist das?« fragte ich und roch vorsichtig daran.

»Die Frucht einer neuen Designer-Pflanze, die erst in siebzig Jahren auf den Markt kommen soll. Guck mal . . .«

Er schälte sie und ließ mich kosten.

»Lecker, was? Man kann sie pflücken, lange bevor sie reif ist, und sie notfalls über Tausende von Meilen transportieren; in ihrer hermetisch versiegelten, biologisch abbaubaren Verpackung hält sie sich hundertprozentig frisch. Nahrhaft und lecker ist sie auch. Sie wurde von einer genialen Gentechnikerin namens Anna Bannon sequenziert. Wir wissen nicht so recht, wie wir sie nennen sollen. Hast du vielleicht eine Idee?«

»Dir wird schon was einfallen. Was hast du damit vor?«

»Ich dachte, ich führe sie vor zehntausend Jahren ein und schaue, was passiert – Brot für die Welt, so in der Art. Na gut, *die Zeit wartet auf niemand*, wie es bei uns heißt. Dann will ich dich mal wieder Landen überlassen.«

Die Welt lief flackernd wieder an. Landen schlug die Augen auf und sah mich an.

»Banane«, sagte ich, als mir mit einem Mal klar wurde, was mir mein Vater gezeigt hatte.

»Wie bitte?«

»Banane. Sie haben sie nach der Designerin benannt.«

»Thursday, du redest wirr«, sagte Landen mit amüsiertem Grinsen.

»Mein Vater war gerade da.«

»Aha. Ist er immer noch ein Mann aller Zeiten?«

»Alles wie gehabt. Paß auf, das von damals tut mir leid.«

»Mir auch«, antwortete Landen und verstummte. Ich wollte sein Gesicht berühren, sagte jedoch statt dessen: »Du hast mir gefehlt.«

Das hätte ich nicht sagen dürfen, und ich verfluchte mich dafür; daß ich aber auch immer mit der Tür ins Haus fallen mußte. Landen rutschte verlegen hin und her.

»In deiner Raupensammlung? Du hast mir auch sehr gefehlt. Im ersten Jahr war es am schlimmsten.«

Landen schwieg einen Augenblick. Er klimperte ein wenig auf dem Klavier herum und sagte dann: »Ich bin hier zu Hause und lebe gern hier. Manchmal denke ich, Thursday Next war nur eine Figur aus einem meiner Romane, die ich nach dem Vorbild der Frau gestaltet habe, die ich lieben wollte. Insofern ... na ja, ich bin drüber hinweg.«

Das war zwar nicht *ganz* die Antwort, die ich hatte hören wollen, aber nach allem, was geschehen war, konnte ich ihm das nicht verübeln.

»Trotzdem bist du gekommen.«

Landen lächelte. »Du bist in meiner Stadt, Thurs. Und wenn alte Freunde in der Gegend sind, dann geht man sie besuchen. Oder nicht?«

»Und bringt ihnen Blumen mit? Hast du Colonel Phelps etwa auch Rosen geschickt?«

»Nein, Lilien. Der Mensch ist eben ein Gewohnheitstier.«

»Verstehe. Du hast dich gemacht.«

»Danke«, antwortete er. »Du hast meine Briefe nicht beantwortet.«

»Ich habe deine Briefe nicht *gelesen*.«

»Bist du verheiratet?«

»Ich wüßte nicht, was dich das angeht.«

»Also nein.«

Das Gespräch hatte eine unerfreuliche Wendung genommen.

Höchste Zeit, abzuhauen. »Also, ich bin total erledigt, Landen. Und morgen ist ein wichtiger Tag.«

Ich stand auf. Landen hinkte mir hinterdrein. Im Krimkrieg hatte er ein Bein verloren, kam mit seiner Behinderung inzwischen aber sehr gut zurecht. Am Tresen holte er mich ein.

»Wollen wir mal zusammen zu Abend essen?«

Ich drehte mich zu ihm um. »Klar.«

»Dienstag?«

»Warum nicht?«

»Gut«, sagte Landen und rieb sich die Hände. »Wir könnten die alte Truppe zusammentrommeln ...«

So hatte ich mir das eigentlich nicht vorgestellt. »Warte mal. Dienstag paßt vielleicht doch nicht so gut.«

»Warum? Bis vor drei Sekunden hattest du damit kein Problem. War dein Vater schon wieder da?«

»Nein, ich habe einfach unheimlich viel zu tun, ich muß mich um Pickwick kümmern. Er kommt mit der Bahn, denn im Luftschiff wird ihm immer schlecht. Weißt du noch, wie wir ihn mit nach Mull genommen haben und er den Steward vollgekotzt hat?«

Ich mußte mich zusammenreißen. Ich redete dummes Zeug.

»Erzähl mir bloß nicht«, sagte Landen, »daß du dir auch noch die Haare waschen mußt.«

»Sehr witzig.«

»Als was arbeitest du eigentlich in Swindon?« fragte Landen.

»Tellerwäscherin bei SmileyBurger.«

»Daß ich nicht lache. SpecOps?«

Ich nickte. »Ich habe mich zu den Swindoner LitAgs versetzen lassen.«

»Vorübergehend?« fragte er. »Oder willst du wieder ganz nach Swindon ziehen?«

»Weiß ich noch nicht.«

Ich legte meine Hand auf seine. Ich wollte ihn umarmen, in Tränen ausbrechen und ihm sagen, daß ich ihn liebte und *ewig* lieben würde, wie ein zu sentimentales großes kleines Mädchen, aber das wäre ziemlich deplaciert gewesen, wie mein Vater sagen würde.

Statt dessen beschloß ich, in die Offensive zu gehen, und fragte:
»Bist *du* verheiratet?«

»Nein.«

»Hast du nie daran gedacht?«

»Doch. Sehr oft sogar.«

Wir schwiegen eine Weile. Es gab so viel zu sagen, daß wir nicht
wußten, wie und wo wir anfangen sollten. Landen eröffnete eine
zweite Front: »Magst du dir *Richard III.* ansehen?«

»Läuft das etwa immer noch?«

»Natürlich.«

»Ich hätte schon Lust, aber das ändert nichts an der Tatsache,
daß ich noch nicht weiß, wann ich Zeit habe. Im Moment geht bei
mir irgendwie alles drunter und drüber.«

Ich sah ihm an, daß er mir nicht glaubte. Ich konnte ihm unmöglich verraten, daß ich hinter einem Meisterverbrecher her war,
der nach Lust und Laune Gedanken stehlen und Bilder projizieren
konnte; der auf Film unsichtbar blieb und lachend morden konnte.
Landen kramte seufzend eine Visitenkarte hervor und legte sie auf
den Tresen.

»Ruf mich an. Wenn du Zeit hast. Versprochen?«

»Versprochen.«

Er gab mir einen Kuß auf die Wange, leerte sein Glas, sah mich
noch einmal an und hinkte dann zur Tür hinaus. Ich blieb mit seiner Visitenkarte zurück. Ich steckte sie nicht ein. Das brauchte ich
auch nicht. Ich hatte die Nummer im Kopf.

Mein Zimmer sah genauso aus wie alle anderen Zimmer im Hotel.
Die Bilder waren an den Wänden festgeschraubt, und die Flaschen
in der Minibar waren geöffnet, ausgetrunken und mit Wasser oder
kaltem Tee aufgefüllt worden, vermutlich von Vertretern, die zu gei-
zig waren, sie zu bezahlen. Das Zimmer ging nach Norden; ich sah
nur den Flugplatz. Ein großer Vierzigsitzer lag am Mast vertäut, sein
Rumpf schimmerte silbrig in der dunklen Nacht. Das kleine Luftschiff, das mich hergebracht hatte, war nach Salisbury weitergeflo-
gen; ich spielte kurz mit dem Gedanken, übermorgen damit zurück-

zufahren. Ich machte den Fernseher an und erwischte gerade noch den Anfang von *Heute im Parlament*. Die Krimdebatte hatte den ganzen Tag getobt und war noch immer nicht vorbei. Ich räumte das Kleingeld aus meinen Taschen, nahm meine Automatik aus dem Schulterholster und zog die Nachttischschublade auf. Sie war voll. Neben der Gideonsbibel enthielt sie die Lehren des Buddha und eine englische Ausgabe des Korans. Sowie ein GSG-Gebetbuch und ein Wesleyanisches Pamphlet, zwei Amulette der Gesellschaft für Christliches Bewußtsein, die Bekenntnisse des Hl. Zvlkx und William Shakespeares inzwischen obligatorische *Gesammelte Werke*. Ich stopfte die Bücher in den Kleiderschrank und legte statt dessen meine Automatik in das Schubfach. Ich öffnete den Reißverschluß meiner Reisetasche und richtete mich häuslich ein. Ich hatte meine Londoner Wohnung vorerst behalten; ich wußte ja nicht, wie lange ich hierbleiben würde. Komischerweise fühlte ich mich in der Stadt sehr wohl, und ich war mir noch nicht ganz im klaren darüber, ob mir das gefiel oder nicht. Ich packte alles aufs Bett und verstaute es dann sorgfältig im Schrank. Ich deponierte ein paar Bücher, darunter das Exemplar von *Jane Eyre*, dem ich mein Leben verdankte, auf dem Nachttisch. Ich trug Landens Foto zur Kommode und legte es nach kurzem Nachdenken verkehrtherum in die Schublade mit meiner Unterwäsche. Solange mir das Original zur Verfügung stand, konnte ich auf die Kopie verzichten. Der Fernseher plärrte:

»... trotz Intervention durch die Franzosen und einer russischen Sicherheitsgarantie für englische Siedler spricht alles dafür, daß England nicht auf seinen Platz am Runden Tisch in Budapest zurückkehren wird. Solange England auf das neue, Stonk genannte Plasmagewehr setzen kann, wird auf der Schwarzmeerhalbinsel wohl kein Frieden einkehren ...«

Der Nachrichtensprecher wühlte in Papieren.

»Und jetzt zurück ins Inland. In Chichester kam es am gestrigen Abend zu gewalttätigen Auseinandersetzungen, als sich eine Gruppe von Neosurrealisten versammelte, um den vierten Jahrestag der Legalisierung des Surrealismus zu begehen. Henry Grubb ist für das Toad News Network vor Ort. Henry, wie ist die Lage?«

Ein wackliges Livebild erschien auf dem Schirm, und ich hielt einen Moment inne und schaute zu. Hinter Grubb sah man ein umgestürztes, brennendes Auto und mehrere Polizeibeamte im Einsatzanzug. Henry Grubb, ein angehender Krimkorrespondent, der insgeheim hoffte, daß der Krieg so lange andauern würde, bis man ihn an die Front ließ, trug eine marineblaue Bomberjacke und sprach im stockenden, gehetzten Tonfall eines Kriegskorrespondenten.

»Die Lage ist brenzlig, Brian, um nicht zu sagen: explosiv. Ich befinde mich etwa hundert Meter vom Ort der Ausschreitungen entfernt und kann von hier aus brennende, umgestürzte Autos sehen. Die Flammen sind meterhoch. Die Polizei hat den ganzen Tag versucht, die verfeindeten Parteien auseinanderzuhalten, war gegen ihre schiere Überzahl am Ende jedoch machtlos. In den frühen Abendstunden haben mehrere hundert Raffaeliten ein Lokal namens *Ceci n'est pas une pipe* umstellt, in dem sich hundert Neosurrealisten verschanzt hatten. Die Demonstranten auf der Straße riefen Parolen der italienischen Renaissance, dann flogen Steine. Worauf die Neosurrealisten geschützt durch große weiche Uhren aus Schaumstoff die gegnerischen Linien stürmten. Sie hätten ihre Widersacher wahrscheinlich auch überrannt, wenn die Polizei nicht eingeschritten wäre. Moment, ich sehe gerade, daß die Beamten einen Mann festgenommen haben. Ich will versuchen, ein Interview zu bekommen.«

Ich schüttelte den Kopf und stellte meine Schuhe in die Garderobe. Es hatte Krawalle gegeben, als der Surrealismus verboten worden war, und jetzt, bei Aufhebung dieses Verbotes, gab es wieder Krawalle. Grubb stellte sich einem Polizisten in den Weg, der einen Jugendlichen abführte; der junge Mann trug ein Kostüm aus dem sechzehnten Jahrhundert und hatte sich eine originalgetreue Kopie der »Hand Gottes« aus der Sixtinischen Kapelle ins Gesicht tätowieren lassen.

»Entschuldigen Sie, Sir, aber was sagen Sie zu dem Vorwurf, daß Sie ein intoleranter Haufen sind, dem es schlicht an Respekt und Verständnis für das Neue und Experimentelle in der Kunst mangelt?«

11

Polly, Wordsworth und Narzissen

Ich glaube, Wordsworth war genauso erstaunt, mich zu sehen,
wie ich ihn. Es passiert schließlich nicht alle Tage, daß man zu
seiner liebsten Erinnerung zurückkehrt, und es ist schon jemand
da und bewundert die Aussicht.

POLLY NEXT
– aus einem Exklusivinterview mit der *Owl on Sunday*

Während ich mich wegen Landen plagte, arbeiteten mein Onkel
und meine Tante fieberhaft in Mycrofts Werkstatt. Wie ich später
erfuhr, lief es prächtig. Zu Anfang jedenfalls.

Mycroft fütterte seine Bücherwürmer, als Polly die Werkstatt betrat; sie hatte eben einige unglaublich komplizierte mathematische
Berechnungen für ihn angestellt.

»Schatz, ich habe die Lösung, die du gesucht hast«, sagte sie und
saugte an einem abgenagten Bleistiftstummel.

»Und die lautet?« fragte Crofty und kippte seinen Bücherwürmern Präpositionen in den gierigen Rachen.

»Neun.«

Mycroft murmelte etwas Unverständliches und schrieb die Zahl
auf einen Notizblock. Er öffnete den Deckel des großen, messingbeschlagenen Buches, auf das ich am Abend zuvor nur einen flüchtigen Blick hatte werfen dürfen, und legte ein Großdruckexemplar
von Wordsworths Gedicht ›Die Narzissen‹ in die Vertiefung in der
Mitte. Dann gab er eine Handvoll Bücherwürmer hinzu, die sich
eifrig ans Werk machten. Sie glitten über den Text, wobei ihr kollektives Unbewußtes jeden Satz, jedes Wort, jeden Vokal und jede

Silbe in sich aufnahm. Sie gingen den historischen, biographischen und geographischen Anspielungen auf den Grund, erforschten die in Metrum und Rhythmus verborgenen Bedeutungen und jonglierten geschickt mit Subtext, Inhalt und Metaphern. Danach dichteten sie selbst einige Verse und übersetzten sie in Binärcode.

See! Narzissen! Einsamkeit! Erinnerung! wisperten die Würmer aufgeregt, als Mycroft das Buch vorsichtig zuklappte und verschloß. Er steckte das Starkstromkabel in die Buchse an der Rückseite des Buches und legte den Netzschalter um; dann machte er sich an den unzähligen Knöpfen und Reglern auf dem Deckel des Buches zu schaffen. Obwohl es sich bei dem ProsaPortal, wie er es nannte, im wesentlichen um einen Biomechanismus handelte, mußten vor Inbetriebnahme des Gerätes zahlreiche Regler eingestellt werden; und da das Portal noch sehr kompliziert war, blieb Mycroft nichts anderes übrig, als die genaue Abfolge der einzelnen Schritte in einem Vokabelheft festzuhalten, von dem es – zum Schutz gegen ausländische Spione – nur dieses eine Exemplar gab. Er starrte eine Weile angestrengt in das kleine Heft, bevor er an Reglern drehte, Knöpfe drückte und langsam die Stromzufuhr erhöhte, wobei er in einem fort vor sich hin murmelte: »Binometrik, Spherik, Numerik. Ich bin ...«

»Drin?«

»Nein«, antwortete Mycroft traurig. »Doch, warte ... *Jetzt!*«

Er lächelte zufrieden, als auch die letzte Warnleuchte erlosch. Er nahm die Hand seiner Frau und drückte sie zärtlich.

»Möchtest du mir die Ehre erweisen«, fragte er, »und als erster Mensch ein Wordsworth-Gedicht betreten?«

Polly sah ihn ängstlich an. »Und es kann mir auch sicher nichts passieren?«

»So sicher, wie zweimal zwei vier ist«, beruhigte er sie. »Ich war vor einer Stunde im ›Wrack der *Hesperus*‹.«

»Wirklich? Und? Wie war's?«

»Naß – und ich glaube, ich habe meine Jacke dort vergessen.«

»Die, die ich dir zu Weihnachten geschenkt habe?«

»Nein, die andere. Die blaue mit den großen Karos.«

»Das *ist* die, die ich dir zu Weihnachten geschenkt habe«, schimpfte Polly. »Wo hast du nur immer deine Gedanken? Was wolltest du noch gleich von mir?«

»Rühr dich nicht von der Stelle. Wenn alles gutgeht, brauche ich jetzt bloß noch auf den großen grünen Knopf zu drücken, und die Würmer öffnen dir die Tür zu William Wordsworths geliebten Narzissen.«

»Und wenn *nicht* alles gutgeht?« fragte Polly leicht nervös. Sie mußte jedesmal an Owens' Ableben als riesiges Baiser denken, wenn sie sich ihrem Mann als Versuchskaninchen zur Verfügung stellte, doch abgesehen von leichten Versengungen beim Test eines butanbetriebenen Ein-Mann-Theaterpferdes hatten Mycrofts Maschinen ihr noch nie etwas zuleide getan.

»Hmm«, machte Mycroft nachdenklich, »es ist *möglich*, wenn auch höchst unwahrscheinlich, daß ich eine Kettenreaktion auslösen könnte, die zur Verschmelzung aller Materie und damit zur Auslöschung des gesamten Universums führt.«

»Im Ernst?«

»Ach, Unsinn. Kleiner Scherz am Rande. Alles klar?«

Polly lächelte. »Alles klar.«

Mycroft drückte den großen grünen Knopf, und das Buch fing an zu summen. Die Straßenlaternen vor dem Haus flackerten und drohten zu verlöschen, weil der Apparat eine unglaubliche Menge Strom brauchte, um die binometrischen Informationen der Bücherwürmer zu konvertieren. Plötzlich erhellte ein grelles Licht die Werkstatt, als habe sich eine Tür geöffnet, die aus tiefstem Winter in den Sommer führt. Staub glitzerte in dem dünnen Lichstrahl, der allmählich immer breiter wurde.

»Du brauchst bloß hindurchzugehen!« Die Maschine machte einen solchen Lärm, daß Mycroft schreien mußte, um sich Gehör zu verschaffen. »Die Tür offenzuhalten kostet viel Strom; du mußt dich beeilen!«

Die ganze Atmosphäre stand unter Spannung; kleinere Gegenstände fingen an zu tanzen und knisterten vor Elektrizität.

Nervös lächelnd machte Polly einen Schritt auf die Tür zu. Die schimmernde Lichtfläche kräuselte sich, als sie die Hand hob und sie berührte. Polly holte tief Luft und trat durch das Portal. Ein greller Blitz, gefolgt von einer schweren Entladung; in der Nähe der Maschinen bildeten sich spontan zwei Blasen aus stark geladenem Gasplasma und stoben in entgegengesetzte Richtungen davon. Mycroft mußte den Kopf einziehen, als die eine an ihm vorbeisegelte und am Rolls-Royce zerplatzte, ohne größeren Schaden anzurichten; die andere explodierte am Olfaktographen und verursachte ein kleines Feuer. Mit einem Mal erstarben Lärm und Licht, der Durchgang schloß sich, und die Staßenlaternen wurden flackernd wieder hell.

Wolken! Fröhlich sein! Lichter Tanz! zischelten die Würmer überglücklich, während die Nadeln auf dem Deckel des Buches zitterten und zuckten und der zweiminütige Countdown bis zur neuerlichen Öffnung des Portals begann. Mycroft lächelte zufrieden und suchte in sämtlichen Taschen nach seiner Pfeife, bis er bestürzt erkennen mußte, daß er auch sie an Bord der *Hesperus* zurückgelassen hatte, und so setzte er sich auf den Prototyp eines Sarkasmus-Frühwarnmelders und wartete. Bis jetzt lief alles *bestens.*

Auf der anderen Seite des ProsaPortals stand Polly am Ufer eines großen Sees und lauschte dem sanften Plätschern der Wellen. Die Sonne strahlte, und kleine weiße Wattewölkchen trieben träge über den azurblauen Himmel. Entlang der grasbewachsenen Bucht blühten Tausende und Abertausende gelber Narzissen im gesprenkelten Schatten eines Birkenhains. Ein leiser Windhauch, der den frischen Duft des Frühlings herüberwehte, ließ die Blüten flattern und tanzen. Ein Gefühl des Friedens und der Ruhe durchströmte sie. Die Welt, die sie betreten hatte, war ein von des Menschen Tücke unbeflecktes Paradies.

»Wie schön!« seufzte sie, da ihre Gedanken endlich Worte gebaren. »Diese Blumen, diese Farben, dieser Duft – es ist, als würde man Champagner atmen!«

»Gefällt es Ihnen, Madam?«

Vor ihr stand ein Mann um die achtzig. Er trug einen schwarzen

Umhang, und ein schwaches Lächeln erhellte seine wettergegerbten Züge. Er blickte zu den Blumen hinüber.

»Ich komme oft hierher«, sprach er. »Immer wenn mir Trübsal auf der Seele lastet.«

»Sie Glückspilz«, sagte Polly. »Wir müssen uns mit *Name that Fruit!* begnügen.«

»*Name that Fruit?*«

»Das ist eine Quizshow. Na, Sie wissen schon. Im Fernsehen.«

»Fernsehen?«

»Ja, das ist wie Kino, nur mit Werbung.«

Der Alte runzelte verständnislos die Stirn und blickte wieder auf den See hinaus. »Ich komme oft hierher«, wiederholte er. »Immer wenn mir Trübsal auf der Seele lastet.«

»Das sagten Sie schon.«

Der alte Mann sah aus, als würde er aus tiefem Schlaf erwachen. »Wie kommen Sie hierher?«

»Mein Mann hat mich geschickt. Ich heiße Polly Next.«

»Ich komme hierher, wenn ich melancholischen Gemüts bin und meine Seele schweifen will, wissen Sie.«

Er zeigte auf die Blumen.

»Die Narzissen, verstehen Sie?«

Polly blickte zu den leuchtendgelben Blumen hinüber, die sich im warmen Hauch des Windes wiegten.

»Hätte ich doch nur ein besseres Gedächtnis«, murmelte sie.

Die Gestalt in Schwarz bedachte sie mit einem Lächeln. »Das inn're Aug' ist alles, was mir noch geblieben ist«, sagte er wehmütig, und das Lächeln wich von seinen Zügen. »Alles, was ich einst gewesen, befindet sich nun hier; mein Leben ist in meinen Werken aufgehoben. Ein Leben in Büchern voller Wörter; es ist sehr poetisch.«

Er seufzte tief und setzte hinzu:

»Aber die Einsamkeit ist keineswegs immer ein Segen, wissen Sie.«

Er starrte auf den See hinaus, wo die Sonne auf den Wellen funkelte und blitzte.

»Wie lange bin ich schon tot?« fragte er plötzlich.

»Über hundertfünfzig Jahre.«

»Tatsächlich? Sagen Sie, wie ist die Revolution in Frankreich ausgegangen?«

»Das läßt sich noch nicht mit Bestimmtheit sagen.«

Wordsworth runzelte die Stirn, und die Sonne verschwand. »Hoppla«, stieß er hervor. »Ich kann mich nicht entsinnen, das geschrieben zu haben ...«

Polly hob den Blick. Eine dicke, fast schwarze Regenwolke verfinsterte die Sonne.

»Wie meinen Sie ...?« begann sie, doch als sie sich umdrehte, war Wordsworth nicht mehr da. Der Himmel wurde zusehends dunkler, und Donner grollte unheildrohend in der Ferne. Ein kalter Wind kam auf, und der See schien jegliche Tiefe zu verlieren, während die Narzissen erstarrten und zu einem massiven, gelbgrünen Block wurden. Polly schrie vor Schreck, als See und Himmel sich berührten. Die Narzissen, Bäume und Wolken kehrten an ihren Platz im Gedicht zurück, nichts als Wörter, Schnörkel auf Papier, ohne jegliche Bedeutung außer der, die unsere Vorstellungskraft ihnen verleiht. Ein letzter Schrei entrang sich Pollys Kehle, als alles in Finsternis versank und das Gedicht sich über ihr schloß.

12

SpecOps-27:
Die LitAgs

... Heute morgen hat Thursday Next Cromettys Nachfolge als
LitAg angetreten. Ich kann mich des Eindrucks nicht erwehren, daß sie für diese Arbeit wenig taugt, und ich bezweifle, daß
sie geistig auch nur halb so stabil ist, wie sie glaubt. Sie leidet
unter allerlei Dämonen, alten wie neuen, und ich frage mich, ob
Swindon der geeignete Ort ist, sie zu exorzieren ...

BOWDEN CABLES
– Tagebuch eines LitAg

Das Hauptquartier der Swindoner SpecOps und die Zentrale der
örtlichen Polizei teilten sich einen typisch deutschen, schmucklosen, aber zum Glück recht geräumigen Bau, der während der Be-
satzung das Amtsgericht beherbergt hatte. Der Eingang war mit
Metalldetektoren gesichert, und nachdem ich meine Dienstmarke
gezeigt hatte, betrat ich die weitläufige Halle. Beamte und Zivilisten mit Besucherausweisen an der Brust eilten zielstrebig durch das
von reger Betriebsamkeit erfüllte Gebäude. Im Gewühl wurde ich
ein oder zwei Mal angerempelt und grüßte ein paar altbekannte
Gesichter, bevor es mir gelang, mich zum Diensthabenden durchzu-
schlagen. Als ich dort ankam, stieß ich auf einen Mann in Kniebundhosen und weitem weißen Hemd. Der Beamte starrte ihn teil-
nahmslos an. Er kannte seine Geschichte schon.

»Name?« fragte der Sergeant gelangweilt.
»John Milton.«
»*Welcher* John Milton?«

»Vierhundertsechsundneunzig.«

Der Sergeant machte sich eine Notiz.

»Wieviel hat man Ihnen gestohlen?«

»Zweihundert in bar und sämtliche Kreditkarten.«

»Haben Sie Ihre Bank verständigt?«

»Selbstverständlich.«

»Und Sie glauben, der Räuber war ein Percy Shelley?«

»Ja«, erwiderte der Milton. »Bevor er abgehauen ist, hat er mir noch ein Pamphlet über die Ablehnung religiöser Dogmen in die Hand gedrückt.«

»Hallo, Ross«, sagte ich.

Der Sergeant sah mich einen Augenblick stirnrunzelnd an, bevor sich ein Grinsen auf seinem Gesicht breitmachte.

»Thursday! Ich habe schon gehört, daß du zurückkommst! Und daß du es zu SO-5 geschafft hast.«

Ich erwiderte sein Lächeln. Ross hatte schon Anzeigen aufgenommen, als ich vor Jahren zur Swindoner Polizei kam.

»Was machst du hier?« wollte er wissen. »Eine Außenstelle eröffnen? SO-9 oder so? Ein bißchen Schwung in die Behörde bringen?«

»Nicht direkt. Ich bin zu den LitAgs versetzt worden.«

Ein Schatten des Zweifels huschte über Ross' Gesicht, war jedoch im Nu wieder verschwunden.

»Na prima!« rief er mit gespielter Begeisterung. »Nach Dienstschluß Kneipe?«

Ich nickte, und nachdem Ross mir den Weg zur LitAg-Dienststelle beschrieben hatte, ließ ich ihn mit Milton 496 allein.

Ich stieg die geschwungene Treppe hinauf in den ersten Stock und ging einmal quer durch das Gebäude. Der gesamte Westflügel war SpecOps beziehungsweise deren Außenstellen vorbehalten. Die Umwelt-Agenten hatten hier ihre Büros, ebenso Kunstdiebstahl und ChronoGarde. Selbst Spike, der Typ, der mich abgeholt hatte, hatte hier ein Büro, in dem er allerdings kaum je anzutreffen war, wie mir mitgeteilt wurde. Er bevorzugte einen dunklen und ziemlich übelriechenden Verschlag in der Tiefgarage, sagten seine Kollegen.

Auf dem Flur drängten sich Aktenschränke und Bücherregale; in der Mitte war der alte Teppichboden fast durchgelaufen. Kein Vergleich mit London, wo die LitAgs über modernste Recherchesysteme verfügten. Schließlich hatte ich die richtige Tür gefunden und klopfte. Da ich keine Antwort erhielt, trat ich ein.

Der Raum sah aus wie die Bibliothek eines verarmten Landadeligen. Er war zwei Stockwerke hoch, mit Regalen voller Bücher, die jeden Quadratzentimeter Wand bedeckten. Eine Wendeltreppe führte auf eine schmale Galerie, die sich an den Wänden entlangzog und den Zugang zu den oberen Regalreihen ermöglichte. In der Raummitte standen mehrere Pulte, wie im Lesesaal einer Bibliothek. Überall auf den Tischen und dem Fußboden türmten sich noch mehr Bücher und Papiere, und ich fragte mich, wie man hier überhaupt arbeiten konnte. Die Handvoll Beamte, die hier beschäftigt waren, hatten mein Eintreten bislang nicht bemerkt. Ein Telefon klingelte, und ein junger Mann nahm ab.

»LiteraturAgentur«, sagte er höflich. Er zuckte sichtlich zusammen, als eine Schimpfkanonade aus dem Hörer quoll.

»Es tut mir wirklich sehr leid, daß Ihnen *Titus Andronicus* nicht gefallen hat, Ma'am«, sagte er schließlich, »aber das fällt leider nicht in unseren Zuständigkeitsbereich – vielleicht sollten Sie sich in Zukunft an Komödien halten.«

Ich entdeckte Victor Analogy, der sich mit einem Kollegen über eine Akte beugte. Ich postierte mich so, daß er mich sehen konnte, und wartete, bis er fertig war. Es schien mir nicht angemessen, den alten Herrn bei einer Besprechung zu stören.

»Ah, Next! Willkommen in unserer bescheidenen Behausung. Augenblick noch, ja?«

Ich nickte, und Victor machte weiter.

»... ich glaube, Keats hätte das nicht so blumig formuliert, und die dritte Strophe ist von der Konstruktion her etwas wacklig geraten. Wenn Sie mich fragen, handelt es sich um eine raffinierte Fälschung, aber lassen Sie es ruhig noch mal durch den Versmaßanalysator laufen.«

Der Beamte nickte und ging davon. Victor schüttelte mir lächelnd die Hand.

»Das war Finisterre. Er kümmert sich um Lyrikfälschungen des neunzehnten Jahrhunderts. Kommen Sie, ich zeige Ihnen alles.«

Er deutete auf die Bücherregale.

»Wörter sind wie Blätter, Thursday. Genaugenommen sogar wie Menschen, sie fühlen sich unter ihresgleichen am wohlsten.«

Er lächelte.

»Wir haben hier über eine Milliarde Wörter. Hauptsächlich Nachschlagewerke. Eine umfangreiche Sammlung, die neben vielen bekannten auch eine Reihe weniger bekannter Werke umfaßt. Die finden Sie noch nicht einmal in der Bodleiana. Wir haben noch einen Lagerraum im Keller. Auch der ist voll. Eigentlich müßten wir dringend umziehen, aber die LitAgs sind, gelinde gesagt, leicht unterfinanziert.«

Er führte mich zu Bowden, der kerzengerade an seinem Pult saß. Sein Jackett hing gefaltet über der Stuhllehne, und auf seinem Schreibtisch herrschte eine geradezu obszöne Ordnung.

»Bowden kennen Sie ja schon. Netter Bursche. Er ist seit zwölf Jahren bei uns und auf die Prosa des neunzehnten Jahrhunderts spezialisiert. Er wird Sie einarbeiten. Das da drüben ist Ihr Schreibtisch.«

Er starrte einen Moment lang auf den leergeräumten Tisch. Man hatte für mich keineswegs eine neue Stelle geschaffen. Vor kurzem war einer von ihnen gestorben, und ich trat seine Nachfolge an. Ich saß auf dem Stuhl eines Toten, am Schreibtisch eines Toten. Der Beamte am Nebentisch sah mich neugierig an.

»Das ist Fisher. Er ist unser Fachmann für Urheberrecht und zeitgenössische Literatur.«

Fisher war ein stämmiger Bursche mit leichtem Silberblick; er war anscheinend genauso breit wie lang. Er blickte zu mir hoch und grinste: Zwischen seinen Zähnen hing noch etwas Schnittlauch vom Frühstück.

Victor ging weiter zum nächsten Tisch.

»Um die Prosa des siebzehnten und achtzehnten Jahrhunderts kümmert sich Helmut Beicht, eine freundliche Leihgabe unserer Kollegen vom Kontinent. Er sollte uns helfen, eine miserable

Goethe-Übersetzung wieder auszubügeln, und kam dabei einer Neonazi-Verschwörung auf die Schliche, die Friedrich Nietzsche zum faschistischen Heiligen aufbauen wollte.«

Herr Beicht war um die fünfzig und beäugte mich mißtrauisch. Er trug zwar einen Anzug, hatte wegen der Hitze jedoch die Krawatte ausgezogen.

»SO-5, hä?« sagte Herr Beicht, als handele es sich dabei um eine Geschlechtskrankheit.

»Nein, SO-27, genau wie Sie«, verbesserte ich ihn. »Acht Jahre unter Boswell in der Londoner Zentrale.«

Beicht griff zu einem scheinbar alten, in Schweinsleder gebundenen Buch und reichte es mir. »Was halten Sie davon?«

Ich wog den staubigen Band in der Hand und betrachtete den Rücken.

»*Die Eitelkeit der menschlichen Wünsche*«, las ich. »Verfaßt von Samuel Johnson und erschienen im Jahre 1749, das erste Werk, das er unter eigenem Namen veröffentlicht hat.« Ich schlug das Buch auf und blätterte in den vergilbten Seiten. »Erstausgabe. Es wäre äußerst wertvoll, wenn ...«

»Wenn ...?« wiederholte Beicht.

Ich schnupperte am Papier, fuhr mit dem Zeigefinger die Schnittkante entlang und prüfte den Geschmack. Ich betastete den Rücken, klopfte auf den Deckel und ließ den schweren Band schließlich mit einem dumpfen Schlag auf den Schreibtisch fallen.

»... wenn es denn echt wäre.«

»Ich bin beeindruckt, Miss Next«, gestand Beicht. »Wir müssen uns bei Gelegenheit mal über Johnson unterhalten.«

»Das war nicht halb so schwierig, wie es aussah«, gestand ich. »In London haben wir zwei Paletten voller Johnson-Fälschungen wie dieser, mit einem Straßenverkaufswert von über dreihunderttausend Pfund.«

»London *auch*?« rief Beicht erstaunt. »Wir sind seit einem halben Jahr hinter dieser Bande her; wir dachten, ihre Aktivitäten beschränken sich auf diese Gegend.«

»Sprechen Sie mit Boswell in der Londoner Zentrale; er kann

Ihnen bestimmt weiterhelfen. Bestellen Sie ihm einfach einen schönen Gruß von mir.«

Herr Beicht griff zum Telefonhörer und bat die Telefonistin um die entsprechende Nummer. Victor winkte mich zu einer der vielen Mattglastüren, die vom Hauptbüro in Nebenräume führten. Er öffnete sie einen Spalt, und ich erblickte zwei Beamte in Hemdsärmeln, die einen Mann in Strumpfhosen vernahmen, der ein besticktes Wams und eine Halskrause trug.

»Malin und Sole sind ausschließlich für Shakespeare zuständig.« Er machte die Tür wieder zu. »Sie befassen sich mit Fälschungen, illegalem Handel und extrem freien Bühneninszenierungen. Der Schauspieler dort drinnen heißt Graham Huxtable. Er hat eine strafbare Einpersonenfassung von *Was ihr wollt* zur Aufführung gebracht. Ein hartnäckiger Kunde. Er muß wie immer ein Bußgeld bezahlen und bekommt eine Verwarnung. Sein Malvolio ist *unsäglich*.«

Er öffnete die Tür zu einem anderen Büro. Eineiige Zwillinge saßen an einer riesigen Rechenmaschine. Dank der vielen tausend Röhren war es in dem kleinen Zimmer höllisch heiß, und das Klicken der Relais war ohrenbetäubend. Die Maschine war das einzige Hi-Tech-Gerät, das ich hier bislang zu Gesicht bekommen hatte.

»Das sind die Brüder Forty, Jeff und Geoff. Die Fortys bedienen den Versmaßanalysator. Er zerlegt jedes Gedicht oder Prosastück in seine Komponenten – Wortwahl, Interpunktion, Grammatik und so weiter – und vergleicht den Stil dann mit einem Muster des Zielautors, das er in seiner Datenbank gespeichert hat. Achtundneunzig Prozent Trefferquote. Sehr nützlich, um Fälschungen auf die Schliche zu kommen. Neulich hatten wir hier eine Seite, die angeblich aus einem frühen Entwurf zu *Antonius und Kleopatra* stammte. Sie wurde abgelehnt mit der Begründung, sie enthalte zu viele Verben pro Absatz.«

Er schloß die Tür. »Das wär's. Die Leitung der Swindoner Spec-Ops liegt übrigens bei Commander Hicks. Der wiederum ist dem Regional Commander in Salisbury unterstellt. Er läßt uns zumeist in Ruhe, was uns durchaus entgegenkommt. Außerdem lernt er neue Agenten gern schon an ihrem ersten Arbeitstag persönlich kennen, weshalb ich vorschlagen würde, daß Sie sich jetzt bei ihm melden. Er sitzt in Zimmer achtundzwanzig, hier den Flur entlang.«

Wir gingen zurück zu meinem Schreibtisch. Victor wünschte mir noch einmal alles Gute und sprach dann mit Helmut über einige Raubdruckexemplare des *Doktor Faustus*, die – mit einem Happy-End versehen – auf dem Markt aufgetaucht waren.

Ich setzte mich und zog meine Schreibtischschublade auf. Es lag nichts darin, nicht einmal eine Büroklammer.

Bowden beobachtete mich. »Victor hat den Schreibtisch gleich nach dem Mord an Crometty ausgeräumt«, sagte er.

»James Crometty«, murmelte ich. »Erzählen Sie mir etwas über ihn, bitte.«

Bowden nahm einen Bleistift und versuchte, ihn auf der Spitze zu balancieren. Ein etwas naiver Versuch, mich zu beeindrucken, schien mir.

»Crometty befaßte sich hauptsächlich mit der Prosa des neunzehnten Jahrhunderts. Er war ein exzellenter, aber auch recht aufbrausender Kollege, der von Dienst nach Vorschrift wenig hielt. Eines Abends, nachdem er einen Hinweis auf ein seltenes Manuskript erhalten hatte, verschwand er. Wir fanden ihn eine Woche später in einem aufgegebenen Lokal namens The Raven in der Morgue Road. Der Täter hatte ihm sechsmal ins Gesicht geschossen.«

»Das tut mir leid.«

»Ich habe schon manchen Kollegen verloren«, sagte Bowden in nahezu ausdruckslosem Ton, »aber er war ein enger Freund und Kollege, und ich hätte gern mit ihm getauscht.«

Er rieb sich flüchtig die Nase, die einzige Regung, die er sich anmerken ließ.

»Ich halte mich für einen spirituellen Menschen, Miss Next, auch wenn ich nicht religiös bin. Ich will damit sagen, daß ich mir des Guten bewußt bin, das in mir steckt, und daß ich mich im Zweifelsfall bemühen würde, das Rechte zu tun. Verstehen Sie?«

Ich nickte.

»Und trotzdem würde ich *alles* dafür geben, das Leben desjenigen beenden zu dürfen, der diesen Mord begangen hat. Ich habe auf dem Schießstand trainiert und trage jetzt immer eine Waffe; sehen Sie hier...«

»Später, Mr. Cable. Haben Sie irgendwelche Anhaltspunkte und Spuren?«

»Nein. Nichts. Wir wissen weder, mit wem er sich getroffen hat, noch wo. Ich habe gute Kontakte zur Mordkommission; die tappt ebenfalls im Dunkeln.«

»Sechs Schüsse ins Gesicht deuten darauf hin, daß der Täter mit Leidenschaft und Hingabe zu Werke geht«, erklärte ich ihm. »Selbst wenn Crometty bewaffnet gewesen wäre, hätte ihm das vermutlich wenig genützt.«

»Gut möglich«, seufzte Bowden. »Ich kann mich jedenfalls nicht entsinnen, daß im Laufe einer LitAg-Untersuchung auch nur einmal eine Pistole gezogen worden wäre.«

Er hatte recht. Noch vor zehn Jahren galt das auch für London. Doch das große Geld und der nahezu unermeßliche Reichtum, der sich mit dem Verkauf und Vertrieb literarischer Werke anhäufen ließ, hatte scharenweise kriminelle Elemente angezogen. Ich wußte von mindestens vier Londoner LitAgs, die in Ausübung ihres Dienstes ums Leben gekommen waren.

»Die Gewalt auf den Straßen nimmt zu. Und das ist ganz und gar nicht wie im Kino. Haben Sie von den Surrealistenunruhen gestern abend in Chichester gehört?«

»Allerdings«, antwortete er. »Nicht mehr lange, dann haben wir in Swindon ähnliche Zustände. An der Kunstakademie kam es letztes Jahr zu einem regelrechten Aufstand, als die Schulleitung einen Dozenten entließ, der seinen Studenten heimlich den abstrakten Expressionismus schmackhaft gemacht hatte. Er sollte wegen Fehlinterpretation visueller Medien vor Gericht gestellt werden. Wenn mich nicht alles täuscht, hat er sich nach Rußland abgesetzt.«

Ich sah auf meine Uhr.

»Ich muß zum Commander.«

Ein zartes Lächeln huschte über Bowdens ernstes Gesicht.

»Na, dann viel Glück. Wenn ich Ihnen einen guten Rat geben darf, lassen Sie Ihre Automatik verschwinden. Trotz des Todes von James hat Commander Hicks etwas gegen die permanente Bewaffnung von LitAgs. Er ist der Ansicht, daß unser Platz am Schreibtisch ist und nirgends sonst.«

Ich dankte ihm, verstaute meine Automatik in der Schreibtischschublade und ging den Flur hinunter. Ich klopfte zweimal an und wurde von einem jungen Mann ins Vorzimmer gerufen. Ich sagte ihm meinen Namen, und er bat mich, zu warten.

»Der Commander empfängt Sie gleich. Möchten Sie eine Tasse Kaffee?«

»Nein, danke.«

Der junge Mann sah mich neugierig an. »Es heißt, Sie sind extra aus London gekommen, um Jim Cromettys Tod zu rächen. Es heißt, Sie haben zwei Männer erschossen. Es heißt, das Gesicht Ihres Vaters kann eine Uhr stoppen. Ist das wahr?«

»Ansichtssache. Gerüchte gibt's wie Sand am Meer.«

Braxton Hicks öffnete seine Bürotür und winkte mich freundlich lächelnd herein. Er war ein großer, schlanker Mann mit mächtigem Schnurrbart und grauem Teint. Er hatte dunkle Ringe unter den Augen, was auf Schlafmangel schließen ließ. Der Raum war spartanischer eingerichtet als alle anderen mir bekannten Kommandeursbüros. An der Wand lehnten mehrere Golftaschen, und ein Putting-Hole war hastig beiseite geschoben worden.

Er bot mir einen Platz an und setzte sich dann selbst. »Zigarette?«

»Danke, ich rauche nicht.«

»Ich auch nicht.« Er starrte mich einen Augenblick an und trommelte mit den Fingern auf den blitzsauberen Schreibtisch. Dann öffnete er die Mappe, die er vor sich liegen hatte, und las schweigend. Es war meine SO-5-Akte; Analogy und er waren sich offenbar nicht grün genug, um sich auf dem kleinen Dienstweg zu informieren.

»Agentin Thursday Next, ja?« Mit geübtem Blick überflog er die wichtigsten Stationen meiner Karriere. »Beeindruckend. Polizei, Krimkrieg, zurück zur Polizei, '75 dann nach London. Warum?«

»Weil ich mich verbessern wollte, Sir.«

Hicks grunzte und las weiter. »Acht Jahre SpecOps, zwei Belobigungen. Vor kurzem ausgeliehen an die Abteilung SO-5. Die Angaben über Ihre Tätigkeit für letztere sind stark zensiert, hier steht nur, Sie seien angeschossen worden im Dienst.«

Er blickte über seinen Brillenrand hinweg. »Haben Sie das Feuer erwidert?«

»Nein.«

»Gut.«

»Ich habe zuerst geschossen.«

»*Nicht* so gut.« Er strich sich nachdenklich den Schnurrbart. »Als A1-Agentin waren Sie in der Londoner Zenrale mit niemand Geringerem als Shakespeare befaßt. Sehr prestigeträchtig. Und dann entscheiden Sie sich für einen drittklassigen Job in einem stillen Städtchen wie diesem. Warum?«

»Die Zeiten ändern sich, und wir ändern uns mit ihnen, Sir.«

Hicks grunzte und klappte die Akte zu.

»Hier bei SpecOps bin ich nicht nur für die LitAgs verantwortlich, sondern auch für die Sektionen KunstVerbrechen, Vampirismus & Lykanthropie, TerrorBekämpfung, ÖffentlicheOrdnung, ChronoGarde und nicht zuletzt den Hundezwinger. Spielen Sie Golf?«

»Nein, Sir.«

»Schade, schade. Wo war ich stehengeblieben? Ach ja. Wissen Sie, welche dieser Abteilungen mir am meisten angst macht?«

»Ich habe keine Ahnung, Sir.«

»Ich will es Ihnen verraten. Keine von ihnen. Am meisten angst machen mir die SpecOps-Budgetverhandlungen. Ist Ihnen klar, was das bedeutet, Next?«

»Nein, Sir.«

»Es bedeutet, daß ich jedesmal, wenn einer·von Ihnen Überstunden schiebt oder Sonderwünsche anmeldet, mein Budget überziehe und Kopfschmerzen bekomme, und zwar genau hier.«

Er deutete auf seine linke Schläfe.

»Und das gefällt mir nicht. Verstehen Sie?«

»Ja, Sir.«

Er griff erneut zu meiner Akte und fuchtelte mir damit vor dem Gesicht herum. »Wie ich höre, hatten Sie in der Hauptstadt diverse Schwierigkeiten, die mehrere Agenten das Leben gekostet haben. Hier bei uns geht es wesentlich gemächlicher zu. Wir verarbeiten Daten, weiter nichts. Wenn Sie unbedingt jemanden verhaften wollen, lassen Sie das die Uniformierten erledigen. Keine wilden Verbrecherjagden, keine Schießereien, keine Überstunden und schon gar keine 24-Stunden-Überwachung. Verstanden?«

»Ja, Sir.«

»Und nun zu Hades.«

Mein Herz machte einen Satz; wenn überhaupt, dann hätte *das* zensiert sein müssen.

»Wenn ich recht verstehe, glauben Sie, daß er noch am Leben ist.«

Ich dachte kurz nach. Mein Blick wanderte zu der Akte, die Hicks in Händen hielt. Er erriet meine Gedanken.

»Nein, das steht nicht hier drin, mein liebes Kind. Ich bin vielleicht nur ein kleiner Provinzkommandeur, aber auch ich habe meine Quellen. Glauben Sie, daß er noch lebt?«

Daß ich Victor und Bowden trauen konnte, wußte ich. Die beiden waren wie Vater und Sohn. Bei Hicks war ich mir da nicht so sicher. Ich beschloß, es lieber nicht drauf ankommen zu lassen.

»Das war nur der Streß, Sir. Hades ist tot.«

Er knallte meine Akte ins Ausgangskörbchen, lehnte sich zurück und strich sich den Schnurrbart, was ihm offenbar großen Spaß machte.

»Dann sind Sie also nicht etwa hierhergekommen, um ihn zu suchen?«

»Was sollte Hades in Swindon wollen, wenn er noch am Leben wäre, Sir?«

Hicks machte einen besorgten Eindruck.

»Richtig, richtig.«

Er stand lächelnd auf, das Gespräch war beendet.

»Gut, das war's, Sie können gehen. Ein guter Rat noch. Lernen Sie Golf spielen; Sie werden sehen, es lohnt sich, man kann sich dabei hervorragend entspannen. Hier haben Sie den Haushaltsbericht unserer Abteilung, und das ist eine Liste sämtlicher Golfplätze in der Umgebung. Machen Sie sich damit vertraut. Viel Glück.«

Ich ging hinaus und machte die Tür hinter mir zu.

Der junge Mann im Vorzimmer blickte auf. »Hat er das Budget erwähnt?«

»Ich glaube, er hat über nichts anderes geredet. Haben Sie einen Papierkorb?«

Lächelnd streckte der junge Mann den Fuß aus und schob mir den Papierkorb hin. Ich ließ den dicken Stoß Papier ohne Umschweife hineinfallen.

»Bravo«, sagte er.

Ich wollte gerade die Tür aufmachen, als ein kleiner Mann im blauen Anzug ins Zimmer gestürmt kam. Er las ein Fax, rempelte mich im Vorbeigehen an und verschwand wortlos im Büro des Commanders. Der junge Mann wartete auf meine Reaktion.

»Nanu«, murmelte ich. »Jack Schitt.«

»Sie kennen ihn?«

»Wir sind nicht direkt befreundet.«

»So charmant wie ein offenes Grab«, sagte der junge Mann. Mit meiner geordneten Entsorgung des Haushaltsplans hatte ich anscheinend sein Herz erobert. »Gehen Sie ihm aus dem Weg. Sie wissen schon: *Goliath!*«

Ich warf einen Blick auf die geschlossene Tür des Commanders. »Was will denn Schitt hier?«

Der Sekretär zuckte die Achseln, zwinkerte mir verschwörerisch zu und sagte laut und deutlich: »Ich hole Ihnen rasch Ihren Kaffee, Sie nehmen doch *zwei* Stück Zucker, oder?«

»Nein, danke, für mich nicht.«

»Nein, nein«, widersprach er. »*Zwei* Stück Zucker, ZWEI Stück Zucker.«

Er zeigte auf die Sprechanlage auf seinem Schreibtisch.

»Heiliger Himmel!« sagte er. »Muß man Ihnen eigentlich *alles* erklären?«

Der Groschen fiel. Der junge Mann huschte matt lächelnd zur Tür hinaus. Ich setzte mich an seinen Schreibtisch, legte den mit einer »2« markierten Schalter der Wechselsprechanlage um und beugte mich vor, damit ich besser hören konnte.

»Ich kann es nicht leiden, wenn Sie ohne anzuklopfen in mein Büro platzen, Mr. Schitt.«

»Ich bin untröstlich, Braxton. Weiß sie über Hades Bescheid?«

»Nein. Behauptet sie.«

»Sie lügt. Sie ist nicht ohne Grund hier. Wenn ich Hades zuerst finde, können wir sie uns vom Hals schaffen.«

»Ich höre immer *wir*, Jack«, sagte der Commander gereizt. »Vergessen Sie bitte nicht, daß ich Goliath zwar meine volle Unterstützung zugesichert habe, Sie aber dennoch in meinem Zuständigkeitsbereich tätig sind und folglich nur die Vollmacht genießen, die ich Ihnen gebe. Eine Vollmacht, die ich jederzeit wieder zurückziehen kann. Entweder wir machen es auf meine Art oder gar nicht. Verstanden?«

Schitt ließ sich davon nicht beirren. Er erwiderte in herablassendem Ton: »Aber selbstverständlich, Braxton, solange Sie begreifen, daß die Goliath Corporation Sie persönlich zur Rechenschaft ziehen wird, wenn die Sache in die Hose geht.«

Ich setzte mich wieder an meinen leeren Schreibtisch. Im Büro schien allerhand vor sich zu gehen, von dem ich keine Ahnung hatte. Als Bowden mir die Hand auf die Schulter legte, fuhr ich zusammen.

»Tut mir leid, ich wollte Sie nicht erschrecken. Wie war's beim Commander? Sind Sie in den Genuß seiner berühmten Haushaltsrede gekommen?«

»Plus Zugabe. Jack Schitt ist in sein Büro marschiert, als ob ihm der Laden gehörte.«

Bowden zuckte die Achseln.

»Da er von Goliath kommt, ist das sogar leider ziemlich wahrscheinlich.«

Bowden nahm sein Jackett von seiner Stuhllehne und legte es sich ordentlich über den Arm.

»Wo wollen Sie hin?« fragte ich.

»Erst mal zum Lunch, danach überprüfen wir einen Hinweis im Fall *Chuzzlewit*. Ich erkläre es Ihnen unterwegs. Haben Sie einen Wagen?«

Bowden war nicht allzu begeistert, als er meinen grünen Porsche sah.

»Unauffällig kann man das ja nicht gerade nennen.«

»Im Gegenteil«, widersprach ich, »wer würde in einem solchen Wagen schon eine LitAg vermuten? Außerdem *muß* ich ihn fahren.«

Bowden nahm auf dem Beifahrersitz Platz und bedachte die spartanische Ausstattung mit geringschätzigen Blicken.

»Stimmt was nicht, Miss Next? Warum starren Sie mich so an?«

Jetzt, da Bowden neben mir saß, fiel mir ein, wo ich ihn schon mal gesehen hatte. Er war mein Beifahrer gewesen, als mir der Wagen im Krankenhaus erschienen war. Langsam, aber sicher fügte sich eins zum anderen.

14

Lunch mit Bowden

Ehrliche und verläßliche Agenten wie Bowden Cable bilden
das Rückgrat von SpecOps. Sie erhalten weder Ehrungen noch
Orden, und die Öffentlichkeit weiß nichts von ihrer Existenz.
Sie sind soviel wert wie zehn von meiner Sorte.

THURSDAY NEXT
– *Ein Leben für SpecOps*

Bowden dirigierte mich zu einem Fernfahrerlokal an der alten
Straße nach Oxford. Eine merkwürdige Wahl – die Stühle waren
aus orangefarbenem Plastik, und die vergilbten Resopaltische well-
ten sich an den Kanten. Die Fenster waren fast blind, und die Ny-
longardinen trieften vor Fett. Von der Decke hingen mehrere längst
wirkungslos gewordene Fliegenfänger; die Fliegen, die daran kleb-
ten, waren schon vor vielen Jahren vertrocknet. Irgendwer hatte
versucht, das Interieur mittels einer Handvoll hastig aus alten Ka-
lendern ausgeschnittener Fotos etwas wohnlicher zu gestalten, und
über dem zugemauerten Kamin hing ein signiertes Foto der englischen WM-Elf von 1978 über einer Vase mit Plastik-Kamelien.

»Sind Sie sicher?« fragte ich und setzte mich vorsichtig an einen
Fenstertisch.

»Das Essen ist gut«, antwortete Bowden, als wäre alles andere
egal.

Eine kaugummikauende Kellnerin kam an den Tisch und legte
uns verbogenes Besteck hin. Sie war um die fünfzig und trug eine
Uniform, die sie allem Anschein nach von ihrer Mutter geerbt
hatte.

»Hallo, Mr. Cable«, sagte sie mit müder Stimme, »wie geht's?«

»Bestens, danke der Nachfrage. Lottie, ich möchte Ihnen meine neue Partnerin vorstellen, Thursday Next.«

Lottie sah mich zweifelnd an. »Verwandt oder verschwägert?«

»Captain Next war mein Bruder«, sagte ich laut, wie um Lottie zu versichern, daß ich mich deswegen durchaus nicht schämte, »und was man ihm nachsagt, ist nicht wahr.«

Die Kellnerin starrte mich an, als liege ihr eine passende Antwort auf der Zunge, doch sie schien sich nicht zu trauen.

»Und? Was darf's sein?« fragte sie statt dessen mit aufgesetzter Fröhlichkeit. Sie hatte bei dem Angriff jemanden verloren; das spürte ich.

»Was können Sie uns denn empfehlen?« fragte Bowden.

»*Soupe d'Auvergne au fromage*«, antwortete Lottie, »und als Hauptgang *rojoes cominho*.«

»Und was ist das?« erkundigte ich mich.

»Geschmortes Schwein mit Kreuzkümmel, Koriander und Zitrone«, antwortete Bowden.

»Klingt gut.«

»Zweimal bitte und dazu eine Karaffe Mineralwasser.«

Sie nickte, kritzelte etwas auf ihren Block und warf mir ein weiteres müdes Lächeln zu, bevor sie in die Küche ging.

Bowden betrachtete mich aufmerksam. Er hätte früher oder später ohnehin herausbekommen, daß ich beim Militär gewesen war. Das ließ sich schließlich nur schwer verbergen. »Sie waren auf der Krim, was? Wußten Sie, daß Colonel Phelps in der Stadt ist?«

»Ich habe ihn gestern im Luftschiff getroffen. Er wollte mich dazu überreden, bei einer seiner Kundgebungen aufzutreten.«

»Und?«

»Machen Sie Witze? Wenn es nach ihm ginge, wäre der Krimkrieg dann zu Ende, wenn wir auch den letzten Mann verloren haben und die Halbinsel verseucht, vermint und zu nichts mehr zu gebrauchen ist. Hoffentlich gelingt es der UNO, die beiden Staaten zur Vernunft zu bringen.«

»Ich wurde '78 einberufen«, sagte Bowden. »Ich habe sogar die

Grundausbildung hinter mich gebracht. Zum Glück war damals gerade der Zar gestorben, und der Kronprinz bestieg den Thron. Und da der junge Kaiser dringendere Sorgen hatte, zogen die Russen sich zurück. Ich wurde nicht mehr gebraucht.«

»Ich habe irgendwo gelesen, daß in den einhunderteinunddreißig Jahren seit Kriegsbeginn nur sieben Jahre lang wirklich gekämpft wurde.«

»Dafür«, setzte Bowden hinzu, »fallen die Kämpfe dann um so heftiger aus.«

Ich sah ihn an. Er trank einen Schluck Wasser, nachdem er zuerst mir eingeschenkt hatte.

»Verheiratet? Kinder?«

»Nein«, antwortete Bowden. »Ich habe eigentlich nie Zeit gehabt, mir eine Frau zu suchen, obwohl ich nichts Prinzipielles dagegen habe. Aber bei SpecOps lernt man so leicht niemanden kennen, und ich muß gestehen, daß ich nicht gern unter Leute gehe. Ich habe mich um einen Posten bei unseren amerikanischen Kollegen in Ohio beworben; vielleicht finde ich ja dort eine Frau.«

»Erstens verdient man drüben sehr gut, und zweitens sind die Kollegen finanziell und auch sonst exzellent ausgestattet. Also, ich an Ihrer Stelle würde mich nicht zweimal bitten lassen«, sagte ich. Es war mein voller Ernst.

»Ach ja? Wirklich?« fragte Bowden mit einer jähen Begeisterung, die so gar nicht zu seiner ansonsten sehr kühlen Art passen wollte.

»Na klar. Tapetenwechsel«, stammelte ich und suchte nach einem neuen Gesprächsthema, damit Bowden sich keine falschen Hoffnungen machte. »Sind Sie... äh... schon lange bei den LitAgs?«

Bowden dachte einen Augenblick nach. »Seit zehn Jahren. Ich bin, gleich nachdem ich in Cambridge meinen Abschluß in Literatur des neunzehnten Jahrhunderts gemacht hatte, zu den SpecOps gegangen. Jim Crometty hat mich vom ersten Tag an unter seine Fittiche genommen.« Er starrte wehmütig aus dem Fenster. »Wenn ich dabeigewesen wäre...«

»... wären Sie jetzt beide tot. Wer einem Menschen sechsmal ins Gesicht schießt, ist kein Sonntagsschüler. Er hätte Sie auch erschossen, ohne mit der Wimper zu zucken. Dieses ewige Was-wärewenn führt doch zu nichts; glauben Sie mir, ich spreche aus Erfahrung. Hades hat zwei meiner Kollegen auf dem Gewissen. Ich habe mir das hundertmal durch den Kopf gehen lassen, trotzdem würde ich es wahrscheinlich noch einmal ganz genauso machen, wenn ich könnte.«

Lottie stellte einen Korb frischgebackenes Brot und zwei Teller Suppe vor uns hin.

»Lassen Sie sich's schmecken«, sagte sie. »Das geht auf Kosten des Hauses.«

»Aber...!« protestierte ich.

Lottie brachte mich zum Schweigen. »Keine Widerrede«, sagte sie tonlos. »Nach dem Angriff. Nach dem Granatüberfall, als die Leichte Brigade zerschossen am Boden lag – sind Sie noch mal rein und haben getan, was Sie konnten. *Sie sind zurückgegangen und haben versucht, die Verletzten zu retten.* Ich weiß das zu schätzen.« Sie drehte sich um und verschwand.

Die Suppe war gut, die *rohjoes cominho* sogar noch besser.

»Victor meinte, Sie seien in London für Shakespeare zuständig gewesen«, sagte Bowden.

Das war das bei weitem renommierteste LitAg-Ressort. Dicht gefolgt von den Lake Poets und der Restaurationskomödie. In jeder Behörde, so gleichberechtigt die Mitarbeiter pro forma auch sein mochten, etablierte sich früher oder später eine Hackordnung.

»Da es in London kaum Aufstiegsmöglichkeiten gab, wurden mir nach zwei Jahren die Shakespeare-Fälle zugeteilt«, erklärte ich und zupfte an einem Stück Brot. »In London hatten wir vor allem mit den Baconiern große Probleme.«

Bowden blickte auf. »Was halten Sie von der Bacon-Theorie?«

»Nicht viel. Wie die meisten anderen Menschen bin ich ziemlich sicher, daß an Shakespeare mehr dran ist als nur Shakespeare. Aber daß Sir Francis Bacon einen so gut wie unbekannten Schauspieler als Strohmann benutzt haben soll? Ich bitte Sie. Das kann ich nicht glauben.«

»Er war praktizierender Rechtsanwalt«, widersprach Bowden. »Und in vielen seiner Stücke kommen juristische Begriffe vor.«

»Das beweist gar nichts«, entgegnete ich. »Auch Greene, Nashe und vor allem Ben Jonson verwenden juristische Fachausdrücke; keiner von ihnen war studierter Jurist. Und mit den sogenannten Schlüsselwörtern brauchen Sie mir gar nicht zu kommen.«

»*Die* können wir komplett vergessen«, meinte Bowden. »Wenn Sie mich fragen. Ich bin auch kein Baconier. Die Stücke sind nicht von ihm.«

»Woher wollen Sie das wissen?«

»Wenn Sie *De Augmentis Scientarium* lesen, werden Sie feststellen, daß Bacon das populäre Theater ablehnt. Außerdem wurde Shakespeares Truppe, als sie beim König um die Genehmigung ersuchte, ein Theater zu gründen, an den Petitionsausschuß verwiesen. Dreimal dürfen Sie raten, wer dieser Kommission angehörte und sich am vehementesten gegen den Antrag aussprach.«

»Francis Bacon?« fragte ich.

»Genau. Wer auch immer die Stücke geschrieben hat, Bacon war es auf keinen Fall. Ich habe im Lauf der Jahre ein paar eigene Theorien entwickelt. Haben Sie schon mal von Edward De Vere, dem siebzehnten Earl of Oxford, gehört?«

»Kann sein.«

»Vieles deutet darauf hin, daß er, im Gegensatz zu Bacon, wirklich schreiben konnte, und zwar sehr gut – Moment.«

Lottie hatte ein Telefon an den Tisch gebracht. Es war für Bowden. Er wischte sich mit einer Serviette den Mund ab. »Ja?« Er hob den Kopf und sah mich an. »Ja, ist sie. Wir sind gleich da. Danke.«

»Ist was passiert?«

»Es geht um Ihren Onkel und Ihre Tante. Ich weiß gar nicht, wie ich das sagen soll, aber . . . sie sind entführt worden!«

Als wir ankamen, standen mehrere Einsatzfahrzeuge von Polizei und SpecOps vor dem Haus meiner Mutter. Eine kleine Menschenmenge hatte sich versammelt und spähte über den Zaun. Die Dodos standen auf der anderen Seite, starrten zurück und fragten sich vermutlich, was das Theater zu bedeuten hatte. Ich zeigte dem diensthabenden Beamten meine Marke.

»LitAg?« sagte er verächtlich. »Da kann ich Sie leider nicht reinlassen, Ma'am. Nur Polizei und SpecOps-9.«

»Er ist mein Onkel . . .!« protestierte ich wütend, und der Beamte ließ mich widerstrebend durch. Das war in Swindon nicht anders als in London: Ein LitAg-Ausweis war in etwa soviel wert wie eine Busfahrkarte. Meine Mutter saß im Wohnzimmer inmitten einer Unmenge feuchter Papiertaschentücher. Ich hockte mich neben sie und fragte sie, was passiert sei.

Sie schneuzte sich geräuschvoll. »Um eins habe ich sie zum Essen gerufen. Es gab Würstchen, Mycrofts Leibgericht. Als sich nichts rührte, bin ich in die Werkstatt gegangen. Beide waren verschwunden, und das Tor stand sperrangelweit offen. Mycroft wäre niemals weggegangen, ohne mir etwas zu sagen.«

Sie hatte recht. Mycroft ging nur im äußersten Notfall aus dem Haus; seit er Owens in ein Baiser verwandelt hatte, erledigte Polly sämtliche Gänge für ihn.

»Ist was gestohlen worden?« erkundigte ich mich bei einem SpecOps-9-Agenten, der mich gleichgültig anstarrte. Er empfand es anscheinend als unter seiner Würde, die Fragen einer LitAg beantworten zu müssen.

»Wer weiß?« erwiderte er kühl. »Wenn ich recht verstehe, waren Sie noch vor kurzem in seiner Werkstatt?«

»Ja, gestern abend.«

»Dann können Sie sich ja vielleicht mal umsehen und uns sagen, ob etwas fehlt?«

Ich wurde in Mycrofts Werkstatt eskortiert. Die Tür war aufgebrochen worden, und der Tisch, auf dem die Bücherwürmer gestanden hatten, war leer; nur das dicke Starkstromkabel des ProsaPortals war noch da. Das hatten die Täter zurücklassen müssen.

»Genau hier standen ein paar Gläser mit Würmern und ein großes Buch, das wie eine mittelalterliche Kirchenbibel aussah …«

»Können Sie's uns vielleicht aufmalen?« fragte eine vertraute Stimme. Ich drehte mich um und entdeckte Jack Schitt, der im Schatten lauerte, eine dünne Zigarette rauchte und einem Goliath-Techniker zusah, der mit einem summenden Detektor den Fußboden absuchte.

»Nanu«, sagte ich, »wenn das mal nicht Jack Schitt ist. Seit wann interessiert Goliath sich für meinen Onkel?«

»Können Sie's aufmalen?« wiederholte er.

Ich nickte, und einer der Goliath-Leute gab mir Bleistift und Papier. Ich skizzierte grob, was ich gesehen hatte, die komplizierte Ansammlung von Reglern und Knöpfen auf dem Deckel des Buches und die schweren Messingbeschläge. Jack Schitt riß mir die Zeichnung aus der Hand und studierte sie eingehend, als ein zweiter Goliath-Techniker hereinkam. »Und?« fragte Schitt.

Der Agent grüßte zackig und zeigte Schitt zwei riesige, halbgeschmolzene Krokodilklemmen.

»Wie es scheint, hatte Professor Next seine Kabel persönlich an den Transformator hinter dem Nachbarhaus angeschlossen. Ich habe mit dem E-Werk gesprochen. Gestern am späten Abend gab es dreimal einen ungeklärten Spannungsabbau und Leistungsverluste von je eins Komma acht Megawatt.«

Jack Schitt wandte sich an mich. »Überlassen Sie das lieber uns, Miss Next«, sagte er. »Entführung und Diebstahl fallen wohl kaum in den Zuständigkeitsbereich der LitAgs.«

»Wer war das?« fragte ich, doch Schitt ließ sich nicht weiter beeindrucken – schon gar nicht von mir. Drohend hob er den Zeigefinger.

»Das ist unser Fall; wir halten Sie auf dem laufenden. Oder auch nicht. Je nachdem.«

Er machte auf dem Absatz kehrt und ging aus der Tür.

»Es war Acheron, nicht wahr?« sagte ich langsam und bedächtig. Schitt blieb schlagartig stehen und wirbelte zu mir herum.

»Acheron ist tot, Next. Auf der M4 in Ihrem Auto verbrannt. Behalten Sie Ihre Theorien für sich, Mädchen. Sonst halten Sie die Leute am Ende noch für psychisch gestört.«

Mit einem kalten Lächeln auf den Lippen verließ er die Werkstatt und ging zu seinem Wagen.

15.

Guten Tag & auf Wiedersehen,
Mr. Quaverley

Nur wenige Menschen erinnern sich überhaupt an Mr. Quaverley. Hätten Sie *Martin Chuzzlewit* vor 1985 gelesen, wären Sie darin einer Nebenfigur dieses Namens begegnet, einem Bewohner von Mrs. Todgers Pension. Er unterhielt sich mit den Pecksniffs ausführlich über Schmetterlinge, obwohl er davon so gut wie keine Ahnung hatte. Leider gibt es ihn nicht mehr. Sein Hut, der an dem Garderobenhaken auf S. 235 unten hängt, ist alles, was von ihm geblieben ist ...

MILLON DE FLOSS
– *Die Fälle der Thursday Next*, Band 6

»Erstaunlich!« sagte Acheron, als er Mycrofts ProsaPortal inspizierte. »*Wirklich* erstaunlich!«

Mycroft schwieg. Er fragte sich, ob Polly wohl noch lebte, nachdem das Gedicht sich über ihr geschlossen hatte. Trotz seiner Proteste hatten sie die Stromzufuhr gekappt, bevor sich das Portal wieder öffnen konnte; und er wußte nicht, ob und wie lange ein Mensch in so einer lyrischen Umgebung überleben konnte.

Sie hatten ihm vor der Abfahrt die Augen verbunden, und nun stand er im Rauchsalon eines großen, leerstehenden Luxushotels. So imposant die Ausstattung dereinst auch gewesen sein mochte, jetzt war sie schäbig und heruntergekommen. Den mit Perlmuttintarsien verzierten Flügel hatte offenbar seit Jahr und Tag niemand gestimmt, und in der vollverspiegelten Bar wurde leider schon lange nichts mehr ausgeschenkt.

Mycroft sah aus dem Fenster, auf der Suche nach einem Hinweis darauf, wo er sich befand. Das war nicht schwer zu erraten. Die große Anzahl graubrauner Automobile der Marke Griffin sowie das Fehlen bunter Plakatwände verrieten Mycroft alles, was er wissen mußte: Er mußte in der Volksrepublik Wales sein. Die englischen Strafverfolgungsbehörden hatten hier nichts zu melden. An Flucht war kaum zu denken, und selbst wenn er entkommen konnte, was dann? Selbst wenn es ihm gelang, die Grenze zu überqueren, sollte er Polly denn hier zurücklassen? Sie war immer noch in dem Gedicht gefangen, einer Ansammlung von Wörtern auf einem Stück Papier, das Hades in seiner Brusttasche hatte verschwinden lassen. Es bestand wenig Aussicht, das Gedicht kampflos zurückzubekommen, davon abgesehen war Polly ohne die Bücherwürmer und das ProsaPortal ohnehin zu lebenslanger Haft in ihrem Wordsworth-Gefängnis verurteilt.

Nervös an seiner Unterlippe knabbernd, warf Mycroft einen Blick in die Runde. Außer ihm und Hades waren vier weitere Personen anwesend – und zwei von ihnen waren bewaffnet.

»Ein herzliches Willkommen, Professor Next«, sagte Hades breit grinsend, »wünscht ein Genie dem anderen!«

Er sah die Maschine zärtlich an und ließ den Finger über den Rand eines der Goldfischgläser gleiten. Die Bücherwürmer waren in ein Exemplar von *Mansfield Park* vertieft und debattierten darüber, womit Sir Thomas wohl seinen Lebensunterhalt bestritten habe.

»Allein werde ich damit wohl nicht zurechtkommen, was meinen Sie?« sagte Hades, ohne aufzublicken. Einer der anderen Männer versuchte, es sich in einem der wenigen Polstersessel gemütlich zu machen, die diesen Namen auch tatsächlich verdienten.

»Ich möchte mich deshalb von vornherein Ihrer vollsten Unterstützung versichern.« Hades blickte Mycroft an, ohne eine Miene zu verziehen. »Sie *werden* mir doch helfen, nicht wahr?«

»Nur über meine Leiche!« erwiderte Mycroft.

Ein Grinsen machte sich auf Acherons Gesicht breit.

»Daran zweifle ich keinen Augenblick, aber verzeihen Sie meine Unhöflichkeit! Ich habe Sie entführt, Ihnen Ihr Lebenswerk ge-

stohlen und mich noch nicht einmal vorgestellt!« Er trat vor Mycroft hin und schüttelte ihm herzlich die Hand; Mycroft erwiderte
die Geste nicht.

»Mein Name ist Hades, Acheron Hades. Vielleicht haben Sie
von mir gehört?«

»Acheron, der Dieb?« fragte Mycroft langsam. »Acheron, der
Entführer und Erpresser?«

Acheron strahlte übers ganze Gesicht.

»Ja, ja und nochmals *ja*. Aber Sie haben den Mörder vergessen.
Den zweiundvierzigfachen Mörder, mein Freund. Der erste ist immer der schwerste. Danach spielt es im Grunde keine Rolle mehr,
sie können einen schließlich bloß einmal hängen. Damit verhält es
sich so ähnlich wie mit dem Schokoladeessen; es bleibt nie bei
einem Stück.« Wieder lachte er. »Ich hatte einen kleinen Streit mit
Ihrer Nichte, müssen Sie wissen. Leider hat sie ihn überlebt«, setzte
er hinzu, nur für den Fall, daß Mycroft sich der Illusion hingab, er,
Hades, habe noch einen Funken Anstand im Leib. »So war das eigentlich nicht geplant.«

»Warum tun Sie das?« fragte Mycroft.

»Warum?« echote Acheron. »Warum wohl? Für *Ruhm* und *Ehre*,
warum sonst!« brüllte er. »Haben Sie verstanden, Gentlemen ...?«
Die anderen nickten gehorsam. »Ruhm und Ehre!« wiederholte er.
»Und Sie können an diesem Ruhm teilhaben ...!«

Er winkte Mycroft zu seinem Schreibtisch und holte einen
Aktendeckel mit Zeitungsausschnitten daraus hervor.

»Schauen Sie, was die Presse über mich schreibt!«

Stolz hielt er einen Artikel hoch.

HADES: 74 WOCHEN AUF PLATZ 1
DER FAHNDUNGSLISTE

»Beeindruckend, was?« sagte er und platzte beinahe vor Stolz.

TOAD-LESER WÄHLEN HADES ZUM
»UNSYMPATHEN NR. 1«

»Die *Owl* schrieb, Hinrichtung sei viel zu gut für mich, und der *Mole* wollte das Parlament dazu bewegen, das Rädern wieder einzuführen.«

Er hielt Mycroft den Ausschnitt hin.

»Was meinen Sie?«

»Ich meine«, begann Mycroft, »daß Sie Ihre enorme Intelligenz vielleicht besser darauf hätten verwenden sollen, der Menschheit zu dienen, statt sie zu bestehlen.«

Acheron machte ein beleidigtes Gesicht.

»Und wo bleibt da das Vergnügen? Güte ist Schwäche, Nettigkeit Gift, Zufriedenheit ist Mittelmaß, und Nächstenliebe ist was für Verlierer. Wie ich immer sage: Gemeinheiten muß man um ihrer selbst willen begehen! Zwar ist gegen einen kleinen Kapitalzuwachs nichts einzuwenden, doch verwässert er den unvergleichlichen Geschmack der Niedertracht derart, daß sich bald jeder hergelaufene Eierdieb daran erfreut. Das wahre, grundlos Böse ist ebenso selten wie das Gute per se ...«

»Ich möchte nach Hause.«

»Aber natürlich!« sagte Acheron lächelnd. »Hobbes, öffnen Sie die Tür.«

Der Angesprochene tat wie geheißen und trat höflich beiseite. Die große Tür führte in die Lobby des alten Hotels.

»Ich spreche kein Walisisch«, murmelte Mycroft.

Hobbes machte die Tür wieder zu und verriegelte sie.

»Was Ihnen in Merthyr zum Nachteil gereichen dürfte, alter Knabe«, sagte Acheron lächelnd. »Ohne Walisisch werden Sie nicht sehr weit kommen.«

Mycroft sah Acheron beklommen an.

»Aber Polly...!«

»Ach ja!« erwiderte Hades. »Ihre entzückende Gattin.« Er fischte »Die Narzissen« aus seiner Brusttasche, zauberte ein vergoldetes Feuerzeug hervor und tat so, als wollte er das Gedicht anzünden.

»Nein ...!« schrie Mycroft und machte hastig zwei Schritte vorwärts. Acheron wölbte eine Augenbraue; die Flamme leckte schon am Papier.

»Ich bleibe hier und helfe Ihnen«, sagte Mycroft mit matter Stimme.

Ein Grinsen machte sich auf Acherons Gesicht breit. Er verstaute das Gedicht wieder in seiner Tasche.

»Ein braver Bursche! Sie werden es nicht bereuen.«

Er dachte einen Augenblick nach.

»Obwohl, vielleicht doch.«

Mycroft sank mit wackligen Knien in den erstbesten Sessel.

»Aber eins nach dem anderen«, fuhr Hades fort. »Habe ich Ihnen eigentlich schon meine teuflischen Mitstreiter vorgestellt?«

Mycroft schüttelte traurig den Kopf.

»Nein? Wie nachlässig von mir. Der Mann mit der Kanone dort drüben ist Mr. Delamare. Seine Fügsamkeit wird allein durch seine Dummheit übertroffen. Er tut, was ich ihm sage, und würde notfalls sogar für mich sterben. Eine Art menschlicher Kettenhund, wenn Sie so wollen. Sein IQ liegt unter dem eines Neandertalers, und er glaubt nur, was er im *Gad-fly* liest. Mr. Delamare, mein Freund, haben Sie heute schon Ihre böse Tat getan?«

»Ja, Mr. Hades. Ich bin dreiundsiebzig Meilen pro Stunde gefahren.«

Hades runzelte die Stirn. »Das klingt nicht besonders böse.«

Delamare kicherte. »Durchs Einkaufszentrum?«

Hades hob anerkennend den Zeigefinger und setzte ein zufriedenes Lächeln auf.

»Sehr gut.«

»Danke, Mr. Hades.«

»Das dort drüben ist Mr. Hobbes. Obwohl er ein begnadeter Schauspieler ist, zieht die English Shakespeare Company es törichterweise vor, sein außerordentliches Talent zu ignorieren. Wir werden versuchen, diesen bedauerlichen Irrtum zu korrigieren; nicht wahr, Mr. Hobbes?«

»Jawohl, *Sire*«, antwortete Mr. Hobbes und vollführte einen tadellosen Kratzfuß. Er trug Strumpfhosen mit einer Schamkapsel und ein ledernes Wams. Zehn Jahre hatte ihn die ESC bei der Vergabe der großen Rollen übergangen und somit zu einem unwürdigen

Dasein als Statist und Zweitbesetzung verdammt. Danach war er psychisch derart angeschlagen, daß es selbst seine Kollegen bemerkten. Er hatte sich Acheron kurz nach seiner Flucht aus dem Gefängnis angeschlossen, wo er eine längere Haftstrafe verbüßte, weil er es als Hamlet mit der Schauspielkunst ein wenig übertrieben und Laertes auf offener Bühne abgestochen hatte.

»Der dritte Mann dort drüben ist Müller, ein Arzt, dessen ich mich angenommen habe, nachdem man ihm die Approbation entzogen hatte. Die Einzelheiten sind – wie soll ich sagen? – ein wenig unappetitlich. Vielleicht unterhalten wir uns gelegentlich bei einem guten Essen darüber, wenn nicht gerade Hacksteak auf der Speisekarte steht. Der vierte Mann ist Felix7, einer meiner engsten Vertrauten. Sein Gedächtnis reicht nur eine Woche in die Vergangenheit, und er hegt nicht die geringsten Ambitionen für die Zukunft. Seine Gedanken gelten einzig und allein dem Auftrag, den er auszuführen hat. Er kennt weder Gewissensbisse noch Gnade oder gar Mitleid. Ein feiner Kerl. Wir brauchen dringend mehr von seiner Sorte.«

Hades klatschte vergnügt in die Hände.

»Wollen wir uns an die Arbeit machen? Ich habe seit fast einer Stunde keine Schandtat mehr begangen.«

Mycroft trat widerstrebend vor das ProsaPortal und begann mit den nötigen Vorbereitungen. Er versorgte die Bücherwürmer mit frischem Wasser, Futter und einem sauberen Goldfischglas, verlegte Stromkabel und hielt sich dabei peinlich genau an die Anweisungen in seinem Schulheft. Während Mycroft an dem Portal herumhantierte, machte Acheron es sich bequem und blätterte in einem alten Manuskript; die Seiten wurden von einem verblichenen roten Band zusammengehalten und waren mit krakeliger Schrift und nachträglich eingefügten Korrekturen bedeckt. Er überschlug mehrere Passagen, bis er gefunden hatte, was er suchte.

»Perfekt!« gluckste er.

Mycroft beendete den Testdurchlauf und trat einen Schritt zurück.

»Es ist soweit«, seufzte er.

»Ausgezeichnet!« Strahlend überreichte Acheron ihm das Manuskript.

»Öffnen Sie das Portal genau hier.«

Lächelnd tippte er auf eine bestimmte Stelle. Mycroft nahm das Manuskript zögernd entgegen und las den Titel. »*Martin Chuzzlewit!* Sie Schuft!«

»Mit Schmeicheleien kommen Sie bei mir nicht weit, werter Professor.«

»Aber«, fuhr Mycroft fort, »wenn Sie im Originalmanuskript etwas ändern ...!«

»Aber genau darum *geht* es doch, mein lieber Professor«, sagte Hades und zwickte Mycroft leicht in die Wange. »Genau ... darum ... geht ... es. Wozu sollte eine Erpressung auch gut sein, wenn nicht um aller Welt zu demonstrieren, welch ungeheuren Schaden man anrichten könnte, so man denn wollte? Ein Bankraub ist ein Dreck dagegen. Peng, peng, her mit dem Geld? Pah! Außerdem finde ich es langweilig, Zivilisten umzubringen. Da kann man ja gleich auf Tontauben schießen. Ein Sondereinsatzkommando ist da schon mehr nach meinem Geschmack.«

»Aber der Schaden ...!« fuhr Mycroft fort. »Sind Sie wahnsinnig!?«

Acherons Augen sprühten vor Zorn, als er Mycroft am Kragen packte.

»Was? Was haben Sie gesagt? *Wahnsinnig*, haben Sie gesagt? Hmm? Hä? Was? *Was?*« Seine Finger schlossen sich noch enger um Mycrofts Kehle, und der Professor spürte, wie ihm der kalte Angstschweiß ausbrach. Acheron wartete auf eine Antwort, die Mycroft ihm unter diesen Umständen jedoch beim besten Willen nicht zu geben vermochte.

»Was? Was haben Sie gesagt?« Acherons Pupillen weiteten sich, und ein dunkler Schleier trübte Mycrofts Bewußtsein.

»Glauben Sie im Ernst, es macht *Spaß*, mit einem Namen wie dem meinen durchs Leben zu gehen? Ständig irgendwelchen Erwartungen gerecht werden zu müssen? Mit einer Intelligenz geschlagen zu sein, die so enorm ist, daß Ihnen alle anderen wie Kretins und Idioten vorkommen?«

Mit Mühe gelang es Mycroft, einen erstickten Laut von sich zu geben, und Acheron lockerte seinen Griff. Nach Atem ringend sank der Professor zu Boden. Acheron sah zu ihm herab und hob tadelnd den Finger.

»Wagen Sie es nicht noch einmal, mich *wahnsinnig* zu nennen, Mycroft. Ich bin nicht wahnsinnig, ich bin lediglich ... nun ja, wie soll ich sagen? *Moralisch anders gepolt*, weiter nichts.«

Wieder reichte Hades ihm den *Chuzzlewit*, und diesmal ließ Mycroft sich nicht zweimal bitten. Er legte die Würmer zusammen mit dem Manuskript in das ProsaPortal; der Apparat war betriebsbereit.

»Es kann losgehen«, verkündete Mycroft freudlos. »Ich brauche nur noch auf diesen Knopf zu drücken, dann öffnet sich die Tür. Sie bleibt aber höchstens zehn Sekunden offen.«

Seufzend schüttelte er den Kopf.

»Möge Gott mir vergeben ...!«

»*Ich* vergebe Ihnen«, erwiderte Acheron. »Näher werden Sie Gott kaum kommen!«

Hades ging zu Hobbes, der jetzt einen schwarzen Kampfanzug trug. Er hatte sich einen Gurt um die Hüften geschnallt, an dem allerlei Gegenstände hingen, die bei einem spontanen Raubüberfall eventuell von Nutzen sein konnten – eine große Taschenlampe, mehrere Bolzenschneider, ein Seil, Handschellen und eine Automatik.

»Sie wissen, hinter wem Sie her sind?«

»Mr. Quaverley, Sir.«

»Großartig. Das *schreit* förmlich nach einer Rede!«

Er kletterte auf einen großen Eichentisch.

»Liebe Freunde!« begann er. »Heute ist ein *großer* Tag für die Wissenschaft und ein *schwarzer* Tag für Charles Dickens.«

Er machte eine Kunstpause.

»Genossen, wir stehen kurz davor, uns einer kulturellen Barbarei schuldig zu machen, die so monströs ist, daß es selbst mir die

Schamesröte ins Gesicht treibt. Ihr alle seid seit vielen Jahren meine treuen Gefolgsleute, und obgleich keiner von euch auch nur halb so verderbt ist wie meine Wenigkeit, und obwohl die Gesichter, die ich vor mir sehe, ebenso dumm wie unattraktiv sind, betrachte ich euch doch alle mit einem gerüttelten Maß an Zuneigung.«

Seine vier Genossen bekundeten ihren Dank mit verlegenem Murmeln.

»Ruhe! Ich glaube, ich darf mit Fug und Recht von mir behaupten, nicht nur das verkommenste Geschöpf auf diesem Erdenrund zu sein, sondern auch das begnadetste Verbrecherhirn dieses Jahrhunderts. Der Plan, den wir in die Tat umsetzen wollen, ist zweifelsohne der teuflischste, den je ein Mensch ersonnen hat, und wird euch nicht nur mit einem Schlag an die Spitze aller Fahndungslisten katapultieren, sondern euch obendrein reicher machen, als ihr euch in euren habgierigsten Träumen habt vorstellen können.« Er klatschte in die Hände. »Das Abenteuer kann beginnen! Trinken wir auf den Erfolg unseres schönsten Verbrechens!«

»Sir?«

»Was ist, Dr. Müller?«

»Das ganze Geld. Ich weiß nicht recht. Ich glaube, ein Gainsborough wäre mir lieber. Sie wissen schon – das Bild von dem Knaben im blauen Anzug.«

Acheron starrte ihn einen Augenblick ratlos an, dann erhellte ein Lächeln sein Gesicht.

»Warum nicht? Widerling *und* Kunstliebhaber! Welch göttliche Dichotomie! Sie sollen Ihren Gainsborough haben! Und nun lasset uns ... Was ist denn, Hobbes?«

»Sie haben hoffentlich nicht vergessen, daß Sie die Shakespeare-Gesellschaft überreden wollten, *Schluß mit lustig!* zu spielen, meine überarbeitete Macbeth-Fassung?«

»Wie könnte ich?«

»Acht Wochen Laufzeit?«

»Ja, ja, und das *Sommernachts-Kettensägenmassaker* gleich noch dazu. Und was kann ich für *Sie* tun, Mr. Delamare?«

»Nun ja«, sagte der Mann mit dem Hirn eines Hundes und rieb sich nachdenklich den Hinterkopf, »könnte ich vielleicht eine Autobahnraststätte nach meiner Mum benennen lassen?«

»O heilige Einfalt!« rief Acheron. »Ich denke, das läßt sich machen. Felix7?«

»Ich verlange keine Belohnung«, antwortete Felix7 stoisch. »Ich bin bloß Ihr ergebener Diener. Einem so guten und weisen Herrn zu dienen ist das größte Glück, das einem Menschen widerfahren kann.«

»Ich *liebe* diesen Mann!« sagte Hades zu den anderen. Er kicherte einen Moment in sich hinein und wandte sich dann wieder an Hobbes, der es kaum erwarten konnte.

»Ihnen ist klar, was Sie zu tun haben?«

»Hundertprozentig.«

»Dann, Mycroft, öffnen Sie nun das Portal und Ihnen, mein lieber Hobbes: Glückliche Reise!«

Mycroft drückte den grünen »Auf«-Knopf, ein greller Blitz durchzuckte den Salon, und es enstand ein so starkes elektromagnetisches Kraftfeld, daß meilenweit sämtliche Kompaßnadeln rotierten. Rasch öffnete sich das Portal, und Hobbes holte tief Luft und trat hindurch; Mycroft drückte den roten »Zu«-Knopf, das Portal schloß sich wieder, und Stille breitete sich aus. Acheron sah Mycroft an, der wie gebannt auf den Timer an dem großen Buch starrte. Dr. Müller verfolgte Hobbes' Bemühungen anhand einer Taschenbuchausgabe von *Martin Chuzzlewit*, Felix7 behielt Mycroft im Auge, und Delamare betrachtete etwas Klebriges, das er gerade aus seinem Ohr geholt hatte.

Zwei Minuten später drückte Mycroft erneut auf den grünen Knopf, und Hobbes kehrte zurück, im Schlepptau einen Mann mittleren Alters in einem schlechtsitzenden Anzug mit Krawatte und Stehkragen. Hobbes war ziemlich außer Atem und sank keuchend in den erstbesten Sessel. Der Mann in mittleren Jahren blickte hilfesuchend um sich.

»Meine Freunde«, begann er und schaute in ihre neugierigen Gesichter, »Sie sehen mich ratlos und verwirrt. Wenn Sie die

Freundlichkeit besäßen, mir zu erklären, was Sie dazu bewogen hat, mich in diese mißliche Lage zu versetzen ...«

Acheron trat neben ihn und legte ihm freundschaftlich einen Arm um die Schultern.

»Ah, der süße, süße Duft des Erfolges. Willkommen im zwanzigsten Jahrhundert und in der Wirklichkeit. Mein Name ist Hades.«

Acheron streckte die Hand aus. Der Mann verbeugte sich und schüttelte sie dankbar, weil er sich irrtümlich unter wohlmeinenden Mitbürgern wähnte.

»Zu Diensten, Mr. Hades. Mein Name ist Quaverley, wohnhaft bei Mrs. Todger und Prokurator von Beruf. Ich muß gestehen, daß ich nicht die geringste Ahnung habe, wie mir ein so großes Wunder zuteil werden konnte, aber bitte sagen Sie mir doch – denn wie ich sehe, sind Sie der Gebieter über dieses höchst erstaunliche Paradoxon –, was geschehen ist und wie ich Ihnen behilflich sein kann.«

Acheron lächelte und klopfte Mr. Quaverley brüderlich auf die Schulter.

»Mein lieber Mr. Quaverley! Ich könnte ohne Zweifel viele glückliche Stunden damit zubringen, mich mit Ihnen über das Wesen der Dickensschen Erzählkunst zu unterhalten, aber das wäre eine unverzeihliche Verschwendung meiner äußerst kostbaren Zeit. Felix 7, fahren Sie nach Swindon und sorgen Sie dafür, daß Mr. Quaverleys Leiche spätestens bei Morgengrauen von spielenden Kindern entdeckt wird.«

Felix 7 packte Mr. Quaverley am Arm.

»Jawohl, Sir.«

»Ach, und Felix 7 ...«

»Ja, Sir?«

»Wo Sie schon mal dabei sind, könnten Sie doch eigentlich auch gleich diesen Sturmey Archer zum Schweigen bringen. Er hat seine Schuldigkeit getan.«

Felix 7 schleifte Mr. Quaverley zur Tür hinaus. Mycroft weinte.

16.

Sturmey Archer & Felix7

… Ein wahrhaft verbrecherischer Geist braucht ebenso außergewöhnliche Komplizen, die ihm zur Seite stehen. Sonst hat das Ganze wenig Sinn. Ich habe immer wieder festgestellt, daß ich meine abscheulichsten Pläne ohne die Beteiligung und die Anerkennung meiner Mitarbeiter niemals umsetzen könnte. So bin ich nun einmal. *Sehr großzügig* …

ACHERON HADES
– *Die Lust am Laster*

»Wen besuchen wir eigentlich?«

»Einen gewissen Sturmey Archer«, antwortete Bowden, während ich den Wagen am Straßenrand abstellte, gegenüber einer kleinen Fabrik, hinter deren Fenstern ein sanftes Licht leuchtete.

»Vor ein paar Jahren hatten Crometty und ich das große Glück, mehrere Mitglieder einer Bande festzunehmen, die versucht hatte, eine ziemlich primitiv gefälschte Fortsetzung von Coleridges *Ancient Mariner* unter die Leute zu bringen. Sie trug den Titel ›Der Alte Matrose – Die Rückkehr‹, aber niemand fiel darauf herein. Sturmey sagte als Kronzeuge aus und entging so einer Gefängnisstrafe. Ich habe noch etwas gegen ihn in der Hand, im Zusammenhang mit einem *Cardenio*-Schwindel. Ich würde es allerdings nur äußerst ungern gegen ihn verwenden.«

»Und was hat er mit Cromettys Tod zu tun?«

»Nichts«, lautete seine lapidare Antwort. »Er ist lediglich der nächste auf unserer Liste.«

Wir überquerten die Straße. Es wurde langsam dunkel; die Straßenlaternen gingen an, und erste Sterne erschienen am Himmel. In einer halben Stunde würde es Nacht sein.

Bowden wollte erst klopfen, ließ es dann aber doch bleiben. Lautlos machte er die Tür auf, und wir schlüpften hindurch.

Sturmey Archer war ein schmächtiger Bursche, der so viele Jahre in Anstalten verbracht hatte, daß er allein nur schwer zurechtkam. Ohne festen Stundenplan wusch er sich weder regelmäßig, noch ernährte er sich richtig. Er trug eine dicke Brille, bunt zusammengewürfelte Kleider, und sein Gesicht war eine Mondlandschaft von Akne-Narben. Inzwischen bestritt er seinen Lebensunterhalt hauptsächlich mit der Produktion von Gipsbüsten berühmter Schriftsteller, doch seine kriminelle Vergangenheit ließ ihn nicht los. Immer wieder wurde er von anderen Verbrechern dazu erpreßt, ihnen zu helfen, und Sturmey, ein ohnehin eher willensschwacher Charakter, konnte sich ihrer nur schwer erwehren. Was Wunder, daß er nur zwanzig seiner sechsundvierzig Lebensjahre in Freiheit verbracht hatte.

In dem alten Fabriksaal, in dem er arbeitete, gab es eine lange Werkbank, auf der an die fünfhundert fußhohe Shakespeare-Büsten standen, die der Fertigstellung harrten. Daneben ein großer, leerer Gipsbottich und ein Regal mit etwa zwanzig Gußformen; Sturmey arbeitete offenbar an einem Großauftrag.

Archer selbst saß in einer hinteren Ecke der Werkstatt und ging seiner Nebenbeschäftigung nach, der Reparatur von Will-Speak-Maschinen. Sein Arm steckte bis zum Ellbogen im Rumpf eines *Othello*, als wir uns von hinten anschlichen.

Sturmey nahm eine winzige Änderung an der Feinjustierung vor, worauf es im primitiven Kehlkopf der Puppe knisterte und knackte: *Die Sache wills, die Sache wills,* (klick) *doch nicht ihr Blut vergieß ich,* (klick) *noch ritz ich diese weiße Haut . . .*

»Hallo, Sturmey«, sagte Bowden.

Vor lauter Schreck verursachte Archer einen Kurzschluß in der Elektrik. Die Puppe riß die Augen auf, schrie in panischem Entsetzen ALABASTER! und sackte dann in sich zusammen. Sturmey funkelte Bowden wütend an.

»Sich zu nachtschlafender Zeit auf Zehenspitzen anschleichen? Das ist aber nicht gerade die feine Art, Mr. Cable!«

Bowden lächelte. »Sagen wir, ich habe die Freuden des Außendienstes wiederentdeckt. Das ist meine neue Partnerin Thursday Next.«

Archer nickte mir argwöhnisch zu. Bowden fuhr fort: »Sie haben doch bestimmt von Jim Crometty gehört, Sturmey.«

»Ja, Gott sei's geklagt«, antwortete Archer mit etwas unglaubwürdiger Trauer.

»Ich habe mich gefragt, ob Sie eventuell Ihr Gewissen erleichtern möchten?«

»Wer? Ich?« Er zeigte auf die Shakespeare-Büsten. »Sehen Sie die Dinger da? Dafür krieg ich fünf Scheine das Stück. Zehntausend Stück hat diese japanische Firma bestellt. Sie haben Stratford-upon-Avon bei Yokohama im Maßstab 1:7/8 nachgebaut und stehen total auf diesen Mist. Fünfzig Riesen, Cable, *das* ist die Sorte Literatur, mit der ich was anfangen kann.«

»Und das *Chuzzlewit*-Manuskript?« fragte ich. »Was fangen Sie damit an?«

Er zuckte zusammen. »Gar nichts«, sagte er. Ich glaubte ihm kein Wort.

»Passen Sie auf, Sturmey«, sagte Bowden, dem Archers Nervosität keineswegs entgangen war, »es täte mir wirklich schrecklich leid, Sie wegen des *Cardenio*-Schwindels aufs Revier bestellen zu müssen.«

Archers Unterlippe bebte; seine Augen schnellten nervös hin und her. »Ich weiß doch nichts, Mr. Cable«, jammerte er. »Außerdem... Sie haben ja keine Ahnung, was er mit mir anstellen würde.«

»Was *wer* mit Ihnen anstellen würde, Sturmey?«

Da hörte ich es. Ein leises Klicken hinter uns. Ich versetzte Bowden einen Stoß; er stolperte und stieß mit Sturmey zusammen, dessen Aufschrei im ohrenbetäubenden Krachen einer in nächster Nähe abgefeuerten Schrotladung unterging.

Wir hatten Glück; die Ladung traf nur die Wand, genau an der

Stelle, wo wir eben noch gestanden hatten. Ich befahl Bowden, sich nicht vom Fleck zu rühren, und hechtete hinter die Werkbank. Dann robbte ich blitzschnell zum anderen Ende der Werkstatt, hob den Kopf und sah einen Mann mit einer großkalibrigen Pumpgun, der einen schwarzen Mantel anhatte.

Er entdeckte mich sofort, und ich mußte rasch wieder abtauchen. Der nächste Schuß ließ Dutzende von Shakespeare-Büsten explodieren. Ein Regen von Gipssplittern ging auf mich nieder. Die Druckwelle des Schusses hatte eine Romeo-Puppe in Gang gesetzt, die flehentlich intonierte: *Der Narben lacht, wer Wunden nie gefühlt. Doch still! Was schimmert durch das Fenster dort . . .* Dann brachte sie der nächste Schuß zum Schweigen.

Ich warf einen Blick zu Bowden hinüber, der den Gips aus seinen Haaren schüttelte und seinen Revolver zog. Ich sprintete im Zickzack zur gegenüberliegenden Wand und warf mich zu Boden, als der Eindringling von neuem durchlud und Archers in mühevoller Handarbeit bemalte Gipsstatuen in Stücke schoß. Endlich hörte ich Bowdens Revolver zweimal krachen, sprang auf und feuerte meinerseits auf unseren Angreifer. Doch der hatte sich mittlerweile in ein Büro verkrochen, und meine Schüsse zersplitterten lediglich den hölzernen Türrahmen. Bowden drückte noch einmal ab, und das Projektil prallte von einer gußeisernen Wendeltreppe ab und traf eine Will-Speak-Maschine von Lord und Lady Macbeth, was die beiden veranlaßte, flüsternd darüber nachzudenken, ob es wohl ratsam sei, den König in der Nacht zu ermorden.

Aus den Augenwinkeln sah ich, wie der Mann im Mantel durch die Werkstatt rannte, um uns von der Flanke her anzugreifen. Er blieb stehen, und ich nahm ihn ins Visier; da sprang Archer auf und stand in der Schußlinie. Ich traute meinen Augen nicht.

»Felix7!« schrie Archer verzweifelt. »Sie müssen mir helfen! Dr. Müller hat doch gesagt . . .«

Archer hatte die Absichten von Felix7 offenbar mißverstanden, doch es blieb ihm keine Zeit mehr, diesen Irrtum groß zu bedauern, denn der Angreifer streckte ihn mit einem Schuß aus kürzester Entfernung nieder und wandte sich dann zur Flucht. Bowden und ich feuerten gleichzeitig; Felix7 machte noch drei Schritte, dann brach er zusammen und landete in einem Stapel Kartons.

»Bowden!« brüllte ich. »Alles klar?«

Seine Antwort klang zwar noch etwas unsicher, war aber positiv. Ich näherte mich langsam der am Boden liegenden Gestalt, die keuchend ein- und ausatmete und mich dabei mit seltsam unbewegter Miene anstarrte. Ich beförderte die Pumpgun mit einem gezielten Tritt beiseite, hielt ihm meine Waffe an den Kopf und tastete ihn ab. Ich fand eine Automatik in seinem Schulterholster und in seiner Innentasche eine Walther PKK. Des weiteren ein langes Messer sowie einen Damen-Derringer. Bowden trat neben mich.

»Archer?« fragte ich.

»Hinüber.«

»Er hat diesen Killer gekannt. Er nannte ihn Felix7. Und fiel nicht auch der Name Dr. Müller?«

Felix7 lächelte, als ich ihm seine Brieftasche abnahm.

»Crometty!« bellte Bowden. »Hast du ihn umgebracht?«

»Ich bringe öfter mal jemanden um«, flüsterte Felix7. »Und Namen konnte ich mir noch nie merken.«

»Du hast ihm sechsmal ins Gesicht geschossen.«

Der sterbende Killer lächelte. »*Daran* kann ich mich erinnern.«

»Sechsmal! Warum?«

Felix7 runzelte die Stirn, fing an zu zittern und sagte: »Ich *hatte* eben nur sechs Schuß.«

Bowden hielt ihm die Revolvermündung zwei Zoll vors Gesicht und drückte ab. Zu seinem Glück traf der Hammer auf eine leere Kammer. Bowden warf die Waffe weg, packte den Sterbenden am Revers und schüttelte ihn.

»WER BIST DU?« bellte er.

»Das weiß ich selbst nicht so genau«, sagte Felix7 gelassen. »Ich glaube, ich war mal verheiratet; und ich hatte ein blaues Auto. Im Garten meines Elternhauses stand ein Apfelbaum, und ich glaube, ich hatte einen Bruder namens Tom. Die Erinnerungen sind sehr verschwommen. Ich fürchte nichts, weil nichts mir etwas bedeutet. Mein Auftrag ist erfüllt. Archer ist tot. Ich habe meinem Herrn gedient; alles andere spielt keine Rolle.« Er verzog die Lippen mühsam zu einem Lächeln. »Hades hatte tatsächlich recht.«

»Womit?«

»Mit Ihnen, Miss Next. Sie sind ein würdiger Gegner.«

»Wenn Sie ruhig sterben wollen, dann erleichtern Sie Ihr Gewissen«, sagte ich. »Wo ist Hades?«

Er lächelte ein letztes Mal und schüttelte langsam den Kopf. Ich versuchte, seine Blutungen zu stillen, doch ohne Erfolg. Sein Atem ging von Sekunde zu Sekunde flacher und erstarb schließlich ganz.

»Verdammt! Merde! Shit!«

»Für Sie immer noch Mister Schitt, Next!« sagte Schitt hinter uns. Wir drehten uns um und erblickten meinen persönlichen Unsympathen Nr. 2 und seine beiden Gorillas. Er machte keinen besonders gutgelaunten Eindruck. Ich beförderte die Brieftasche von Felix7 mit einem verstohlenen Tritt unter die Werkbank und stand auf.

»Aus dem Weg.«

Wir gehorchten. Einer von Schitts Männern bückte sich und fühlte Felix7 den Puls. Er sah Schitt an und schüttelte den Kopf.

»Irgendwelche Papiere?«

Der Gorilla durchsuchte die Leiche.

»Da haben Sie ja einen ziemlich schweren Bock geschossen, Next«, sagte Schitt mit kaum verhohlenem Zorn. »Damit ist meine einzige Spur zum Teufel. Wenn ich mit Ihnen fertig bin, können Sie froh sein, wenn Sie auf der M4 Fahrbahnmarkierungen malen dürfen.«

Ich zählte zwei und zwei zusammen.

»Sie wußten, daß wir hier waren, stimmt's?«

Er funkelte mich an.

»Der Mann hätte uns zum Kopf der Bande führen können, und der wiederum hat etwas, das wir haben wollen«, behauptete Schitt.

»Hades?«

»Hades ist tot, Miss Next.«

»Reden Sie doch keinen Scheiß, Schitt. Sie wissen genauso gut wie ich, daß Hades gesund und munter ist. Was Hades hat, gehört meinem Onkel. Und wie ich meinen Onkel kenne, würde er es eher kurz und klein schlagen, als es an Goliath zu verkaufen.«

»Goliath kauft nicht, Miss Next. Goliath *nimmt*. Wenn Ihr Onkel eine Maschine entwickelt hat, die zur Verteidigung des Vaterlandes beitragen kann, ist es seine Pflicht, sie zur Verfügung zu stellen.«

»Und das ist das Leben zweier Agenten wert?«

»Aber sicher. Tagtäglich sterben SpecOps-Agenten eines sinnlosen Todes. Und es ist unsere Aufgabe, dafür zu sorgen, daß sie nicht umsonst gestorben sind.«

»Wenn Mycroft durch Ihre Nachlässigkeit zu Schaden kommt, dann gnade Ihnen Gott...«

Das beeindruckte Jack Schitt nicht im geringsten.

»Sie haben wirklich keinen Schimmer, mit wem Sie es zu tun haben, nicht wahr, Next?«

»Mit einem Mann, dessen Ehrgeiz ihn jegliche Moralprinzipien hat vergessen lassen.«

»Falsch. Sie haben es mit Goliath zu tun, einer Organisation, der in erster Linie das Wohl dieses Landes am Herzen liegt. Alles, was England besitzt, verdankt es einzig und allein der Güte und Hilfsbereitschaft von Goliath. Ist es da nicht recht und billig, wenn unsere Organisation dafür ein klein wenig Dankbarkeit verlangt?«

»Wenn Goliath tatsächlich so selbstlos wäre, wie Sie behaupten, Mr. Schitt, dann dürfte der Konzern dafür *gar nichts* verlangen.«

»Große Worte, Miss Next, aber in Fragen der Moralpolitik heißt der entscheidende Faktor immer und ausschließlich Geld; wenn überhaupt etwas geschieht, dann nur aus Gewinnsucht.«

Ich hörte Sirenen kommen. Prompt verschwanden Schitt und seine beiden Gorillas und ließen uns mit den Leichen von Felix7 und Archer allein. Bowden drehte sich zu mir.

»Ich bin froh, daß er tot ist, und ich bin froh, daß ich abgedrückt habe. Zuerst dachte ich, es würde mir schwerfallen, aber ich habe keine Sekunde gezögert.«

Er sagte das, als handele es sich um eine interessante Erfahrung, nichts mehr und nichts weniger; als würde er einem Freund eine Achterbahnfahrt in Alton Towers schildern.

»Hört sich das irgendwie komisch an?« fragte er.

»Nein«, beruhigte ich ihn. »Ganz und gar nicht. Er hätte weitergemordet, wenn Sie ihn nicht gestoppt hätten. Machen Sie sich deswegen keine Gedanken.«

Ich bückte mich und hob Felix7s Brieftasche auf. Wir sahen hinein. Sie enthielt genau das, was man darin vermuten würde, nämlich Papiergeld, Briefmarken, Quittungen und Kreditkarten – nur handelte es sich um leeres weißes Papier; die Kreditkarten waren aus weißem Plastik, mit einer Reihe von Nullen dort, wo normalerweise die Nummer stand.

»Hades hat Humor.«

»Sehen Sie sich das an«, sagte Bowden und zeigte auf Felix7s Fingerspitzen. »Mit Säure verätzt. Und schauen Sie hier, diese Narbe am Haaransatz.«

»Ja«, pflichtete ich bei, »das ist vermutlich noch nicht mal sein Gesicht.«

Draußen vor der Tür quietschten Reifen. Um Mißverständnissen vorzubeugen, legten wir unsere Waffen ab und hielten unsere Marken hoch. Der Einsatzleiter war ein humorloser Bursche namens Franklin, der in der Kantine Lügengeschichten über die neue LiteraturAgentin gehört hatte.

»Sie müssen Thursday Next sein. Hab schon von Ihnen gehört. LitAg, hä? Ziemlicher Abstieg von SO-5, was?«

»Immerhin war ich schon mal so weit.«

Franklin grunzte und wandte sich den beiden Leichen zu.

»Tot?«

»Sehr.«

»Bei euch geht's ja zu wie in einem Actionfilm. Ich kann mich nicht entsinnen, daß ein LitAg im Dienst je geschossen hätte. Daß mir das bloß nicht zur Gewohnheit wird, ja? Swindon ist schließlich nicht New York. Und wenn ich euch einen guten Rat geben darf, laßt Jack Schitt in Ruhe. Wie man hört, ist der Mann ein echter Psychopath.«

»Danke für den Tip, Franklin«, sagte ich. »Wär mir gar nicht aufgefallen.«

Es war neun Uhr durch, als wir endlich gehen durften. Victor war extra gekommen, um uns außer Hörweite der Polizei einige Fragen zu stellen.

»Was in drei Teufels Namen ist hier los?« fragte er. »Commander Hicks hat mich am Telefon eine halbe Stunde lang angeschnauzt; es muß schon etwas ziemlich Ernstes sein, damit er die Vorstandssitzung seines Golfclubs verläßt. Gleich morgen früh will er einen vollständigen Bericht über den Zwischenfall auf seinem Schreibtisch vorfinden.«

»Es war Hades«, sagte ich. »Jack Schitt wußte, daß er einen Killer herschicken würde. Und den wollte er dann verfolgen, nachdem der Killer uns umgelegt hatte.«

Victor sah mich an und wollte eben etwas dazu sagen, als sich ein Kollege über Funk meldete und Verstärkung anforderte. Die Stimme gehörte unverkennbar Spike. Ich griff zum Mikrofon, doch Victor packte mich am Handgelenk und schüttelte den Kopf.

»Nein, Thursday. Nicht bei Spike.«

»Aber wenn ein Kollege Verstärkung anfordert . . .«

»Halten Sie sich lieber raus, Mädchen. Spike arbeitet allein, und das ist auch gut so.«

Ich blickte zu Bowden, der zustimmend nickte und sagte: »Die Mächte der Finsternis sind nichts für uns, Miss Next. Ich glaube, Spike versteht das. Auch wenn er hin und wieder einen Notruf absetzt, sitzt er am nächsten Morgen doch immer wieder in der Kantine. Er weiß, was er tut.«

Das Funkgerät war verstummt; Spike hatte auf einem offenen Kanal gesendet, und mindestens sechzig oder siebzig Kollegen hatten ihn gehört. Keiner hatte etwas unternommen.

Dann kam Spikes Stimme erneut über den Äther:

»Um Gottes willen, Leute . . .!«

Bowden wollte das Funkgerät ausschalten, doch ich hielt ihn zurück. Ich stieg in meinen Wagen und griff zum Mikrofon.

»Spike, hier spricht Thursday. Wo sind Sie?«

Victor schüttelte den Kopf. »Schön, Sie gekannt zu haben, Miss Next.«

Ich warf ihm einen finsteren Blick zu und stürzte mich kopfüber in die Nacht.

Bowden trat neben Victor.

»Nicht übel, die Kleine«, murmelte Victor.

»Wir werden heiraten«, sagte Bowden nüchtern.

Victor sah ihn stirnrunzelnd an.

»Liebe ist wie Sauerstoff, Bowden. Wann ist es denn soweit?«

»Ach, sie weiß noch nichts davon«, seufzte Bowden. »Sie hat alles, was eine Frau braucht. Sie ist stark und klug, loyal und intelligent.«

Victor zog die buschigen weißen Augenbrauen hoch. »Und wann wollen Sie sie fragen?«

Bowden starrte den Rücklichtern des Wagens nach. »Ich weiß nicht. Wenn Spike auch nur halb so tief in der Scheiße steckt, wie ich annehme, wahrscheinlich nie.«

17

SpecOps-17: Sauger & Beißer

... Seit Chesney der Schattenwelt anheimgefallen war, forderte ich ziemlich regelmäßig Verstärkung an. Was im Grunde nichts anderes heißen sollte als: »Hey, Leute! Es gibt mich noch!« Ich hätte nicht im Traum daran gedacht, daß wirklich mal jemand kommt; nein, nie. Nie im Leben ...

OFFICER »SPIKE« STOKER
in einem Interview mit *Van Helsing's Gazette*

»Wo sind Sie, Spike?«

Sendepause. Dann: »Das würde ich mir an Ihrer Stelle gut über-legen, Thursday...«

»Schon passiert, Spike. Geben Sie mir Ihren Standort durch.«

Er tat mir den Gefallen, und eine Viertelstunde später hielt ich vor der Senior School in Haydon.

»Ich bin da, Spike. Was brauchen Sie?«

Diesmal klang seine Stimme über Funk etwas belegt.

»Hörsaal vier, und beeilen Sie sich; im Handschuhfach meines Wagens finden Sie einen Verbandskasten ...«

Ein Schrei, dann brach die Verbindung ab.

Ich rannte zu Spikes Streifenwagen, der im dunklen Eingangstor der alten Schule stand. Der Mond verschwand hinter einer Wolke; plötzlich herrschte Finsternis, und ich spürte, wie eine kalte Hand mein Herz umklammerte. Ich öffnete die Wagentür, durchwühlte das Handschuhfach und fand, was ich suchte: ein kleines Lederetui mit Reißverschluß, auf dem in verblichenen Goldlettern der Name

STOKER stand. Ich nahm es und lief die Vortreppe der alten Schule hinauf. Im Innern glimmte die Notbeleuchtung; ich probierte mehrere Lichtschalter, doch der Strom war ausgefallen. Im spärlichen Lichtschein fand ich einen Wegweiser und folgte den Pfeilen zum Hörsaal vier. Als ich in den Gang einbog, bemerkte ich einen strengen Geruch, ähnlich dem gräßlichen Gestank des Todes aus dem Kofferraum von Spikes Wagen.

Ein kalter Windhauch fuhr mir ins Genick. Ich wirbelte herum und erstarrte, als ich die Gestalt eines Mannes erblickte, dessen Silhouette sich gegen den trüben Schein eines Nachtlichts abzeichnete.

»Spike?« murmelte ich mit belegter Stimme; meine Kehle war wie ausgedörrt.

»Leider nein«, sagte die Gestalt, kam langsam auf mich zu und ließ den Lichtstrahl einer Taschenlampe über mein Gesicht gleiten. »Mein Name ist Frampton; ich bin der Hausmeister. Was machen Sie hier?«

»Thursday Next, SpecOps. Ein Kollege hat Verstärkung angefordert. Aus Hörsaal vier.«

»Tatsächlich?« sagte der Hausmeister. »Wahrscheinlich hat er ein paar Kinder beim Einsteigen erwischt. Na, dann kommen Sie mal mit.«

Ich musterte ihn eindringlich; der Schein eines Nachtlichts spiegelte sich funkelnd in dem goldenen Kruzifix, das er um den Hals trug. Ich seufzte erleichtert.

Entschlossen marschierte er den Gang entlang; ich hielt mich dicht hinter ihm.

»Die Bude hier ist so alt, das ist schon nicht mehr feierlich«, brummte Frampton und bog rechts ab in einen zweiten Gang. »Wen suchten Sie noch gleich?«

»Einen Kollegen namens Stoker.«

»Und was treibt der so?«

»Er jagt Vampire.«

»Tatsächlich? Die letzte Plage hatten wir '78. Ein Schüler namens Parkes. Machte eine Wanderung durch den Forest of Dean, und als er zurückkam, war er völlig verwandelt.«

»Eine Wanderung durch den Forest of Dean?« echote ich ungläubig. »Welcher Teufel hatte den Knaben denn geritten?«

Der Hausmeister lachte. »Das haben Sie schön gesagt. Symonds Yat war damals längst nicht so sicher wie heute; wir haben Vorsichtsmaßnahmen getroffen. Die ganze Schule wurde zur Kirche geweiht.« Er richtete seine Taschenlampe auf ein großes Kruzifix an der Wand.

»So, das ist Hörsaal vier.«

Er stieß die Tür auf, und wir betraten einen großen Saal. Der Strahl von Framptons Taschenlampe glitt über die eichengetäfelten Wände, doch von Spike keine Spur.

»Sind Sie sicher, daß er Nummer vier gesagt hat?«

»Hundertprozentig«, antwortete ich. »Er...«

Irgendwo zerschellte Glas, und nicht allzuweit entfernt war ein gedämpfter Fluch zu hören.

»Was war das?«

»Wahrscheinlich Ratten«, meinte Frampton.

»Und die fluchen?«

»*Unkultivierte* Ratten. Kommen Sie, wir...«

Aber schon hatte ich mir Framptons Taschenlampe geschnappt und näherte mich einer Tür am hinteren Ende des Hörsaals. Ich stieß sie auf, und ein widerlicher Formaldehydgeruch schlug mir entgegen. Der Raum war ein Anatomielabor; bis auf das Mondlicht, das durchs Fenster fiel, war es stockdunkel. An den Wänden standen Regale voller eingelegter Präparate: hauptsächlich tierische, aber auch einige menschliche Körperteile, mit denen die Jungs in der Oberstufe den Mädchen Angst einjagen konnten. Plötzlich zerbrach ein Glas, und ich fuhr mit der Taschenlampe in der Hand herum. Mir stockte das Herz. Spike hatte, bar jeglicher Selbstkontrolle, einen der Behälter zu Boden geworfen und suhlte sich in der Pfütze. Zu seinen Füßen lagen die zerbrochenen Überbleibsel mehrerer Gläser; er hatte sich anscheinend kräftig ausgetobt.

»Was machen Sie da?« fragte ich und spürte, wie Ekel in mir hochstieg.

Spike sah mich mit großen Augen an. Seine Lippen waren von

Glasscherben zerschnitten, und aus seinem stieren Blick sprachen Schrecken und Angst.

»Ich hatte Hunger!« schrie er. »Konnte aber keine Mäuse finden ...!«

Er schloß einen Moment lang die Augen, sammelte mit geradezu übermenschlicher Kraft seine Gedanken und stammelte dann: »Meine Medizin ...!«

Ich unterdrückte einen Würgreflex und öffnete den Verbandskasten. Es kam eine Spritze zum Vorschein, die wie ein Kugelschreiber aussah. Ich zog sie aus dem Etui und ging damit auf Spike zu, der in sich zusammengesunken auf dem Fußboden kauerte und leise schluchzte. Plötzlich legte sich eine Hand auf meine Schulter, und ich fuhr erschrocken herum. Es war Frampton, und ein diabolisches Lächeln spielte um seine Lippen.

»Lassen Sie ihn nur. Glauben Sie mir, so ist er glücklicher.«

Ich wischte seine Hand von meiner Schulter, wobei ich sie flüchtig berührte. Sie war eiskalt, und ich spürte, wie ein Schauder mich durchlief. Unwillkürlich wich ich zurück, stolperte über einen Hocker, schlug hin und ließ dabei Spikes Injektor fallen. Ich zog meine Waffe und richtete sie auf Frampton, der auf mich zuzuschweben schien, ohne den Boden zu berühren. Ohne Vorwarnung drückte ich ab, und ein greller Mündungsblitz erhellte das Labor. Frampton wurde quer durch den Raum gegen die Tafel geschleudert und sackte in sich zusammen. Ich tastete nach dem Injektor und lief damit zu Spike, der gerade einen besonders großen Behälter mit einem unzweideutig und unzweifelhaft besonders widerlichen Präparat aus dem Regal zog. Ich leuchtete mit der Taschenlampe in seine angsterfüllten Augen, und er murmelte:

»Helfen Sie mir!«

Ich zog die Schutzkappe von dem Injektor, stieß ihn in seinen Oberschenkel und drückte zweimal. Ich nahm ihm das Glas ab, und er sank verwirrt zu Boden.

»Spike? Sagen Sie doch was.«

»Das hat *ziemlich* weh getan.«

Sagte nicht Spike. Sondern Frampton. Er hatte sich hochgerappelt und band sich etwas um den Hals, das wie ein Lätzchen aussah.

»Essenszeit, Miss Next. Mit der Speisekarte möchte ich Sie nicht lange behelligen ... aber wenn Sie's genau wissen wollen, *Sie* sind Vorspeise, Hauptgang *und* Dessert!«

Die Tür des Biologielabors fiel krachend ins Schloß, und ich sah auf meine Waffe; ich hätte genausogut mit einer Wasserpistole um mich schießen können.

Ich stand auf und wich vor Frampton zurück, der von neuem auf mich zuzuschweben schien. Ich schoß, doch diesmal war Frampton darauf vorbereitet; er zuckte kurz zusammen, weiter nichts.

»Aber das Kruzifix ...!« brüllte ich und drückte mich an die Wand. »Und die Schule – sie ist eine Kirche!«

»Sie kleine Närrin!« erwiderte Frampton. »Dachten Sie wirklich, das Christentum hätte ein Monopol auf Leute wie mich?«

Ich sah mich verzweifelt nach einer Waffe um, fand jedoch nur einen Stuhl – der in immer weitere Ferne zu rücken schien, je länger ich mich nach ihm streckte.

»*Gleif* ift ef vorbei.« Frampton grinste. Ihm war ein unglaublich langer, einzelner Vorderzahn gewachsen, der ihm bis über die Unterlippe reichte und ihn zum Lispeln zwang. »Gleif dürfen Fie mit Fpike ein Häppchen effen. Aber erft, wenn *iff* mit Ihnen fertif bin!«

Er lächelte und riß sein Maul noch weiter auf, bis es beinahe den ganzen Raum zu verschlingen schien. Plötzlich hielt Frampton inne, blickte verwirrt drein und drehte die Augen auf Null. Er wurde erst grau, dann schwarz und schien schließlich zu zerfallen wie ein Stück verbranntes Papier. Der muffige Geruch von Verwesung verdrängte das Formaldehyd, und bald blieb nichts zurück als Spike, der noch immer den angespitzten Pflock in Händen hielt, mit dem er den abscheulichen Frampton zerstört hatte.

»Fehlt Ihnen was?« fragte er mit triumphierender Miene.

»Nein, alles bestens«, antwortete ich mit zittriger Stimme. »Ja, doch, es geht mir gut. Noch.«

Er ließ den Pflock sinken und holte mir einen Stuhl, während flackernd das Licht wieder anging.

»Danke«, murmelte ich. »Mein Blut gehört mir, und so soll es auch bleiben. Ich glaube, ich stehe in Ihrer Schuld.«

»Unsinn, Thursday. Ich stehe in *Ihrer* Schuld. Es hat noch nie jemand auf einen Funkspruch von mir reagiert. Die Symptome setzten ein, als ich das Beißerchen hier aufgespürt hatte. Ich kam nicht mehr rechtzeitig an meinen Injektor ran ...«

Er verstummte und starrte traurig auf die Scherben und das vergossene Formaldehyd.

»Ihrem Bericht wird kein Mensch glauben«, murmelte ich.

»Kein Mensch *liest* meine Berichte, Thursday. Der letzte, der es versucht hat, ist heute in Therapie. Und so werden sie einfach abgelegt und vergessen. Genau wie ich. Das Leben ist manchmal sehr einsam.«

Ich nahm ihn in den Arm. Ich konnte gar nicht anders. Dankbar erwiderte er die Geste; er hatte offenbar schon lange keinen Menschen mehr berührt. Er verströmte einen muffigen, doch keineswegs unangenehmen Geruch – wie feuchte Erde nach einem leichten Frühlingsregen. Er war muskulös und mindestens dreißig Zentimeter größer als ich, und als wir uns so umarmten, schoß mir mit einemmal der Gedanke durch den Kopf, daß ich eigentlich gar nichts dagegen hätte, wenn er einen Annäherungsversuch unternähme. Vielleicht lag es an dem Erlebnis, das wir gerade gehabt hatten; ich weiß es nicht – normalerweise tue ich so etwas nicht. Ich ließ meine Hand seinen Rücken hinaufgleiten und umfaßte seinen Nacken, aber ich hatte ihn und die Situation falsch eingeschätzt. Er löste sich vorsichtig von mir und schüttelte lächelnd den Kopf. Der Augenblick war vorbei.

Ich zögerte einen Moment und schob dann meine Automatik ins Holster. »Was war denn mit diesem Frampton?«

»Er war gut«, gestand Spike, »*verdammt* gut sogar. Er hat nicht in seinem eigenen Revier gewildert und wurde auch nie gierig; gerade genug, um seinen Durst zu löschen.«

Wir verließen das Labor und traten auf den Gang.

»Und wie sind Sie ihm auf die Spur gekommen?« fragte ich.

»Reiner Zufall. Er stand an der Ampel hinter mir. Ich habe in den

Rückspiegel geschaut – ein leerer Wagen. Ich fuhr ihm nach und *zack*; als er den Mund aufmachte, wußte ich gleich, daß er ein Vampir ist. Wenn meine Krankheit nicht wäre, hätte ich ihn sofort zerstört.«

Bei seinem Streifenwagen blieben wir stehen.

»Und was ist mit Ihnen? Besteht Aussicht auf Heilung?«

»Top-Virologen arbeiten daran, aber vorerst bleibt mir nur, den Injektor stets griffbereit zu haben und die Sonne tunlichst zu meiden.«

Er holte seine Automatik hervor und zog den Schlitten nach hinten; eine glänzende Patrone sprang aus der Kammer.

»Silber«, erklärte er und hielt sie mir hin. »Ich nehme nichts anderes.« Er blickte in die Wolken. Der Schein der Straßenlaternen färbte sie orange, und sie jagten über den dunklen Himmel. »Es gibt jede Menge abgefahrenen Scheiß; vielleicht bringt sie Ihnen Glück.«

»Allmählich habe ich das Gefühl, daß es so etwas wie Glück nicht gibt.«

»Da geht es Ihnen wie mir. Gott schütze Sie, Thursday, und noch mal vielen Dank.«

Ich nahm die glänzende Pistolenkugel und wollte noch etwas sagen, doch er war schon verschwunden und durchwühlte den Kofferraum seines Streifenwagens nach einem Staubsauger und einem Müllsack. Für ihn war die Nacht noch längst nicht vorbei.

18.

Noch mal Landen

Als ich erfuhr, daß Thursday wieder in Swindon war, freute ich
mich sehr. Ich hatte nie glauben können, daß sie für immer weg
wäre. Ich hatte von ihren Schwierigkeiten in London gehört
und wußte, wie sie auf Streß reagierte. Wie alle Heimkehrer von
der Krim war ich ohne es zu wollen zum Experten auf diesem
Gebiet geworden ...

LANDEN PARKE-LAINE
– *Memoiren eines Krimveteranen*

»Ich habe Mr. Parke-Laine ausgerichtet, daß Sie hämorrhagisches
Fieber haben, aber er wollte mir nicht glauben«, sagte Liz an der Rezeption des Finis-Hotels.

»Grippe wäre vielleicht glaubwürdiger gewesen.«

Liz zeigte keine Reue. »Er hat Ihnen das hier geschickt.«

Sie schob einen Umschlag über den Tresen. Am liebsten hätte
ich ihn einfach in den Müll geworfen, doch mich quälten leise Gewissensbisse, weil ich Landen am Abend zuvor so kühl hatte abblit-
zen lassen. Der Umschlag enthielt eine Platzkarte für *Richard III.*,
der jeden Freitagabend im Ritz-Theater gegeben wurde. In unserer
gemeinsamen Zeit waren wir fast jede Woche hingegangen. Es war
ein toller Abend, der durch das Publikum noch gewann.

»Wann sind Sie das letzte Mal mit ihm ausgegangen?« fragte Liz,
die spürte, daß ich mich nicht entscheiden konnte.

Ich blickte auf. »Vor zehn Jahren.«

»*Vor zehn Jahren?* Meine Güte! Die meisten meiner Ex-Freunde
könnten sich gar nicht so weit zurückerinnern.«

Ich starrte auf die Eintrittskarte. Die Vorstellung begann in einer Stunde.

»Sind Sie deswegen aus Swindon weggezogen?« fragte Liz, die Hilfsbereitschaft in Person.

Ich nickte.

»Und Sie haben noch heute immer ein Foto von ihm bei sich?«

Wieder nickte ich.

»Verstehe«, sagte Liz nachdenklich. »Dann gehen Sie sich jetzt umziehen, und ich rufe Ihnen ein Taxi.«

Ein guter Rat, und so trottete ich auf mein Zimmer, stieg rasch unter die Dusche und probierte dann meine gesamte Garderobe an. Ich steckte mein Haar hoch, ließ es herunter, steckte es wieder hoch, befand Hosen halbblau als »zu knabenhaft« und schlüpfte in ein Kleid. Ich wählte ein Paar Ohrringe, das ich von Landen geschenkt bekommen hatte, und verschloß meine Automatik im Zimmersafe. Es blieb gerade noch genügend Zeit, ein wenig Eyeliner aufzutragen, bevor ich von einem Ex-Marine, der an der Rückeroberung von Balaklawa '61 beteiligt gewesen war, mit einem Taxi durch die Straßen Swindons kutschiert wurde. Natürlich redeten wir über die Krim. Er wußte auch nicht, wo Colonel Phelps auftreten würde, versprach jedoch, sich danach zu erkundigen und »ihm gehörig die Meinung zu stoßen«.

Das Ritz machte einen ziemlich schäbigen Eindruck. Ich bezweifelte, daß es seit unserem letzten Besuch überhaupt gestrichen worden war. Die goldfarbenen Stukkaturen rings um die Bühne waren verstaubt, der Vorhang stockfleckig von dem Regenwasser, das durchs Dach sickerte. Seit über fünfzehn Jahren war hier außer *Richard III.* kein anderes Stück mehr zur Aufführung gelangt, und das Theater selbst verfügte über kein nennenswertes Ensemble, nur Bühnenarbeiter und eine Souffleuse. Sämtliche Schauspieler rekrutierten sich aus dem Publikum, das den *Richard* auswendig konnte. Die Besetzung der Rollen erfolgte normalerweise eine halbe Stunde, ehe der Vorgang hochging.

Hin und wieder absolvierten Berufs-Schauspieler einen Gastauftritt, wenn auch stets ohne Vorankündigung. Wenn sie am späten Freitagabend nichts zu tun hatten, zum Beispiel nach der Vorstellung an einem von Swindons anderen drei Theatern, kamen sie einfach vorbei und wurden vom Direktor als besondere Attraktion auf die Bühne gebeten. Vergangene Woche erst hatte ein Swindoner den Richard neben Lola Vavoom spielen dürfen, die derzeit in der Musicalversion von *Ganz locker in Ludlow* am *Swindon Crucible* auftrat. Es war ein ganz besonderes Erlebnis für ihn gewesen, und in den nächsten vier Wochen würde er sich vor Essenseinladungen kaum retten können.

Landen erwartete mich am Eingang des Theaters. In fünf Minuten sollte es losgehen, und der Direktor hatte die Schauspieler schon ausgewählt – und einen Reservemann, falls jemand durchdrehte oder das Klo vollkotzte.

»Danke, daß du gekommen bist«, sagte Landen.

»Ja«, antwortete ich, küßte ihn auf die Wange und nahm einen tiefen Atemzug von seinem Aftershave. Es war Bodmin; ich erkannte den erdigen Duft.

»Und? Wie war dein erster Tag?« fragte er.

»Eine Entführung, Vampire, ich habe einen Verdächtigen erschossen, einen Zeugen an einen Profikiller verloren, Goliath hat versucht, mich umlegen zu lassen, und außerdem hatte ich einen Platten. In einem Wort: der übliche Mist.«

»Einen Platten? Im Ernst?«

»Nicht ganz. Den Platten hab ich erfunden. Also, das mit gestern abend tut mir leid. Ich glaube, ich nehme meine Arbeit ein bißchen zu ernst.«

»Andernfalls«, sagte Landen und lächelte verständnisvoll, »würde ich mir wirklich Sorgen machen. Komm, es fängt gleich an.«

Er nahm mich am Arm, eine vertraute Geste, die ich immer schon als angenehm empfunden hatte, und führte mich in den Saal. Das Publikum schwatzte laut durcheinander, und die grellbunten Kostüme der Zuschauer, die keine Rolle mehr ergattert hatten, gaben der Veranstaltung etwas von einer Gala. Ich spürte die Spannung, die in der Luft lag, und mir wurde klar, wie sehr sie mir gefehlt hatte. Wir gingen zu unseren Plätzen.

»Wann warst du das letzte Mal hier?« fragte ich, als wir es uns bequem gemacht hatten.

»Mit dir«, antwortete Landen, stand auf und applaudierte begeistert, als sich, begleitet von einer mißtönenden Fanfare, der Vorhang hob.

Ein Conférencier in einem rotgefütterten schwarzen Umhang kam auf die Bühne gerauscht. »Will-kommen, ihr Will-fährigen R3-Fans, im Ritz zu Swindon, wo heute abend (Trommelwirbel) zu eurem ERGETZEN, eurer ERBAUUNG und SHAKESPEARIFIKATION Wills *Richard III.* gegeben wird, fürs Publikum, vor Publikum, VOM PUBLIKUM!«

Die Menge johlte, und er brachte sie mit erhobenen Händen zum Schweigen.

»Aber ehe wir anfangen! ... bitte ich um einen donnernden Applaus für Ralph und Thea Swanavon, die heute zum zweihundertsten Mal dabei sind!!!«

Die Menge klatschte frenetisch Beifall, als Ralph und Thea aus der Kulisse traten. Sie waren als Richard und Lady Anne verkleidet und knicksten und verbeugten sich vor den Zuschauern, die Blumen auf die Bühne warfen.

»Ralph hat siebenundzwanzigmal *Dick the Shit* gegeben und zwölfmal *Creepy Clarence*; Thea hat einunddreißigmal die *Lady Anne* und achtmal die *Marianne* gespielt!«

Das Publikum stampfte johlend mit den Füßen.

»Zur Feier ihres 200. Jubiläums werden sie heute abend zum ersten Mal zusammen auftreten!«

Sie knicksten beziehungsweise verbeugten sich noch einmal, während das Publikum wild applaudierte und der Vorhang fiel, steckenblieb, wieder aufging und sich endlich schloß.

Nach einer kurzen Pause hob sich der Vorhang erneut und gab den Blick frei auf Richard, der am Bühnenrand stand. Er hinkte kreuz und quer über die Bretter und starrte an einer ausgesucht häßlichen Pappnase herunter böse ins Publikum.

»Schmierenkomödiant!« brüllte jemand von den hinteren Plätzen.

Richard wollte gerade zu seinem ersten Satz anheben, da rief das gesamte Publikum wie aus einem Munde: »*Wann* ist der Winter unseres Mißvergnügens?«

»Jetzt«, antwortete Richard mit einem nachgerade teuflischen Lächeln, »ward der Winter unseres Mißvergnügens . . .«

Ein Jubelschrei erhob sich bis hinauf zu den Kronleuchtern unter der hohen Decke. Das Stück hatte begonnen. Landen und ich jubelten mit. *Richard III.* gehörte zu den Stücken, die das Gesetz vom tendenziellen Fall der Profitrate eindeutig widerlegten; es machte immer wieder Spaß.

». . . Glorreicher Sommer durch die Sonne Yorks«, fuhr Richard fort und humpelte zum Bühnenrand. Bei dem Wort »Sommer« setzten sechshundert Menschen dunkle Brillen auf und blickten in eine imaginäre Sonne.

». . . die Wolken all, die unser Haus bedräut, sind in des Weltmeers tiefem Schoß begraben . . .«

»*Wann* zieren unsere Brauen Siegeskränze?« brüllten die Zuschauer.

»Jetzt zieren unsere Brauen Siegeskränze«, fuhr Richard fort, ohne sie eines Blickes zu würdigen. Obwohl wir das Stück mindestens dreißigmal gesehen hatten, sprach ich den Text im stillen immer noch mit.

». . . zu den holden Klängen einer Laute . . .«, sagte Richard und mußte das Wort »Laute« mehrmals wiederholen, weil einige Zuschauer Alternativvorschläge machten.

»Nasenflöte!« rief jemand neben uns. »Sackpfeife!« ein anderer. Obwohl das Stichwort längst gefallen war, krähte von hinten eine hohe Stimme »Tuba!« durch den Saal und wurde vom Publikum übertönt, das »Karte ziehen! Karte ziehen!« grölte, als Richard ihm feierlich erklärte, er tauge »nicht zu Possenspielen . . .«

Landen sah mich lächelnd an. Instinktiv erwiderte ich das Lächeln; ich amüsierte mich prächtig.

»Ich, gar wüst geschlagen . . .«, brummte Richard, und der Rest des Verses ging im wüsten Schlagen und Trampeln des Publikums unter, das den Saal erbeben ließ.

Landen und ich hatten nie das Bedürfnis verspürt, selbst auf den Brettern zu stehen, die angeblich die Welt bedeuten, und uns deshalb auch nie verkleidet. Die Produktion war das einzige Stück, das am Ritz gegeben wurde; die übrige Woche stand das Theater leer. Passionierte Amateurschauspieler und Shakespeare-Fans kamen aus dem ganzen Land, um darin mitzuspielen, und jede Vorstellung war ausverkauft. Vor ein paar Jahren hatte eine französische Truppe das Stück auf französisch aufgeführt und dafür Standing ovations erhalten; ein paar Monate später reiste eine einheimische Gruppe nach Sauvignon und erwiderte die Geste.

»... und zwar so lahm und ungeziemend, daß Hunde bellen ...«

Das Publikum begann laut zu bellen und zu jaulen wie zur Fütterung im Hundeheim. Draußen vor der Tür zuckten einige Katzen, die in dieser Gegend neu waren, vor Schreck zusammen, während ihre alteingesessenen Kolleginnen lächelnd wissende Blicke tauschten.

So ging das Stück dahin. Die Schauspieler leisteten glänzende Arbeit, die das Publikum mit – mal originellen, mal obskuren, mal schlichtweg vulgären – Witzeleien und Zurufen parierte. Als Clarence erklärte, der König sei davon überzeugt, »daß G den Erben Eduards nach dem Leben steh'«, brüllte das Publikum: »Gloucester fängt mit G an, du Trottel!«

Und als Lady Anne den König auf die Knie gezwungen hatte und Richard das eigene Schwert an die Kehle hielt, ermunterten sie die Zuschauer, ihm den Hals durchzuschneiden; und als einer von Richards Neffen verlangte, Richard solle ihn auf den Schultern tragen, warnte ihn das Publikum: »Kein Wort über den Buckel, Kleiner!«, um gleich darauf zu verlangen: »Los, in den Tower mit ihm!«

Gespielt wurde die Garricksche Kurzfassung des Stücks, die nur zweieinhalb Stunden dauert; zur Schlacht von Bosworth erklomm ein Großteil der Zuschauer die Bühne und stürzte sich ins Kampfgetümmel. Richard, Catesby und Richmond mußten das Stück im Mittelgang beenden, während ringsum reichlich Theaterblut vergossen wurde. Ein rosa Pferd, in dem zwei Männer steckten, erschien, just als Richard sein Königreich für ein solches Tier anbot, und die Schlacht endete im Foyer. Dann nahm Richmond eins der Mädchen hinter dem Eisstand als *Elizabeth* und sprach seinen Schlußmonolog vom Balkon, während das Publikum ihn vom Parkett aus als neuen König Englands bejubelte.

Es war ein toller Abend gewesen. Die Darsteller hatten sich glänzend geschlagen, und zum Glück war bei der Schlacht von Bosworth ausnahmsweise niemand ernstlich zu Schaden gekommen. Landen und ich verließen den Saal und sicherten uns einen Tisch im Café gegenüber vom Theater. Landen bestellte zwei Kaffee, und wir sahen uns lange an.

»Du siehst gut aus, Thursday. Du bist besser gealtert als ich.«

»Unsinn«, widersprach ich. »Schau dir diese Falten an ...!«

»Lachfalten«, beschwichtigte Landen.

»Nichts ist *so* komisch.«

»Willst du in Swindon bleiben?«

»Ich weiß noch nicht«, antwortete ich und wandte den Blick ab. Ich hatte mir fest vorgenommen, kein schlechtes Gewissen zu haben, weil ich weggegangen war, aber ...

»Kommt drauf an.«

»Worauf?«

Ich hob die linke Augenbraue. »Auf SpecOps?«

Da kam zum Glück der Kaffee. Ich setzte mein strahlendstes Lächeln auf. »Und? Wie waren die letzten zehn Jahre?«

»Sehr gut«, sagte er und setzte mit gesenkter Stimme hinzu: »Aber auch einsam. Sehr einsam sogar. Und wie geht's *dir*?«

Ich wollte ihm sagen, daß auch ich einsam gewesen war, aber manches läßt sich eben nicht so einfach sagen. Er sollte wissen, daß ich ihm noch immer übelnahm, was er damals auf der Krim getan hatte. Vergeben und vergessen, schön und gut, doch für meinen Bruder galt das leider nicht. Anton war in jedem Sinne des Wortes gestorben, und das verdankte er Landen.

»Hervorragend.« Ich dachte nach. »Nein, eigentlich nicht.«

»Ich höre.«

»Ehrlich gesagt, es geht mir beschissen. Ich habe in London zwei Kollegen verloren. Ich bin hinter einem Irren her, den die meisten Leute für tot halten, Mycroft und Polly sind entführt worden, Goliath sitzt mir im Nacken, und mein SpecOps-Bezirkskommandeur will mich so schnell wie möglich vom Dienst suspendieren. Alles bestens, wie du siehst.«

»Verglichen mit der Krim sind das doch Peanuts, Thursday. Laß dich nicht verrückt machen.«

Landen rührte drei Stück Zucker in seinen Kaffee, und ich fragte: »Möchtest du, daß wir wieder zusammenkommen?«

Die Offenheit meiner Frage verblüffte ihn. Er zuckte mit den Schultern. »Ich glaube, wir waren nie wirklich getrennt.«

Ich wußte genau, was er meinte. Und spirituell gesehen hatte er durchaus recht.

»Die Zeit der Entschuldigungen ist vorbei, Thursday. Du hast einen Bruder verloren. Ich ein paar gute Freunde, meine ganze Kompanie und ein Bein. Ich weiß, wieviel Anton dir bedeutet, aber ich habe mit eigenen Augen gesehen, wie er Colonel Frobisher das falsche Tal zeigte, als die Leichte Brigade aufbrach. Es war ein verrückter Tag, und es waren verrückte Umstände, aber so war es nun einmal, und ich mußte sagen, was ich gesehen hatte ...!«

Ich sah ihm fest in die Augen. »Bevor ich auf die Krim ging, dachte ich, der Tod wäre das Schlimmste, was einem Menschen zustoßen kann. Aber bald wurde mir klar, daß der Tod nur der Anfang ist. Anton ist gefallen; damit kann ich leben. In jedem Krieg sterben Menschen; das läßt sich nicht vermeiden. Na gut, es war ein militärisches Debakel von erschreckendem Ausmaß. Auch die kommen vor, von Zeit zu Zeit. Auf der Krim und anderswo.«

»Thursday!« flehte Landen. »Was ich damals ausgesagt habe, war nichts als die Wahrheit!«

»Was heißt hier Wahrheit?« fuhr ich ihn wütend an. »Die Wahrheit ist immer das, womit wir am besten leben können. Der Staub, die Hitze, der Lärm! Was auch immer damals passiert ist, die Wahrheit ist, was in den Geschichtsbüchern steht. Das, was *du* vor dem

Kriegsgericht ausgesagt hast! Anton hat vielleicht einen Fehler gemacht, aber er war doch nicht der einzige an diesem Tag!«

»Ich habe mit eigenen Augen gesehen, wie er auf das falsche Tal gezeigt hat, Thursday.«

»So ein Fehler wäre ihm nie unterlaufen.«

Ich verspürte einen Zorn, den ich seit zehn Jahren nicht verspürt hatte. Anton hatte als Sündenbock herhalten müssen, weiter nichts. Die hohen Militärs hatten sich wieder einmal aus der Verantwortung gestohlen, und der Name meines Bruders war als der des Mannes, der die Leichte Brigade auf dem Gewissen hatte, ins nationale Gedächtnis und die Geschichtsbücher eingegangen. Sowohl der Befehlshaber als auch Anton waren bei der Schlacht ums Leben gekommen. So war es Landen gewesen, der den Bericht schreiben mußte.

Ich stand auf.

»Willst du etwa schon wieder davonlaufen, Thursday?« fragte Landen. »Wie lange eigentlich noch? Ich hatte gehofft, du wärest milder geworden, daß wir vernünftig miteinander umgehen können, daß noch ein Rest Liebe in uns steckt, aus dem sich etwas machen läßt.«

Ich funkelte ihn wütend an.

»Und wie steht es mit deiner Loyalität, Landen? Er war immerhin dein bester Freund!«

»Und ich habe es *trotzdem* gesagt«, seufzte Landen. »Eines Tages wirst du dich damit abfinden müssen, daß Anton Mist gebaut hat. Das kann passieren, Thursday. Das kann passieren.«

Wir starrten uns an.

»Werden wir *je* darüber hinwegkommen, Thursday? Ich muß das dringend wissen.«

»Dringend? Wieso dringend? Nein«, antwortete ich, »nein, nein und nochmals nein. Tut mir leid, daß ich deine Zeit verschwendet habe!«

Ich rannte aus dem Café, in Tränen aufgelöst und voller Zorn, auf mich selbst, auf Landen und Anton. Ich dachte an Snood und Tamworth. Wir hätten auf Verstärkung warten sollen; Tamworth und ich hatten Mist gebaut, weil wir allein hineingegangen waren, und Snood hatte Mist gebaut, weil er es wider besseres Wissen mit einem Feind aufgenommen hatte, dem er weder physisch noch psychisch gewachsen war. Der Jagdfieber hatte uns gepackt; eine unüberlegte Handlung, wie auch Anton sie begangen hätte. Es war ein Gefühl wie damals auf der Krim, und wie damals haßte ich mich dafür.

Gegen ein Uhr morgens war ich wieder im Finis. Das John-Milton-Wochenende klang mit einer Disco aus. Als ich in den Fahrstuhl stieg und auf mein Zimmer fuhr, verwandelte sich der Beat in ein angenehm dumpfes Wummern. Ich lehnte mich gegen den Spiegel in der Kabine; das kühle Glas war eine Wohltat. Ich hätte niemals nach Swindon zurückkommen dürfen, soviel stand fest. Ich würde gleich morgen früh mit Victor sprechen und mich dann möglichst rasch versetzen lassen.

Ich schloß die Zimmertür auf, zog die Schuhe aus und legte mich aufs Bett. Ich starrte an die styroporgeflieste Decke und versuchte, mich damit abzufinden, was ich zwar immer schon vermutet hatte, aber nie hatte wahrhaben wollen: Mein Bruder hatte Scheiße gebaut. So einfach war das, auch wenn im Abschlußbericht des Tribunals von »taktischen Fehlern im Eifer des Gefechts« und »menschlichem Versagen« die Rede war. »Scheiße gebaut« klang plausibler; wir alle machen ab und zu Fehler, der eine mehr, der andere weniger. Doch nur wenn so ein Fehler Menschenleben kostet, wird er auch bemerkt. Wäre Anton Bäcker gewesen und hätte die Hefe vergessen, wäre das kaum der Rede wert gewesen. Mist gebaut hätte er trotzdem.

Während ich so dalag und vor mich hin grübelte, übermannte mich der Schlaf, und mit dem Schlaf kamen die bösen Träume. Ich war wieder in Styx' Haus, nur stand ich diesmal am Hintereingang, neben mir der umgestürzte Wagen, Commander Flanker und der Rest der Untersuchungskommission. Auch Snood war da. Er hatte ein häßliches Loch in der Stirn und sah mich an, als warte er darauf, daß Flanker ihm sein Recht verschaffte.

»Sind Sie *sicher*, daß Sie Snood nicht angewiesen hatten, den Hintereingang zu bewachen?« wollte Flanker wissen.

»Hundertprozentig«, sagte ich und blickte von einem zum anderen.

»Gar nicht wahr«, sagte Acheron im Vorbeigehen. »Ich hab's gehört.«

Flanker hielt ihn an. »Wirklich? Und was *genau* hat sie gesagt?«

Acheron bedachte mich mit einem Lächeln und nickte Snood freundlich zu.

»*Halt!*« fuhr ich dazwischen. »Wie können Sie ihm auch nur ein Wort glauben? Der Mann ist ein Lügner!«

Acheron schaute beleidigt drein, und Flanker drehte sich um und musterte mich mit stählernem Blick.

»Mit dieser Meinung stehen Sie ziemlich allein, Agent Next.«

Ich kochte innerlich vor Wut über diese schreiende Ungerechtigkeit. Ich wollte eben losheulen und aufwachen, als mir jemand auf den Arm tippte. Es war ein Mann im schwarzen Gehrock. Er hatte dichtes schwarzes Haar, das ihm in dicken Strähnen in sein scharfgeschnittenes, strenges Gesicht fiel. Ich wußte sofort, wen ich vor mir hatte.

»Mr. Rochester?«

Er nickte. Doch nun standen wir nicht mehr vor den alten Lagerhäusern im East End; wir befanden uns in einem großen, geschmackvoll möblierten Zimmer, das von trübschimmernden Öllampen und dem Flackerschein eines prasselnden Kaminfeuers erhellt wurde.

»Wie geht es Ihrem Arm, Miss Next?«

»Danke, sehr gut«, sagte ich und wackelte wie zum Beweis mit den Fingern.

»Ich an Ihrer Stelle würde mir wegen dieser Herren keine Sorgen machen«, sagte er und deutete auf Flanker, Acheron und Snood, die in der Ecke neben dem Bücherregal standen und debattierten. »Sie existieren lediglich als Trugbilder in Ihrem Traum und spielen daher keine Rolle.«

»Und Sie?«

Rochester lächelte, ein schroffes, gezwungenes Lächeln. Er lehnte sich gegen den Kaminsims und starrte in sein Glas, ließ den Madeira leise kreisen.

»Ich bin niemals echt gewesen.«

Er stellte das Glas auf den Marmorsims, zückte eine große, silberne Taschenuhr, klappte sie auf, sah auf das Zifferblatt und ließ sie wieder in seiner Westentasche verschwinden, alles in einer einzigen fließenden Bewegung. »Die Lage spitzt sich zu, das sagt mir mein Gefühl. Ich hoffe, ich kann auf Ihre Seelenstärke rechnen, wenn es soweit ist?«

»Wie soll ich das verstehen?«

»Das kann ich Ihnen nicht erklären. Ich weiß nicht, wie ich hierhergelangt bin, ja nicht einmal, wie Sie zu mir gekommen sind. Erinnern Sie sich, wie Sie mir an jenem kalten Winterabend in den Weg liefen, als Sie noch ein kleines Mädchen waren?«

Natürlich wußte ich noch ganz genau, wie ich in Haworth House vor vielen Jahren *Jane Eyre* betreten und Rochesters Pferd zu Fall gebracht hatte.

»Das ist lange her.«

»Nicht für mich. Erinnern Sie sich?«

»Aber ja.«

»Ihr Eingreifen hat die Geschichte *verbessert*.«

»Das verstehe ich nicht.«

»Vorher bin ich meiner Jane lediglich zufällig begegnet und habe ein paar Worte mit ihr gewechselt. Wenn Sie das Buch vor Ihrem Besuch gelesen hätten, würden Sie das sofort bemerkt haben. Daß das Pferd bei dem Versuch, Ihnen auszuweichen, ausrutschte und zu Fall kam, machte die Begegnung viel dramatischer, finden Sie nicht?«

»Aber war das denn nicht schon immer so?«

Rochester lächelte. »Ganz und gar nicht. Aber Sie waren keineswegs unser erster Besucher. Und auch nicht der letzte, wenn meine Vermutung stimmt.«

»Wie meinen Sie das?«

Er nahm sein Glas. »Da Sie gleich erwachen werden, Miss Next, sage ich Ihnen jetzt lieber Lebewohl. Noch einmal: Kann ich auf Ihre Seelenstärke rechnen, wenn es soweit ist?«

Es blieb keine Zeit für eine Antwort oder weitere Fragen. Der bestellte Weckruf riß mich aus dem Schlaf. Ich war angezogen, das Licht brannte, und der Fernseher lief.

19.

Irrwürden Joffy Next

Liebste Mum,

hier im Lager ZENSIERT *haben wir viel Spaß. Das Wetter ist gut, das Essen durchschnittlich, die Kameradschaft 1A. Colonel* ZENSIERT *ist unser Kommandeur; er ist ein prima Kerl. Ich sehe Thurs relativ oft, & obwohl Du mich gebeten hast, auf sie aufzupassen, kann sie das, glaube ich, ganz gut allein. Sie hat das Damenboxturnier des Bataillons gewonnen. Nächste Woche ziehen wir weiter nach* ZENSIERT, *ich schreibe Dir, wenn es was Neues gibt.*

Dein Sohn Anton

Brief von Anton Next,
geschrieben zwei Wochen vor seinem Tod

Abgesehen von einem anderen Gast hatte ich den Frühstücksraum für mich allein. Wie das Schicksal es wollte, handelte es sich bei diesem anderen Gast um Colonel Phelps.

»Guten Morgen, Corporal!« sagte er fröhlich, als er mich bei dem Versuch erwischte, mich hinter meiner *Owl* zu verstecken.

»Colonel.«

Er setzte sich ohne zu fragen an meinen Tisch. »Bis jetzt ist mein Auftritt hier, glaube ich, auf positive Resonanz gestoßen«, sagte er leutselig, nahm sich eine Scheibe Toast und winkte dem Kellner mit dem Löffel. »Hallo, Chef, mehr Kaffee. Die Diskussionsrunde findet am Sonntag statt; Sie kommen doch?«

»Durchaus möglich«, antwortete ich wahrheitsgemäß.

»Ausgezeichnet!« rief er begeistert. »Ich muß gestehen, daß ich

198

dachte, Sie seien vom rechten Wege abgekommen, als wir uns im Zeppelin begegnet sind.«

»Wo findet die Diskussion denn statt?«

»Nicht so laut, altes Mädchen. Die Wände haben Ohren. Feind hört mit etc. pp. Ich lasse Ihnen einen Wagen schicken. Schon gesehen?« Er zeigte mir die Titelseite des *Mole*. Der widmete sich, wie alle Zeitungen, fast ausschließlich der bevorstehenden Offensive, die alle Welt offenbar für so unausweichlich hielt, daß keine Hoffnung mehr für einen Verhandlungsfrieden bestand. Die letzte größere Schlacht hatte '75 stattgefunden, und die bitteren Erinnerungen daran reichten anscheinend nicht tief genug.

»Ich sagte: Mehr *Kaffee*!« donnerte Phelps. Der Kellner hatte ihm versehentlich Tee eingeschenkt. »Dieses neue Plasmagewehr wird der leidigen Sache ein Ende machen. Ich habe sogar daran gedacht, meine Rede umzuschreiben und all jene, die ein neues Leben anfangen wollen, dazu aufzurufen, sich schon jetzt ein Stück Land auf der Halbinsel zu kaufen. Die Regierung will, wenn die Russen erst vertrieben sind, so bald wie möglich Menschen dort ansiedeln.«

»Aber begreifen Sie denn nicht?« fragte ich wütend. »Es wird kein Ende geben. Nicht solange wir noch Truppen auf russischem Boden haben.«

»Wie war das?« murmelte Phelps. »Hmm? Hä?«

Er machte sich an seinem Hörgerät zu schaffen und legte den Kopf schief wie ein Papagei. Ich machte ein unverbindliches Geräusch, stand auf und ging.

Es war noch früh; die Sonne stand am Himmel, aber es war noch kalt. Nachts hatte es geregnet, und die Luft war feucht. Ich klappte das Verdeck herunter, in der Hoffnung, daß der Fahrtwind die Erinnerung an gestern abend und meine Wut darüber, daß ich Landen nicht vergeben konnte, wegwehen würde. Ich war sechsunddreißig, und abgesehen von den Monaten mit Filbert, plusminus dem einen oder anderen One-night-stand, war ich seit zehn Jahren allein. Noch einmal fünf Jahre, und ich konnte die Hoffnung begraben, mein Leben mit jemand zu teilen.

Ich raste um die Kurven, und der Wind zerrte an meinen Haaren. Es war so gut wie kein Verkehr, der Wagen lief wie eine Eins. Bei Sonnenaufgang hatten sich hier und da kleinere Nebelbänke gebildet, und ich glitt durch sie hindurch wie ein Luftschiff. Wenn ich in eines dieser Dunstfelder hineinfuhr, ging ich vom Gas und trat das Pedal erst wieder durch, wenn ich in die helle Morgensonne hinausschoß.

Wanborough, ein kleines Dorf, lag gut zehn Autominuten vom Hotel Finis entfernt. Ich parkte vor dem GSG-Tempel – einer ehemaligen Kirche der Church of England – und stellte den Motor ab. Die ländliche Stille war eine Wohltat, nur in der Ferne tuckerten ein paar Traktoren. Ich öffnete das Tor und betrat den schmucken kleinen Friedhof. Ich war seit meinem Umzug nach London nicht mehr an Antons Gedenkstein gewesen, wußte aber, daß ihn das nicht gestört hätte. Vieles von dem, was wir am anderen gemocht hatten, war unausgesprochen geblieben. Was den Humor, die Liebe und das Leben anging, hatten wir uns prächtig verstanden. Als ich in Sebastopol eintraf, um der 3rd Wessex Light Armoured Brigade beizutreten, waren Landen und Anton schon gute Freunde. Anton war Captain und der Brigade als Funker zugeteilt; Landen war Lieutenant. Anton machte uns miteinander bekannt, und allen diesbezüglichen Befehlen zum Trotz verliebte ich mich in Landen, und er sich in mich. Ich kam mir vor wie ein Schulmädchen, wenn ich durch das Feldlager zu einem verbotenen Rendezvous schlich. Anfangs erschien mir der Krimkrieg wie eine nicht enden wollende Party.

Die Leichen der Gefallenen wurden nicht zurück in die Heimat gebracht. Eine politische Grundsatzentscheidung. Doch viele hatten private Gedenksteine. Antons lag am Ende der Reihe, unter den schützenden Ästen einer alten Eibe, zwischen zwei anderen Krim-Gedenksteinen. Das Grabmal wirkte gepflegt; offenbar wurde regelmäßig gejätet, und vor noch nicht allzu langer Zeit hatte jemand frische Blumen gebracht. Ich stellte mich vor die unscheinbare Kalksteintafel und las die Inschrift. Schlicht und prägnant.

Name, Rang und das Datum des Angriffs. Sechzehnhundert Meilen entfernt, auf der Halbinsel, markierte ein ganz ähnlicher Stein Antons tatsächliches Grab. Andere hatten es nicht so gut getroffen. Vierzehn meiner damaligen Kameraden wurden nach wie vor »vermißt«, Militärjargon für »nicht genügend Einzelteile zum Identifizieren«.

Plötzlich schlug mir jemand auf den Hinterkopf. Nicht sehr fest, trotzdem schrak ich zusammen. Hinter mir stand der GSG-Priester und grinste mich blöde an.

»Na, du Pflaume?« bellte er.

»Hallo, Joffy«, erwiderte ich leicht irritiert. »Soll ich dir noch mal die Nase brechen?«

»Ich bin jetzt Pope, Schwesterherz!« rief er. »Und einen Diener des Herrn verprügelt man nicht.«

Ich starrte ihn einen Moment lang wortlos an. »Wenn ich dich nicht verprügeln darf«, fragte ich schließlich, »was soll ich dann mit dir machen?«

»Wir von der GSG sind zum Beispiel ganz groß im Umarmen, Schwesterherz.«

Und so umarmten wir uns, vor Antons Gedenkstein, ich und mein bescheuerter Bruder Joffy, den ich mein Lebtag nicht umarmt hatte.

»Gibt's was Neues von Fettarsch und Superhirn?«

»Falls du Mycroft und Polly meinst, muß ich dich leider enttäuschen. Nein.«

»Immer schön locker bleiben, Schwesterherz. Mycroft *ist* nun mal ein Superhirn, und Polly, also, hat sie vielleicht *keinen* Fettarsch?«

»Trotzdem nein. Aber Mum und sie haben tatsächlich ein bißchen zugenommen. Ist mir auch aufgefallen.«

»Das kannst du laut sagen. Im Grunde müßte Tesco nur für die beiden einen extra Supermarkt eröffnen.«

»Ist es eigentlich die GSG, die dich zu solchen plumpen Attacken ermutigt?« fragte ich.

Joffy zuckte die Achseln. »Teils, teils«, sagte er. »Das ist ja gerade das Schöne an der Globalen Standard-Gottheit – sie ist für alles offen. Außerdem bist du eine Verwandte, und das zählt nicht.«

Ich ließ den Blick über das frisch renovierte Gebäude und den gepflegten Friedhof schweifen. »Wie geht's denn so?«

»Sehr gut, danke. Guter Querschnitt von Religionen und sogar ein paar Neandertaler, was ein schöner Missions-Erfolg ist. Die Besucherzahlen haben sich fast verdreifacht, seit ich die Sakristei zum Casino umgebaut habe und dienstags nackte Go-Go-Girls tanzen lasse.«

»Du machst hoffentlich Witze?«

»Na logisch, du Pflaume!«

»Du kleines Arschloch!« Ich lachte. »Wenn du so weitermachst, muß ich dir wohl doch noch mal die Nase brechen!«

»Möchtest du vorher noch ein Täßchen Tee?«

»Warum nicht?«

Wir gingen zum Pfarrhaus.

»Wie geht's deinem Arm?«

»Ganz gut«, sagte ich. »Ich hab den Arzt gefragt, ob ich damit Geige spielen könnte, und er hat gesagt: ›Ja, natürlich.‹ Das hat mich sehr überrascht.«

»Wieso?« fragte Joffy.

»Weil ich mein Lebtag noch keine Geige in der Hand gehabt habe, du Blödmann!«

»Ha, ha!« machte Joffy. »Unheimlich witzig. Eure SpecOps-Partys müssen echt toll sein. Du solltest öfter mal ausgehen, Schwesterherz. Das war so ziemlich der schlechteste Witz, den ich je gehört habe.«

Joffy konnte einen ganz schön aufregen, aber wahrscheinlich hatte er nicht ganz unrecht. Allerdings hätte ich mir lieber die Zunge abgebissen, als ihm das zu sagen. »Du kannst mich mal.«

Das brachte ihn zum Lachen.

»Du warst immer *so* ernst, Schwesterherz. Schon als kleines Mädchen. Ich weiß noch genau, wie du immer auf dem Sofa gesessen und dir die Nachrichten angeschaut hast ... Hallo, Mrs. Higgins!«

Eine alte Dame kam mit einem Blumenstrauß im Arm durch das Friedhofstor.

»Hallo, Irrwürden!« sagte sie fröhlich, sah mich an und fragte mit heiserem Flüstern: »Ist das Ihre Freundin?«

»Nein, Gladys ... das ist meine Schwester Thursday. Sie ist Spec-Ops-Agentin und hat folglich weder Humor noch einen Freund, geschweige denn ein Privatleben.«

»Wie schön, meine Liebe«, sagte Mrs. Higgins, die trotz ihrer großen Ohren offenbar stocktaub war.

»Hallo, Gladys«, sagte ich und schüttelte ihr die Hand. »Joffy hat schon als kleiner Junge so oft seinen Bischofsstab gewienert, daß wir dachten, er wird davon blind.«

»Gut, gut«, murmelte sie.

Joffy ließ sich nicht lumpen und setzte hinzu: »Und unsere kleine Thursday macht beim Sex solchen Lärm, daß wir sie in den Gartenschuppen sperren mußten, wenn ihre Freunde über Nacht kamen.«

Ich stieß ihm den Ellbogen in die Rippen, doch davon bemerkte Mrs. Higgins nichts; sie lächelte gütig, wünschte uns beiden einen angenehmen Tag und wackelte davon. Wir sahen ihr nach.

»Nächsten März wird sie hundertvier«, sagte Joffy. »Unglaublich, was? Wenn sie stirbt, lasse ich sie ausstopfen und stelle sie als Hutständer in die Vorhalle.«

»Das war jetzt aber wirklich ein Witz.«

Er lächelte.

»Du weißt doch, daß ich nicht ernst sein kann, Schwesterherz. Komm, ich mach dir einen Tee.«

Das Pfarrhaus war riesig. Es ging das Gerücht, daß die Kirchturmspitze drei Meter höher gewesen wäre, wenn der damalige Pfarrer die Steine nicht für seine eigenen vier Wände zweckentfremdet hätte. Er fiel bei seinem Bischof in Ungnade und wurde seiner Pflichten enthoben. Aber das überdimensionale Pfarrhaus blieb stehen.

»Und?« fragte Joffy, stellte mir eine Teetasse hin und setzte sich aufs Sofa. »Meinst du, Dad vögelt Emma Hamilton?«

»Darüber hat er nicht gesprochen. Aber würdest du es deiner Frau erzählen, wenn du eine Affäre mit jemandem hast, der schon über hundert Jahre tot ist?«

»Spricht er manchmal über mich?«

Ich schüttelte den Kopf, und Joffy schwieg einen Augenblick, was für ihn ziemlich ungewöhnlich ist.

»Ich glaube, es wäre ihm lieber gewesen, wenn ich gefallen wäre statt Ant, Schwesterherz. Ant war immer sein Lieblingssohn.«

»Das ist doch Unsinn, Joffy. Und selbst wenn es wahr wäre, läßt sich daran nichts mehr ändern. Ant ist tot und begraben. Und *wenn* du dortgeblieben wärest – Militärpfarrer bestimmen ja nun nicht direkt das Vorgehen der Armee.«

»Und warum kommt Dad mich dann nie besuchen?«

Ich zuckte die Achseln. »Keine Ahnung. Vielleicht hat das was mit der ChronoGarde zu tun. Mich besucht er auch nie länger als ein paar Minuten.«

Joffy nickte und fragte dann: »Bist du in London zur Kirche gegangen, Schwesterherz?«

»Dazu habe ich normalerweise keine Zeit, Joff.«

»Dann mußt du sie dir eben *nehmen*.«

Ich seufzte. Er hatte recht.

»Nach dem Angriff der Leichten Brigade hab ich den Glauben verloren. Die SpecOps haben eigene Pfarrer, aber es war einfach nicht mehr so wie früher.«

»Wir alle haben auf der Krim etwas verloren«, sagte Joffy leise. »Selbst ich war nicht immun gegen die Leidenschaften der Schlacht. Als ich auf die Krim kam, war ich vom Krieg begeistert. Ich *wollte* den Sieg, ich genoß die Kameradschaft und *wollte* unsere sogenannten Feinde töten.«

Plötzlich erschien mir Joffy menschlicher denn je; das war vermutlich die Seite, die seine Gemeinde so an ihm schätzte.

»Erst im nachhinein erkannte ich, wie falsch das alles war. Bald sah ich keinen Unterschied mehr zwischen Russen und Engländern, Franzosen oder Türken. Als ich das zu sagen wagte, wurde ich der Front verwiesen, damit ich keinen Ärger machte. Mein Bischof meinte, meine Aufgabe sei nicht, ein Urteil über Recht oder Unrecht des Krieges zu fällen, sondern für das geistige Wohlergehen der Männer zu sorgen.«

»Also deshalb bist du nach England zurückgekommen?«

»Deshalb bin ich nach England zurückgekommen.«

»Wußtest du, daß Colonel Phelps in der Stadt ist?«

»Ja. Was für ein Arschloch. Man sollte ihn vergiften. Ich werde als ›Stimme der Mäßigung‹ gegen ihn antreten. Willst du dich nicht mit zu uns aufs Podium setzen?«

»Ich weiß nicht, Joff.« Ich starrte in meinen Tee und wies den angebotenen Schokoladenkeks zurück.

»Mum hält die Gedenkstätte ziemlich gut in Schuß, was?« sagte ich im Bemühen, das Thema zu wechseln.

»Die doch nicht. Mum könnte es nicht mal ertragen, auf den Friedhof zu kommen – vorausgesetzt sie hätte so viel abgenommen, daß sie durchs Tor paßt.«

»Wer denn dann?«

»Na, wer schon? *Landen* natürlich. Hat er dir nichts davon gesagt?«

»Nein. Nein, hat er nicht.«

»Er mag beschissene Bücher schreiben und ein ziemlicher Trottel sein, aber er war Anton immer ein guter Freund.«

»Aber mit seiner Aussage hat er ihn bis in alle Ewigkeit unmöglich gemacht ...!«

Joffy setzte seine Tasse ab und nahm meine Hand.

»Liebstes Schwesterlein, ich weiß, es ist ein Klischee, aber es stimmt: *Das erste Opfer des Krieges ist die Wahrheit.* Landen wollte das widerlegen. Glaub bloß nicht, daß er sich das nicht lange und gründlich überlegt hat – es wäre weiß Gott einfacher gewesen, zu lügen und Ants Namen reinzuwaschen. Aber wer einmal lügt, muß immer weiterlügen. Landen wußte das, und ich glaube, Anton auch.«

Ich hob den Kopf und sah ihn nachdenklich an. Ich hatte keine Ahnung, was ich zu Landen sagen sollte, hoffte aber, daß mir rechtzeitig etwas einfallen würde. Er hatte vor zehn Jahren, kurz vor sei-

ner Aussage vor dem Tribunal, um meine Hand angehalten. Nach
der Anhörung war ich binnen einer Woche nach London abgereist.

»Dann sollte ich ihn vielleicht mal anrufen.«

Joffy lächelte.

»Gute Idee ... du *Pflaume*.«

20

Dr. Runcible Spoon

... Ich werde oft gefragt, woher ich die vielen Präpositionen nehme, die ich brauche, um meine Bücherwürmer bei Kräften zu halten. Die Antwort ist einfach: Ich verwende selbstverständlich *ausgesparte* Präpositionen, die ein äußerst nahrhaftes Mischfutter ergeben, besonders wenn man sie mit weggestrichenen bestimmten Artikeln versetzt, die im Englischen besonders oft vorkommen. So verfügt das Wort *Journey's end* nicht nur über eine ausgesparte Präposition, sondern auch über zwei gestrichene bestimmte Artikel: *the end of the journey*. Gleiches gilt z. B. für *Bettkante* oder *Straßenecke* und so weiter. Wenn mir die Vorräte auszugehen drohen, halte ich mich an meine Lokalzeitung, den *Toad*, in dessen Schlagzeilen sich täglich ausgesparte Präpositionen zuhauf finden. Was nun die Ausscheidungen der Bücherwürmer betrifft, so bestehen diese größtenteils aus Apostrophen, was sich allmählich zum Problem entwickelt – gestern erst sah ich ein Schild mit der Aufschrift: *Mittwoch's nachmittag's geschlossen* ...

Mycroft Next
in einem Artikel für die Rubrik
»Noch Fragen?« des *New Splicer*

Bowden und Victor waren nicht da, als ich im Büro ankam; ich nahm mir eine Tasse Kaffee und setzte mich an meinen Schreibtisch. Ich wählte Landens Nummer, doch es war besetzt; ein paar Minuten später versuchte ich es noch einmal, ohne Erfolg. Sergeant Ross vom Empfangstisch rief an und sagte, er schicke gleich jemanden vorbei, der einen LitAg zu sprechen wünsche. Ich drehte eine Weile Däumchen und kam auch beim dritten Versuch nicht zu Landen durch, als ein kleiner, gräßlich ungepflegter Mann ins Büro schlurfte, der wie ein zerstreuter Professor aussah: Er trug einen kleinen Bowler und eine Jacke mit Fischgrätenmuster, die er hastig über sein Schlafanzugoberteil gezogen hatte. Aus seiner Aktentasche ragten Papiere, und in die Schnürsenkel beider Schuhe hatte er Knoten gemacht. Vom Empfang bis zu meinem Büro waren es zwei Minuten Fußweg, und er kämpfte noch immer mit seinem Besucherausweis, als er vor mir stand.

»Darf ich?« sagte ich.

Der Professor stand unbeweglich da, während ich ihm den Ausweis ansteckte. Dann bedankte er sich geistesabwesend und sah sich hilflos um.

»Sie wollen zu mir, und Sie sind im richtigen Stockwerk«, sagte ich; zum Glück hatte ich mit Professoren Erfahrung.

»Tatsächlich?« rief er verblüfft, als habe er sich schon vor Ewigkeiten damit abgefunden, daß er sich jedesmal verirrte.

»Special Agent Thursday Next«, sagte ich und streckte ihm die Hand hin. Er schüttelte sie kraftlos und versuchte, mit dem Aktenkoffer in der Hand den Hut zu lüften. Schließlich gab er es auf und tippte sich stattdessen an den Kopf.

»Äh ... danke, Miss Next. Mein Name ist Dr. Runcible Spoon, Professor für englische Literatur an der Swindon University. Ich nehme an, Sie haben schon von mir gehört?«

»Alles nur eine Frage der Zeit, Dr. Spoon. Möchten Sie sich nicht setzen?«

Dr. Spoon bedankte sich und folgte mir zu meinem Schreibtisch, wobei er immer wieder innehielt, wenn er ein seltenes Buch entdeckte. Ich mußte ein paarmal stehenbleiben und auf ihn warten, bevor ich ihn sicher auf Bowdens Stuhl plaziert hatte. Ich holte ihm eine Tasse Kaffee.

»Also, wie kann ich Ihnen behilflich sein, Dr. Spoon?«

»Am besten zeige ich es Ihnen, Miss Next.«

Spoon wühlte einen Augenblick in seinem Aktenkoffer und holte einige unkorrigierte Seminararbeiten und einen Socken mit Paisleymuster daraus hervor, bevor er endlich gefunden hatte, was er suchte, nämlich ein schweres Buch mit blauem Einband. Er reichte es mir.

»*Martin Chuzzlewit*«, sagte er, schob den Berg von Papieren in seinen Koffer zurück und schien sich zu fragen, warum sie in der Zwischenzeit so viel umfangreicher geworden waren als vorher.

»Neuntes Kapitel, Seite 187. Die Stelle ist markiert.«

Ich schlug das Buch dort auf, wo Spoon seine Busfahrkarte eingelegt hatte, und überflog die Seite.

»Sehen Sie, was ich meine?«

»Sie müssen entschuldigen, Dr. Spoon. Aber ich habe den *Chuzzlewit* seit meiner Schulzeit nicht mehr gelesen. Bitte klären Sie mich auf.«

Spoon blickte mich argwöhnisch an; er schien sich zu fragen, ob ich echt sei. »Eine Studentin hat mich heute morgen darauf aufmerksam gemacht. Ich bin so schnell wie möglich hergekommen. Auf Seite 187 unten gab es einen kurzen Absatz, wo Dickens eine der skurrilen Figuren skizzierte, die Mrs. Todgers Pension bewohnen. Einen gewissen Mr. Quaverley. Er ist ein überaus amüsanter Charakter, der sich mit anderen Leuten prinzipiell nur über Themen unterhält, von denen er keine Ahnung hat. Wenn Sie die Zeilen überfliegen, werden Sie mir vermutlich darin zustimmen, daß er nicht mehr da ist.«

Ich las die Seite mit wachsendem Entsetzen. Der Name Quaverley sagte mir etwas, doch von dem kurzen Absatz keine Spur. »Und er kommt auch später nicht mehr vor?«

»Nein, Officer. Meine Studentin und ich sind das Buch mehrmals durchgegangen. Es besteht nicht der geringste Zweifel. Mr. Quaverley wurde auf unerklärliche Weise aus dem Roman entfernt.«

»Könnte es sich nicht um einen Druckfehler handeln?« fragte ich mit wachsender Sorge.

»Ausgeschlossen. Ich habe sieben verschiedene Ausgaben geprüft, und der Wortlaut ist überall derselbe. *Mr. Quaverley weilt nicht mehr unter uns.*«

»Aber das ist doch nicht möglich«, murmelte ich.

»Sie sagen es.«

Die ganze Sache war mir höchst unheimlich, und langsam wurden mir die dunklen Zusammenhänge zwischen Hades, Jack Schitt und dem *Chuzzlewit*-Manuskript klar.

Das Telefon klingelte. Es war Victor. Er war in der Gerichtsmedizin und bat mich, sofort zu kommen; sie hatten eine Leiche entdeckt.

»Und was hat das mit mir zu tun?« fragte ich.

Während Victor antwortete, beobachtete ich Dr. Spoon, der einen Essensfleck anstarrte, den er an seiner Krawatte entdeckt hatte.

»Nein, im Gegenteil«, widersprach ich zögernd, »nach allem, was hier gerade passiert ist, hört sich das ganz und gar nicht seltsam an.«

Das Leichenschauhaus war ein alter viktorianischer Bau, der dringend renoviert werden mußte. Im Innern war es feucht und roch nach Formaldehyd. Die Angestellten wirkten blaß und schlichen wie Untote durch die Gänge des kleinen Gebäudes. Ein alter Witz besagte, in diesen Hallen hätten bloß die Leichen ein bißchen Charisma. Das leuchtete ein, besonders wenn man den Chefpathologen Mr. Rumplunkett kannte. Er war ein melancholischer Bursche mit mächtigen Hängebacken und buschigen Brauen. Ich fand ihn und Victor in der Pathologie.

Mr. Rumplunkett nahm mein Eintreten gar nicht zur Kenntnis, sondern sprach einfach weiter in ein Mikrofon, das von der Decke hing; seine monotone Stimme erfüllte den gekachelten Raum mit einem konstanten Summen. Angeblich waren die Stenotypistinnen, die seine Berichte abtippen mußten, dabei schon oft eingenickt; kein Wunder, denn auch er selbst war schon zweimal eingeschlafen, als er seine Rede für das alljährliche Galadiner der Forensiker hielt.

»Vor mir liegt ein männlicher Europäer um die vierzig mit grauem Haar und schlechten Zähnen. Er ist ungefähr ein Meter siebzig groß und trägt Kleidung, die ich als viktorianisch bezeichnen würde ...«

Außer Bowden und Victor waren auch die beiden Kollegen vom Morddezernat zugegen, die uns am Abend zuvor vernommen hatten. Sie wirkten gelangweilt und starrten die LitAg-Abordnung mißtrauisch an.

»Morgen, Thursday«, sagte Victor vergnügt. »Erinnern Sie sich noch an den Studebaker von Archers Mörder?«

Ich nickte.

»Tja, unsere Freunde vom Morddezernat haben die Leiche hier im Kofferraum des Studebakers gefunden.«

»Ist sie schon identifiziert?«

»Noch nicht. Aber sehen Sie sich mal das an.«

Er deutete auf eine Schale aus Edelstahl mit den Habseligkeiten des Toten. Ich sah sie mir genauer an: ein halber Bleistift, eine unbezahlte Rechnung über das Stärken mehrerer Kragen und ein Brief von seiner Mutter, datiert vom 5. Juni 1843.

»Können wir unter vier Augen miteinander sprechen?« fragte ich.

Victor begleitete mich auf den Flur.

»Das ist Mr. Quaverley«, erklärte ich.

»Wer?«

Ich wiederholte, was ich von Dr. Spoon erfahren hatte. Victor schien nicht im mindesten erstaunt.

»Ich habe mir schon gedacht, daß er aus einem Buch stammt«, sagte er schließlich.

»Wollen Sie damit sagen, daß so etwas schon mal vorgekommen ist?«

»Haben Sie *Der Widerspenstigen Zähmung* gelesen?«

»Logisch.«

»Na, dann erinnern Sie sich doch bestimmt auch an den betrunkenen Kesselflicker im Vorspiel, dem sie vorgaukeln, er sei der Lord, für den sie das Stück aufführen?«

»Aber sicher«, antwortete ich. »Er hieß Christopher Sly. Er hat ein paar Zeilen Text am Ende des ersten Aktes, und danach verschwindet er auf Nimmerwiedersehen ...«

Ich verstummte.

»Genau«, sagte Victor. »Vor sechs Jahren wurde bei Warwick ein orientierungslos herumirrender, ungebildeter Säufer aufgegriffen, der nur elisabethanisches Englisch sprach. Er gab sich als Christopher Sly aus, verlangte einen Drink und wollte wissen, wie das Stück denn ausgegangen sei. Ich konnte ihn eine halbe Stunde verhören, und in dieser Zeit hat er mich davon überzeugt, daß er die Wahrheit sagte – trotzdem war ihm nicht beizubringen, daß er nicht mehr in seinem Stück war.«

»Was ist aus ihm geworden?«

»Das weiß niemand. Kurz nachdem ich mit ihm gesprochen hatte, wurde er von zwei anonymen Agenten verhört. Ich habe noch versucht herauszufinden, was danach geschah, aber Sie wissen ja, wie verschwiegen SpecOps manchmal ist.«

Ich dachte an mein Kindheitserlebnis in Haworth.

»Und umgekehrt?«

Victor sah mich scharf an.

»Wie meinen Sie das?«

»Haben Sie schon mal davon gehört, daß jemand dasselbe in der anderen Richtung versucht hätte?«

Victor blickte zu Boden und rieb sich die Nase. »Das ist aber ziemlich radikal, Thursday.«

»Aber Sie halten es grundsätzlich für möglich?«

»Behalten Sie das bitte für sich, Thursday, aber ich glaube schon. Die Grenzen zwischen Realität und Fiktion sind keineswegs so fest, wie es scheint. Sie sind so ähnlich wie ein zugefrorener See. Hunderte von Menschen können gefahrlos darübergehen, bis sich eines Abends eine dünne Stelle bildet und jemand durchbricht; am nächsten Morgen ist das Loch wieder zugefroren. Haben Sie Dickens' *Dombey und Sohn* gelesen?«

»Logisch.«

»Erinnern Sie sich noch an Mr. Glubb?«

»Den Fischer aus Brighton?«

»Genau. *Dombey* wurde 1848 vollendet und 1851 gründlich überarbeitet und mit einem Personenregister versehen. Darin taucht Mr. Glubb nicht auf.«

»Ein Versehen?«

»Möglich. 1926 verschwand ein Sammler antiquarischer Bücher bei der Lektüre von *Dombey und Sohn*. Der Vorfall fand ein breites Presseecho, weil sein Sekretär steif und fest behauptete, Bulge habe sich vor seinen Augen ›in Rauch aufgelöst‹.«

»Und Glubbs Beschreibung paßt auf Bulge?«

»Weitestgehend. Bulge sammelte Bücher über das Meer, und genau davon handeln Glubbs Geschichten. Rückwärts liest sich Bulges Name ›Eglub‹, was ›Glubb‹ so nahe kommt, daß man meinen könnte, Bulge habe ihn sich selbst ausgedacht.« Er seufzte. »Sie finden das wahrscheinlich ziemlich unglaubwürdig?«

»Ganz und gar nicht«, widersprach ich und dachte an meine Erlebnisse mit Rochester, »aber sind Sie wirklich sicher, daß Bulge *gefallen* ist?«

»Wie meinen Sie das?«

»Er könnte ja in das Buch auch vorsätzlich hineingesprungen sein. Und dann hat es ihm in dem Roman so gut gefallen, daß er einfach dortgeblieben ist.«

Victor blickte mich argwöhnisch an. Aus Angst, für einen Spinner gehalten zu werden, hatte er es nicht gewagt, jemandem von seiner Theorie zu erzählen, und nun kam auf einmal eine Londoner LiteraturAgentin daher, kaum halb so alt wie er, und ging weiter, als er es sich je hätte vorstellen können. Da traf ihn die Erkenntnis.

»Sie haben es selbst schon mal gemacht, stimmt's?«

Ich sah ihm fest in die Augen. Für so etwas konnten wir beide vom Dienst suspendiert und vorzeitig in Rente geschickt werden.

»Einmal«, flüsterte ich. »Als kleines Mädchen. Ich glaube nicht, daß sich das wiederholen läßt. Ich habe jahrelang geglaubt, ich hätte mir das alles nur eingebildet.«

Gerade als ich ihm erzählen wollte, daß Rochester nach der Schießerei in Styx' Wohnung in den Roman zurückgesprungen war, streckte Bowden den Kopf in den Flur und rief uns herein.

Mr. Rumplunkett hatte seine vorläufige Untersuchung beendet.

»Ein glatter Herzdurchschuß, sehr sauber, sehr professionell. Darüber hinaus weist der Leichnam keinerlei Besonderheiten auf, abgesehen von Anhaltspunkten für eine Rachitis im Kindesalter. Da diese Krankheit heutzutage ziemlich selten auftritt, dürfte es nicht allzu schwierig sein, sie zurückzuverfolgen, es sei denn natürlich, er hat seine Jugend im Ausland verbracht. Sehr schlechte Zähne und Lausbefall. Auch hat er seit mindestens vier Wochen nicht gebadet. Ansonsten kann ich Ihnen nicht viel sagen, außer daß seine letzte Mahlzeit aus Schmalz, Hammelfleisch und Bier bestand. Mehr weiß ich erst, wenn die Gewebeproben aus dem Labor zurück sind.«

Victor und ich sahen uns an. Ich hatte recht gehabt. Der Tote mußte Mr. Quaverley sein. Eilig suchten wir das Weite; ich erklärte Bowden, wer Quaverley war und woher er kam.

»Das verstehe ich nicht«, sagte Bowden auf dem Weg zum Wagen. »Wie ist es Hades gelungen, Mr. Quaverley aus *jedem* Exemplar von *Martin Chuzzlewit* zu entfernen?«

»Er hat das Originalmanuskript gestohlen«, antwortete ich. »Auf diese Weise konnte er den größtmöglichen Schaden anrichten. Sämtliche Exemplare, egal wo, egal in welcher Form, gehen auf diesen ersten Schöpfungsakt zurück. Wenn sich das Original verändert, verändern sich auch alle anderen. Wenn man hundert Millionen Jahre zurückreisen und den genetischen Code der ersten Säugetiere verändern könnte, sähen wir alle völlig anders aus. Das wäre in etwa dasselbe.«

»Gut«, sagte Bowden langsam, »aber was verspricht Hades sich davon? Wenn es um Erpressung geht, warum hat er dann Quaverley umbringen lassen?«

Ich zuckte die Achseln. »Vielleicht war das nur eine Art Warnschuß. Vielleicht hat er ganz andere Pläne. Es gibt schließlich weitaus größere Fische als Mr. Quaverley aus *Martin Chuzzlewit*.«

»Und warum schweigt er sich darüber dann aus?«

21.

Hades & Goliath

Das Schicksal hat es gut mit mir gemeint. Nur wenige Menschen wissen, wann und warum sie etwas tun sollen. Schließlich hat jede scheinbar noch so unbedeutende Handlung für unsere Umwelt unvorhersehbare Konsequenzen. Zum Glück hatte ich von Anfang an ein klares Ziel vor Augen.

THURSDAY NEXT
– Ein Leben für SpecOps

Die Antwort ließ nicht auf sich warten. Als ich aufs Revier zurückkam, lag ein Brief auf meinem Schreibtisch. Vielleicht von Landen? Fehlanzeige. Auf dem Umschlag klebte keine Marke, und er war vormittags gekommen. Niemand wußte, wer ihn abgegeben hatte.

Sofort nachdem ich es gelesen hatte, rief ich Victor und legte das Blatt Papier auf meinen Schreibtisch, damit ich es möglichst nicht anzufassen brauchte. Victor setzte seine Brille auf und las den Brief laut vor.

Liebe Thursday,

als ich hörte, daß Du Dich hast versetzen lassen, glaubte ich zunächst an eine göttliche Fügung. Vielleicht können wir unsere Differenzen jetzt beilegen. Mr. Quaverley war nur der Anfang. Als nächstes muß Martin Chuzzlewit persönlich dran glauben, es sei denn, ich bekomme 10 Millionen Pfund in gebrauchten Scheinen, einen Gainsborough, vorzugsweise den Knaben in Blau, und eine Inszenierung von Macbeth am Old Vic

(Spielzeit: acht Wochen) für meinen Freund Thomas Hobbes. Außerdem möchte ich, daß Ihr eine Autobahnraststätte nach der Mutter eines meiner Mitarbeiter auf den Namen »Leigh Delamare« tauft. Signalisiert Euer Einverständnis durch eine Kleinanzeige in der Mittwochsausgabe des Swindon Globe, in der Ihr Angorakaninchen zum Verkauf anbietet. Dann erhaltet Ihr weitere Instruktionen.

Victor sank auf einen Stuhl. »Die Unterschrift stammt von Acheron selbst! Stellen Sie sich vor: *Martin Chuzzlewit* ohne Chuzzlewit!« rief er. »Das Buch wäre nach einem halben Kapitel zu Ende. Können Sie sich einen Roman vorstellen, in dem die Charaktere tatenlos herumsitzen und auf das Eintreffen der Hauptfigur warten. Das wäre wie *Hamlet* ohne den Prinzen!«

»Und was machen wir jetzt?« fragte Bowden.

»Wenn Sie nicht gerade einen Gainsborough und zehn Millionen in kleinen Scheinen übrig haben, gehen wir damit zu Braxton.«

Als wir hereinkamen, war Jack Schitt schon im Büro des Commanders und machte auch keine Anstalten hinauszugehen, als wir Hicks mitteilten, daß es wichtig sei.

»Was gibt's denn?« fragte der Commander mit einem Blick zu Schitt, der auf dem Teppich Einlochen übte.

»Hades lebt«, erklärte ich ihm und sah zu Jack Schitt, der eine Augenbraue hochzog.

»Um Himmels willen!« stieß Schitt mit gespieltem Entsetzen hervor. »Ja, *ist* es denn die Möglichkeit?«

Wir ignorierten ihn.

»Lesen Sie das«, sagte Victor und gab Hicks den Brief in einer Klarsichthülle. Der Commander überflog ihn und reichte ihn dann an Schitt weiter.

»Geben Sie die Annonce auf, Officer Next«, sagte Hicks von oben herab. »Sie haben Acheron anscheinend so beeindruckt, daß er Ihnen vertraut. Ich werde mit meinen Vorgesetzten über seine Forderungen sprechen, und Sie geben mir Bescheid, wenn er sich wieder meldet.«

Er stand auf, um anzudeuten, daß das Gespräch damit für ihn beendet sei, doch ich blieb sitzen. »Was geht hier vor, Sir?«

»Streng geheim, Next. Es wäre uns lieb, wenn Sie die Übergabe für uns übernehmen könnten, aber alles Weitere werden Sie wohl oder übel anderen überlassen müssen. Mr. Schitt verfügt über eine gut ausgebildete Spezialeinheit, die sich um die Ergreifung von Acheron kümmern wird. Guten Tag.«

Ich stand noch immer nicht auf. »Sie werden mir schon noch ein wenig mehr verraten müssen, Sir. Es geht schließlich unter anderem um meinen Onkel, und wenn ich mitspielen soll, möchte ich wissen, was vorgeht.«

Die Augen des Commanders verengten sich zu schmalen Schlitzen. »Ich fürchte ...«

»Was soll's«, fuhr Schitt dazwischen. »Sagen Sie's ihr doch, Braxton.« Er hob den Schläger und peilte den Ball an.

Hicks warf Schitt einen wütenden Blick zu. »*Das* überlasse ich lieber Ihnen«, sagte er. »Schließlich sind *Sie* der Boss.«

Schitt lochte achselzuckend ein. Der Golfball traf sein Ziel, und Schitt lächelte. »In den vergangenen hundert Jahren sind die Grenzen zwischen Fiktion und Wirklichkeit aus unbekannten Gründen zunehmend durchlässiger geworden. Wir wissen ...« – an dieser Stelle warf er Victor einen spöttischen Blick zu – »... daß unser Mr. Analogy hier dieses Phänomen seit einiger Zeit heimlich erforscht, und wir wissen von Mr. Glubb und anderen, die in Büchern verschwunden sind. Da keine dieser Figuren je wieder auftauchte, nahmen wir an, daß es kein Zurück gibt. Christopher Sly hat uns da eines Besseren belehrt.«

»Dann haben Sie ihn?« fragte Victor, dem es offenbar peinlich war, daß Schitt und Hicks von seinen Überlegungen wußten.

»Nein; er ist wieder in seinem Stück, in *Der Widerspenstigen Zähmung*. Und zwar mehr oder weniger auf eigenen Wunsch, nur war er dabei leider so betrunken, daß er nicht in der Folio-Ausgabe gelandet ist, sondern in einer ziemlich fragwürdigen Fassung aus den *Bad Quartos*. Obwohl er streng bewacht wurde, war er eines Tages wie vom Erdboden verschluckt.«

Er machte eine Kunstpause und polierte den Golfschläger mit einem großen, rotgepunkteten Taschentuch.

»Die Abteilung Spezialwaffen der Goliath Corporation arbeitet seit geraumer Zeit an einer Maschine, die uns Zugang zu literarischen Werken verschaffen soll. Doch trotz dreißig Jahren intensiver Forschung, von dem immensen Kapitalaufwand zu schweigen, ist uns nichts weiter gelungen, als aus den Bänden eins bis acht der *Großen Käse-Enzyklopädie* einen minderwertigen Cheddar zu synthetisieren. Wir wußten, daß Hades daran interessiert war, außerdem kursierten Gerüchte über heimliche Experimente hier in England. Als das *Chuzzlewit*-Manuskript verschwand und wir dahinterkamen, daß der Diebstahl auf Acherons Konto ging, wußte ich, daß wir auf dem richtigen Weg sind. Die Entführung Ihres Onkels war ein Indiz dafür, daß er die Maschine perfektioniert hatte, die Extraktion Quaverleys der endgültige Beweis. Wir werden Hades kriegen, auch wenn wir in erster Linie hinter der Maschine her sind.«

»Sie scheinen zu vergessen«, sagte ich langsam, »daß Ihnen die Maschine nicht gehört. Wie ich meinen Onkel kenne, wird er seine Erfindung eher zerstören, als sie dem Militär zu überlassen.«

»Wir sind bestens über Mycroft informiert, Miss Next. Er wird einsehen müssen, daß jemand, der außerstande ist, das eigentliche Potential seiner Maschine zu erkennen, einen solchen Quantensprung im wissenschaftlichen Denken auf keinen Fall für sich behalten darf. Seine Erfindung gehört dem Staat.«

»Das ist ein Irrtum«, beharrte ich, stand auf und wandte mich zum Gehen. »Ein fataler Irrtum. Mycroft wird jede Maschine, die seiner Ansicht nach verheerendes militärisches Potential besitzt, sofort zerstören. Wenn sich alle Wissenschaftler doch nur endlich entschließen würden, sich über die Auswirkungen ihrer Entdeckungen Gedanken zu machen! Dann wären wir alle auf diesem Planeten sehr viel sicherer.«

Schitt klatschte höhnischen Beifall. »Schöne Rede, Miss Next. Aber mich verschonen Sie bitte mit Ihren Moralpredigten. Wenn Sie weiter Ihren Kühlschrank, Ihre Gefriertruhe, Ihr Auto, ein schönes Haus, asphaltierte Straßen und ein funktionierendes Gesundheitssystem haben wollen, dann bedanken Sie sich bei der Rüstungsindustrie, bei der Kriegswirtschaft und bei Goliath. Der Krimkrieg ist gut, Thursday – gut für England und vor allem gut für die Wirtschaft. Sie mögen die Rüstungsindustrie vielleicht nicht, aber ohne sie wären wir ein zehntklassiges Land, das größte Mühe hätte, einen Lebensstandard aufrechtzuerhalten, der auch nur annähernd dem unserer europäischen Nachbarn entspricht.«

»Wenigstens hätten wir dann ein reines Gewissen.«

»Naiv, Next, sehr naiv.«

Schitt widmete sich aufs neue dem Golfspiel, und jetzt übernahm der Commander wieder die Führung. »Officer Next«, sagte er. »Wir haben der Goliath Corporation in dieser Angelegenheit unsere größtmögliche Unterstützung zugesagt. Sie müssen uns helfen, Hades zu fassen. Sie kennen ihn doch aus Ihrer Studienzeit, und dieser Brief ist ausdrücklich an Sie gerichtet. Wir werden auf seine Forderungen eingehen und eine Übergabe vereinbaren. Anschließend werden wir ihn verfolgen und festnehmen. Ein Kinderspiel. Goliath kriegt das ProsaPortal, wir kriegen das Manuskript, Ihr Onkel und Ihre Tante sind frei, und SpecOps kriegt Hades. Jeder bekommt etwas, und alle sind zufrieden. Vorerst jedoch lassen wir uns nicht verrückt machen und warten auf weitere Anweisungen zwecks Übergabe des Lösegeldes.«

»Ich weiß genausogut wie Sie, daß man Erpressern niemals nachgibt, Sir. So leicht läßt sich Hades nicht hinters Licht führen.«

»Keine Sorge«, entgegnete Hicks. »Wir geben ihm das Geld und schnappen ihn uns, bevor er entwischen kann. Ich setze größtes Vertrauen in Schitts Leute.«

»Mit Verlaub, Sir, aber Acheron ist weitaus raffinierter und skrupelloser, als Sie denken. Wir sollten das allein erledigen. Schitts Profikiller, die wild durch die Gegend ballern, wären dabei nur im Wege.«

»Abgelehnt, Next. Entweder Sie tun, was ich sage, oder Sie tun gar nichts. Das wär's.«

Komischerweise blieb ich vollkommen ruhig. Es war alles wie immer – Goliath ließ sich *nie* auf Kompromisse ein. Und weil alles wie immer war, gab es auch keinen Grund, sich aufzuregen. Wir mußten uns mit dem begnügen, was wir hatten.

Als wir wieder im Büro waren, wählte ich noch einmal Landens Nummer. Diesmal kam eine Frau an den Apparat; ich fragte nach ihm.

»Er schläft«, sagte sie knapp.

»Könnten Sie ihn vielleicht wecken?« fragte ich. »Es ist ziemlich wichtig.«

»Nein, kann ich nicht. Wer sind Sie überhaupt?«

»Mein Name ist Thursday Next.«

Die Frau gab ein boshaftes Kichern von sich, das mir gar nicht gefiel.

»Ich habe schon viel von Ihnen gehört, Thursday«, sagte sie höhnisch.

»Wer sind denn Sie?«

»Daisy Mutlar, Schätzchen, Landys *Verlobte*.«

Ich lehnte mich langsam zurück und schloß die Augen. Das konnte unmöglich wahr sein. Kein Wunder, daß Landen so sehr daran gelegen war, daß ich ihm verzieh.

»Na, Schätzchen, Sie haben's sich doch nicht etwa anders überlegt?« fragte Daisy spöttisch. »Landen ist ein wunderbarer Mann. Er hat fast zehn Jahre auf Sie gewartet, aber jetzt ist er *leiderleider* in mich verliebt. Wenn Sie Glück haben, schicken wir Ihnen vielleicht ein Stück Torte, und wenn Sie uns ein Geschenk schicken wollen, die Hochzeitsliste liegt bei Camp Hopson aus.«

Ich hatte einen dicken Kloß im Hals.

»Wann ist denn der große Tag?«

»Für Sie oder für mich?« Daisy lachte. »Für Sie ... wer weiß? Was mich angeht, werden mein Landy-Schatz und ich Samstag in vierzehn Tagen zu Mr. und Mrs. Parke-Laine erklärt.«

»Lassen Sie mich mit ihm sprechen«, verlangte ich mit erhobener Stimme.

»*Vielleicht* sage ich ihm, daß Sie angerufen haben, wenn er wach wird.«

»Ist es Ihnen lieber, wenn ich vorbeikomme und Ihnen die Tür eintrete?« fragte ich, noch lauter werdend. Bowden sah mit hochgezogenen Augenbrauen zu mir herüber.

»Jetzt paß mal auf, du blöde Kuh«, sagte Daisy mit gedämpfter Stimme, damit es Landen nicht hörte, »du hättest Landen heiraten können, und du hast es vermasselt. Schluß, Aus, Ende. Warum suchst du dir nicht irgendeinen verkommenen LitAg oder so jemand – ihr Typen von SpecOps seid doch sowieso alle pervers.«

»Hör zu, du...«

»Nein«, schnauzte Daisy. »*Du* hörst *mir* zu. Ich warne dich. Wenn du dich meinem Glück in den Weg stellst, dann dreh ich dir den Hals um!«

Plötzlich war die Leitung tot. Wortlos legte ich den Hörer auf und nahm meine Jacke von der Stuhllehne.

»Wo wollen Sie denn hin?« fragte Bowden.

»Auf den Schießstand«, sagte ich, »und das kann dauern.«

22.

Däumchen drehen

Jedesmal wenn ein Felix starb, rief das bei Acheron schmerzliche Erinnerungen an den Verlust des ersten Felix hervor. Es
war ein harter Schlag gewesen – nicht nur weil er einen ge-
treuen Freund und Komplizen eingebüßt hatte, sondern weil
ihn die befremdlichen Gefühle, die dabei auftraten, an seine
halb menschliche Herkunft erinnerten, und das war ihm zutiefst
zuwider. Wie Hades war auch Felix durch und durch verdorben
und unmoralisch gewesen. Zu seinem Leidwesen verfügte Felix
aber nicht über Hades' dämonische Fähigkeiten und erlitt an
jenem schicksalhaften Tag des Jahres 1975, als er und Hades die
Goliath-Bank in Hartlepool ausrauben wollten, einen tödlichen Bauchschuß. Felix fügte sich mit stoischer Gelassenheit
in sein Los und ermahnte seinen Freund, er solle ja »am Ball
bleiben«, bevor ihn Hades von seinen Qualen erlöste. Zum Andenken entfernte Hades das Gesicht seines Freundes und verließ
damit den Tatort. Seither genoß jeder Diener, den er der Bevölkerung *entnahm*, die zweifelhafte Ehre, nicht nur den Namen seines einzigen Freundes, sondern auch dessen Antlitz zu tragen.

MILLON DE FLOSS
– Die vielen Leben des Felix Tabularasa

Bowden setzte die Annonce in den *Swindon Globe*. Zwei Tage später
trafen wir uns in Victors Büro zu einer Lagebesprechung.

»Bei uns sind zweiundsiebzig Anrufe eingegangen«, verkündete
Victor. »Leider alles Anfragen wegen der Kaninchen.«

»Der Preis ist aber auch wirklich ziemlich niedrig«, frotzelte ich.

»Ich bin eben nicht allzu bewandert, was Kaninchen angeht«,
sagte Bowden beleidigt. »Ich fand den Preis völlig angemessen.«

»Streitet euch nicht.« Victor legte eine Akte auf den Tisch. »Die Polizei hat den Kerl, den ihr in Sturmey Archers Werkstatt erschossen habt, doch noch identifizieren können. Er hatte keine Fingerabdrücke, und was sein Gesicht betrifft, lagen Sie mit Ihrer Vermutung goldrichtig, Thursday – es war nicht sein eigenes.«

»Und wer war er?«

Victor klappte die Akte auf. »Ein Buchhalter aus Newbury namens Adrian Smarts. Er ist vor zwei Jahren spurlos verschwunden. Keine Vorstrafen, nicht mal ein Strafmandat wegen zu schnellen Fahrens. Netter Kerl. Familienvater, Kirchgänger und engagiertes Gemeindemitglied.«

»Hades hat ihm seinen Willen gestohlen«, murmelte ich. »Die reinsten Seelen lassen sich am leichtesten mißbrauchen. Als wir ihn erschossen haben, war von Smarts nicht mehr viel übrig. Was ist mit dem Gesicht?«

»Daran arbeiten wir noch. Die Identifizierung könnte sich als weitaus schwieriger erweisen. Laut kriminaltechnischer Untersuchung war Smarts nicht der einzige, der dieses Gesicht getragen hat.«

Ich schrak zusammen.

»Und er muß noch lange nicht der letzte gewesen sein.«

Victor erriet meine Gedanken, griff zum Telefon und wählte Hicks' Nummer. Binnen zwanzig Minuten hatte ein SO-14-Kommando das Bestattungsunternehmen umstellt, wo Smarts' Leichnam seiner Familie übergeben worden war. Doch die Kollegen kamen zu spät. Das Gesicht, das Smarts zwei Jahre lang getragen hatte, war schon verschwunden, und die Überwachungskameras hatten, wie zu erwarten war, nichts aufgezeichnet.

Die Nachricht von Landens bevorstehender Hochzeit hatte mich ziemlich getroffen. Später fand ich heraus, daß er Daisy Mutlar ein gutes Jahr zuvor bei einer Signierstunde kennengelernt hatte. Sie war allem Anschein nach sexy und hübsch, aber mit Sicherheit etwas übergewichtig. Und ein großes Licht war sie wohl auch nicht, zumindest redete ich mir das ein. Landen hatte sich immer schon eine Familie gewünscht, und die hatte er natürlich auch verdient.

Um meine Enttäuschung zu überwinden, reagierte ich neuerdings sogar positiv auf Bowdens schüchterne Versuche, mich zum Essen einzuladen. Doch außer einem gewissen Interesse an der Frage, wer denn nun *wirklich* hinter Shakespeares Stücken steckte, hatten wir nicht viel gemeinsam. Auch jetzt saß er wieder an seinem Schreibtisch und starrte auf ein Stück Papier mit einer umstrittenen Unterschrift. Das Papier war echt, die Tinte auch. Der Namenszug aber nicht. Vielleicht mußte ich ihn ein bißchen ermutigen?

»Äh«, sagte ich, »warum erzählen Sie mir nicht ein bißchen von Edward De Vere, dem Earl of Oxford?«

Bowden stierte eine Weile nachdenklich vor sich hin.

»Der Earl of Oxford war Schriftsteller, soviel steht fest. Meres, ein Kritiker und Zeitgenosse De Veres, erwähnt ihn in seiner *Palladis Tamia* von 1598.«

»Könnte er die Stücke geschrieben haben?« fragte ich.

»Er *könnte* durchaus«, antwortete Bowden. »Das Dumme ist nur, daß Meres auch zahlreiche Shakespeare-Stücke aufzählt und ausdrücklich Shakespeare zuschreibt. Womit Oxford, wie Derby oder Bacon, in die Kategorie der Strohmann-Theorie fällt, derzufolge Will als Fassade für andere herhalten mußte.«

»Ist das denn so abwegig?«

»Vermutlich nicht. Die Weiße Königin glaubte schon vor dem Frühstück jede Menge unmögliche Dinge, und das hat ihr auch nicht geschadet. Die Strohmann-Theorie klingt durchaus *plausibel*, aber es spricht noch einiges mehr dafür, daß Oxford hinter Shakespeare steckt.«

Wir schwiegen. Manche Leute nahmen die Frage nach der Urheberschaft der Stücke äußerst ernst, und viele kluge Köpfe hatten sich ein Leben lang damit beschäftigt.

»Die Theorie besagt, daß Oxford und eine Gruppe von Höflingen am Hofe Königin Elizabeths einzig zu dem Zweck in Diensten standen, staatstragende Stücke zu verfassen. Und da scheint tatsächlich etwas dran zu sein.«

Er schlug ein Buch auf und las eine unterstrichene Stelle. »Ein Collegium höfischer Poeten, lauter Adels- und Edelleute, welche ausdermaßen trefflich zu schreiben vermögen, wie es sich wohl erzeigte, würde ihr Treiben offenbart und kundgetan, dem zuvorsteht ein Edelmann, der Earl of Oxford.«

Er klappte das Buch wieder zu.

»Puttenham 1598. Oxford erhielt eine jährliche Zuwendung in Höhe von tausend Pfund, auch wenn sich heute leider nicht mehr nachvollziehen läßt, ob dieses Geld nun für die eigentliche Abfassung der Stücke oder vielleicht doch für ein ganz anderes Projekt bestimmt war. Es gibt keinen *gesicherten* Beleg dafür, daß er die Stücke tatsächlich geschrieben hat. Zwar sind ein paar an Shakespeare erinnernde Gedichtzeilen überliefert, aber ein schlüssiger Beweis ist das natürlich nicht; gleiches gilt im übrigen für den speerschwingenden Löwen auf dem Oxforder Wappen.«

»Und er ist 1604 gestorben«, sagte ich.

»Das kommt erschwerend hinzu. Die Strohmann-Theorien hauen einfach nicht hin. Wenn Sie mich fragen, war Shakespeare mit Sicherheit alles andere als ein Adliger, der unbedingt anonym bleiben wollte. Wenn die Stücke *wirklich* nicht von ihm stammen, würde ich einen anderen elisabethanischen Bürgerlichen ins Visier nehmen, einen Mann von bemerkenswertem Verstand, der nicht nur Kühnheit, sondern auch Charisma besaß.«

»Kit Marlowe?« fragte ich.

»Sie haben es erfaßt.«

An dieser Stelle knallte Victor den Hörer seines Telefons auf die Gabel und rief uns zu sich ans andere Ende des Büros.

»Das war Schitt; Hades hat sich gemeldet. Wir sollen in einer halben Stunde in Hicks' Büro sein.«

23.

Die Übergabe

Ich hatte noch nie einen Koffer mit 10 Millionen Pfund in der Hand gehabt. Und das hatte ich auch damals nicht. Denn in seiner ungeheuren Arroganz war Jack Schitt davon ausgegangen, daß er Hades würde festnehmen können, ehe der überhaupt dazu kam, einen Blick auf das Geld zu werfen. Was für ein Trottel! Die Farbe des Gainsborough war noch nicht trocken, und die English Shakespeare Company spielte nicht mit. Die einzige erfüllte Forderung Acherons war die Umbenennung der Autobahnraststätte. Kingston St. Michael hieß ab sofort Leigh Delamare.

THURSDAY NEXT
– *Ein Leben für SpecOps*

Braxton Hicks setzte uns den Plan in groben Zügen auseinander – noch eine Stunde bis zur Übergabe. Auf diese Weise wollte Jack Schitt von vornherein verhindern, daß wir eigene Pläne verfolgten. Dies war in jeder Hinsicht eine Goliath-Operation – Victor, Bowden und ich sollten der Sache lediglich die nötige Glaubwürdigkeit verleihen, nur für den Fall, daß uns Hades beobachtete. Die Übergabe sollte bei einer alten Eisenbahnbrücke stattfinden. Die einzigen Zufahrtswege waren zwei Straßen sowie die stillgelegte Bahnstrecke, die sich jedoch nur mit einem Geländewagen befahren ließ. Goliath-Leute sollten beide Straßen und die Trasse kontrollieren. Sie hatten den Befehl, Hades zwar herein-, aber nicht wieder hinauszulassen. Eigentlich ganz einfach – zumindestens theoretisch.

Die Fahrt zu der stillgelegten Bahnstrecke verlief ohne Zwischenfälle, obwohl der gefälschte Gainsborough in dem kleinen Porsche mehr Platz wegnahm, als ich gedacht hätte. Schitts Leute waren gut getarnt; auf dem Weg zu der einsam in der Landschaft liegenden Brücke begegneten Bowden und ich keiner Menschenseele.

Obwohl die Brücke schon seit langem außer Betrieb war, befand sie sich in ziemlich gutem Zustand. Ich parkte den Wagen etwa zwanzig Meter entfernt und ging das letzte Stück des Weges zu Fuß. Es war ein schöner Tag, und kaum ein Laut war zu hören. Ich kletterte die Böschung hinauf, sah jedoch nichts von Belang, nur das breite Schotterbett, leicht aufgewühlt, wo man die Schwellen herausgerissen hatte. Zwischen den Steinen wucherte Unkraut, und neben dem Gleis stand ein altes Stellwerk, wo ich die obere Hälfte eines Periskops zu erkennen glaubte, durch das mich jemand zu beobachten schien. Ich nahm an, es handele sich um einen von Schitts Leuten, und warf einen Blick auf meine Armbanduhr. Es war soweit.

Das gedämpfte Piepen eines Funkgeräts ließ mich aufhorchen. Ich legte den Kopf schief und versuchte es zu orten.

»Ich höre ein Funkgerät piepen«, sprach ich in mein Walkietalkie.

»Keins von unseren«, kam Schitts Antwort aus der Einsatzzentrale in einem verlassenen Farmhaus eine Viertelmeile entfernt.

Das Funkgerät steckte in einer Plastiktüte und hing halb versteckt in den Zweigen einer kleinen Birke am Rande des Bahndamms. Es war Hades, und die Verbindung war schlecht – es klang, als säße er in einem Auto.

»Thursday?«

»Hier.«

»Allein?«

»Ja.«

»Wie geht's dir? Es tut mir leid, aber mir blieb leider nichts anderes übrig. Du weißt ja, wie verzweifelt wir Psychopathen manchmal sind.«

»Wie geht es meinem Onkel?«

»Bestens, meine Liebe. Er fühlt sich pudelwohl; ein wahrer Geistesriese, aber *leiderleider* etwas zerstreut. Mit seinem Verstand und meiner Energie könnte ich die Welt regieren, statt mich mit banalen Kleinigkeiten wie Erpressung abgeben zu müssen.«

»Es zwingt Sie niemand«, sagte ich. Hades ignorierte meinen Einwurf und fuhr fort:

»Spiel nicht die Heldin, Thursday. Wie du dir sicherlich denken kannst, befindet sich das *Chuzzlewit*-Manuskript in meinem Besitz, und ich schrecke nicht davor zurück, es zu zerstören.«

»Wo sind Sie?«

»Na, na, Thursday, was meinst du, mit wem du es zu tun hast? Über die Freilassung deines Onkels unterhalten wir uns, sobald ich mein Geld habe. Auf der Brüstung in der Mitte der Brücke findest du einen Karabinerhaken an einem Stück Draht. Stell das Geld und den Gainsborough auf die Brüstung und mach beides daran fest. Wenn du soweit bist, komme ich die Sachen holen. Bis zum nächsten Mal, Miss Thursday Next!«

Ich gab der Einsatzzentrale durch, was er gesagt hatte. Sie befahlen mir, die Anweisungen genau zu befolgen.

Also stellte ich die Tasche mit dem Geld und den Gainsborough auf die Brüstung und machte beides an dem Karabinerhaken fest. Dann ging ich zum Wagen zurück, setzte mich auf die Motorhaube und ließ Hades' Beute nicht aus den Augen. Sowohl die Tasche als auch das Gemälde waren von unten ausgezeichnet zu sehen. Erst vergingen zehn Minuten, dann eine halbe Stunde. Ich fragte Victor; er riet mir, mich nicht von der Stelle zu rühren.

Die Sonne wurde heißer, und die Fliegen summten fröhlich um die Hecken. Ich roch den schwachen Duft von frischgemähtem Heu und hörte in der Ferne das leise Brummen des Verkehrs. Es sah so aus, als wolle Acheron uns auf die Probe stellen, was bei so heiklen Aktionen wie Lösegeldübergaben durchaus nicht ungewöhnlich war. Bei der Entführung des Staatsdichters Nr. 1 vor fünf Jahren hatte das Lösegeld erst beim neunten Versuch übergeben werden können. Schließlich war der SD1 unversehrt wieder aufgetaucht;

wie sich herausstellte, hatte er die ganze Sache selbst inszeniert, um den schleppenden Absatz seiner Autobiographie anzukurbeln.

Ich begann mich zu langweilen und kletterte, Schitts Befehl mißachtend, erneut auf die Brücke. Ich untersuchte den Karabinerhaken und entdeckte ein dünnes, hochfestes Drahtseil. Als ich vorsichtig daran zog, stellte ich fest, daß es an einem elastischen Bungeeseil befestigt war, das wie eine Schlange im trockenen Gras lag. Gespannt verfolgte ich das Bungee bis zu einem weiteren dünnen Drahtseil, das mit Isolierband etwa drei Meter über meinem Kopf zwischen zwei Telegrafenmasten gespannt war.

Ich runzelte die Stirn, als ich das tiefe Grollen eines Motors hörte, und fuhr unwillkürlich herum. Obwohl ich nichts sehen konnte, kam das Motorengeräusch eindeutig auf mich zu, und zwar ziemlich schnell. Ich blickte das Schotterbett der alten Bahntrasse entlang, wo ich einen Geländewagen vermutete, aber es war nichts zu sehen. Der nahende Motorenlärm wurde immer lauter, bis plötzlich hinter einer Hecke ein Leichtflugzeug auftauchte, das sich offenbar im Tiefflug genähert hatte, um nicht entdeckt zu werden.

»Ein Flugzeug!« schrie ich in mein Walkie-talkie. »Die haben ein Flugzeug!«

Da fielen auch schon die ersten Schüsse. Es war unmöglich auszumachen, wer das Feuer eröffnete oder woher es kam, doch im Nu zerfetzte das trockene, ungezielte Knattern von Handfeuerwaffen und Gewehren die ländliche Stille. Ich ging instinktiv in Deckung; mehrere Kugeln trafen die Brüstung, und roter Ziegelstaub regnete auf mich herab. Ich zog meine Automatik und entsicherte sie, als das Flugzeug über die Brücke flog. Es war ein Aufklärungshochdecker derselben Bauart, die auf der Krim feindliche Artilleriestellungen ausspähten; die Seitentür war ausgehängt, und in der Öffnung, mit einem Fuß auf der Flügelstrebe, saß Acheron. Er hatte ein leichtes Maschinengewehr im Anschlag und ballerte damit munter auf alles, was sich bewegte. Er durchlöcherte das verfallene Stellwerk, und der Goliath-Mann erwiderte das Feuer ebenso heftig; die Kugeln rissen erste Löcher in die Bespannung der Maschine. Hinter ihr schwang ein Haken im Flugwind. Als sie über mich hinwegflog, verfing sich der Haken in dem zwischen den Masten gespannten Drahtseil und riß Geldtasche und Gainsborough mit sich, wobei das Bungee offensichtlich den Ruck mildern sollte.

Ich sprang auf und feuerte auf die davonfliegende Maschine, doch die drehte steil ab und verschwand hinter dem Bahndamm; Geldtasche und Gainsborough baumelten gefährlich am Seilende. Da wir sie – und damit vielleicht die letzte Chance, Hades zu ergreifen – auf keinen Fall verlieren durften, stürzte ich mich die Böschung hinunter, rannte zum Wagen und setzte, eine Wolke aus Staub und Kieselsteinen aufschleudernd, zurück. Mit einer Hand klammerte sich Bowden fest, mit der anderen griff er nach dem Sicherheitsgurt.

Aber das Flugzeug war mit uns noch nicht fertig. Um mehr Fahrt zu bekommen, ging die kleine Maschine in einen flachen Sinkflug und beschrieb dann eine fast senkrechte Linkskurve. Die Spitze des Backbordflügels streifte fast die Krone einer hohen Buche, als der Pilot wendete. Ein mit Goliath-Leuten besetzter Studebaker, der die Verfolgung aufgenommen hatte, mußte eine Vollbremsung hinlegen, als der Flieger direkt auf sie zugerast kam; der Pilot drückte das linke Ruder herunter, damit Acheron sein Ziel besser ins Visier nehmen konnte. Nicht lange, und der schwarze Wagen landete, von Kugeln durchsiebt, im Graben. Ich stieg auf die Bremse, als sich ein zweiter Studebaker vor mich setzte. Auch er wurde von Acheron mit Blei gespickt und krachte in eine flache Mauer kurz vor der Brücke. Das Flugzeug flog weiter, über mich hinweg, und der Gainsborough hing jetzt so tief, daß er gegen meine Motorhaube knallte; kaum einer von Schitts Männern erwiderte das Feuer.

Ich trat das Gaspedal bis zum Anschlag durch und raste dem Flugzeug hinterher. Die Straße war schnurgerade, und Hades' Maschine hatte mit leichtem Gegenwind zu kämpfen; mit ein bißchen Glück konnten wir sie vielleicht sogar einholen. Aber am Ende der Geraden gabelte sich die Straße, und in der Mitte führte ein Gatter aufs Feld. Die Maschine flog geradeaus. Bowden warf mir einen nervösen Blick zu.

»Und jetzt?« brüllte er.

Als Antwort auf seine Frage zog ich meine Automatik, zielte damit auf das Gatter und drückte ab. Die ersten beiden Schüsse gingen daneben, doch die nächsten drei trafen ihr Ziel; die Scharniere zersplitterten, das Gatter brach aus den Angeln, und ich holperte aufs Feld, wo eine Herde verwirrter Kühe graste. Das Flugzeug brummte weiterhin vor uns her, und wenn wir es auch nicht direkt einholten, so hielten wir doch einigermaßen mit.

»Wir verfolgen das Flugzeug der Verdächtigen in, äh, östlicher Richtung, glaube ich«, brüllte Bowden ins Sprechfunkgerät.

An ein Flugzeug hatte niemand von uns gedacht. Zwar befand sich ein Polizeiluftschiff ganz in der Nähe, doch wäre es wohl zu langsam gewesen, um Hades den Weg abzuschneiden.

Wir fuhren in eine flache Senke hinunter, im Slalom um diverse Färsen, und hielten weiter auf das Ende des Feldes zu, wo ein Farmer mit Land Rover eben das Gatter schließen wollte. Als er den schlammbespritzten Sportwagen auf sich zurollen sah, machte er ein verblüfftes Gesicht, öffnete das Gatter aber trotzdem. Ich schlug das Lenkrad ein, bog scharf rechts ab und schlidderte breitseits die Straße entlang, mit einem Hinterrad im Graben, bis ich den Wagen wieder in die Gewalt bekam und mächtig auf die Tube drückte, jetzt im rechten Winkel zu unserem Zielobjekt. Die nächste Abzweigung zur linken führte auf einen Bauernhof; ich riß das Steuer herum, und wir suchten, erschrockene Hühner in alle Himmelsrichtungen scheuchend, nach einem Weg hinaus aufs Feld. Das Flugzeug war zwar noch zu sehen, aber durch Umwege wie diesen gerieten wir immer weiter ins Hintertreffen.

»Hollycroft Farm!« brüllte Bowden in sein Funkgerät, um alle, die es interessierte, auf dem laufenden zu halten. Ich karriolte über den Hof, durchbrach einen Stacheldrahtzaun, der fünf lange, tiefe Kratzer im Lack des Porsche hinterließ, und verwüstete die Obstplantage. Immer schneller jagten wir über die Wiese, rumpelten schwer über steinharte Furchen aus dem vorigen Winter. Zwar setzte der Wagen zweimal auf, aber so kamen wir wenigstens voran. Als wir direkt unter dem Flugzeug waren, drehte es urplötzlich links ab. Ich tat es ihm nach und gelangte auf einen Holzfällerpfad, der in ein Wäldchen führte. Durch das über uns dahinschnellende Laub war die Maschine kaum zu sehen.

»Thursday...!« Bowdens Stimme ging im Stampfen des Motors nahezu unter.

»Was?«

»Straße!«

»Straße?«

»Straße!«

Der Übergang kam derart unvermittelt, daß der Wagen buchstäblich abhob. Wir flogen durch die Luft, legten eine leicht mißglückte Landung hin und schlitterten seitlich in einen Brombeerstrauch. Der Motor war abgesoffen; ich ließ ihn wieder an und jagte in die Richtung davon, in die das Flugzeug entkommen war. Ich beschleunigte, und wir ließen das Wäldchen hinter uns; das Flugzeug hatte nur ein paar hundert Meter Vorsprung. Wieder trat ich aufs Gaspedal, und der Wagen machte Tempo. Wir bogen rechts ab auf ein weiteres Feld und näherten uns dem Flugzeug, das noch immer gegen den Wind ankämpfte.

»Thursday!«

»Was ist denn nun schon wieder?«

»Da vorne ist ein Fluß!«

Er hatte recht. Kaum eine halbe Meile weiter schnitt uns das breite Bett des Severn den Weg ab. Acheron floh nach Wales und in die Marches, und wir konnten nichts dagegen unternehmen.

»Übernehmen Sie das Steuer!« schrie ich, als wir das Flugzeug eingeholt hatten. Bowden starrte nervös auf das nahende Flußufer. Wir rasten mit fast siebzig Meilen in der Stunde über das flache Grasland; bald würde es kein Zurück mehr geben. Ich brachte die Waffe beidhändig in Anschlag und feuerte von unten in das Flugzeug. Es begann heftig zu schwanken und zu schlingern. Im ersten Augenblick glaubte ich, den Piloten getroffen zu haben, doch dann änderte die Maschine den Kurs; sie war lediglich ein wenig gesunken, um besser beschleunigen zu können.

Fluchend trat ich auf die Bremse und riß das Lenkrad herum. Der Wagen schlidderte über die Wiese, krachte seitlich durch einen

Zaun, rutschte die Uferböschung hinab und blieb schließlich stehen, mit einem Vorderrad im Wasser. Ich sprang auf und feuerte vergeblich auf die davonfliegende Maschine, bis mein Magazin halb leer war, in der vagen Hoffnung, daß Acheron umkehren und im Tiefflug über uns hinwegdonnern würde, doch das blieb ein frommer Wunsch. Das Flugzeug verschwand mit Hades, einem gefälschten Gainsborough und zehn Millionen Pfund Falschgeld nach Wales.

Wir stiegen aus und betrachteten den ramponierten Wagen.

»Totalschaden«, murmelte Bowden, nachdem er über Funk einen letzten Lagebericht durchgegeben hatte. »Es dauert bestimmt nicht lange, bis Hades merkt, daß das Geld, das wir ihm angedreht haben, *nicht* von erster Qualität ist.«

Ich starrte dem Flugzeug nach; es war nur noch ein kleiner Punkt am Horizont.

»Meinen Sie, er fliegt in die Republik?« fragte Bowden.

»Sieht so aus«, sagte ich und fragte mich, wie wir ihn jemals kriegen sollten, wenn er in Wales Zuflucht suchte. Zwar gab es ein Auslieferungsabkommen, aber die anglo-walisischen Beziehungen waren alles andere als gut, und das Politbüro hatte die unselige Neigung, Feinde Englands als Freunde zu betrachten.

»Was jetzt?« wollte Bowden wissen.

»Ich weiß nicht genau«, erwiderte ich zögernd, »aber wenn Sie *Martin Chuzzlewit* noch nicht gelesen haben, sollten Sie das, glaube ich, so schnell wie möglich nachholen. Ich habe das dunkle Gefühl, wenn Acheron dahinterkommt, daß er beschissen worden ist, muß Martin dran glauben.«

Hades' Maschine verschwand in der Ferne. Bis auf das leise Plätschern des Flusses war alles still. Ich legte mich ins Gras, schloß die Augen und versuchte, mich ein paar Minuten zu entspannen, bevor wir von neuem in den Mahlstrom von Goliath, Hades, *Chuzzlewit* et cetera geschleudert wurden. Es war ein friedlicher Moment – die Ruhe vor dem Sturm. Dabei war ich in Gedanken ganz woanders. Ich dachte immer noch an Daisy Mutlar. Die Nachricht von ihrer bevorstehenden Hochzeit kam erwartet und unerwartet zugleich; Landen hätte mir durchaus davon erzählen können, andererseits war er dazu nach zehnjähriger Trennung natürlich keineswegs verpflichtet. Ich fragte mich, wie es wohl wäre, Kinder zu haben, und dann, ob ich die Antwort darauf je erfahren würde.

Bowden legte sich neben mich. Er zog einen Schuh aus und schüttelte ein paar Kieselsteine heraus.

»Der Posten in Ohio, von dem ich Ihnen erzählt habe – wissen Sie noch?«

»Ja?«

»Die Versetzung ist heute morgen genehmigt worden.«

»Phantastisch! Wann fangen Sie an?«

Bowden senkte den Blick.

»Ich habe noch nicht zugesagt.«

»Warum nicht?«

»Waren Sie ... ähm ... schon mal in Ohio?« fragte er so unverfänglich wie möglich.

»Nein, aber schon ein paarmal in New York.«

»Es soll sehr schön sein dort.«

»Amerika ist überhaupt sehr schön.«

»Sie bieten mir das doppelte von Victors Gehalt.«

»Na prima.«

»Und sie haben gesagt, ich könnte jemanden mitbringen.«

»Und an wen dachten Sie da so?«

»An Sie.«

Ich sah ihn an, und seine gespannte, hoffnungsvolle Miene sagte mir alles.

»Das ist ein äußerst großzügiges Angebot, Bowden.«

»Dann denken Sie darüber nach?«

Ich zuckte die Achseln.

»Im Augenblick kann ich an nichts anderes denken als an Hades. Nachdem ich schon den ganzen Tag mit ihm verbringe, hatte ich eigentlich gehofft, wenigstens nachts von ihm verschont zu bleiben, aber selbst dann läßt er mich nicht in Ruhe, sondern starrt mich im Traum lüstern an.«

Dazu wußte Bowden nichts rechtes zu sagen, vermutlich weil er Hades nie begegnet war. Und so lagen wir eine Stunde schweigend da und betrachteten das träge dahinfließende Wasser, bis der Abschleppwagen kam.

Ich streckte mich in der riesigen Eisenwanne meiner Mutter aus und trank einen Schluck von dem großen Gin-Tonic, den ich mit ins Bad geschmuggelt hatte. Die Werkstatt hätte den Porsche am liebsten verschrottet, doch ich bat den Mechaniker, den Wagen *unter allen Umständen* wieder flottzumachen, da er mir unschätzbare Dienste geleistet habe. Ich lag in dem warmen, nach Kiefernöl duftenden Wasser und wollte gerade eindösen, als es an die Tür klopfte. Es war Landen.

»Heilige Scheiße, Landen! Kann eine Frau denn nicht mal in Ruhe baden?«

»Tut mir leid, Thurs.«

»Wie bist du überhaupt ins Haus gekommen?«

»Deine Mutter hat mich reingelassen.«

»Was du nicht sagst. Was willst du?«

»Kann ich reinkommen?«

»Nein.«

»Du hast mit Daisy gesprochen.«

»Allerdings. Du willst diese blöde Kuh doch nicht allen Ernstes heiraten?«

»Ich kann verstehen, daß du wütend bist, Thursday. Du solltest es nicht auf diese Art und Weise erfahren. Ich wollte es dir selber sagen, aber als wir uns das letzte Mal gesehen haben, bist du ja einfach weggelaufen.«

Eine Zeitlang herrschte betretenes Schweigen. Ich starrte die Armaturen an.

»Ich muß auch sehen, wo ich bleibe«, sagte Landen schließlich. »Ich werde im Juni einundvierzig, und ich hätte gern eine Familie.«

»Und Daisy ist die richtige dafür?«

»Ja; sie ist eine tolle Frau, Thursday. Natürlich kein Vergleich mit dir, trotzdem ist sie eine tolle Frau, sehr ...«

»Zuverlässig?«

»Eher solide. Nicht unbedingt aufregend, aber *verläßlich*.«

»Liebst du sie?«

»Selbstverständlich.«

»Und was willst du dann noch von mir?«

Landen zögerte.

»Ich wollte mich nur vergewissern, daß ich die richtige Entscheidung treffe.«

»Hast du mir nicht gerade erzählt, daß du sie liebst?«

»Ja.«

»Und daß sie dir die Kinder schenken wird, die du dir so sehnlich wünschst?«

»Ja.«

»Dann solltest du sie auch heiraten.«

Landen zögerte kurz.

»Du hast also nichts dagegen?«

»Seit wann brauchst du meine Erlaubnis?«

»Darum geht es nicht. Ich wollte dich nur fragen, ob du dir auch einen anderen Ausgang dieser Geschichte vorstellen könntest?«

Ich legte mir einen Waschlappen aufs Gesicht und stöhnte leise. Das hatte mir gerade noch gefehlt.

»Nein. Landen, du *mußt* sie heiraten. Erstens hast du es ihr versprochen, und zweitens...« Ich dachte rasch nach. »... gehe ich nach Ohio.«

»Ohio?«

»Als LitAg. Ein Kollege hat mir den Posten angeboten.«

»Wer?«

»Er heißt Cable. Ein netter Kerl.«

Landen ließ es gut sein, stöhnte, bedankte sich und versprach, mir eine Einladung zu schicken. Dann machte er sich aus dem Staub – aber als ich zehn Minuten später herunterkam, hatte meine Mutter noch immer diesen wehmütigen »Ach-wär-er-doch-mein-Schwiegersohn«-Blick.

24.

Glück für
Martin Chuzzlewit

Seit über vierzig Jahren befasse ich mich bei meiner Arbeit
hauptsächlich mit der Elastizität von Körpern. In der Regel
denkt man dabei natürlich an Gummi oder ähnliche Substan-
zen, dabei läßt sich fast jedes nur erdenkliche Material biegen
und strecken. Und ich schließe Raum, Zeit, Distanz und Wirklichkeit dabei ausdrücklich ein...

PROFESSOR MYCROFT NEXT

»Crofty...!«

»Polly...!«

Sie trafen sich am Seeufer, bei den Narzissen, die sich sanft im
Wind wiegten. Die Sonne schien hell und sprenkelte die Wiese mit
zarten Schattentupfern. Der frische Duft des Frühlings lag in der
Luft und brachte ein Gefühl des Friedens mit sich, das die Sinne
dämpfte und die Seele beruhigte. Ein Stück weiter saß ein alter
Mann im schwarzen Umhang auf einem Fels und warf gleichgültig
Kieselsteine in das kristallklare Wasser. Ein geradezu vollkommenes
Bild, wäre Felix8 nicht gewesen, der, das Gesicht noch kaum verheilt, inmitten der Narzissen stand und ein wachsames Auge auf
seine Schutzbefohlenen hatte. Um Mycroft für seine Sache zu be-
geistern, hatte Acheron ihm erlaubt, in Wordsworths *Daffodils* einzusteigen und seine Frau zu besuchen.

»Geht es dir gut, meine Liebe?«

Polly deutete verstohlen auf die Gestalt im Umhang.

»Mir geht es bestens, und es ginge mir noch besser, wenn sich Mr. W. nicht für einen Herzensbrecher halten würde. Er denkt wohl, er wäre das Geschenk Gottes an die Frauen der Welt. Er hat mich schon dreimal eingeladen, ihn in ein paar unveröffentlichte Werke zu begleiten. Die eine oder andere blumige Phrase, und er denkt, ich schmelze dahin.«

»So ein Schuft!« rief Mycroft und stand auf. »Am liebsten würde ich ihm eins auf die Nase geben!«

Polly legte ihm beruhigend die Hand auf den Arm, und er setzte sich neben sie. Dennoch: Bei dem Gedanken, daß ihr über siebzigjähriger Gemahl und Wordsworth sich um sie prügeln könnten, überlief Polly ein Schauder der Erregung – damit würde sie beim nächsten Treffen des Hausfrauenbundes bestimmt Eindruck machen.

»Also, wirklich...!« sagte Mycroft. »Diese Dichter sind doch üble Schürzenjäger.« Er hielt inne. »Du hast hoffentlich nein gesagt?«

»Aber natürlich.«

Sie schenkte Mycroft ihr bezauberndstes Lächeln, doch er war schon wieder ganz woanders.

»Bleib in den *Daffodils*, sonst weiß ich nicht, wo ich dich suchen soll.«

Er nahm ihre Hand, und sie blickten gemeinsam hinaus auf den See. Der erstreckte sich uferlos, so weit das Auge reichte, und die Kieselsteine, die Wordsworth träge ins Wasser schnippte, sprangen kurz darauf wieder an Land. Sonst war alles wie in Wirklichkeit.

»Ich habe etwas ziemlich Dummes getan«, gestand Mycroft plötzlich, senkte den Blick und strich mit der flachen Hand über das Gras.

»Wie dumm?« fragte Polly eingedenk der prekären Situation.

»Ich habe das *Chuzzlewit*-Manuskript verbrannt.«

»*Was* hast du gemacht? Sag das noch mal!«

»Ich habe gesagt...«

»Das habe ich gehört. So ein Originalmanuskript ist doch von unschätzbarem Wert. Wie konntest du so etwas tun?«

Mycroft seufzte. Er hatte keineswegs leichtfertig gehandelt.

»Ohne das Originalmanuskript«, erklärte er, »läßt sich der Roman nicht so leicht zerstören. Ich habe dir doch erzählt, daß dieser Wahnsinnige Mr. *Quaverley* aus dem Buch geholt und ermordet hat. Dabei hätte er es bestimmt nicht belassen. Wer wäre wohl als nächstes an der Reihe gewesen? Mrs. Gamp? Mr. Pecksniff? Martin Chuzzlewit selbst? Ich habe der Welt vermutlich einen Gefallen getan.«

»Und die Verbrennung des Manuskripts macht dem ein Ende?«

»Natürlich; ohne Originalmanuskript keine Massenzerstörung.«

Sie drückte seine Hand, als ein Schatten auf die beiden fiel.

»Die Zeit ist um«, sagte Felix8.

Mit meinen Vorhersagen zu Acherons Machenschaften hatte ich zugleich richtig *und* falsch gelegen. Wie Mycroft mir später erzählte, war Hades außer sich vor Wut, als er feststellte, daß niemand ihn ernst genommen hatte, aber Mycrofts Vernichtung des *Chuzzlewit*-Manuskripts fand er geradezu witzig. Obwohl er es nicht gewohnt war, hinters Licht geführt zu werden, schien er die ungewohnte Erfahrung fast zu genießen. Statt ihm die Glieder einzeln auszureißen, wie Mycroft befürchtet hatte, schüttelte Acheron ihm die Hand.

»Gratuliere, Mr. Next«, sagte er lächelnd, »zu Ihrer ebenso tapferen wie einfallsreichen Tat. Tapfer, einfallsreich, aber leider völlig zwecklos. Meine Wahl ist nämlich keineswegs zufällig auf *Chuzzlewit* gefallen.«

»Ach nein?« entgegnete Mycroft scharf.

»Nein. Ich mußte das Buch in der Schule lesen und habe das Scheißding aus tiefstem Herzen gehaßt. Diese endlosen, moralinsauren Suaden über Selbstsucht und Egoismus. Ich finde *Chuzzlewit* nur unwesentlich spannender als *Unser gemeinsamer Freund.* Selbst wenn die Übergabe glattgegangen wäre, hätte ich ihn umgebracht, und zwar mit dem allergrößten Vergnügen.«

Er hielt inne, lächelte Mycroft an und fuhr dann fort: »Dank Ihres mutigen Eingreifens kann Martin Chuzzlewit seine Abenteuer fortsetzen. Mrs. Todgers' Pension wird nicht niederbrennen, und sie können ihr langweiliges Leben ungestört fortsetzen.«

»Das freut mich«, sagte Mycroft.

»Sparen Sie sich Ihre Gefühle, Mr. Next, ich bin noch nicht fertig. Ihretwegen werde ich mich nach einer gangbaren Alternative umsehen müssen. Nach einem Buch, das im Unterschied zum *Chuzzlewit* echte literarische Qualitäten aufweist.«

»Doch nicht etwa *Große Erwartungen?*«

Acheron blickte ihn mitleidig an. »Dickens ist abgehakt, Mr. Next. Wie gern hätte ich mich in *Hamlet* eingeschlichen und diesen depressiven Dänenprinzen erwürgt, oder gleich in *Romeo und Julia*, um diesen kleinen Scheißer aus Verona endlich verschwinden zu lassen.« Er seufzte, bevor er weitersprach. »Aber leider ist ja keins von Shakespeares Originalmanuskripten erhalten.« Er dachte einen Augenblick nach. »Aber die Bennetts könnten eventuell auf das eine oder andere Familienmitglied verzichten ...«

»*Stolz und Vorurteil?*« brüllte Mycroft. »Sie herzloses Ungeheuer!«

»Mit Schmeicheleien kommen Sie bei mir nicht weit, Mycroft. Ohne Darcy und Elizabeth wäre *Stolz und Vorurteil* doch ziemlich fad, oder? Aber Austen ist vielleicht nicht ganz das richtige. Wie wär's mit Trollope? Eine geschickt plazierte Nagelbombe in Barchester wäre bestimmt lustig. Der Verlust von Mr. Crawley würde ohne Zweifel hohe Wellen schlagen. Wie Sie sehen, mein lieber Mycroft, könnte sich die Rettung Mr. Chuzzlewits im nachhinein als äußerst töricht erweisen.«

Lächelnd wandte er sich an Felix8: »Mein Freund, warum ziehen Sie nicht einige Erkundigungen zu Umfang und Verbleib der Manuskripte ein?«

Felix8 blieb kühl: »Ich bin nicht Ihr Sekretär, Sir. Ich finde, Mister Hobbes wäre für diese Aufgabe wesentlich besser geeignet.«

Acheron runzelte die Stirn. Von allen Felixen hatte nur Felix3 es je gewagt, einen direkten Befehl zu verweigern. Bald darauf hatte er den Armen aufgrund einer überaus enttäuschenden Leistung anläßlich eines mißlungenen Überfalls exekutieren müssen. Aber das war Acherons eigene Schuld; um Felix3 etwas mehr Persönlichkeit zu geben, hatte er ihm einen Hauch von Moral gelassen. Seither waren ihm sämtliche Felixe nur mehr treue Diener; wenn er intellektueller Stimulanz bedurfte, hielt er sich an Hobbes und Dr. Müller.

»Hobbes!« schrie Hades aus vollem Hals. Der arbeitslose Schauspieler kam mit einem großen Holzlöffel in der Hand aus der Küche gelaufen.

»Ja, Herr?«

Acheron wiederholte seinen Befehl, und Hobbes zog sich mit einer tiefen Verbeugung zurück.

»Felix8!«

»Sir?«

»Wenn es Ihnen nicht zuviel Mühe macht, schließen Sie Mycroft in seinem Zimmer ein. Ich denke, wir werden eine Weile auf ihn verzichten können. Geben Sie ihm zwei Tage kein Wasser und fünf Tage nichts zu essen. Das sollte als Strafe für die Vernichtung des Manuskripts genügen.«

Felix8 nickte und entfernte Mycroft aus dem Salon des Hotels. Er zerrte ihn quer durch die Halle und die breite Marmortreppe hinauf. Außer ihnen befand sich niemand in dem modrigen alten Gebäude; die große Eingangstür war fest verschlossen.

Am Fenster blieb Mycroft stehen und sah hinaus. Er war schon einmal in der walisischen Hauptstadt gewesen, um auf Einladung der Republik einen Vortrag über die Kohlehydrierung zu halten. Auch damals hatte er in diesem Hotel gewohnt. Er hatte der Crème de la crème aus Politik und Wissenschaft die Hand geschüttelt; und sogar Brawd Uljanow, der über achtzigjährige Führer der Volksrepublik Wales, hatte ihm eine der seltenen Audienzen gewährt. Das mußte jetzt fast dreißig Jahre her sein, aber die tiefliegende Stadt hatte sich kaum verändert. Damals wie heute dominierte Schwerindustrie die karge Landschaft, und der Gestank von Eisenhütten schwängerte die Luft. In den letzten Jahren waren viele Bergwerke geschlossen worden, aber die Fördertürme standen noch; ehern wachten sie als dunkle Silhouetten über die flachen, schiefergedeckten Häuser. Hoch über der Stadt, auf Morlais Hill, blickte die gigantische Kalksteinstatue von John Frost auf die Republik hinab, die er gegründet hatte; Gerüchten zufolge gab es Bestrebungen, die

Hauptstadt aus dem industrialisierten Süden zu verlegen, doch dazu war Merthyr als spirituelles Zentrum zu bedeutend.

Sie gingen weiter und gelangten schließlich zu Mycrofts Zelle, einer spärlich möblierten, fensterlosen Kammer. Als die Tür hinter ihm ins Schloß fiel und er allein war, kehrten Mycrofts Gedanken zu dem zurück, was ihm am meisten Sorgen machte: Polly. Zwar hatte er immer schon gewußt, daß sie bisweilen zum Flirten neigte, dem aber keine besondere Bedeutung beigemessen; Mr. Wordsworths anhaltendes Interesse an seiner Frau jedoch erfüllte ihn mit einer gehörigen Portion Eifersucht.

25.

Zeit zum Nachdenken

Ich hatte ja keine Ahnung, daß *Martin Chuzzlewit* so populär war. Niemand von uns rechnete mit dem Aufschrei der Entrüstung und dem ungeheuren Medienecho, das Mr. Quaverleys Ermordung hervorrief. Seine Autopsie war eine Sensation; zu seiner Beerdigung kamen 150000 Dickens-Fans aus aller Welt. Braxton Hicks versuchte die LitAg-Beteiligung geheimzuhalten, doch die Katze war im Handumdrehen aus dem Sack.

BOWDEN CABLE
im Gespräch mit der *Owl*

Commander Hicks knallte die Zeitung vor uns auf den Schreibtisch. Er lief noch ein paar Schritte hektisch auf und ab, bevor er sich schwerfällig in seinen Sessel fallen ließ.

»Ich will wissen, wer die Presse informiert hat«, verkündete er. Jack Schitt stand gegen den Fensterrahmen gelehnt, beobachtete uns und rauchte eine kleine, dafür aber besonders übelriechende türkische Zigarette. Die Schlagzeile war eindeutig:

CHUZZLEWIT-MORD: SPECOPS SCHULD?

Der Artikel zitierte eine »namentlich nicht genannte Quelle« aus Swindoner SpecOps-Kreisen, der zufolge eine verpatzte Lösegeldzahlung Quaverleys Tod verursacht hatte. Zwar ging es in dem Bericht wie Kraut und Rüben durcheinander, doch die grundlegenden Fakten stimmten.

Die ganze Geschichte war Hicks derart an die Nieren gegangen, daß er sein geliebtes Budget um eine beträchtliche Summe überzogen hatte, um Hades' Aufenthaltsort zu ermitteln. Das ausgebrannte Wrack des Erkundungsflugzeugs, das Bowden und ich verfolgt hatten, war auf einem Feld auf der englischen Seite von Hay-on-Wye gefunden worden, zusammen mit dem falschen Gainsborough und der mit Blüten gefüllten Geldtasche. Acheron hatte sich nicht für dumm verkaufen lassen. Wir alle waren davon überzeugt, daß Hades sich in Wales aufhielt, doch selbst politische Intervention auf höchster Ebene blieb erfolglos – obgleich der walisische Innenminister feierlich versichert hatte, daß man sich keinesfalls dazu herablassen werde, einem so berüchtigten Verbrecher Unterschlupf zu gewähren. Da wir auf der walisischen Seite der Grenze nichts zu melden hatten, konzentrierten wir unsere Suche auf die Marches – vergebens.

»Wir waren es nicht«, sagte Victor. »Schließlich bringen uns Presseberichte keine Vor-, sondern nur Nachteile.« Er blickte zu Jack Schitt; der zuckte die Achseln.

»Gucken Sie mich nicht so an«, sagte Schitt kühl, »ich bin nur als Beobachter im Auftrag von Goliath hier.«

Hicks erhob sich und lief nervös auf und ab. Bowden, Victor und ich sahen ihm schweigend dabei zu. Hicks tat uns leid; er war kein übler Kerl, nur ein Schwächling. Die *Chuzzlewit*-Entführung war eine mißliche Angelegenheit, und wenn Hicks nicht schleunigst etwas unternahm, konnte ihn das seinen Job kosten.

»Hat jemand eine Idee?«

Wir sahen ihn an. Wir hatten zwar ein paar Ideen, wollten aber auf keinen Fall in Schitts Gegenwart darüber sprechen. Seit wir wußten, daß er uns an jenem Abend in Archers Werkstatt ohne weiteres hätte abknallen lassen, war Goliath für uns erledigt.

»Ist Mrs. Delamare gefunden worden?«

»Ja, und es geht ihr gut«, antwortete ich. »Sie hat sich übrigens sehr darüber gefreut, daß wir eine Autobahnraststätte nach ihr benannt haben. Sie hat ihren Sohn seit fünf Jahren nicht gesehen, wird aber überwacht, nur für den Fall, daß er sich bei ihr meldet.«

»Gut«, murmelte Braxton. »Was noch?«

Victor ergriff das Wort.

»Unseres Wissens hat Hades Felix7 schon ersetzt. Ein junger Mann aus Reading namens Danny Chance wird vermißt; sein Gesicht wurde in einem Papierkorb im dritten Stock seines Wohnhauses gefunden. Wir haben die Fotos der Leiche von Felix7 an alle Einsatzkräfte weitergeleitet; sie müßten eigentlich auch auf den neuen Felix passen.«

»Sind Sie sicher, daß Archer nichts weiter gesagt hat als ›Felix7‹, bevor Sie ihn erschossen haben?«

»Hundertprozentig«, log Bowden, ohne rot zu werden.

Mißmutig kehrten wir in unser Büro zurück. Wenn Hicks tatsächlich seinen Hut nehmen mußte, konnte das zu gefährlichen Verwerfungen innerhalb der Abteilung führen, außerdem durfte ich Mycroft und Polly nicht vergessen. Victor hängte seine Jacke auf und fragte Finisterre, ob sich etwas verändert habe. Finisterre blickte von einer abgegriffenen *Chuzzlewit*-Ausgabe auf. Seit Acherons Flucht lasen Bailey, Herr Beicht und er den Roman im Vierundzwanzig-Stunden-Schichtdienst. Bislang hatte sich verblüffenderweise gar nichts verändert. Die Forty-Brüder verfolgten die einzige Information, die wir SO-5 und Goliath voraushatten. Kurz vor seinem Ableben hatte Sturmey Archer einen gewissen Dr. Müller erwähnt, und danach wurden die Datenbanken von Polizei und SpecOps jetzt durchkämmt – unter größter Geheimhaltung und Diskretion allerdings, was die Suche so zeitraubend machte.

»Gibt's was Neues, Jeff?« fragte Victor und krempelte sich die Hemdsärmel auf.

Jeff hustete. »In England sind keine Dr. Müllers registriert, weder med. noch phil. ...«

»Dann ist es also ein falscher Name.«

»... die noch am *Leben* wären.« Jeff lächelte. »Aber 1972 saß ein gewisser Dr. Müller im Gefängnis in Parkhurst.«

»Ich bin ganz Ohr.«

»Zur selben Zeit, als Delamare wegen Betrugs in den Knast ging.«

»Das wird ja immer besser.«

»Und Delamare teilte sich die Zelle mit einem gewissen Felix Tabularasa.«

»Da bekommt die Sache doch gleich ein ganz anderes Gesicht«, murmelte Bowden.

»Wohl wahr. Gegen Dr. Müller wurde bereits wegen des Handels mit Spendernieren ermittelt. Er beging '74 kurz vor der Verhandlung Selbstmord. Er schwamm aufs Meer hinaus, nicht ohne vorher einen Abschiedsbrief zu hinterlassen. Seine Leiche wurde nie gefunden.«

Victor rieb sich triumphierend die Hände.

»Klingt nach vorgetäuschtem Exitus. Nur wie, bitte schön, sollen wir einen Toten jagen?«

Jeff hielt ein Fax in die Höhe. »Ich mußte bei der Ärztekammer klafterweise Süßholz raspeln; die geben normalerweise keine Personalakten heraus, egal ob der Betreffende lebendig ist oder tot, aber hier ist sie.«

Victor riß ihm das Fax aus der Hand und las die entscheidenden Absätze laut vor.

»Theodore Müller. Studierte zunächst Physik, bevor er auf Medizin umsattelte. '74 wurde ihm wegen grob standeswidrigen Verhaltens die Approbation entzogen. Er spielte in Cambridge den Hamlet, und das nicht einmal schlecht, war ein hervorragender Tenor, Angehöriger des Ehrwürdigen Wombat-Ordens, begeisterter Eisenbahn-Späher und Gründungsmitglied der Erdkreuzer.«

»Hmm«, machte ich. »Wahrscheinlich frönt er seinen alten Hobbys heute noch und benutzt bloß einen falschen Namen.«

»Was schlagen Sie vor?« fragte Victor. »Sollen wir auf die nächste Lokomotivenschau warten? Wenn mich nicht alles täuscht, verteidigt die *Mallard* nächsten Monat ihren Geschwindigkeitsrekord.«

»Zu spät.«

»Die Wombats geben die Namen ihrer Mitglieder *nie* preis«, bemerkte Bowden.

Victor nickte. »Das war's dann wohl.«

»Nicht unbedingt«, sagte ich langsam.

»Was schlagen Sie vor?«

»Ich dachte, es könnte jemand das nächste Erdkreuzertreffen zu infiltrieren versuchen.«

»Die Erdkreuzer?« sagte Victor. »Da läuft nichts, Thursday. Komische Heilige, die auf entlegenen Hügeln heimlich sonderbare Rituale praktizieren? Haben Sie eine Ahnung, was man über sich ergehen lassen muß, um in diesen exklusiven Verein aufgenommen zu werden?«

Ich lächelte und warf meinem Chef einen prüfenden Blick zu. »Die Mitglieder sind hauptsächlich namhafte und angesehene Akademiker reiferen Alters.«

Victor sah von mir zu Bowden. »Dieser Blick gefällt mir nicht, Frau Kollegin«, sagte er pointiert.

Aber Bowden hatte schon hektisch in der aktuellen Ausgabe des *Almanachs der Astronomen* zu blättern begonnen. »Na, wer sagt's denn? Hier steht, sie treffen sich übermorgen um 14 Uhr auf dem Liddington Hill. Uns bleiben also fünfundfünfzig Stunden Vorbereitungszeit.«

»Auf keinen Fall«, protestierte Victor empört. »Und wenn Sie sich auf den Kopf stellen, ich werde mich auf keinen Fall, ich wiederhole, auf gar keinen Fall als Erdkreuzer ausgeben. Ich *weigere* mich, den verdeckten Ermittler zu machen.«

26.

Die Erdkreuzer

Ein Asteroid kann klein sein wie eine Männerfaust oder groß wie ein Berg. Asteroiden sind der Schutt des Sonnensystems, die Trümmer, die zurückbleiben, wenn die galaktischen Sprengmeister ihre Arbeit verrichtet haben. Die meisten Asteroiden findet man zwischen Mars und Jupiter. Obwohl ihre Zahl in die Millionen geht, bringen sie es zusammengenommen doch nur auf einen Bruchteil der Masse der Erde. Hin und wieder schneidet ein Asteroid die Umlaufbahn unseres Planeten und wird damit zum *Erdkreuzer*. Für die Erdkreuzer-Gesellschaft kommt die Ankunft eines Asteroiden auf einem Planeten der Rückkehr eines verirrten Ausreißers, eines verlorenen Sohnes gleich. Sie ist ein höchst bedeutendes Ereignis.

MR. S. A. ORBITER
– *Die Erdkreuzer*

Von Liddington Hill blickt man auf Wroughton, den einstigen *RAF-* und zeitweiligen *Luftwaffen-*Stützpunkt. Der flache Hügel ist zudem Teil einer von mehreren aus der Eisenzeit stammenden Befestigungsanlagen rings um die Marlborough und Lambourn Downs.

Doch nicht die Altertümer hatten die Erdkreuzer angelockt. Sie folgten vielmehr den wunderlichen Weissagungen ihres Gewerbes und trafen sich scheinbar willkürlich mal hier, mal dort, in nahezu sämtlichen Ländern dieser Welt. Dabei gingen sie immer nach derselben Methode vor: Wenn sie sich auf einen Treffpunkt geeinigt hatten, schlossen sie mit den Eigentümern einen lukrativen Vertrag über dessen uneingeschränkte Nutzung und zogen etwa vier Wochen vorher dort ein, wobei entweder die örtlichen Sicherheitsbehörden oder aber jüngere Mitglieder der Gruppe dafür sorgten, daß sich kein Außenstehender einschleichen konnte.

Vermutlich gelang es den militanten Astronomen auf diese Weise, ihr Treiben streng geheimzuhalten. Eine annähernd perfekte Tarnung für Dr. Müller, der die Gesellschaft Anfang der fünfziger Jahre zusammen mit Samuel Orbiter, einem seinerzeit recht populären Fernseh-Astronomen, ins Leben gerufen hatte.

Victor stellte den Wagen ab und ging unbekümmert auf die beiden Gorillas zu, die neben einem Land Rover Posten schoben. Victor sah nach links und rechts. Alle dreihundert Meter stand eine Gruppe bewaffneter Wachleute mit Hunden und Walkie-talkies und hielt nach Eindringlingen Ausschau. Da war kein Durchkommen. Wenn man unbemerkt irgendwo hineingelangen wollte, ging man am besten durch die Tür und tat so, als wäre man dort zu Hause.

»Tag«, sagte Victor und versuchte, einfach an den Gorillas vorbeizumarschieren. Aber das mißlang gründlich. Einer der beiden stellte sich ihm in den Weg und legte ihm seine Pranke auf die Schulter.

»Guten Tag, Sir. Schönes Wetter heute. Darf ich Ihren Ausweis sehen?«

»Natürlich«, antwortete Victor, kramte in seiner Tasche und präsentierte den Ausweis, den er hinter ein halbblindes Plastiksichtfenster seines Portemonnaies gequetscht hatte. Wenn ihn die Gorillas herauszogen und feststellten, daß es sich um eine Fotokopie handelte, war alles aus.

»Ich habe Sie hier noch nie gesehen, Sir«, sagte der andere Aufpasser argwöhnisch.

»Nein«, sagte Victor ruhig, »wenn Sie sich meine Karte anschauen, werden Sie feststellen, daß ich zum *Spiralarm* Berwick-upon-Tweed gehöre.«

Der erste Gorilla reichte Victors Portemonnaie seinem Kollegen. »Das wäre nicht der erste Infiltrant, nicht wahr, Mr. Europa?«

Der zweite Gorilla gab Victor das Portemonnaie grunzend zurück.

»Name?« fragte der erste und hielt ein Klemmbrett hoch.

»Ich stehe wahrscheinlich nicht auf der Liste«, sagte Victor langsam. »Ich bin gewissermaßen ein Nachzügler. Ich habe Dr. Müller deswegen gestern angerufen.«

»Ich kenne keinen Dr. Müller«, sagte der erste, sog Luft durch die Zähne und sah Victor aus schmalen Augenschlitzen an, »aber wenn Sie *tatsächlich* Erdkreuzer sind, können Sie mir doch bestimmt sagen, welcher Planet die höchste Dichte hat?«

Victor blickte von einem zum anderen und lachte. Die Gorillas lachten mit.

»Selbstverständlich.«

Er versuchte, einen Schritt weiterzugehen, und das Lächeln wich von den Gesichtern der Gorillas. Einer von ihnen streckte seine mächtige Pratze aus und hielt Victor zurück.

»Und?«

»Das ist grotesk«, sagte Victor empört. »Ich bin seit dreißig Jahren Erdkreuzer und habe so etwas noch nie erlebt.«

»Wir haben was gegen Eindringlinge«, wiederholte der erste Mann. »Die bringen uns nur in Verruf. Soll ich Ihnen verraten, was wir mit Schwindlern anstellen? Also. Noch mal. Welcher Planet hat die höchste Dichte?«

Die beiden Männer starrten Victor bedrohlich an.

»Die Erde. Und die niedrigste hat Pluto. Zufrieden?«

Doch so leicht ließen sich die beiden Wachleute nicht überzeugen.

»Das ist doch Kinderkram, Mister. Wie lange dauert ein Wochenende auf Saturn?«

Bowden und ich saßen zwei Meilen entfernt in Bowdens Wagen, rechneten hektisch und gaben Victor die Antwort über Funk auf den Ohrhörer. Unser Wagen war bis obenhin mit astronomischer Fachliteratur vollgestopft; wir konnten nur hoffen, daß die beiden keine allzu ausgefallenen Fragen stellten.

»Zwanzig Stunden«, flüsterte Bowden ins Mikrofon.

»Etwa zwanzig Stunden«, sagte Victor zu den Wachmännern.

»Umlaufgeschwindigkeit des Merkur?«

»Im Aphelium oder im Perihelium?«

»Jetzt werden Sie mal nicht frech, junger Mann. Der Durchschnitt genügt.«

»Moment. Ich muß die beiden addieren und – ach, du liebe Zeit, ist das etwa ein Buchfink?«

Die beiden Männer drehten sich nicht um.

»Und?«

»Ähm, hundertsechstausend Meilen pro Stunde.«

»Die Uranusmonde?«

»Die Uranusmonde?« echote Victor, um Zeit zu schinden. »Wußten Sie, daß das Uran nur deshalb nach dem Uranus heißt, weil es im selben Jahrzehnt entdeckt wurde?«

»Die Monde, Sir.«

»Natürlich. Oberon, Titania, Umb-«

»Halt! Ein *echter* Erdkreuzer hätte mit dem innersten angefangen!«

»Cordelia, Ophelia, Bianca, Cressida, Desdemona, Juliet, Portia, Rosalind, Belinda, Puck, Miranda, Ariel, Umbriel, Titania und Oberon.«

Die beiden Männer sahen Victor an, nickten und traten dann zurück, um ihn vorbeizulassen; mit einem Mal waren sie äußerst höflich, ja beinahe zuvorkommend.

»Danke, Sir. Sie müssen entschuldigen, aber wie Sie sicher wissen, haben wir viele Gegner, die uns liebend gern ins Handwerk pfuschen würden. Ich bin sicher, Sie haben Verständnis für unsere Vorsichtsmaßnahmen.«

»Natürlich! Ich gratuliere Ihnen zu Ihrer Sorgfalt, Gentlemen. Guten Tag.«

Aber als Victor vorbei wollte, hielten sie ihn erneut zurück. »Haben Sie nicht etwas vergessen, Sir?«

Victor drehte sich um. Ich hatte von Anfang an befürchtet, daß es so etwas wie eine Parole gab, und wenn sie die jetzt hören wollten, waren wir geliefert. Victor beschloß, den beiden die Initiative zu überlassen.

»Haben Sie ihn vielleicht im Wagen vergessen?« fragte der erste Mann schließlich. »Hier, nehmen Sie solange meinen.«

Der Wachmann griff in sein Jackett und holte nicht etwa eine Waffe, wie Victor gefürchtet hatte, sondern einen gewaltigen Baseballhandschuh daraus hervor. Er überreichte ihn Victor mit einem herzlichen Lächeln. »Ich werde es heute vermutlich sowieso nicht auf den Berg schaffen.«

Victor schlug sich mit der Hand an die Stirn. »Ein Gedächtnis wie ein Sieb. Ich muß ihn zu Hause liegengelassen haben. Stellen Sie sich vor, da fahre ich zu einem Erdkreuzertreffen und vergesse meinen Baseballhandschuh!«

Die beiden Wachtposten lachten artig mit; dann sagte der erste: »Viel Vergnügen, Sir. Der Einschlag findet um 14 Uhr 32 statt. Vielleicht haben Sie Glück!«

Er dankte den beiden und sprang in den wartenden Land Rover, bevor sie es sich anders überlegten. Mißtrauisch betrachtete er den Handschuh. Was, um Himmels willen, ging dort oben vor?

Der Land Rover setzte ihn am Osteingang der Hügelfestung ab, wo etwa fünfzig stahlbehelmte Männer und Frauen durcheinanderliefen. In der Festungsmitte stand ein großes Zelt mit zahllosen Antennen und einer gigantischen Satellitenschüssel auf dem Dach. Ein Stück den Hügel hinauf drehte sich langsam eine Radarantenne. Er hatte ein riesiges Teleskop oder so etwas erwartet, doch nichts dergleichen war zu sehen.

»Name?«

Victor fuhr herum; vor ihm stand ein kleiner Mann und starrte ihn an. Er hatte ein Klemmbrett in der Hand, einen Stahlhelm auf dem Kopf und schien seine begrenzte Autorität über die Maßen zu genießen.

Victor versuchte es mit einem Bluff. »Das da bin ich«, sagte er und zeigte auf einen Namen am Ende der Liste.

»Dann sind Sie also Mr. Bitte Wenden?«

»Darüber«, entgegnete Victor eilig.

»Mrs. Trotswell?«

»Hmm, äh, nein. Ceres. Augustus Ceres.«

Der kleine Mann sah in seiner Liste nach und ging die Namen der Reihe nach mit seinem stählernen Kugelschreiber durch.

»Hier gibt es niemanden dieses Namens«, sagte er langsam und beäugte Victor mißtrauisch.

»Ich bin aus Berwick-upon-Tweed«, erklärte Victor. »Nachzügler. Hat Ihnen denn niemand Bescheid gesagt? Dr. Müller meinte, ich könne jederzeit vorbeikommen.«

Der kleine Mann erschrak. »Müller? Wir haben hier niemanden dieses Namens. Sie meinen vermutlich Dr. Cassiopeia.« Er zwinkerte ihm grinsend zu. »So weit, so gut«, setzte er hinzu, sah erst auf seine Liste und blickte sich dann in der Festung um, »die Außenposten sind schwach besetzt. Sie können B3 übernehmen. Haben Sie einen Handschuh? Gut. Wie steht's mit einem Helm? Macht nichts. Hier, nehmen Sie meinen; ich hole mir einen neuen aus dem Lager. Einschlag um 14 Uhr 32. Schönen Tag noch.«

Victor nahm den Helm und ging in die Richtung, in die der kleine Mann gezeigt hatte.

»Haben Sie gehört, Thursday?« zischte er. »Dr. Cassiopeia.«

»Ja«, antwortete ich. »Mal sehen, ob wir was über ihn rausfinden können.«

Bowden sprach schon mit Finisterre, der im Büro auf eine ebensolche Anfrage gewartet hatte.

Victor stopfte seine Bruyèrepfeife und ging gemächlich in Richtung Posten B3, als ihn ein Mann in dicker Winterjacke fast über den Haufen rannte. Er kannte Dr. Müllers Gesicht von dem Verbrecherfoto. Victor lüftete den Hut, entschuldigte sich und ging weiter.

»Warten Sie!« rief Müller. Victor drehte sich um. Müller starrte ihn mit hochgezogener Augenbraue an.

»Habe ich Ihr Gesicht nicht schon mal woanders gesehen?«

»Nein, es war immer schon da, wo es ist«, versuchte Victor die Situation mit einem Scherz zu überspielen. Müller starrte ihn mit ausdrucksloser Miene an, während Victor weiter seine Pfeife stopfte.

»Ich weiß genau, daß ich Sie schon mal irgendwo gesehen habe«, fuhr Müller fort, doch Victor konnte so leicht nichts erschüttern.

»Das glaube ich kaum«, widersprach er und streckte die Hand aus. »Ceres«, setzte er hinzu. »Vom Spiralarm Berwick-upon-Tweed.«

»Ach, Berwick-upon-Tweed?« sagte Müller. »Dann kennen Sie doch bestimmt auch meinen guten Freund und Kollegen Professor Barnes?«

»Nie von ihm gehört«, gestand Victor; Müller wollte ihn vermutlich auf die Probe stellen. Müller sah lächelnd auf seine Armbanduhr. »Einschlag in sieben Minuten, Mr. Ceres. Sie sollten langsam Posten beziehen.«

Victor steckte seine Pfeife an und ging in die Richtung, die man ihm gewiesen hatte. In der Erde steckte ein Pflock mit der Aufschrift B3; er stellte sich daneben und kam sich reichlich albern vor. Die anderen Erdkreuzer hatten ihre Helme aufgesetzt und suchten den westlichen Himmel ab. Victor blickte sich um und erregte die Aufmerksamkeit einer attraktiven Frau seines Alters, die ein paar Schritte weiter an B2 Aufstellung genommen hatte.

»Hallo!« sagte er fröhlich und tippte sich an den Helm.

Die Frau klimperte verschämt mit den Wimpern.

»Alles in Ordnung?« fragte sie.

»Tipptopp!« erwiderte Victor elegant und setzte rasch hinzu: »Nun ja, nicht ganz. Das ist mein erstes Mal.«

Die Frau winkte lächelnd mit ihrem Handschuh.

»Es ist kinderleicht. Halten Sie die Augen offen, und fangen Sie nur mit ausgestrecktem Arm. Mal prasseln sie regelrecht vom Himmel, mal gucken wir buchstäblich in den Mond, aber wenn Sie einen erwischen, legen Sie ihn sofort ins Gras. Wenn sie die Erdatmosphäre passiert haben, sind sie zumeist recht heiß.«

Victor starrte sie fassungslos an. »Soll das heißen, wir fangen Meteore mit bloßen Händen?«

Das Lachen der Frau klang glockenhell. »Nein, nein, Sie Dummchen! Dazu haben wir doch die Handschuhe! Außerdem sind es Meteoriten. Meteore verbrennen in der Atmosphäre. Seit '64 war ich bei siebzehn mutmaßlichen Einschlägen dabei. Einmal, '71 in Terra del Fuego, hätte ich beinahe einen erwischt. Aber damals«, setzte sie betrübt hinzu, »hat ja auch mein lieber George noch gelebt ...«

Sie sah ihn an und lächelte. Victor erwiderte das Lächeln. Sie fuhr fort: »Wenn wir heute Zeugen eines Einschlags werden, ist das der erste korrekt vorhergesagte Einschlag in Europa. Stellen Sie sich vor, Sie fangen einen Meteoriten! Sie sind der Schutt, der bei der Schöpfung des Universums vor viereinhalb Milliarden Jahren entstand! Das ist wie die Heimkehr eines verlorenen Sohnes!«

»Sehr... poetisch«, befand Victor stockend, während ich ihm über Funk ins Ohr flüsterte.

»In unserer Kartei gibt es keinen Dr. Cassiopeia«, sagte ich. »Lassen Sie ihn um Himmels willen nicht aus den Augen!«

»Ist gut«, antwortete Victor und hielt Ausschau nach Dr. Müller.

»Wie bitte?« fragte die Frau auf B2, die ihn und nicht etwa den Himmel angestarrt hatte.

»Ist gut«, erwiderte Victor hastig, »wenn ich, äh, einen fange, lasse ich ihn sofort fallen.«

Ein Lautsprecher plärrte: »Zwei Minuten bis zum Einschlag.« Ein Raunen ging durch die Menge.

»Viel Glück!« sagte die Frau, zwinkerte ihm einladend zu und starrte in den wolkenlosen Himmel.

Plötzlich sagte eine Stimme dicht hinter Victor: »Jetzt *weiß* ich, woher ich Sie kenne.«

Victor drehte sich um und starrte in das ausgesprochen unangenehme Gesicht Dr. Müllers. Ein Stück hinter ihm stand ein stämmiger Wachmann mit der Hand in der Innentasche seines Jacketts.

»Sie sind SpecOps-Agent. Ein LitAg. Victor Analogy, nicht wahr?«

»Nein, mein Name ist Dr. Augustus Ceres, Berwick-upon-Tweed.« Nervös lachend setzte Victor hinzu: »Victor Analogy! Was ist denn das für ein Name?«

Müller winkte seinem Leibwächter, der mit gezogener Automatik auf Victor losging. Er sah aus, als könne er es kaum erwarten, sie zu benutzen.

»Tut mir leid, mein Freund«, sagte Müller freundlich, »aber das genügt mir nicht. Wenn Sie *wirklich* Analogy sind, haben Sie hier nichts zu suchen. Sollten Sie sich jedoch tatsächlich als Dr. Ceres aus Berwick-upon-Tweed entpuppen, bitte ich vielmals um Entschuldigung.«

»Moment mal ...«, begann Victor, doch Müller ließ ihn gar nicht erst zu Wort kommen.

»Ich gebe Ihrer Familie dann Bescheid, wo sie die Leiche findet«, sagte er großmütig.

Victor blickte sich hilfesuchend um, doch alle anderen Erdkreuzer starrten bloß in den Himmel.

»Leg ihn um.«

Lächelnd krümmte der Leibwächter den Finger am Abzug. In diesem Augenblick hörte Victor ein Heulen am Himmel, und ein verirrter Meteorit krachte auf den Helm des Wachmannes. Der Leibwächter kippte um wie ein Kartoffelsack, die Pistole ging los, und das Projektil durchschlug Victors Baseballhandschuh. Plötzlich schwirrte die Luft von rotglühenden Meteoriten, die jaulend zur Erde regneten. Der heftige Schauer stürzte die versammelten Erdkreuzer gänzlich in Verwirrung; sie konnten sich nicht entscheiden, ob sie in Deckung gehen oder versuchen sollten, die Meteoriten zu fangen.

Müller kramte in seiner Jackentasche nach seiner Pistole, als plötzlich ganz in der Nähe jemand »*Achtung!*« rief. Beide wirbelten herum, doch nicht Müller, sondern Victor fing den kleinen Meteoriten. Er hatte in etwa die Größe eines Kricketballs und glühte leuchtend rot. Victor warf ihn Müller zu, der instinktiv die Hand danach ausstreckte. Leider trug er keinen Baseballhandschuh. Erst hörte man ein Zischen, dann ein Jaulen und schließlich einen Schmerzensschrei, als Victor ihm mit einer Gewandtheit, die man einem Fünfundsiebzigjährigen niemals zugetraut hätte, einen Kinnhaken versetzte. Müller fiel um wie ein Kegel, und Victor hechtete nach der am Boden liegenden Waffe. Er hielt sie Müller ins Genick, zog ihn hoch und stieß ihn vor sich her zum Ausgang der Hügelfestung. Der Meteoritenschauer ließ nach, und ich mahnte ihn über Funk zur Vorsicht.

»Sie sind Analogy, stimmt's?« fragte Müller.

»Stimmt. SpecOps-27. Und Sie sind vorläufig festgenommen.«

Victor, Bowden und ich saßen mit Müller in Verhörraum 3, als Hicks und Schitt erfuhren, wen wir da geschnappt hatten. Victor hatte Müller gerade erst nach seinem Namen gefragt, als die Tür aufflog. Es war Schitt, flankiert von zwei SO-9-Agenten, die keinen besonders humorvollen Eindruck machten.

»Mein Gefangener, Analogy.«

»*Mein* Gefangener, Mr. Schitt«, hielt Victor nachdrücklich dagegen. »*Meine* Festnahme, *mein* Zuständigkeitsbereich; ich vernehme Dr. Müller im Fall *Chuzzlewit*.«

Jack Schitt wandte sich zu Commander Hicks um, der hinter ihm stand.

»So leid es mir tut, Victor, aber die Swindoner Sektionen SO-9 und SO-27 fallen ab sofort unter die Zuständigkeit der Goliath Corporation und ihres örtlichen Repräsentanten. Wer dem amtierenden SpecOps-Kommandanten Schitt relevante Informationen und/oder Unterlagen vorenthält, kann wegen Behinderung einer laufenden Ermittlung strafrechtlich belangt werden. Ist Ihnen klar, was das heißt?«

»Das heißt, daß Schitt tun und lassen kann, was er will«, erwiderte Victor.

»Übergeben Sie Ihren Gefangenen, Victor. Die Goliath Corporation hat Vorrang.«

Victor starrte ihn wütend an und bahnte sich einen Weg zur Tür hinaus.

»Ich möchte bleiben«, bat ich.

»Nichts zu machen«, befand Schitt. »Der SO-27-Sicherheitsstatus reicht in diesem Fall nicht aus.«

»Wie gut«, gab ich zurück, »daß ich meine SO-5-Marke noch habe.«

Jack Schitt fluchte, sagte jedoch weiter nichts. Bowden wurde hinausgeschickt, und die beiden SO-9-Agenten postierten sich links und rechts der Tür; Schitt und Hicks setzten sich an den Tisch, wo Müller scheinbar desinteressiert eine Zigarette rauchte. Ich lehnte mich gegen die Wand und harrte der Dinge, die da kommen mochten.

»Keine Angst, der holt mich hier raus«, sagte Müller langsam und verzog den Mund zu einem seltenen Lächeln.

»Das glaube ich kaum«, meinte Schitt. »Die Swindoner Spec-Ops-Zentrale ist im Augenblick von mehr SO-9-Agenten und SEK-Leuten umstellt, als Sie in einem Monat zählen können. Nicht mal ein Irrer wie Hades würde versuchen, hier reinzukommen.«

Das Lächeln wich von Müllers Lippen.

»SO-9 ist die beste Antiterroreinheit der Welt«, fuhr Schitt fort. »Keine Angst, wir kriegen ihn. Die Frage ist nur, wann. Und wenn Sie uns helfen, stehen Sie vor Gericht vielleicht gar nicht so schlecht da.«

Doch davon ließ sich Müller nicht beirren.

»Und weil Ihre SO-9-Agenten die besten der Welt sind, hat mich ein fünfundsiebzigjähriger LitAg festgenommen?«

Darauf wußte Jack Schitt keine Antwort. Müller wandte sich an mich.

»Und wenn Ihre SO-9 tatsächlich so eine heiße Nummer ist, warum ist es dann ausgerechnet der jungen Dame hier gelungen, Hades in die Enge zu treiben?«

»Ich hatte Glück«, antwortete ich und setzte hinzu: »Wieso hat Acheron Martin Chuzzlewit nicht umgebracht? Leere Drohungen sind doch sonst nicht sein Stil.«

»Wohl wahr«, bestätigte Müller. »Wohl wahr.«

»Beantworten Sie die Frage, Müller«, fuhr Schitt ihn an. »Ich kann *sehr* ungemütlich werden.«

Müller lächelte ihn an. »Nicht halb so ungemütlich wie Acheron. Im *Who's Who des Verbrechens* gibt er als Hobbys Folter und Floristik an.«

»Wollen Sie im Knast versauern?« fragte Hicks, um auch etwas zum Gespräch beizutragen. »Entweder Sie machen sich schon mal auf fünfmal lebenslänglich gefaßt. Oder Sie marschieren in ein paar Minuten als freier Mann hier raus. Was ist Ihnen lieber?«

»Sie können machen, was Sie wollen, Officers. Von mir erfahren Sie kein Sterbenswörtchen. Hades holt mich raus, egal wie.«

Müller veschränkte die Arme und lehnte sich zurück. Eine Zeitlang herrschte Schweigen. Schließlich beugte Schitt sich vor und stellte den Casettenrecorder ab. Er zog ein Taschentuch aus seiner Hosentasche und hängte es über die Videokamera in der Ecke des Verhörraums. Hicks und ich wechselten nervöse Blicke. Müller schaute zu, wirkte jedoch nicht sonderlich beunruhigt.

»Also, noch mal von vorn«, sagte Schitt, zog seine Automatik und richtete sie auf Müllers Schulter. »Wo steckt Hades?«

Müller sah ihn an. »Entweder Sie erledigen mich jetzt, oder Hades erledigt mich, wenn er dahinterkommt, daß ich gesungen habe. Tot bin ich so oder so, und Ihre Methode ist wahrscheinlich nicht annähernd so schmerzhaft wie Acherons. Ich habe ihn in Aktion gesehen. Sie haben ja keine Ahnung, wozu der Mann fähig ist.«

»Ich schon«, sagte ich langsam.

Schitt entsicherte die Automatik. »Ich zähle bis drei.«

»Ich kann es Ihnen nicht sagen ...!«

»Eins.«

»Er würde mich umbringen.«

»Zwei.«

Das war mein Stichwort. »Wir könnten Sie in Schutzgewahrsam nehmen.«

»Schutz? Vor ihm?« rief Müller. »Daß ich nicht *lache*!«

»Drei!«

Müller schloß die Augen und begann zu zittern. Schitt ließ die Waffe sinken. So kamen wir nicht weiter. Plötzlich hatte ich eine Idee.

»Er hat das Manuskript gar nicht mehr, nicht wahr?«

Müller öffnete ein Auge und sah mich an. Genau darauf hatte ich gewartet.

»Mycroft hat es vernichtet, nicht?« fragte ich weiter. Ich versuchte, wie mein Onkel zu denken – offenbar mit Erfolg.

»Stimmt das?« wollte Jack Schitt wissen. Müller schwieg.

»Dann braucht er jetzt vermutlich dringend eine Alternative«, gab Hicks zu bedenken.

»Es gibt Tausende von Originalmanuskripten«, murmelte Schitt. »Und die können wir unmöglich alle bewachen. Hinter welchem ist er her?«

»Das kann ich Ihnen nicht sagen«, stotterte Müller; seine Entschlossenheit ging langsam, aber sicher zum Teufel. »Er würde mich umbringen.«

»Er wird Sie mit Sicherheit umbringen, wenn er erfährt, daß Sie uns die Geschichte mit Mycroft und dem Manuskript verraten haben«, sagte ich mit ruhiger Stimme.

»Aber das habe ich doch gar nicht . . .!«

»Woher soll er das wissen? Wir können Sie schützen, Müller, aber wir müssen Hades fassen. Wo ist er?«

Müller blickte von einem zum anderen.

»Schutzgewahrsam?« stammelte er. »Dazu werden Sie eine kleine Armee brauchen.«

»Das läßt sich arrangieren«, versicherte Schitt, der für seinen sparsamen Umgang mit der Wahrheit berühmt war. »Die Goliath Corporation ist durchaus bereit, sich in dieser Angelegenheit großzügig zu zeigen.«

»Na schön . . . ich sag's Ihnen.«

Er blickte in die Runde und wischte sich den Schweiß von der Stirn.

»Ist es nicht ziemlich heiß hier drin?« fragte er.

»Nein«, antwortete Schitt. »Wo ist Hades?«

»Also, er ist . . . im . . .«

Plötzlich verstummte er. Sein Gesicht verzerrte sich vor Angst, ein heftiger Stich fuhr ihm ins Kreuz, und er schrie auf vor Schmerz.

»Raus mit der Sprache! Schnell!« rief Schitt, sprang auf und packte den Gepeinigten am Revers.

»*Pen-de-rynnnnn* . . .«, kreischte er. »Er ist im . . .!«

»Weiter!« schrie Schitt. »Es gibt wahrscheinlich tausend Penderyns!«

»Das ist ein *Quizzzzzzz*«, stöhnte Müller. »...*aaah*!«

»Ich hab die Nase voll von Ihren Spielchen!« brüllte Schitt und schüttelte Müller. »Raus mit der Sprache, oder ich erwürge Sie mit bloßen Händen!«

Doch Müller konnte nicht mehr klar denken und war auch für Schitts Drohungen nur noch begrenzt empfänglich. Sich in Krämpfen windend, fiel er zu Boden.

»Sanitäter!« schrie ich und kniete mich neben dem konvulsivisch zuckenden Müller hin, um ihm zu helfen. Aber es war schon zu spät. Ein stummer Schrei entrang sich seiner Kehle, und er stellte die Augen auf Null. Der Geruch von versengter Kleidung stieg mir in die Nase. Ich wich zurück, als eine grelle, orangerote Flamme aus seinem Jackett schlug. Sie setzte seinen Körper in Brand, und wir räumten eilig das Feld, während er in der starken Hitze bis zur Unkenntlichkeit verkohlte; das Ganze dauerte keine vierzig Sekunden.

»Mist!« stieß Schitt hervor, als sich der Rauch verzogen hatte. Müller war nur noch ein glühendes Häuflein Asche. Das reichte nicht mal, um ihn zu identifizieren.

»Hades«, murmelte ich. »Eine Art eingebaute Sicherung. Sobald Müller sich verplappert ... puff, geht er in Flammen auf. Raffiniert.«

»Das hört sich an, als ob Sie ihn bewundern würden, Miss Next«, meinte Schitt. »Auf welcher Seite stehen Sie eigentlich?«

»Ehre, wem Ehre gebührt.« Ich zuckte die Achseln. »Wie der Hai hat Acheron sich im Lauf der Jahre zu einem fast perfekten Räuber entwickelt. Ich habe noch nie Großwild gejagt und würde es auch niemals tun, aber ich verstehe jetzt, was manche Leute daran so reizvoll finden. Als erstes«, fuhr ich fort, ohne den qualmenden Aschehaufen zu beachten, der noch vor kurzem Müller gewesen war, »müssen wir überall dort, wo Originalmanuskripte aufbewahrt werden, die Zahl der Wachtposten verdreifachen. Danach müssen wir jedes noch so abgelegene Penderyn durchsuchen.«

»Ich kümmere mich darum«, sagte Hicks, der nur auf eine Gelegenheit gewartet hatte, sich aus dem Staub zu machen.

Schitt und ich sahen uns an.

»Sieht aus, als stünden wir auf derselben Seite, Miss Next.«

»Leider«, gab ich zurück. »Sie wollen das ProsaPortal. Ich will meinen Onkel wiederhaben. Und bevor einer von uns kriegt, was wir wollen, müssen wir Acheron ausschalten. Ich fürchte, wir müssen eine Weile zusammenarbeiten.«

»Eine ebenso nützliche wie glückliche Verbindung«, meinte Schitt grinsend.

Ich stieß einen Finger in seine Krawatte. »Damit wir uns nicht mißverstehen, Mr. Schitt. Sie mögen die Macht auf Ihrer Seite haben, aber ich garantiere Ihnen, daß ich *alles* tun werde, um meine Familie zu schützen. Verstanden?«

Schitts Blick war eiskalt.

»Versuchen Sie nicht, mir zu drohen, Miss Next. Ich kann Sie schneller in die LitAg-Außenstelle Lerwick versetzen lassen, als Sie ›Swift‹ sagen können. Vergessen Sie das nicht. Sie sind hier, weil Sie gut sind. Genau wie ich. Wir sind uns ähnlicher, als Sie glauben. Schönen Tag noch, Miss Next.«

Die Schnellsuche ergab vierundachtzig walisische Ortschaften namens Penderyn, doppelt so viele Straßen und noch einmal dieselbe Anzahl von Pubs, Clubs und Vereinen. Kein Wunder, daß es so viele waren; Dic Penderyn war 1831 hingerichtet worden, weil er angeblich während des Merthyr-Aufstands einen Soldaten angeschossen hatte. Er war der erste Märtyrer des Freiheitskampfes der Waliser und so etwas wie eine Galionsfigur des republikanischen Widerstands. Selbst wenn Goliaths Leute in der Lage sein sollten, Agenten nach Wales einzuschleusen, hätten die nicht gewußt, in welchem Penderyn sie mit ihrer Suche nach Hades anfangen sollten. Das konnte dauern.

Müde machte ich mich auf den Heimweg. Ich holte meinen Wagen aus der Werkstatt; die Mechaniker hatten es tatsächlich geschafft, die Frontachse auszutauschen, einen neuen Motor einzubauen und die Einschußlöcher zu stopfen: Einige Kugeln hatten Bowden und mich nur um Haaresbreite verfehlt. Als ich vor dem Hotel Finis hielt, brummte ein Luftschiff der Klipperklasse langsam über mich hinweg. Eben brach die Dämmerung herein, und die Navigationsleuchten auf beiden Seiten des Zeppelins blinkten matt am Abendhimmel. Mit seinen zehn Propellern, die die Luft mit rhythmischem Summen in Bewegung versetzten, bot er einen ebenso eleganten wie erhabenen Anblick; tagsüber konnte ein Luftschiff die Sonne verdunkeln. Ich betrat das Hotel. Die Milton-Konferenz war vorbei, und Liz begrüßte mich eher wie eine Freundin als wie einen Gast.

»Guten Abend, Miss Next. Alles in Ordnung?«

»Nicht direkt.« Ich lächelte. »Trotzdem danke der Nachfrage.«

»Ihr Dodo ist heute gekommen«, verkündete Liz. »Er ist in Zwinger fünf. So etwas spricht sich herum; die Swindoner Dodo-Liebhaber waren schon hier. Sie meinten, es handele sich um eine äußerst seltene Version eins oder so etwas – Sie möchten sie anrufen.«

»Er ist eine 1.2«, sagte ich geistesabwesend. Dodos interessierten mich momentan nicht allzusehr. Ich zögerte einen Augenblick. Liz spürte meine Unentschlossenheit.

»Kann ich etwas für Sie tun?«

»Hat, äh, Mr. Parke-Laine angerufen?«

»Nein. Haben Sie seinen Anruf erwartet?«

»Nein – nicht direkt. Falls er sich meldet und Sie mich nicht auf meinem Zimmer erreichen, bin ich im Cheshire Cat. Wenn Sie mich dort auch nicht finden können, würden Sie ihn dann bitten, in einer halben Stunde noch mal anzurufen?«

»Ich kann ihm auch gleich einen Wagen schicken lassen.«

»O Gott, ist es so offensichtlich?«

Liz nickte.

»Er heiratet.«

»Eine andere?«

»Ja.«

»Das tut mir leid.«

»Mir auch. Hat Ihnen schon mal jemand einen Heiratsantrag gemacht?«

»Klar.«

»Und? Was haben Sie gesagt?«

»Ich habe gesagt: ›Frag mich noch mal, wenn du rauskommst.‹«
»Und?«
»Ich warte noch heute.«

Ich ging nach Pickwick sehen, der sich bestens eingelebt zu haben schien. Als er mich sah, fing er aufgeregt an zu *plock*en. Entgegen sämtlichen Theorien von Experten hatten sich die Dodos als erstaunlich intelligent und recht agil erwiesen – die weitverbreitete Legende, es seien plumpe, tolpatschige Vögel, erwies sich als falsch. Ich gab ihm eine Handvoll Erdnüsse und schmuggelte ihn unter dem Mantel auf mein Zimmer. Die Zwinger waren nicht etwa schmutzig oder dergleichen; ich wollte ihn bloß nicht allein lassen. Ich legte ihm seinen Lieblingsteppich ins Bad, damit er einen Platz zum Schlafen hatte, und bedeckte den Fußboden mit Zeitungspapier. Ich versprach, ihn gleich morgen früh zu meiner Mutter zu bringen, und ließ ihn aus dem Fenster auf den Parkplatz hinaussehen.

»Guten Abend, Miss«, sagte der Barmann im Cheshire Cat. »Was haben der Rabe und ein Schreibtisch gemeinsam?«

»Beide fangen mit B an?«

»Sehr gut. Ein kleines Vorpal's Special, stimmt's?«

»Das soll wohl ein Witz sein? Gin-Tonic. Einen doppelten.«

Er lächelte und drehte sich zu den Flaschen um.

»Polizei?«

»SpecOps.«

»LitAg?«

»Nja.«

Ich nahm mein Glas entgegen.

»Ich wollte auch mal LitAg werden«, sagte er wehmütig, »habe es aber nur bis zum Kadetten gebracht.«

»Warum?«

»Meine Freundin war eine militante Marlowianerin. Sie baute ein paar Will-Maschinen so um, daß sie den *Tamerlan* aufsagten, und als sie geschnappt wurde, wurde ich auch mit verhaftet. Und damit hatte es sich dann mit meiner Karriere. Nicht mal das Militär wollte mich haben.«

»Wie heißen Sie?«

»Chris.«

»Thursday.«

Wir schüttelten uns die Hand.

»Ich kann nur für mich persönlich sprechen, Chris, aber ich war *sowohl* beim Militär *als* auch bei den SpecOps, und Sie sollten Ihrer Freundin auf Knien danken.«

»Mach ich«, versicherte Chris. »Jeden Tag. Wir sind inzwischen verheiratet und haben zwei Kinder. Abends jobbe ich hier als Barmann, und tagsüber leite ich den Swindoner Ableger der Kit-Marlowe-Gesellschaft. Wir haben fast viertausend Mitglieder. Nicht übel für einen elisabethanischen Fälscher, Mörder, Spieler und Atheisten, was?«

»Manche sagen, er könnte die Stücke verfaßt haben, die normalerweise Shakespeare zugeschrieben werden.«

Chris war erstaunt. Und mißtrauisch.

»Ich weiß nicht, ob ich mit einer LitAg über dieses Thema sprechen soll.«

»Gespräche sind doch nicht verboten, Chris. Wofür halten Sie uns, für die Gedankenpolizei?«

»Nein, das ist SO-2, nicht wahr?«

»Aber zurück zu Marlowe ...«

Chris senkte die Stimme. »Na schön. Wenn Sie mich fragen, *könnte* Marlowe die Stücke durchaus geschrieben haben. Er war ohne Zweifel ein begnadeter Dramatiker, wie der *Faust*, der *Tamerlan* und *Edward II.* eindrucksvoll belegen. Er war als einziger seiner Altersgenossen dazu in der Lage. Vergessen Sie Bacon und Oxford; Marlowe ist der klare Favorit.«

»Aber Marlowe wurde 1593 ermordet«, wandte ich ein. »Die meisten Stücke sind erst *danach* entstanden.«

Chris sah mich an und sagte in verschwörerischem Tonfall: »Stimmt. Falls er *tatsächlich* bei besagter Kneipenschlägerei ums Leben kam.«

»Was wollen Sie damit andeuten?«

»Daß sein Tod vielleicht vorgetäuscht war.«

»Warum?«

Chris holte tief Luft. Auf diesem Gebiet kannte er sich aus.

»Sie dürfen nicht vergessen, daß Elisabeth eine protestantische Königin war. Dinge wie Atheismus oder Papismus stellten die Autorität der protestantischen Kirche und damit auch der Königin als deren Oberhaupt in Frage.«

»Verrat«, murmelte ich. »Darauf stand die Todesstrafe.«

»Genau. Im April 1593 verhaftete der Kronrat einen gewissen Thomas Kyd als mutmaßlichen Verfasser regierungskritischer Pamphlete. Bei der Durchsuchung seiner Wohnung fand man atheistische Schriften.«

»Und?«

»Kyd lieferte Marlowe ans Messer. Er behauptete, sie stammten von Marlowe, mit dem er sich zwei Jahre zuvor ein Zimmer geteilt hatte. Marlowe wurde am 18. Mai 1593 festgenommen, verhört und auf Kaution wieder freigelassen, das heißt die Beweise reichten vermutlich nicht aus, um ihn vor Gericht zu stellen.«

»Und was ist mit seiner Freundschaft zu Walsingham?« fragte ich.

»Darauf wollte ich gerade zu sprechen kommen. Walsingham bekleidete eine einflußreiche Stellung beim Geheimdienst; die beiden kannten sich seit Jahren. Da täglich neue Beweise gegen Marlowe ans Licht kamen, schien seine Verhaftung unausweichlich. Aber am Morgen des 30. Mai kommt Marlowe bei einer Kneipenschlägerei zu Tode, angeblich, weil er die Zeche nicht bezahlen wollte.«

»Wie praktisch.«

»Allerdings. Ich bin der festen Überzeugung, daß Walsingham den Tod seines Freundes nur vorgetäuscht hat. Die drei Männer in der Schenke standen allesamt in seinen Diensten. Er bestach den Coroner, und Marlowe machte Shakespeare zu seinem Strohmann. Will, ein verarmter Schauspieler, der Marlowe aus seiner Zeit am Shoreditch-Theater kannte, brauchte dringend Geld; und so begann Shakespeares Aufstieg mit dem Ende von Marlowes Karierre.«

»Interessante Theorie. Aber erschien *Venus und Adonis* nicht schon ein paar Monate vor Marlowes Tod? Noch vor der Verhaftung Kyds?«

Chris hustete. »Guter Einwand. Dazu kann ich nur sagen, daß das Komplott entweder von langer Hand vorbereitet war, oder jemand hat die historischen Quellen manipuliert.«

Er schwieg einen Moment, blickte sich um und senkte die Stimme noch weiter.

»Bitte verraten Sie den anderen Marlowianern nichts, aber noch etwas spricht gegen einen vorgetäuschten Tod.«

»Ich bin ganz Ohr.«

»Marlowe kam im Verwaltungsbezirk des Coroners zu Tode. Sechzehn Juroren sahen seinen *angeblich* vertauschten Leichnam, und es ist äußerst unwahrscheinlich, daß sich der Coroner bestechen ließ. Ich an Walsinghams Stelle hätte Marlowes Tod in der Provinz getürkt, wo man einen Coroner wesentlich leichter kaufen konnte. Er hätte sogar noch weiter gehen und den Leichnam verstümmeln lassen können, um die Identifizierung unmöglich zu machen.«

»Was wollen Sie damit sagen?«

»Daß Walsingham Marlowe womöglich *selbst* ermorden ließ, um ihn zum Schweigen zu bringen. Unter Folter hätte er vermutlich ausgepackt, und es spricht einiges dafür, daß Marlowe wußte, wieviel Dreck Walsingham am Stecken hatte.«

»Und?« fragte ich. »Wie erklären Sie es sich dann, daß wir so gut wie nichts über Shakespeare wissen? Daß er ein kurioses Doppelleben führte? Und daß seine literarische Arbeit in Stratford praktisch unbekannt war?«

Chris zuckte die Achseln.

»Keine Ahnung. Aber außer Marlowe gab es im elisabethanischen London niemanden, der auch nur annähernd dazu in der Lage gewesen wäre, solche Stücke zu schreiben.«

»Irgendwelche Theorien?«

»Nein. Aber die Elisabethaner waren ein komischer Haufen. Höfische Intrigen, der Geheimdienst ...«

»Und alles wandelt sich ins Gegenteil . . .«

»Sie sagen es. Prost.«

Wir stießen an, und Chris ging davon, um einen anderen Gast zu bedienen. Ich spielte eine halbe Stunde Klavier und zog mich dann zurück. Ich fragte noch einmal bei Liz nach, doch Landen hatte sich nicht gemeldet.

27

Hades findet ein neues
Manuskript

Ich hatte gehofft, ein Manuskript von Austen oder Trollope, Thackeray, Fielding oder Swift zu finden. Vielleicht auch einen Johnson, Wells oder Conan Doyle. Ein Defoe wäre nicht schlecht gewesen. Und nun stellen Sie sich meine Freude vor, als ich erfuhr, daß Charlotte Brontës Meisterwerk *Jane Eyre* in ihrem Elternhaus zur Ansicht auslag. Wie sollte ich an so einer Gelegenheit vorbeigehen?

ACHERON HADES
– Die Lust am Laster

Unsere Sicherheitsempfehlungen waren dem Brontë-Museum übermittelt worden, und in jener Nacht taten fünf bewaffnete Wachleute Dienst. Es waren allesamt kräftige Burschen aus Yorkshire, die man für diese ehrenhafte Aufgabe ausgesucht hatte, weil sie auf den literarischen Ruhm von Charlotte Brontë natürlich besonders stolz waren. Einer beaufsichtigte das Manuskript, ein zweiter hielt im Gebäude Wache, Nummer drei und vier gingen auf dem Gelände Streife, und der fünfte saß in einem kleinen Raum vor sechs TV-Bildschirmen. Er aß ein Brot mit Ei und Zwiebeln und ließ die Fernseher nicht aus den Augen, konnte auf den Monitoren jedoch keinerlei Unregelmäßigkeit entdecken. Allerdings hatte er keine Ahnung, über welche besonderen Fähigkeiten Hades verfügte. Diese Informationen waren ausschließlich Mitarbeitern der Sektionen SO-1 bis 9 zugänglich.

Es fiel Hades also nicht schwer, sich Zutritt zu verschaffen; er schlüpfte einfach durch die Küchentür, nachdem er das Schloß mit einem Stemmeisen aufgebrochen hatte. Der Wachmann, der im Haus seinen Rundgang machte, hörte Acheron nicht kommen. Sein lebloser Körper wurde später unter dem Ausgußbecken gefunden. Lautlos stieg Hades die Treppe hinauf. Dabei hätte er soviel Lärm machen können, wie er nur wollte. Er wußte, daß ihm die Wachleute mit ihren 38ern nichts anhaben konnten, aber mir nichts, dir nichts hineinzuspazieren und sich zu bedienen machte einfach keinen Spaß. Langsam tappte er den Flur entlang zu dem Zimmer, in dem das ausgestellte Manuskript lag, und spähte hinein. Das Zimmer war leer. Der Wachmann war aus irgendeinem Grund nicht da. Hades trat vor den Schaukasten aus Panzerglas und legte die Hand genau über das Buch. Das Glas unter seinem Handteller begann sich zu kräuseln und wurde weich; bald war es so biegsam, daß Hades die Finger hindurchstecken und das Manuskript ergreifen konnte. Die destabilisierte Oberfläche dehnte und streckte sich wie Gummi, als er das Buch herauszog, und verwandelte sich gleich darauf in festes Glas zurück; allenfalls eine leichte Sprenkelung ließ erahnen, daß seine Molekularstruktur verändert worden war. Mit einem triumphierenden Lächeln auf den Lippen las Acheron das Titelblatt:

Jane Eyre
von CURRER BELL
Okt. '47

Eigentlich wollte Hades das Buch einstecken und mitnehmen, doch die Geschichte hatte ihm immer schon gefallen. Und so gab er der Versuchung nach, schlug das Manuskript auf und begann zu lesen.

Er hatte die Stelle aufgeschlagen, wo Jane im Bett liegt und plötzlich ein leises, dämonisches Lachen von der Türe her hört. Als sie erleichtert feststellt, daß das Gelächter nicht aus ihrem Zimmer kommt, steht sie auf, schiebt den Türriegel zurück und ruft hinaus:

»Wer ist da?«

Statt einer Antwort hört sie jemanden glucksen und stöhnen. Dann entfernen sich schwere Schritte, und eine Tür fällt ins Schloß. Jane zieht sich ihr Kleid an, wirft sich ein Tuch um die Schultern, entriegelt die Tür, öffnet sie einen Spaltbreit und späht vorsichtig hinaus. Auf dem Boden entdeckt sie eine brennende Kerze und bemerkt überdies, daß der Flur voller Rauch ist. Dann hört sie Rochesters halboffene Zimmertür knarren und sieht den Flackerschein züngelnder Flammen. Im Nu ist alles andere vergessen. Jane stürzt in Rochesters brennende Kammer und versucht den Schlafenden zu wecken mit den Worten:

»Aufwachen! Aufwachen!«

Doch Rochester rührt sich nicht, und mit wachsendem Entsetzen stellt Jane fest, daß das Bettzeug schon angesengt ist und jeden Moment Feuer fangen wird. Sie rennt zum Waschtisch, nimmt Becken und Krug, die beide mit Wasser gefüllt sind, schüttet sie über Rochester aus und läuft dann in ihr eigenes Zimmer, um Nachschub zu holen und auch die Vorhänge noch mit Wasser zu besprengen. Mit Mühe gelingt es ihr, den Brand zu löschen, aber als Rochester endlich erwacht und merkt, daß er in einer Pfütze liegt, stößt er wilde Verwünschungen aus und sagt zu Jane: »Haben wir eine Überschwemmung?«

»Keine Überschwemmung, Herr«, antwortet sie. »Aber es hat gebrannt. Rasch, stehen Sie auf; Sie sind ganz naß. Ich hole Ihnen eine Kerze.«

Rochester hat noch immer nicht begriffen, was geschehen ist.

»Bei allen Elfen der Christenheit, ist das nicht Jane Eyre?« fragt er. »Was hast du mit mir gemacht, du Hexe, du Zauberin! Wer ist bei dir? Wolltet ihr mich ertränken?«

»Drehen Sie sich *gaaanz* langsam um«, sagte der Wachmann und unterbrach Acheron rüde in seiner Lektüre.

»Es ist doch *immer* dasselbe!« lamentierte Hades und wandte sich zu dem Sicherheitsbeamten um, der seine Waffe auf ihn gerichtet hielt. »*Gerade* wenn's am schönsten ist!«

»Rühren Sie sich nicht vom Fleck, und legen Sie das Manuskript hin.«

Acheron gehorchte. Der Wachmann löste das Walkie-talkie von seinem Gürtel und hielt es sich an den Mund.

»Das würde ich nicht tun«, sagte Acheron leise.

»Ach ja?« gab der Wachmann dreist zurück. »Und wieso nicht, wenn ich fragen darf?«

»Weil«, antwortete Acheron langsam und blickte dem Wachmann tief in die Augen, »Sie dann nie erfahren werden, weshalb Ihre Frau Sie verlassen hat.«

Der Wachmann ließ sein Walkie-talkie sinken.

»Woher kennen Sie meine Denise?«

Ich träumte unruhig. Ich war wieder auf der Krim, im Ohr das unausgesetzte Donnern der Geschütze, das metallische Kreischen der Granaten. Staub, Kordit und Amatol, die erstickten Schreie meiner Kameraden, das ungezielte Krachen der Artillerie. Die Kanonen vom Kaliber 88 waren so nah, daß die Geschosse explodierten, bevor man sie kommen hörte. Ich saß im Transportpanzer und fuhr allen Befehlen zum Trotz ins Kampfgetümmel zurück. Ich holperte über das Grasland, vorbei an den Überresten früherer Gefechte. Plötzlich spürte ich, wie etwas Großes an meinem Fahrzeug zerrte und das Dach aufriß. Ein betörend schöner Sonnenstrahl stach in den Staub herab. Dieselbe unsichtbare Hand ergriff den Panzer und schleuderte ihn in die Luft. Er balancierte ein paar Meter weit auf einer Kette und sackte dann wieder in die Waagerechte. Der Motor lief noch, die Steuerung schien zu funktionieren; ich fuhr weiter, ohne den Schaden zu bemerken. Erst als ich die Hand nach dem Schalter des Funkgeräts ausstreckte, registrierte ich, daß das Dach nicht mehr da war. Eine ernüchternde Entdeckung, aber zum Nachdenken hatte ich jetzt keine Zeit. Vor mir lagen die qualmenden Überreste der Leichten Panzer-Brigade. Die russischen 88er schwiegen; statt dessen tobte ein wildes Gefecht mit Maschinengewehren und Handfeuerwaffen. Ich hielt bei der erstbesten Gruppe von Verwundeten und öffnete die Heckklappe. Sie klemmte, aber das spielte keine Rolle; mit dem Dach war auch die Seitentür verschwunden, und ich schaffte in Windeseile zweiundzwanzig Verwundete und Sterbende in den für acht Personen bestimmten Transporter. Obendrein klingelte in einem fort ein Telefon. Mein Bruder kümmerte sich ebenfalls, ohne Helm und mit blutüberströmtem Gesicht, um die Verletzten. Er bat mich, ihn nachzuholen. Als ich davonfuhr, spickte ein Scharfschütze die Karosse mit Kugeln, die als jaulende Querschläger abprallten; die russische Infanterie rückte an. Das Telefon klingelte immer noch. Ich griff im Dunkeln nach dem Hörer, ließ ihn aus Versehen fallen und tastete fluchend den Fußboden danach ab. Es war Bowden.

»Alles in Ordnung?« fragte er.

»Alles bestens«, antwortete ich und versuchte, meine Stimme so normal wie möglich klingen zu lassen. Ich sah auf meinen Wecker. Es war drei Uhr morgens. Ich stöhnte.

»Es ist schon wieder ein Manuskript gestohlen worden. Die Nachricht kam gerade über Funk. Dieselbe Vorgehensweise wie bei *Martin Chuzzlewit*. Die Täter sind einfach reinmarschiert und haben es mitgenommen. Zwei Wachleute sind tot. Der eine wurde mit seiner eigenen Dienstwaffe erschossen.«

»*Jane Eyre*.«

»Woher zum Kuckuck wissen Sie das?«

»Von Rochester.«

»Von wem ...?«

»Vergessen Sie's. Haworth House?«

»Vor einer Stunde.«

»Ich hole Sie in zwanzig Minuten ab.«

Eine Stunde später brausten wir nach Norden Richtung Rugby. Die Nacht war klar und kühl, und die Straßen waren so gut wie leer. Obwohl ich das Verdeck zugeklappt hatte und die Heizung auf vollen Touren lief, zog es im Wageninnern, weil sich immer wieder heftige Windböen unter die Motorhaube verirrten. Mich schauderte bei dem Gedanken, wie sich der Wagen wohl im Winter fuhr.

»Ich werde das hoffentlich nicht bereuen«, murmelte Bowden. »Hicks wird nicht sonderlich erfreut sein, wenn er von unserem Ausflug erfährt.«

»Wer sagt: ›Ich werde das hoffentlich nicht bereuen‹, tut das in der Regel schon. Also, wenn ich Sie rauslassen soll, brauchen Sie es nur zu sagen. Zum Teufel mit Hicks. Zum Teufel mit Goliath und Jack Schitt. Manche Dinge sind einfach wichtiger als die Vorschriften. Regierungen und Moden kommen und gehen, aber *Jane Eyre* ist für die Ewigkeit. Ich würde buchstäblich alles dafür tun, um den Roman zu retten.«

Bowden schwieg. Ich hatte das Gefühl, ihm machte sein Job richtig Spaß, seit wir zusammenarbeiteten. Ich schaltete einen Gang herunter, überholte einen Lastwagen und sprintete los.

»Woher wußten Sie, daß es um *Jane Eyre* ging, als ich angerufen habe?«

Ich dachte einen Moment nach. Wem sollte ich davon erzählen, wenn nicht Bowden? Ich zog Rochesters Taschentuch hervor. »Sehen Sie das Monogramm?«

»EFR?«

»Es gehört Edward Fairfax Rochester.«

Bowden sah mich zweifelnd an. »Langsam, Thursday. Ich bin zwar kein Brontë-Experte, aber so blöd bin ich nicht, daß ich nicht wüßte, daß diese Figuren nicht *echt* sind.«

»Ob echt oder nicht, ich bin ihm mehrmals begegnet. Ich habe auch seine Jacke.«

»Moment mal – das mit Quaverleys Extraktion leuchtet mir ein, aber was wollen Sie damit andeuten? Daß Charaktere nach Lust und Laune aus ihren Romanen heraushüpfen können?«

»Zugegeben, das klingt alles sehr merkwürdig, und ich habe auch keine Erklärung dafür. Aber die Grenze zwischen Rochester und mir ist irgendwie durchlässig. Und nicht nur ist *er* aus dem Roman herausgekommen; sondern einmal, als kleines Mädchen, habe *ich* sogar das Buch betreten. Ich kam genau in dem Moment an, als sich die beiden das erste Mal begegnen. Wissen Sie noch?«

Bowden blickte verlegen aus dem Seitenfenster.

»Ziemlich billig für bleifrei«, sagte er, als wir an einer Tankstelle vorbeikamen.

Ich erriet den Grund. »Sie haben *Jane Eyre* nie gelesen, stimmt's?«

»Nein …«, stammelte er. »Aber, äh …«

Ich lachte. »Na, na, ein LitAg, der *Jane Eyre* nicht kennt?«

»Ja, ja, geschenkt. Dafür habe ich *Sturmhöhe* und *Villette* gelesen. Ich wollte mir das Buch zwar vornehmen, aber wie so vieles habe ich es schlicht vergessen.«

»Dann will ich Ihnen mal ein bißchen auf die Sprünge helfen.«

»Ich bitte darum«, brummte Bowden betreten.

Im Laufe der folgenden Stunde erzählte ich ihm die Geschichte von *Jane Eyre*, beginnend mit dem jungen Waisenmädchen Jane, ihrer Kindheit im Hause von Mrs. Reed und deren Kindern und ihrer Zeit in Lowood, einer schrecklichen Armenschule, die von einem grausamen und scheinheiligen Prediger geleitet wird, über die Typhusepidemie und den Tod ihrer Freundin Helen Burns bis zu ihrem Aufstieg zur Musterschülerin und schließlich Lehrerin unter der Leitung von Miss Temple.

»Jane verläßt Lowood und zieht nach Thornfield, wo sie nur noch einen Schützling hat, nämlich Rochesters Mündel Adele.«

»Was ist, bitte, ein Mündel?« fragte Bowden.

»Nun ja«, antwortete ich. »Sagen wir, eine dezente Umschreibung dafür, daß das Mädchen einer früheren Liaison entstammt. Heutzutage würde Adele auf der Titelseite des *Toad* als ›Kind der Liebe‹ bloßgestellt.«

»Aber Rochester kommt seinen väterlichen Pflichten doch offenbar nach?«

»Und ob. Jedenfalls gefällt es Jane in Thornfield ausgesprochen gut, trotz der sonderbaren Atmosphäre – Jane hat den Eindruck, daß dort etwas vor sich geht, worüber niemand spricht. Rochester kehrt von einer längeren Reise heim und erweist sich als mürrisch und herrschsüchtig; dennoch beeindruckt ihn Janes Seelenstärke, als sie ihn bei einem mysteriösen Zimmerbrand vor dem Verbrennungstod rettet. Jane verliebt sich in Rochester, muß jedoch mit ansehen, wie er Blanche Ingram, einem richtigen Luder, den Hof macht. Jane verläßt Thornfield, um Mrs. Reed zu pflegen, die im Sterben liegt, und bei ihrer Rückkehr hält Rochester um ihre Hand an; denn in ihrer Abwesenheit hat er erkannt, daß Janes Charaktereigenschaften Miss Ingrams Reize bei weitem übertreffen, trotz des Klassenunterschieds.«

»Und wenn sie nicht gestorben sind...«

»Immer mit der Ruhe. Die Hochzeit platzt nämlich. Das Brautpaar steht schon in der Kirche, da kommt ein Anwalt und behauptet, Rochester sei schon verheiratet, was sich als zutreffend herausstellt. Die wahnsinnige Bertha Rochester bewohnt sogar ein Zimmer im Dachgeschoß von Thornfield Hall, wo sie von der schrulligen Grace Poole gepflegt wird. Der Brand in Rochesters Zimmer geht auf ihr Konto. Wie Sie sich sicher vorstellen können, ist Jane zutiefst schockiert. Rochester versucht sein Benehmen dadurch wiedergutzumachen, daß er ihr immer wieder seine Liebe beteuert. Er bittet sie, als seine Mätresse mit ihm fortzugehen, aber sie weigert sich. Obwohl sie ihn noch immer liebt, läuft sie davon und findet ein neues Zuhause bei den Rivers, zwei Schwestern und deren Bruder, die sich als ihre Verwandten entpuppen.«

»Ist das nicht ziemlich unwahrscheinlich?«

»Schhh. Janes Onkel, der auch der Onkel der Geschwister ist, hat vor kurzem das Zeitliche gesegnet und ihr sein gesamtes Vermögen hinterlassen. Sie beteiligt die drei an ihrem Erbe und will ein selbständiges Leben führen. Der Bruder, St. John Rivers, beschließt, als Missionar nach Indien zu gehen, und möchte, daß Jane mitkommt und der Kirche dient. Jane ist zwar durchaus bereit, ihm zu dienen, will ihn aber nicht heiraten. Sie betrachtet die Ehe als einen Bund der Liebe und der gegenseitigen Achtung, nicht als Pflichtübung. Nach langem Hin und Her willigt sie schließlich ein, mit ihm als seine ›rechte Hand‹ nach Indien zu gehen. Und damit endet der Roman.«

»Das ist alles?« fragte Bowden erstaunt.

»Wie meinen Sie das?«

»Also, ich finde den Schluß enttäuschend. Wir versuchen, die Kunst so vollkommen wie irgend möglich zu machen, eben weil uns das im wirklichen Leben nie gelingt, und Charlotte Brontë beendet ihren Roman auf eine Art und Weise, die wahrscheinlich ihr eigenes unglückliches Liebesleben reflektiert. Ich an Charlottes Stelle hätte dafür gesorgt, daß Jane und Rochester doch noch irgendwie zusammenfinden.«

»Fragen Sie mich nicht«, sagte ich. »Ich habe das Buch nicht geschrieben.« Ich dachte einen Augenblick nach. »Sie haben natürlich recht«, murmelte ich dann. »Der Schluß ist beschissen. Erst läuft alles wie am Schnürchen, und dann läßt sie den Leser im Regen stehen. Selbst Brontë-Puristen sind sich einig, daß es wesentlich besser gewesen wäre, wenn sie am Ende geheiratet hätten.«

»Und wie, solange Bertha noch am Leben ist?«

»Keine Ahnung; sie könnte zum Beispiel sterben. Hmm, gar nicht so einfach.«

»Woher kennen Sie *Jane Eyre* eigentlich so gut?« fragte Bowden.

»Es war immer schon eins meiner Lieblingsbücher. Ich hatte ein Exemplar davon in meiner Jackentasche, als ich in London angeschossen wurde. Die Kugel blieb darin stecken. Kurz darauf erschien Rochester und klemmte meine Armverletzung ab, bis die Sanitäter kamen. Er und das Buch haben mir das Leben gerettet.«

Bowden sah auf seine Uhr. »Nach Yorkshire ist es noch ein ganzes Stück. Wir sind frühestens um ... Holla, was ist das?«

Auf der Autobahn schien sich ein Unfall ereignet zu haben. Es standen schon mehr als zwei Dutzend Autos im Stau. Als wir auch nach ein paar Minuten noch nicht vom Fleck gekommen waren, lenkte ich den Wagen auf den Standstreifen und rollte langsam zur Spitze der Kolonne. Ein Verkehrspolizist hielt uns an, warf einen skeptischen Blick auf die Einschußlöcher in der Karosserie und sagte: »Tut mir leid, Ma'am. Ich kann Sie hier nicht ...«

Aber als ich meine alte SO-5-Marke zückte, war er wie ausgewechselt: »Tut mir leid, Ma'am. Aber wir haben es hier mit etwas ziemlich *Ungewöhnlichem* zu tun.«

Bowden und ich sahen uns an und stiegen aus. Eine Schar Neugieriger drängte sich hinter der Polizeiabsperrung. Schweigend verfolgten sie das Schauspiel, das sich ihnen bot. Drei Funkstreifen und ein Krankenwagen waren schon vor Ort; zwei Sanitäter behandelten einen Säugling, der in eine Decke gehüllt auf einer Trage lag und schrie.

Die Beamten waren heilfroh, daß ich da war – der ranghöchste Kollege war ein Sergeant, und jetzt konnten sie die Verantwortung auf jemand anderen abwälzen. Ein so hohes Tier wie eine SO-5-Agentin hatten die meisten von ihnen ihr Lebtag noch nicht mal *gesehen*.

Ich borgte mir ein Fernglas und blickte auf das vor uns liegende Stück Autobahn. Etwa fünfhundert Meter weiter hatten die Straße und der nächtliche Sternenhimmel eine Art Strudel gebildet, einen Trichter, der das spärliche Licht, das in den Spiralnebel eindrang, zerlegte und verformte. Ich seufzte. Mein Vater hatte mir von Zeit-Verzerrungen erzählt, aber ich hatte bisher noch nie eine gesehen. Im Zentrum des Wirbels, wo sich das gebrochene Licht zu einem wirren Muster fügte, befand sich ein pechschwarzes Loch, das weder Farbe noch Tiefe zu besitzen schien, nur Form: ein makelloser Kreis von der Größe einer Grapefruit. Die Polizei hatte auch den Verkehr auf der Gegenfahrbahn gestoppt, und die blinkenden blauen Lichter verfärbten sich rot, sobald sie durch die Ränder der schwarzen Masse schimmerten, und die dahinterliegende Straße krümmte sich wie durch ein Marmeladenglas betrachtet. Vor dem Strudel stand ein blauer Datsun, und die Motorhaube wurde immer länger, je näher er der ZeitVerzerrung kam. Dahinter stand ein Motorrad und dahinter – und uns am nächsten – ein grüner Kombi. Solange ich sie auch anstarrte, die Fahrzeuge rührten sich nicht von der Stelle. Der Biker, seine Maschine und die Insassen der Autos schienen steif und unbewegt wie Statuen.

»Mist!« stieß ich halblaut hervor und sah auf meine Armbanduhr. »Wann hat sich der Wirbel geöffnet?«

»Vor gut einer Stunde«, sagte der Sergeant. »Ein Wagen des Exco-Mat-Labors hatte einen Unfall. Er hätte sich keinen ungünstigeren Zeitpunkt aussuchen können; meine Schicht war fast zu Ende.«

Er zeigte mit dem Daumen auf das Baby, das mit Schreien aufgehört und sich die Finger in den Mund geschoben hatte. »Das war der Fahrer. Vor dem Unfall war er einunddreißig. Als wir ankamen, war er acht – in ein paar Minuten ist er nur noch ein feuchter Fleck auf der Decke.«

»Haben Sie die ChronoGarde alarmiert?«

»Ja, sicher«, antwortete er resigniert. »Aber bei Tesco in Wareham hat sich ein Zeitloch aufgetan. Die sind frühestens in vier Stunden hier.«

Ich dachte rasch nach. »Wie viele Tote hat es bis jetzt gegeben?«

»Sir«, fuhr ein Beamter dazwischen und deutete die Straße entlang, »schauen Sie sich das an!«

Tatenlos mußten wir zusehen, wie der blaue Datsun sich verzerrte und verformte, bis er schließlich wie eine Papierkugel zerknüllt und in den Schlund gezogen wurde. In Sekundenschnelle war er verschwunden, auf ein Milliardstel seiner Größe zusammengepreßt und ins Anderswo katapultiert.

Seufzend schob der Sergeant sich die Mütze in den Nacken. Er konnte nichts dagegen unternehmen.

Ich wiederholte meine Frage.

»Wie viele Tote?«

»Äh, das waren ein Lastwagen, eine komplette Fahrbücherei, zwölf Personenkraftwagen und ein Motorrad. So an die zwanzig, würde ich sagen.«

»Das ist jede Menge Materie. Bis die ChronoGarde hier ist, könnte die Verzerrung so groß wie ein Fußballfeld sein.«

Der Sergeant zuckte die Achseln. Niemand hatte ihm beigebracht, wie man mit einer Zeitinstabilität verfuhr. Ich wandte mich an Bowden.

»Kommen Sie.«

»Was?«

»Wir haben was zu erledigen.«

»Sie sind verrückt.«

»Schon möglich.«

»Sollen wir nicht lieber auf die Kollegen der ChronoGarde warten?«

»Bis die hier sind, ist es längst zu spät. Kommen Sie, es geht ganz leicht. Das könnte selbst ein hirnamputierter Affe.«

»Und wo kriegen wir um diese nachtschlafende Zeit einen hirnamputierten Affen her?«

»Sie sind ein Feigling, Bowden.«

»Stimmt. Wissen Sie, was passiert, wenn etwas schiefgeht?«

»Keine Panik. Es ist wirklich das reinste Kinderspiel. Mein Dad war bei der ChronoGarde; er hat es mir genau erklärt. Aber dazu brauchen wir eine Kugel. In vier Stunden könnte es vor unseren Augen zu einer globalen Katastrophe kommen. Zu einem Zeitriß, so groß und tief, daß aus dem Hier und Jetzt im Handumdrehen das Irgendwo und Irgendwann werden könnte. Der Untergang der Zivilisation, Panik auf den Straßen, das Ende unserer Welt. He, Kleiner...!«

Ich hatte einen Jungen gesehen, der mitten auf der Straße einen Basketball springen ließ. Schweren Herzens rückte er ihn heraus, und ich ging damit zu Bowden, der neben dem Wagen stand und nervös von einem Bein aufs andere trat. Wir klappten das Verdeck auf, und Bowden sank, den Basketball fest umklammernd, auf den Beifahrersitz.

»Ein Basketball?«

»Eine Kugel ist eine Kugel ist eine Kugel«, zitierte ich einen alten Tip meines Vaters. »Alles klar?«

»Alles klar«, bestätigte Bowden, und seine Stimme zitterte kaum merklich.

Ich ließ den Motor an und rollte langsam zu der Stelle, wo die Verkehrspolizisten wie vom Donner gerührt auf die ZeitVerzerrung starrten.

»Wissen Sie auch wirklich, was Sie da tun?« fragte mich der junge Beamte.

»Mehr oder weniger«, sagte ich wahrheitsgemäß. »Hat jemand eine Armbanduhr mit zweitem Zeiger?«

Der jüngste Verkehrspolizist nahm seine Uhr ab und reichte sie mir. Ich notierte mir die *tatsächliche* Zeit – 5:30 Uhr –, stellte die Zeiger auf zwölf und schnallte die Armbanduhr an den Rückspiegel.

Der Sergeant wünschte uns viel Glück, als wir davonfuhren, obwohl er vermutlich dachte: »Lieber die als ich.«

Obgleich sich der Himmel im Osten schon rot färbte, herrschte rings um die Autos noch tiefste Nacht. Von außen betrachtet, stand für die gefangenen Fahrzeuge die Zeit still. Den Insassen hingegen erschien alles ganz normal; nur wenn sie sich umdrehten, konnten sie sehen, wie rasch die Morgendämmerung kam.

Die ersten fünfzig Meter ging alles glatt, doch je näher wir kamen, desto schneller schienen der Kombi und das Motorrad zu werden, und als wir mit dem grünen Wagen gleichzogen, zeigte der Tacho etwa sechzig Meilen in der Stunde. Ich sah auf die Armbanduhr am Rückspiegel; es waren genau drei Minuten verstrichen.

Bowden hatte beobachtet, was hinter uns vor sich ging. Als er und ich auf die Zeitinstabilität zufuhren, beschleunigten sich die Bewegungen der Polizeibeamten immer mehr, bis sie mit bloßem Auge nicht mehr zu erkennen waren. Die Autos, welche die Fahrbahn verstopft hatten, wendeten und rasten in halsbrecherischem Tempo über den Standstreifen. Als Bowden sah, wie schnell hinter uns die Sonne aufging, fragte er sich, worauf er sich da eingelassen hatte.

In dem grünen Kombi saßen ein Mann und eine Frau. Die Frau schlief, und der Mann starrte auf das dunkle Loch, das sich vor ihnen aufgetan hatte. Ich forderte ihn zum Anhalten auf. Er kurbelte sein Fenster herunter, und ich wiederholte meine Worte, setzte »SpecOps!« hinzu und winkte ihm mit meiner Marke. Er drosselte pflichtschuldig das Tempo, und seine Bremslichter strahlten in der Dunkelheit. Seit unserem Fahrtantritt waren drei Minuten und sechsundzwanzig Sekunden vergangen.

Von ihrer Position aus konnte die ChronoGarde nur sehen, wie in dem schwarzen Trichter, der durch das Ereignis entstanden war, die Bremslichter des grünen Kombis aufleuchteten. Geschlagene zehn Minuten standen die Gardisten da und sahen zu, wie der Wagen unendlich langsam wendete und auf den Standstreifen rollte. Es war kurz vor zehn, und eine Vorhut der ChronoGarde war direkt aus Wareham eingetroffen. Die Agenten und ihre Ausrüstung kamen mit einem Chinook-Hubschrauber der SO-12, und Colonel Rutter war vorausgeflogen, um die Lage zu sondieren. Er fand es höchst verwunderlich, daß zwei gewöhnliche Agenten sich freiwillig für diesen gefährlichen Einsatz gemeldet hatten, zumal ihm niemand sagen konnte, wer wir waren. Selbst eine Überprüfung meines Kfz-Kennzeichens erbrachte nichts, da der Wagen immer noch auf die Werkstatt angemeldet war, bei der ich ihn gekauft hatte. Er meinte, das einzig Positive an dem ganzen verdammten Schlamassel sei, daß der Beifahrer eine Art Kugel bei sich habe. Falls das Loch noch größer würde und sich die Zeit weiter verlangsame, könne es selbst mit ihrem schnellsten Fahrzeug Monate dauern, ehe sie zu uns vordringen würden. Seufzend ließ er das Fernglas sinken. Was für ein mieser, entsetzlicher, einsamer Job. Er war seit fast vierzig Jahren Standard-Erdzeit bei der ChronoGarde. In verbuchter Arbeitszeit gemessen war er 209. Physisch gesehen war er keine 28. Seine Kinder waren älter als er, und seine Frau lebte im Pflegeheim. Seine anfängliche Hoffnung, die bessere Bezahlung sei eine angemessene Wiedergutmachung für diese Entbehrungen, hatte sich nicht erfüllt.

Als der grüne Kombi jäh zurückfiel, drehte Bowden sich um und sah, daß die Sonne immer schneller aufstieg. Und jetzt erschien auch ein Hubschrauber mit dem unverwechselbaren »CG«-Emblem am Rumpf. Vor uns war jetzt nur noch der Motorradfahrer, der sich dem wirbelnden schwarzen Loch langsam, aber unausweichlich zu nähern begann. Er trug rote Lederkluft und fuhr eine teure, PS-starke Triumph, ironischerweise die einzige Maschine, mit der er dem Strudel hätte entkommen können, wenn er gewußt hätte, wo das Problem lag. Es hatte uns weitere sechs Minuten gekostet, ihn einzuholen, als mit einem Schlag ein ohrenbetäubendes Heulen einsetzte, das selbst den Fahrtwind übertönte; so ähnlich mußte ein Taifun klingen, wenn er über einen hinwegzog. Wir waren noch gut dreieinhalb Meter hinter dem Motorrad und hatten Mühe, mit ihm Schritt zu halten. Die Tachonadel des Porsche zeigte fast neunzig. Ich drückte auf die Hupe, doch das ging im Getöse unter.

»Achtung!« rief ich Bowden zu, während der Wind wie wild an unseren Haaren und Kleidern zerrte. Ich betätigte zum wiederholten Mal die Lichthupe; endlich sah er uns. Er drehte sich um und winkte, wohl weil er irrtümlich annahm, wir wollten ihn zu einem Rennen drängen, schaltete einen Gang herunter und zog davon. Im Nu hatte der Wirbel ihn erfaßt, und er schien sich erst zu dehnen, dann zu strecken und schließlich sein Inneres nach außen zu stülpen, bevor ihn die Instabilität verschlang; in Sekundenschnelle war er verschwunden.

Da wir unmöglich noch näher heranfahren konnten, trat ich auf die Bremse und brüllte: »*Jetzt!*«

Mit qualmenden Reifen schlitterten wir über den Asphalt. Bowden warf den Basketball, und wir sahen, wie er das Loch traf und einmal aufsprang. Ich blickte auf die Uhr, während wir durch das Loch in den Abgrund hineinrasten. Der Basketball versperrte endgültig den Blick auf die Welt hinter uns, und wir stürzten ins Anderswo. Bis zu dem Punkt, wo wir das Ereignis passiert hatten, waren zwölf Minuten und einundvierzig Sekunden verstrichen. Draußen waren es fast sieben Stunden.

»Das Motorrad ist verschwunden«, sagte Colonel Rutter. Sein Stellvertreter grunzte nur. Er konnte es nicht leiden, wenn Amateure sich als ChronoGarden versuchten. Schließlich war es ihnen gelungen, die mystische Aura, welche die Garde umgab, über fünf Jahrzehnte aufrechtzuerhalten, mit dem entsprechenden Salär; tollkühne Helden störten da nur, denn sie erschütterten das eiserne Vertrauen der Menschen in die Arbeit der CG. Und diese Arbeit war weiß Gott nicht schwer; sie brauchte bloß sehr viel Zeit. Er selbst hatte einen ähnlichen Riß in der Raumzeit gekittet, im Stadtpark von Weybridge, auf halber Strecke zwischen Blumenuhr und Konzertpavillon. Die eigentliche Reparatur hatte keine zehn Minuten gedauert; er war schlicht hineinspaziert und hatte das Loch mit einem Tennisball gestopft, während draußen sieben Monate vergingen – sieben Monate mit doppeltem Gehalt plus Zulagen, die Firma dankt.

Die ChronoGardisten stellten eine große Uhr auf, deren Zifferblatt auf das Loch gerichtet war, damit die Agenten im Einflußbereich des Kraftfeldes wußten, was vor sich ging. Eine ähnliche Uhr an der Rückseite des Helikopters vermittelte den außerhalb postierten Beamten eine ungefähre Vorstellung davon, wie langsam die Zeit im Innern tatsächlich verrann.

Nach dem Verschwinden des Motorrades warteten sie noch eine halbe Stunde, um zu sehen, wie es weiterging. Sie beobachteten, wie Bowden langsam aufstand und einen Basketball warf.

»Zu spät«, murmelte Rutter, der so etwas schon hundertmal erlebt hatte. Er erteilte seinen Männern den Einsatzbefehl, und sie ließen eben die Rotoren des Hubschraubers an, als die Dunkelheit rings um das Loch verschwand. Die Nacht wich zurück, und vor ihnen lag die leere Straße. Sie sahen, wie die Insassen des grünen Kombi ausstiegen und staunend ins jähe Tageslicht blinzelten. Hundert Meter weiter hatte der Basketball den Riß geschlossen und hing nun schwach vibrierend in der Luft, da der Sog des Strudels noch immer an ihm zerrte. Binnen Sekunden war der Riß verheilt, und der Basketball landete mit einem sanften Plopp auf der Straße, sprang noch ein paarmal auf und rollte schließlich an den Fahrbahnrand. Der Himmel war klar, und nichts wies darauf hin, daß sich mit der Zeit nicht alles genauso wie immer verhielt. Nur von dem Datsun, dem Motorradfahrer und dem quietschbunten Porsche fehlte jede Spur.

Mein Wagen schoß dahin. An die Stelle der Autobahn war eine wildwirbelnde Masse aus Licht und Farben getreten, mit der weder Bowden noch ich etwas anfangen konnten. Gelegentlich nahm das Chaos erkennbare Gestalt an, und ein paarmal glaubten wir sogar, in die stabile Zeit zurückgekehrt zu sein, wurden im nächsten Augenblick jedoch erneut in den Strudel gerissen, wo der Taifun toste. Beim ersten Mal befanden wir uns plötzlich auf einer Straße in den Home Counties rings um London. Es war Winter, und direkt vor uns bog ein hellblauer Austin Allegro aus einer Einfahrt. Ich drückte wütend auf die Hupe, wich aus und raste vorbei. Sofort zersplitterte das Bild und fügte sich zum schmutzigen Frachtraum eines Schiffes. Der Wagen klemmte zwischen zwei Kisten auf dem Weg nach Shanghai. Das Heulen des Strudels hatte nachgelassen, dafür hörten wir ein neues Brüllen, das Brüllen eines Sturms auf hoher See. Das Schiff schlingerte, und Bowden und ich sahen uns fragend an: War unsere Reise hier zu Ende? Das Brüllen wurde immer lauter, bis der feuchte Frachtraum implodierte und einem weißgetünchten Krankensaal Platz machte. Der Orkan legte sich, der Motor des Wagens tuckerte im Leerlauf vor sich hin. In dem einzigen belegten Bett lag eine schläfrige, verwirrte Frau mit dem Arm in der Schlinge. Ich wußte, wen ich vor mir hatte.

»Thursday...!« rief ich aufgeregt.

Die Frau im Bett runzelte die Stirn. Sie sah zu Bowden, der winkte fröhlich zurück.

»Er ist nicht tot!« rief ich. Inzwischen wußte ich, daß es die Wahrheit war. Das Brüllen des Sturms kam wieder näher. Nicht mehr lange, und er würde uns mit sich fortreißen.

»Der Autounfall war ein Trick! Leute wie Acheron sind so leicht nicht totzukriegen! Nimm den LitAg-Job in Swindon!«

Der Frau im Bett blieb gerade noch genug Zeit, mein letztes Wort zu wiederholen, als sich die Erde auftat und wir von neuem in den Mahlstrom stürzten. Nach einem überwältigenden Spektakel aus buntem Lärm und lautem Licht wurde der Strudel durch den Parkplatz einer Autobahnraststätte ersetzt. Der Sturm flaute ab und legte sich.

»War's das?« fragte Bowden.

»Ich weiß nicht.«

Es war Nacht, und die Straßenlaternen tauchten das regennasse Pflaster des Parkplatzes in gelbes Licht. Neben uns hielt ein Wagen, ein großer Pontiac, in dem eine Familie saß. Die Frau schalt ihren Mann, weil er am Steuer eingeschlafen war, und die Kinder weinten. Sie waren anscheinend nur um Haaresbreite einem Unfall entgangen.

»Entschuldigung!« schrie ich. Der Mann kurbelte sein Fenster herunter.

»Ja?«

»Welches Datum haben wir heute?«

»Welches Datum?«

»Den 18. Juli«, antwortete die Frau und warf ihm und uns einen erbosten Blick zu.

Ich dankte ihr und drehte mich wieder zu Bowden um.

»Dann sind wir drei Wochen in der Vergangenheit?« fragte er.

»Oder neunundvierzig Wochen in der Zukunft.«

»Wenn nicht hunderteins.«

»Ich will wissen, wo wir sind.«

Ich stellte den Motor ab und stieg aus. Bowden tat es mir nach, und zusammen gingen wir zum Restaurant. Hinter dem Gebäude sah man die Autobahn und dahinter die Fußgängerbrücke hinüber zur Raststätte auf der anderen Seite.

Mehrere Abschleppwagen, die leere Autos hinter sich herzogen, fuhren an uns vorbei.

»Hier stimmt doch was nicht.«

»Allerdings«, antwortete Bowden. »Nur was?«

Plötzlich flog die Restauranttür auf, und eine Frau bahnte sich einen Weg nach draußen. Sie hatte eine Pistole in der Hand und stieß einen Mann vor sich her, der prompt ins Straucheln geriet. Bowden zog mich hinter einen geparkten Lieferwagen. Wir linsten vorsichtig um die Ecke und sahen, daß die Frau ungebetenen Besuch bekommen hatte; wie aus dem Nichts waren mehrere Männer erschienen, alle bewaffnet.

»Ach du Scheiße...!« flüsterte ich, als mir klar wurde, was hier los war. »Das bin ich!«

Und tatsächlich. Ich sah zwar etwas älter aus, war aber doch zweifellos ich selbst. Das war auch Bowden nicht entgangen.

»Was haben Sie denn mit Ihren Haaren angestellt?«

»Gefallen Sie Ihnen lang besser?«

»Natürlich.«

Einer der drei Männer befahl meinem anderen Ich, die Waffe fallen zu lassen. Ich/sie sagte etwas, das wir nicht verstehen konnten, warf die Waffe weg und ließ den Mann los. Einer der anderen Männer packte ihn unsanft und riß ihn an sich.

»Was soll das alles?« fragte ich völlig verwirrt.

»Wir müssen los!« drängte Bowden.

»Und was ist mit ihr/mir?«

»Sehen Sie doch, wir müssen zurück!« Er zeigte auf unseren Wagen. Der bebte leicht, als ob ihn ein Windstoß erfaßt hätte.

»Ich muß ihr/mir da unbedingt raushelfen!«

Doch Bowden zerrte mich zum Wagen, der jetzt heftig wackelte und allmählich verblaßte.

»Moment!«

Ich riß mich los, zog meine Automatik und versteckte sie unter dem erstbesten Wagen, dann rannte ich Bowden hinterdrein und sprang auf die Rückbank des Porsche. Keine Sekunde zu früh. Ein greller Blitz, ein Donnerschlag und endlich Stille. Ich schlug ein Auge auf und sah Bowden an, der auf dem Fahrersitz gelandet war. Wo sich eben noch der Autobahnrastplatz befunden hatte, verlief jetzt eine idyllische Landstraße. Unsere Reise war zu Ende.

»Alles klar?« fragte ich.

Bowden strich sich den Dreitagebart, der ihm unerklärlicherweise gewachsen war.

»Ich glaube, schon. Und wie geht's Ihnen?«

»Den Umständen entsprechend.«

Ich tastete nach meinem Schulterholster. Es war leer.

»Mir platzt gleich die Blase«, sagte ich, auch wenn das nicht sehr damenhaft war. »Ich habe das Gefühl, ich bin seit einer Woche nicht mehr pinkeln gewesen.«

Bowden nickte mit gequältem Gesicht. »Das geht mir ähnlich. Wer weiß, wie lange wir schon unterwegs sind.«

Ich flitzte hinter eine Mauer. Bowden stakste über die Straße und stellte sich vor eine Hecke.

»Was glauben Sie, wo wir sind?« rief ich hinter der Mauer hervor. »Oder, besser, wann?«

»Wagen achtundzwanzig«, knatterte das Funkgerät, »bitte kommen.«

»Wer weiß?« rief Bowden über die Schulter. »Aber wenn Sie das unbedingt noch mal versuchen wollen, dann bitte mit jemand anderem.«

Spürbar erleichtert trafen wir uns beim Wagen. Es war ein wunderschöner Tag, trocken und recht warm. Der Duft von frischgemähtem Heu lag in der Luft, und in der Ferne hörte man einen Traktor über ein Feld rumpeln.

»Was, bitte, sollte diese Raststättengeschichte?« fragte Bowden.

Ich zuckte die Achseln.

»Fragen Sie mich nicht. Ich kann nur hoffen, daß ich mit heiler Haut davonkomme. Die Typen sahen nicht unbedingt so aus, als ob sie für die Kirche sammeln würden.«

»Sie werden es noch früh genug erfahren.«

»Vermutlich. Trotzdem würde mich interessieren, wer der Mann war, den ich zu schützen versuchte.«

»Keine Ahnung.«

Ich hockte mich auf die Kühlerhaube und setzte eine dunkle Brille auf. Bowden ging zu einem Gatter und sah hinüber. Im Tal unter uns drängten sich ein paar Häuser aus grauem Stein, und auf dem Feld graste friedlich eine Herde Kühe.

Bowden zeigte auf einen Meilenstein, den er entdeckt hatte.

»Wir haben Glück.«

Dem Meilenstein zufolge waren es nur sechs Meilen bis Haworth.

Ich hörte nicht hin. Ich dachte an mich in meinem Krankenbett. Hätte ich mich nicht gesehen, wäre ich nicht nach Swindon gekommen, und wäre ich nicht nach Swindon gekommen, hätte ich mir nicht dazu raten können. Mein Vater fand so etwas vermutlich ganz normal, doch mich machte der Gedanke ziemlich nervös.

»Wagen achtundzwanzig«, plärrte das Funkgerät, »bitte kommen.«

Ich hörte auf zu grübeln und kontrollierte statt dessen den Sonnenstand.

»Es müßte gegen Mittag sein.«

Bowden nickte zustimmend.

»Sind *wir* Wagen achtundzwanzig?« fragte er stirnrunzelnd. Ich nahm das Mikrofon.

»Hier Wagen achtundzwanzig. Ich höre.«

»Na endlich!« sagte eine erleichterte Stimme über Funk. »Colonel Rutter von der ChronoGarde möchte Sie sprechen.«

Bowden trat näher, damit er besser hören konnte. Wir wechselten ratlose Blicke, weil wir nicht wußten, was jetzt kommen würde, eine Standpauke, Glückwünsche und Belobigungen oder, und so war es denn auch, beides.

»Officers Next und Cable. Können Sie mich hören?« drang eine tiefe Stimme aus dem Lautsprecher.

»Jawohl, Sir.«

»Gut. Wo sind Sie?«

»Etwa sechs Meilen von Haworth entfernt.«

»Ach, ganz da oben?« Er lachte schallend. »Ausgezeichnet.« Er räusperte sich. Es war soweit.

»Inoffiziell war das einer der tapfersten und mutigsten Einsätze, die ich je erlebt habe. Sie haben zahlreiche Menschen vor dem Tod bewahrt und Schlimmeres verhindert. Sie beide können sehr stolz auf sich sein, und es wäre mir wahrhaftig eine große Ehre, zwei so hervorragende Beamten wie Sie zu meinen Mitarbeitern zählen zu dürfen.«

»Danke, Sir, ich...«

»Ich bin noch nicht fertig«, schnauzte er so laut, daß wir vor Schreck zusammenfuhren. »*Offiziell* haben Sie gegen so ziemlich jede denkbare Vorschrift verstoßen. Eigentlich müßte ich ein Disziplinarverfahren wegen Amtsanmaßung und Überschreitung Ihrer Befugnisse gegen Sie einleiten. Und wenn so etwas noch mal vorkommt, tue ich das auch. Ist das klar?«

»Jawohl, Sir.«

Ich sah Bowden an. Uns interessierte nur eine Frage.

»Wie lange sind wir weggewesen?«

»Wir befinden uns im Jahr 2016«, sagte Rutter. »*Sie waren einunddreißig Jahre weg!!*«

28.

Haworth House

Es soll Leute geben, die den Humor der ChronoGarde köstlich finden. Ich fand ihn schlichtweg grauenhaft. Ich hatte gehört, daß die Gardisten neue Rekruten in Gravitationsanzüge steckten und nur so zum Spaß eine Woche in die Zukunft schickten. Das Spielchen wurde erst verboten, als ein Rekrut jenseits des Konus verschwand. Theoretisch ist er zwar immer noch da, außerhalb unserer Zeit, kann aber weder in sie zurückkehren noch mit uns Kontakt aufnehmen. Berechnungen zufolge werden wir ihn in etwa vierzehntausend Jahren einholen – und er wird bis dahin nur um zwölf Minuten gealtert sein. Sehr witzig.

THURSDAY NEXT
– *Ein Leben für SpecOps*

Wir waren auf einen makabren Scherz der ChronoGarde hereingefallen. Rutters hatte uns gründlich veräppelt. In Wirklichkeit war es kurz nach Mittag des nächsten Tages. Sieben Stunden waren wir weggewesen, mehr nicht. Ernüchtert stellten wir unsere Uhren und fuhren langsam nach Haworth hinein.

Im Haworth House war die Hölle los. Ich hatte gehofft, daß wir ankommen würden, bevor der Medienzirkus seine Zelte aufschlug, aber das Loch auf der M 1 hatte uns einen Strich durch die Rechnung gemacht. Auch Lydia Startright vom *Toad News Network* war da und berichtete für die Mittagssendung. Sie stand mit einem Mikrofon auf der Treppe vor Haworth House und konzentrierte sich.

Dann gab sie ihrem Kameramann ein Zeichen, setzte ihre schönste Betroffenheitsmiene auf und hob an.

»... Als heute morgen die Sonne aufging, begann die Polizei mit den Ermittlungen in einem besonders dreisten Fall von Diebstahl und Mord. Im Laufe des gestrigen Abends ist ein Unbekannter in das Museum Haworth House eingedrungen und hat einen Wachmann erschossen, der ihn daran hindern wollte, das Originalmanuskript von *Jane Eyre* zu entwenden. Die Polizei ist bereits seit den frühen Morgenstunden am Tatort, hält sich bislang jedoch bedeckt. Fest steht nur, daß es offenbar deutliche Parallelen zum Diebstahl des *Martin-Chuzzlewit*-Manuskripts gibt, der – trotz aller Bemühungen von Polizei und SpecOps – bislang nicht aufgeklärt werden konnte. Nach der Extraktion und anschließenden Ermordung Mr. Quaverleys muß jedoch davon ausgegangen werden, daß Rochester und Jane von einem ähnlichen Schicksal bedroht sind. Die Ermittler der Goliath Corporation, die am heutigen Vormittag überraschend hier eintrafen, waren – wie üblich – zu keinem Kommentar bereit.«

»Und ... *Schnitt!* Das war schon *sehr* gut, Schätzchen«, verkündete Lydias Producer. »Können wir das noch mal machen, ohne Goliath beim Namen zu nennen? Das schneiden sie uns sowieso raus!«

»Mir doch egal.«

»Lyds, Baby ...! Was glaubst du eigentlich, wer uns bezahlt? Ich bin ja auch für Redefreiheit, aber bitte nicht in meiner Sendung, hmm?«

Sie ignorierte ihn und schaute sich um, als ein Wagen vorfuhr. Sofort hellte sich ihre Miene auf. Sie ging auf das Auto zu und winkte ihrem Kameramann, ihr zu folgen.

Ein hagerer Polizeibeamter um die vierzig mit silbergrauem Haar und dunklen Ringen unter den Augen blickte flehentlich gen Himmel, als er sie kommen sah. Sein Gesicht verzog sich zu einer lächelnden Maske. Geduldig wartete er, bis sie ihn den Zuschauern vorgestellt hatte.

»Neben mir steht Detective Inspector Oswald Mandias von der Kripo Yorkshire. Sagen Sie, Inspector, glauben Sie, es besteht ein

Zusammenhang zwischen diesem Verbrechen und dem *Chuzzlewit*-Diebstahl?«

Er lächelte freundlich, schließlich würde er abends auf dreißig Millionen Fernsehschirmen zu sehen sein. »Es ist noch zu früh, um etwas Genaues zu sagen; wir werden uns aber zu gegebener Zeit an die Presse wenden.«

»Ist das nicht ein Fall für die LitAgs? *Jane Eyre* ist schließlich einer der wertvollsten Kunstschätze Yorkshires.«

Mandias sah sie an. »Im Unterschied zu anderen SpecOps-Abteilungen verlassen sich die LitAgs der Grafschaft Yorkshire auf das Beweismaterial, das ihnen die Polizei zur Verfügung stellt. LitAgs sind keine Polizeibeamten und haben bei einer polizeilichen Ermittlung folglich nichts verloren.«

»Warum, glauben Sie, hat Goliath eigene Ermittler an den Tatort geschickt?«

»Keine weiteren Fragen!« rief Mandias' Stellvertreter, weil sich inzwischen ein ganzer Pulk von Reportern um Lydia und Mandias drängte. Die Goliath-Leute waren hiergewesen, mehr durfte die Öffentlichkeit darüber nicht erfahren. Die Polizisten eilten weiter, und Lydia machte Pause, um endlich etwas zu essen. Sie hatte schon vor dem Frühstück mit der Liveberichterstattung begonnen. Kurz darauf kreuzten Bowden und ich auf.

»Sieh mal einer an«, murmelte ich, als ich aus dem Wagen stieg. »Wenn das nicht Lydia Startright ist. Morgen, Lyds!«

Lydia erstickte fast an ihrem SmileyBurger und warf ihn weg. Sie schnappte sich ihr Mikrofon und jagte hinter mir her.

»Obwohl die LitAgs und Goliath offiziell nicht mit von der Partie sind«, plapperte sie, während sie mit uns Schritt zu halten versuchte, »haben die Ereignisse mit dem Eintreffen von Thursday Next von SO-27 eine interessante Wendung genommen. Entgegen ihren üblichen Gepflogenheiten haben die LitAgs ihren Schreibtisch verlassen und nehmen den Tatort persönlich in Augenschein.«

Ich blieb stehen, um mich ein wenig zu amüsieren. Lydia konzentrierte sich und begann mit dem Interview.

»Sagen Sie, Miss Next, was machen Sie hier, fernab Ihres Zuständigkeitsbereiches?«

»Hallo, Lydia. Sie haben Mayonnaise an der Oberlippe. Smiley-Burger sind verdammt salzig, Sie sollten so etwas nicht essen. Was den Fall angeht, kann ich nur sagen: ›Sie werden sicherlich Verständnis dafür haben, daß wir die Einzelheiten aus ermittlungstaktischen Gründen vorerst bla, bla, bla.‹ Zufrieden?«

Lydia unterdrückte ein Grinsen. »Meinen Sie, zwischen den beiden Diebstählen gibt es einen Zusammenhang?«

»Mein Bruder Joffy ist ein großer Fan von Ihnen, Lyds; könnten Sie mir nicht bei Gelegenheit ein Foto mit Widmung zukommen lassen? Joffy mit zwei F. Ich danke Ihnen.«

»Das nächste Mal kommen Sie mir nicht so leicht davon!« rief sie mir nach. »Bis bald!«

Wir traten vor die Polizeiabsperrung und wiesen uns aus. Der diensthabende Constable inspizierte erst unsere Marken, dann uns. Er schien nicht sonderlich beeindruckt. Er wandte sich an Mandias.

»Sir, diese beiden LitAgs aus Wessex wollen sich den Tatort ansehen.«

Mandias kam quälend langsam näher. Er musterte uns von Kopf bis Fuß und wählte seine Worte mit Bedacht. »Bei uns in Yorkshire sitzen die LitAgs an ihrem Schreibtisch.«

»Das merkt man. Ich habe die Festnahmeprotokolle gelesen«, erwiderte ich ungerührt.

Mandias seufzte. Vermeintliche »Eierköpfe« im Zaum zu halten, besonders wenn diese aus einem anderen SpecOps-Bezirk stammten, machte ihm offenbar keinen allzu großen Spaß.

»Ich habe es hier mit einem Doppelmord zu tun, und da möchte ich den Tatort möglichst intakt belassen. Warum warten Sie nicht, bis der Bericht vorliegt, und ermitteln dann weiter?«

»Die beiden Morde sind natürlich tragisch«, antwortete ich, »aber hier geht es in erster Linie um *Jane Eyre*. Deshalb müssen wir den Tatort untersuchen. *Jane Eyre* ist bedeutender als Sie oder ich. Wenn Sie sich weigern, werde ich mich bei Ihrem Vorgesetzten über Sie beschweren.«

Doch Mandias ließ sich durch – mehr oder minder leere – Drohungen nicht aus der Ruhe bringen. Schließlich waren wir in Yorkshire. Er starrte mich an und sagte halblaut: »Nur zu, Mädchen, beschwer dich, bei wem du willst. Auf solche Büromäuse wie dich haben wir gerade gewartet.«

Ich machte einen weiteren Schritt auf ihn zu, aber er wich nicht von der Stelle. Ganz im Gegenteil: Ein weiterer Beamter ging hinter ihm in Stellung, um ihm notfalls beispringen zu können.

Ich war kurz davor, die Beherrschung zu verlieren, als Bowden sich zu Wort meldete.

»Sir«, begann er, »wenn wir uns *langsam* auf ein Ziel *zubewegen* könnten, wären wir möglicherweise in der Lage, uns sozusagen mit kräftigen *Krallenhieben* aus der Grube zu befreien, die wir uns selbst *gegraben* haben.«

Mit einem Mal war Mandias wie ausgewechselt. Er lächelte feierlich: »Unter *diesen* Umständen wäre ich eventuell geneigt, Sie rasch einen Blick hineinwerfen zu lassen – wenn Sie mir versprechen, nichts anzurühren.«

»Auf mein Wort«, antwortete Bowden theatralisch und tätschelte sich den Bauch. Die beiden schüttelten sich die Hand, zwinkerten einander zu, und wir wurden ins Museum eskortiert.

»Wie, zum Teufel, haben Sie das jetzt gemacht?« fragte ich.

»Schauen Sie sich seinen Ring an«, flüsterte er.

Ich schaute. Er trug einen großen Ring mit ebenso sonderbarem wie auffallendem Muster am Mittelfinger.

»Was ist damit?«

»Die Ehrwürdige Bruderschaft des Wombats.«

Ich grinste.

»Also, worum geht's?« fragte ich laut. »Ein Doppelmord und ein fehlendes Manuskript? Und die Täter haben lediglich das Manuskript mitgenommen, stimmt's? Sonst nichts?«

»Stimmt«, antwortete Mandias.

»Und der Wachmann wurde mit seiner eigenen Dienstwaffe erschossen?«

Mandias warf mir einen strengen Blick zu. »Woher wissen Sie das?«

»Glückstreffer«, sagte ich ruhig. »Was ist mit den Videobändern?«

»Die werden noch überprüft.«

»Es ist nichts drauf, hab ich recht?«

Mandias warf mir einen mißtrauischen Blick zu. »Wissen Sie etwa, wer dahintersteckt?«

Ich folgte ihm in das Zimmer, in dem sich einst das Manuskript befunden hatte. Der unversehrte Glaskasten stand noch immer einsam und verlassen in der Mitte des Raumes. Ich fuhr mit den Fingerspitzen über eine leicht gesprenkelte, unebene Stelle an der Oberseite.

»Danke, Mandias, Sie sind ein Schatz«, sagte ich und ging wieder hinaus. Bowden und Mandias sahen sich an und rannten beunruhigt hinter mir her.

»Das ist alles?« fragte Mandias. »Das ist Ihre ganze Untersuchung?«

»Ich habe alles gesehen, was ich wissen wollte.«

»Können Sie mir denn nicht irgendwie weiterhelfen?« bettelte Mandias, der seine liebe Mühe hatte, mit uns Schritt zu halten. Er sah Bowden an. »Bruder, *du* kannst es mir doch verraten.«

»Wir sollten dem Detective Inspector sagen, was wir wissen, Thursday. Das sind wir ihm schuldig.«

Ich blieb so plötzlich stehen, daß Mandias mich beinahe über den Haufen gerannt hätte. »Sagt Ihnen der Name Hades etwas?«

Mandias wurde sichtlich blaß und sah sich nervös um.

»Keine Sorge; er ist längst über alle Berge.«

»Es heißt, er sei in Venezuela ums Leben gekommen.«

»Es heißt, er könne durch Wände gehen«, entgegnete ich. »Es heißt auch, er gebe Farbe an die Atmosphäre ab, wenn er sich bewegt. Hades lebt, er ist gesund und munter, und ich muß ihn finden, bevor er sich an dem Manuskript vergreift.«

Seit er wußte, wer hinter der ganzen Sache steckte, schien Mandias von aller Tatkraft verlassen. »Und was soll ich jetzt tun?«

Ich zögerte einen Augenblick. »Beten Sie, daß Sie ihm nie begegnen.«

Die Rückfahrt nach Swindon verlief ohne Zwischenfälle, und auf der M 1 wies nichts auf die Schwierigkeiten der vergangenen Nacht hin. Victor erwartete uns im Büro; er wirkte nervös.

»Der Commander hat mir den ganzen Vormittag damit in den Ohren gelegen, daß die Versicherung nicht zahlt, wenn seine Leute sich außerhalb ihres Zuständigkeitsbereichs betätigen«, sagte er.

»Immer dieselbe Scheiße.«

»Das habe ich ihm auch gesagt. Ich habe übrigens die meisten Kollegen angewiesen, *Jane Eyre* zu lesen, nur für den Fall, daß etwas passiert – aber bis jetzt ist alles ruhig.«

»Das ist nur eine Frage der Zeit.«

»Hmm.«

»Müller hat behauptet, Hades wäre in einem Ort namens Penderyn«, sagte ich. »Gibt es da schon was Neues?«

»Nicht, daß ich wüßte. Schitt meinte, er habe das überprüft und eine glatte Niete gezogen – es kommen über dreihundert Penderyns in Frage. Aber das ist noch längst nicht alles. Haben Sie schon die Morgenzeitung gelesen?«

Ich verneinte. Er zeigte mir die Seite zwei des *Mole*. Da stand:

TRUPPENAUFMARSCH AN
DER WALISISCHEN GRENZE?

Besorgt las ich weiter. Anscheinend hatte es in der Nähe von Hereford, Chepstow und der umkämpften Grenzstadt Oswestry Truppenbewegungen gegeben. Ein Militärsprecher hatte die Manöver als »Übungen« abgetan, trotzdem hörte sich das gar nicht gut an. Ganz und gar nicht gut. Ich wandte mich an Victor.

»Jack Schitt? Meinen Sie, er will das ProsaPortal so dringend haben, daß er Wales dafür den Krieg erklären würde?«

»Wer weiß, wie weit die Macht der Goliath Corporation reicht? Aber vielleicht hat er mit der Sache ja gar nichts zu tun. Es könnte sich um einen bloßen Zufall handeln, trotzdem können wir es natürlich nicht einfach ignorieren.«

»Dann müssen wir ihm zuvorkommen. Bloß wie?«

»Was hat Müller eigentlich genau gesagt?« fragte Finisterre.

Ich setzte mich. »Er hat geschrien: ›Er ist in Penderyn‹; sonst nichts.«

»Sonst nichts?« erkundigte sich Bowden.

»Nein; als Schitt ihn fragte, welches Penderyn er meine, es gäbe schließlich Hunderte davon, sagte Müller, es wäre ein Quiz.«

Bowden meldete sich zu Wort. »Was hat er gesagt? *Quiz?*«

»Ja, ›Quiz‹. Das hat er dann noch einmal wiederholt, und danach hat er nur noch geschrien – er hatte wohl schreckliche Schmerzen. Die Vernehmung ist natürlich aufgezeichnet worden, aber unsere Chancen, an das Band zu kommen, sind wahrscheinlich gleich . . .«

»Vielleicht meinte er ja etwas anderes«, gab Bowden zu bedenken.

»Nämlich?«

»Ich spreche zwar nur ein paar Brocken Walisisch, aber *gwesty* heißt Hotel.«

»Ach du grüne Neune«, rief Victor.

»Victor?« fragte ich, doch der durchforste bereits den Berg von Landkarten, die wir zusammengetragen hatten; alle Orte namens Penderyn waren markiert. Er breitete einen großen Stadtplan von Merthyr Tydfil über den Tisch und deutete auf einen Punkt zwischen Justizpalast und Regierungsgebäude. Wir reckten die Hälse.

»Das Penderyn-Hotel«, sagte er grimmig. »Ich habe da meine Flitterwochen verbracht. Einst war es dem Adelphi oder Raffles ebenbürtig, aber seit den sechziger Jahren steht es leer. Wenn *ich* ein sicheres Versteck suchen würde . . .«

»Da ist er!« sagte ich leicht nervös. »Da werden wir ihn finden. Mitten in der walisischen Hauptstadt.«

»Und wie sollen wir da reinkommen?« fragte Bowden. »Wie sollen wir unbemerkt nach Wales gelangen, in schwerbewachtes Gebiet eindringen, uns Mycroft und das Manuskript schnappen und heil wieder rauskommen?«

Er schüttelte den Kopf.

»Man muß ja schon auf ein Visum mindestens vier Wochen warten!«

»Das schaffen wir schon«, sagte ich langsam.

»Sind Sie wahnsinnig?« rief Victor. »So etwas würde Commander Hicks niemals zulassen!«

»Es sei denn, Sie überreden ihn.«

»Ich? Warum sollte Braxton auf *mich* hören?«

»Weil ihm nichts anderes übrigbleibt.«

29.

Jane Eyre

Jane Eyre erschien 1847 unter dem Pseudonym Currer Bell, einem
betont neutralen Namen, der Charlotte Brontës Geschlecht bewußt verbarg. Der Roman war ein großer Erfolg; William
Thackeray nannte ihn »einen Geniestreich«. Aber es gab auch
Kritiker des Buches: G. H. Lewes riet Charlotte, sich mit dem
Werk Jane Austens zu befassen und »ihre Schwächen nach dem
Vorbild jener großen Künstlerin zu korrigieren«. Charlotte hielt
dagegen, Miss Austens Werk sei – gemessen an dem, was sie sich
vorgenommen habe – recht eigentlich gar kein Roman, und
nannte es »einen höchst kultiviert bestellten Garten ohne freie
Flächen«. Das endgültige Urteil steht noch aus.

W.H.H.F. Renouf
– Die Brontës

Hobbes schüttelte den Kopf, weil er sich auf den Fluren von Thornfield Hall nur schwer zurechtfand. Es war Nacht, und in Rochesters
Haus herrschte Totenstille. Der Flur lag im Dunkeln, und Hobbes
tastete nach seiner Taschenlampe. Ein orangefarbener Lichtstrahl
durchbohrte die Finsternis, während Hobbes sich langsam über den
Korridor im oberen Stockwerk schob. Vor sich sah er eine ange-
lehnte Tür, durch die der matte Flackerschein einer Kerze drang.
An der Tür blieb er stehen und spähte vorsichtig in das erleuchtete
Zimmer. Er sah eine in Lumpen gekleidete Frau mit wild zerzaustem
Haar, die gerade den Inhalt einer Petroleumlampe auf die Bettdecke
goß, unter der Rochester schlief.

Plötzlich wußte Hobbes, wo er war; gleich würde Jane kommen
und den Brand löschen, er wußte nur nicht, aus welcher Tür. Er
wandte sich um und fuhr vor Schreck fast aus der Haut, als er sich

einer hochgewachsenen Frau mit gerötetem Gesicht gegenübersah. Sie roch stark nach Alkohol und funkelte ihn herausfordernd und mit kaum verhohlener Verachtung an. So standen sie eine ganze Weile da; Hobbes fragte sich, was tun, während die Frau leise schwankte, ihn jedoch keine Sekunde aus den Augen ließ. Als Hobbes schließlich in Panik geriet und seine Waffe ziehen wollte, ergriff die Frau blitzschnell seinen Arm und umklammerte ihn so fest, daß Hobbes sich sehr zurückhalten mußte, um nicht laut aufzuschreien vor Schmerz.

»Was machen Sie hier?« zischte sie, und eine Augenbraue zuckte.

»Wer, in Gottes Namen, sind Sie?« fragte Hobbes.

Ehe er sich's versah, hatte sie ihm eine schallende Ohrfeige versetzt.

»Mein Name ist Grace Poole«, sagte Grace Poole. »Ich bin zwar nur eine Bediente, aber das gibt Ihnen noch lange nicht das Recht, den Namen des Herrn zu mißbrauchen. Sie gehören nicht hierher, das sehe ich an Ihrer Kleidung. Was wollen Sie?«

»Ich, ähm, arbeite für Mr. Mason«, stammelte er.

»Unfug«, erwiderte sie und starrte ihn feindselig an.

»Ich will Jane Eyre«, stotterte er.

»Das will Mr. Rochester auch«, sagte sie sachlich. »Aber er küßt sie erst auf Seite einhunderteinundachtzig.«

Hobbes warf einen Blick ins Zimmer. Die Irre tanzte gackernd und grinsend umher, während die Flammen auf Rochesters Bett von Sekunde zu Sekunde höher schlugen.

»Wenn sie nicht bald kommt, gibt es keine Seite hunderteinundachtzig.«

Grace Poole fixierte ihn mit bösem Blick.

»Sie wird ihn retten, wie sie ihn schon tausendmal gerettet hat und noch weitere tausend Mal retten wird. So war es immer, und so wird es bleiben.«

»Ach ja?« gab Hobbes zurück. »Wenn Sie sich da mal nicht gewaltig täuschen.«

Doch jetzt kam plötzlich die Irre aus dem Zimmer und stürzte sich mit ausgestreckten Krallen auf ihn. Mit einem wahnsinnigen

Lachen, das ihm das Trommelfell zu zerreißen drohte, schlug sie ihm ihre scharfen, ungeschnittenen Fingernägel in die Wangen. Er jaulte vor Schmerz, und Grace Poole nahm Mrs. Rochester in den Schwitzkasten, drehte ihr den Arm auf den Rücken und zerrte sie mit sich zum Dachboden. An der Tür drehte sie sich noch einmal um und sagte zu Hobbes: »Denken Sie daran: So war es immer, und so wird es bleiben.«

»Und Sie wollen gar nichts unternehmen, um mich aufzuhalten?« fragte Hobbes ungläubig.

»Ich bringe die arme Mrs. Rochester jetzt nach oben«, antwortete sie. »So steht es geschrieben.«

Kaum war die Tür hinter ihr ins Schloß gefallen, wurde sein Augenmerk wieder auf das brennende Zimmer gelenkt. »Aufwachen! Aufwachen!« schrie eine Stimme. Und richtig: Eben kippte Jane im Nachthemd einen Krug Wasser über Rochesters reglose Gestalt. Hobbes wartete, bis das Feuer aus war, zog seine Waffe und trat ins Zimmer. Die beiden blickten auf, und die »Elfen der Christenheit« erstarben auf Rochesters Lippen.

»Wer sind Sie?« fragten sie wie aus einem Munde.

»Ach, das würde zu weit führen. Glauben Sie mir!«

Hobbes nahm Jane am Arm und schleifte sie mit sich auf den Flur.

»Edward! Mein Edward!« flehte Jane und streckte die Arme nach Rochester aus. »Ich werde dich nicht verlassen, Geliebter!«

»Moment mal«, sagte Hobbes und hielt inne. »Aber ihr beiden seid doch noch gar nicht verliebt!«

»Irrtum«, murmelte Rochester und zog eine Perkussionspistole unter seinem Kopfkissen hervor. »Ich hatte bereits vermutet, daß so etwas geschehen würde.« Er nahm Hobbes ins Visier und drückte ab. Doch die große Bleikugel verfehlte ihr Ziel und blieb im Türrahmen stecken. Hobbes gab einen Warnschuß ab; Hades hatte ausdrücklich darauf bestanden, daß die Romanfiguren unversehrt blieben. Rochester zog eine zweite Pistole und spannte den Hahn.

»Lassen Sie sie los«, rief er, sein Unterkiefer mahlte, und sein dunkles Haar hing in feuchten Strähnen in sein Gesicht.

Hobbes hielt Jane wie einen Schutzschild vor sich.

»Machen Sie keinen Quatsch, Rochester! Wenn alles glattgeht, bekommen Sie Jane umgehend wieder; Sie werden nicht mal merken, daß sie weg war!«

Hobbes zerrte Jane rückwärts über den Flur, bis zu der Stelle, wo sich jeden Augenblick das ProsaPortal öffnen würde. Rochester folgte ihm, die Pistole im Anschlag, und mußte schweren Herzens mit ansehen, wie seine einzig wahre Liebe kurzerhand aus dem Roman entfernt und an jenen *anderen* Ort verbracht wurde, wo Jane und er niemals so würden leben können wie in Thornfield. Hobbes und Jane verschwanden durch das Portal, das sich jäh hinter ihnen schloß. Rochester ließ seine Waffe sinken und starrte düster vor sich hin.

Kurz darauf waren Hobbes und eine zutiefst verwirrte Jane durch das ProsaPortal gestürzt und im heruntergekommenen Rauchsalon des alten Penderyn-Hotels gelandet.

Acheron half Jane auf und legte ihr seinen Mantel um die Schultern, damit sie nicht fror. Im Unterschied zu Thornfield Hall war es im Hotel ziemlich zugig.

»Miss Eyre ...!« begrüßte Hades sie gutgelaunt. »Mein Name ist Hades, Acheron Hades. Es ist mir eine Ehre, Sie als meinen Gast willkommen zu heißen; bitte nehmen Sie Platz, und machen Sie es sich bequem.«

»Edward ...?«

»Keine Bange, meine liebe Freundin. Kommen Sie, ich bringe Sie in einen wärmeren Flügel des Hotels.«

»Werde ich meinen Edward jemals wiedersehen?«

Hades lächelte.

»Das kommt ganz darauf an, wieviel Sie Ihren Lesern wert sind.«

30

Eine Welle der Betroffenheit

Ich glaube, vor Jane Eyres Entführung war sich niemand – schon
gar nicht Hades selbst – darüber im klaren, wie beliebt sie eigentlich war. Es war, als habe man dem englischen Volk die
Symbolfigur seines literarischen Erbes genommen. Etwas Besseres hätte uns gar nicht passieren können.

BOWDEN CABLE
– Tagebuch eines LitAg

Zwanzig Sekunden nach Janes Entführung bemerkte die erste Leserin
merkwürdige Vorgänge auf Seite 107 der ledergebundenen Luxusaus-
gabe ihres Lieblingsromans. Nach einer halben Stunde bildeten sich
vor den Eingängen zur Bibliothek des Britischen Museums lange
Schlangen von Literaturfreunden, die alle nach *Jane Eyre* fragten.
Nach zwei Stunden bombardierten besorgte Brontë-Fans sämtliche
LitAg-Dienststellen des Landes mit Anrufen. Nach vier Stunden
sprach der Vorsitzende der Brontë-Gesellschaft beim Premierminister vor. Am frühen Abend telefonierte der persönliche Sekretär des
Premierministers mit dem SpecOps-Chef. Um neun Uhr las der Spec-
Ops-Chef dem armen Braxton Hicks gehörig die Leviten. Gegen
zehn erhielt Hicks einen Anruf vom Premierminister persönlich, der
wissen wollte, was zum Teufel er in dieser Angelegenheit zu unternehmen gedenke. Hicks stammelte wenig Hilfreiches in den Hörer.
Inzwischen hatte die Presse Wind davon bekommen, daß die Fäden
der Ermittlungen im Fall *Jane Eyre* in Swindon zusammenliefen, und
um Mitternacht umringten betroffene Leser, Journalisten und die
Übertragungswagen der Nachrichtensender das SpecOps-Gebäude.

Hicks' Laune war alles andere als gut. Er hatte angefangen, Kette zu rauchen, und sich stundenlang in seinem Büro eingeschlossen. Nicht einmal sein geliebtes Golftraining vermochte seine Nerven zu beruhigen, und kurz nachdem er den Anruf des Premierministers erhalten hatte, zitierte er Victor und mich zu einer Besprechung aufs Dach, wo er hoffte, den neugierigen Blicken der Presse- und Goliath-Leute, vor allem aber der Überwachung durch Jack Schitt entzogen zu sein.

»Sir?« sagte Victor, als wir uns dem Commander näherten, der an einem bröckelnden Schornstein lehnte. Hicks starrte derart entrückt auf die Lichter Swindons hinab, daß ich es mit der Angst zu tun bekam. Die Brüstung war kaum zwei Meter entfernt, und einen bangen Augenblick lang glaubte ich gar, er wolle allem ein Ende machen und sich vom Dach stürzen.

»Schaut sie euch an«, murmelte er.

Uns fiel ein Stein vom Herzen, als wir erkannten, daß er nur hier heraufgekommen war, damit er die Menschen sehen konnte, deren Wohl zu mehren seine Abteilung einst geschworen hatte. Zu Tausenden harrten sie hinter Absperrgittern aus und belagerten schweigend das Revier, in der Hand flackernde Kerzen und alle möglichen Ausgaben von *Jane Eyre*. Der Roman war inzwischen erheblich entstellt: Irgendwo zwischen Seite 100 und 140, unmittelbar nach dem Brand in Rochesters Zimmer drang ein mysteriöser »Agent in Schwarz« in den Roman ein, und kurz danach brach die Geschichte abrupt ab.

Der Commander hielt sein Exemplar von *Jane Eyre* hoch. »Ich nehme an, Sie haben es gelesen?«

»Da gibt es nicht mehr viel zu lesen«, sagte Victor. »*Eyre* ist in der ersten Person geschrieben; sobald die Protagonistin verschwunden ist, weiß keiner, wie es weitergeht. Ich befürchte, daß Rochester noch schwermütiger wird, als er es ohnehin schon war, Adele auf ein Internat schickt und sich in seinem Haus verschanzt.«

Hicks warf ihm einen erbosten Blick zu.

»Das ist reine Spekulation, Analogy.«

»Das ist unsere Spezialität.«

Hicks seufzte.

»Ich soll sie wiederbringen, dabei habe ich keinen Schimmer, wo sie steckt! Hatten Sie vor dieser Sache eine Ahnung, wie beliebt *Jane Eyre* ist?«

Wir sahen auf die Menge hinab.

»Ehrlich gesagt, nein.«

Die Zurückhaltung unseres Chefs war dahin. Er wischte sich die Stirn; seine Hand zitterte merklich. »Was soll ich bloß machen? Es ist zwar noch nicht amtlich, aber wenn wir in dieser verfluchten Angelegenheit bis nächsten Donnerstag keine deutlichen Fortschritte gemacht haben, übernimmt Jack Schitt unseren Laden.«

»Schitt interessiert sich nicht für Jane«, sagte ich und folgte seinem Blick hinunter zu den Unmengen von Brontë-Fans. »Ihm geht es nur um das ProsaPortal.«

»Wem sagen Sie das, Next? Mir bleiben noch sieben Tage, bis ich der Vergessenheit anheimfalle, sieben Tage bis zu meiner historischen und literarischen Verdammung. Ich weiß, daß wir uns nicht immer einig waren, aber hiermit stelle ich Ihnen ausdrücklich frei, zu tun, was Sie für richtig halten. Und«, setzte er großmütig hinzu, »Geld spielt dabei keine Rolle.« Er atmete tief durch. »Was natürlich nicht heißt, daß Sie es mit vollen Händen zum Fenster hinauswerfen sollen, ja?«

Wieder ließ er den Blick über Swindon schweifen. »Ich bin ein ebenso leidenschaftlicher Brontë-Fan wie jeder andere, Victor. Was soll ich bloß tun? Was würden Sie sagen?«

»Ich würde seine Forderungen erfüllen, ohne Goliath etwas davon zu sagen. Außerdem brauche ich ein Manuskript.«

Hicks' Augen verengten sich zu schmalen Schlitzen. »Was für ein Manuskript?«

Victor gab ihm einen Zettel. Braxton las es und zog die Augenbrauen hoch.

»Das besorge ich Ihnen«, sagte er langsam, »und wenn ich es eigenhändig stehlen muß.«

31

In der Volksrepublik Wales

Ironischerweise wäre Wales ohne die blutige Niederschlagung
der Aufstände von Pontypool, Cardiff und Newport im Jahre
1839 vermutlich nie eine Republik geworden. Mit Unterstützung der Großgrundbesitzer und infolge der allgemeinen Entrüstung über die Ermordung von 236 wehrlosen Walisern und
Waliserinnen konnten die Chartisten die Regierung zu einer raschen Parlamentsreform bewegen. Vom Erfolg beflügelt und im
Plenum zahlreich vertreten, gelang es ihnen, Wales nach dem
achtmonatigen »Großen Streik« von 1847 weitestgehende Au-
tonomie zu verschaffen. 1854 erklärte Wales unter der Führung
von John Frost schließlich seine Unabhängigkeit. Die komplizierte Lage in Irland und auf der Krim machte es England quasi
unmöglich, gegen die zu allem entschlossenen, kampferprobten
Waliser vorzugehen. Die Handelsbeziehungen waren gut, und
bereits ein Jahr später trat die Devolution, verbunden mit
einem anglo-walisischen Nichtangriffspakt, endgültig in Kraft.

ZEPHANIA JONES,
Wales – Geburt einer Republik

Seit der Schließung der anglo-walisischen Grenze im Jahre 1965
fungierte die A4 von Chepstow nach Abertawe als Wirtschaftskor-
ridor, den nur Geschäftsleute und Fernfahrer passieren durften, um
in der Stadt Handel zu treiben oder im Hafen Frachtgut zu laden.
Rechts und links der A4 standen hohe Stacheldrahtzäune, die den
Besuchern deutlich machen sollten, daß es streng verboten war, die
vorgeschriebene Strecke zu verlassen.

Abertawe galt als »Freihandelszone«. Die Steuern waren niedrig,
und Zölle gab es fast überhaupt keine. Bowden und ich fuhren lang-

sam ins Zentrum; die gläsernen Türme der Großbanken entlang der Küstenstraße waren die steingewordenen Symbole einer Freihandelsphilosophie, die, obgleich durchaus profitabel, keineswegs bei allen Walisern auf Begeisterung stieß. Der Rest der Republik war eher schmucklos und traditionell; in manchen Gegenden hatte sich das kleine Land in den vergangenen hundert Jahren so gut wie gar nicht verändert.

»Und jetzt?« fragte Bowden, als wir vor der Goliath First National Bank hielten. Ich klopfte auf die Aktentasche, die Braxton mir am Abend zuvor gegeben hatte. Er hatte mich gebeten, sparsam mit dem Inhalt umzugehen; wie es aussah, war dies unsere letzte Chance, bevor Goliath uns die Zügel aus der Hand nahm.

»Besorgen wir uns eine Mitfahrgelegenheit nach Merthyr.«

»Sie würden das nicht sagen, wenn Sie keinen Plan hätten.«

»Meinen Sie, ich habe in London Däumchen gedreht, Bowden? Mir schuldet noch jemand einen Gefallen. Hier entlang.«

Wir gingen an der Bank vorbei und bogen in eine kleine Seitenstraße, wo sich ein Laden an den anderen reihte; hier gab es Geldscheine, Orden, Münzen, Gold – und Bücher. Wir zwängten uns an den Händlern vorbei, die sich überwiegend auf walisisch unterhielten, und standen schließlich vor einem kleinen Antiquariat, in dessen Schaufenstern sich vergilbte Folianten türmten, von vergessener Weisheit schwer. Bowden und ich wechselten einen nervösen Blick, atmeten tief durch, ich stieß die Tür auf, und wir traten ein.

Im hinteren Teil des Ladens klingelte ein Glöckchen, und von irgendwoher erschien ein hochgewachsener Mann mit wirrem grauem Haar und krummem Rücken. Er beäugte uns mißtrauisch über den Rand seiner Halbbrille hinweg, doch als er mich wiedererkannte, wich sein Mißtrauen einem Lächeln.

»Thursday, *bach*!« murmelte er und umarmte mich liebevoll. »Was führt dich hierher? Du bist doch sicher nicht extra nach Abertawe gekommen, um einen alten Mann zu besuchen, oder?«

»Ich brauche deine Hilfe, Dai«, sagte ich leise. »So dringend wie noch nie.«

Er hatte vermutlich die Nachrichten verfolgt, denn er verstummte auf der Stelle. Er nahm einem potentiellen Kunden freundlich einen frühen Gedichtband von R. S. Thomas aus der Hand und komplimentierte ihn unter dem Vorwand, der Laden werde gleich geschlossen, zur Tür hinaus, bevor der Lyrikfreund auch nur daran denken konnte, sich zu beschweren.

»Das ist Bowden Cable«, erklärte ich, während der Buchhändler absperrte. »Er ist mein Partner; wenn du mir vertraust, kannst du auch ihm vertrauen. Bowden, das ist Manuskripte-Jones, mein walisischer Kontaktmann.«

»Aha!« rief der Buchhändler und schüttelte Bowden herzlich die Hand. »Thursdays Freunde sind auch meine Freunde. Das ist Bücher-Haelwyn«, stellte er uns seine schüchtern lächelnde Assistentin vor. »Nun, meine kleine Thursday, was kann ich für dich tun?«

Ich zögerte. »Wir müssen nach Merthyr Tydfil ...«

Der Buchhändler lachte nervös.

»... *heute noch*«, setzte ich hinzu.

Er hörte auf zu lachen, verschwand hinter dem Ladentisch und rückte gedankenverloren einen Bücherstapel zurecht.

»Dein Ruf eilt dir voraus, Thursday. Wie man hört, bist du auf der Suche nach *Jane Eyre*. Wie man hört, hast du ein gutes Herz – du hast dem Bösen mutig die Stirn geboten, und du hast überlebt.«

»Und was hört man sonst so?«

»Daß tiefe Finsternis die Täler erfüllt«, fuhr Haelwyn mit unheilschwangerer Stimme dazwischen.

»Danke, Haelwyn«, sagte Jones. »Der Mann, den du suchst ...«

»... und daß Rhondda seit Wochen unter dunklen Wolken liegt«, fuhr Haelwyn fort, die offenbar noch nicht fertig war.

»Das reicht, Haelwyn«, befahl Jones. »Hinten liegen noch ein paar neue Exemplare von *Cold Comfort Farm*, die nach Llan-dod verschickt werden müssen, hmm?«

Haelwyn ging mit beleidigter Miene davon.

»Was hältst du davon, wenn ...«, begann ich.

»... und die Kühe geben saure Milch!« rief Haelwyn hinter einem Bücherregal hervor. »*Und* in Merthyr spielen seit Tagen die Kompasse verrückt!«

»Beachtet sie gar nicht«, entschuldigte sich Jones. »Sie liest zu viele Bücher. Aber wie soll ich euch helfen? Ich, ein alter Buchhändler ohne Verbindungen?«

»Ein alter Buchhändler mit walisischer Staatsbürgerschaft und Reisefreiheit braucht keine Verbindungen, um zu fahren, wohin er will.«

»Moment mal, Thursday, *bach*; du willst, daß *ich* euch persönlich nach Merthyr hineinschmuggeln soll?«

Ich nickte. Jones war meine letzte und einzige Chance. Leider gefiel ihm mein Plan nicht halb so gut, wie ich gehofft hatte.

»Und warum sollte ich das tun?« fragte er in scharfem Ton. »Weißt du, was auf so etwas steht? Ich bin ein alter Mann. Soll ich meine Tage etwa in einer Zelle auf Skokholm beenden? Das ist zuviel verlangt. Ich bin vielleicht verrückt – aber nicht dumm.«

Ich hatte gewußt, daß er das sagen würde.

»Wenn du uns hilfst«, begann ich und griff in meine Aktentasche, »gebe ich dir ... *das*.«

Ich legte das Blatt vor ihm auf den Ladentisch; Jones holte tief Luft und sank mit einem schweren Seufzer auf einen Stuhl. Er brauchte es sich nicht aus der Nähe anzusehen; er wußte auch so, was er da vor sich hatte.

»Wo ... wo hast du das her?« fragte er mich argwöhnisch.

»Der englischen Regierung ist die Rückgabe von *Jane Eyre* sehr wichtig – so wichtig, daß sie zu einem Tauschhandel bereit ist.«

Er beugte sich vor und betrachtete das Blatt. Dort, in all ihrer Pracht, lag eine frühe, handschriftliche Fassung von *I See the Boys of Summer*, dem ersten Gedicht der Sammlung *18 Poems*, die Dylan Thomas' literarisches Debüt markierte; Wales hatte schon vor langer Zeit die Rückgabe verlangt.

»Das gehört nicht einem einzelnen, sondern der ganzen Republik«, befand der Buchhändler schließlich. »Es ist unser gemeinsames Erbe.«

»Einverstanden«, antwortete ich. »Du kannst mit dem Manuskript machen, was du willst.«

Doch Manuskripte-Jones ließ sich nicht überreden. Er hätte uns selbst dann nicht nach Merthyr gebracht, wenn ich *Unter dem Milch-wald* auf den Tisch des Hauses gelegt hätte, und Richard Burton als Vorleser noch dazu.

»Thursday, das ist einfach zuviel verlangt!« jammerte er. »Die Gesetze hier sind sehr streng! Die HeddluCyfrinach hat ihre Augen und Ohren überall...!«

Meine Stimmung sank. »Ich verstehe, Jones – trotzdem danke.«

»Ich bringe Sie nach Merthyr, Miss Next«, fuhr Haelwyn dazwischen und fixierte mich mit einem schiefen Lächeln.

»Das ist zu gefährlich«, protestierte Jones. »Ich verbiete es!«

»Klappe!« rief Haelwyn. »Ich kann dein Gerede nicht mehr hören. Tag für Tag lese ich Abenteuer – jetzt kann ich endlich mal eins erleben. Außerdem haben gestern abend die Straßenlaternen geflackert – *das war ein Zeichen!*«

Wir saßen im Hinterzimmer des Antiquars, bis die Dunkelheit hereinbrach, und verbrachten dann eine höchst unbequeme Stunde im lauten, ungefederten Kofferraum von Bücher-Haelwyns Griffin-12. An der Grenze der Freihandelszone hörten wir das Gemurmel der walisischen Beamten, und auf der Fahrt über die mit Schlaglöchern gespickte Straße nach Merthyr wurden wir gnadenlos durchgeschüttelt. Kurz vor der Hauptstadt passierten wir einen zweiten Kontrollpunkt; das war ungewöhnlich – anscheinend hatten die Truppenbewegungen der Engländer das Militär nervös gemacht. Kurz darauf hielt der Wagen an, und der Kofferraum sprang knarrend auf. Haelwyn ließ uns aussteigen, und wir streckten uns unter Schmerzen, kein Wunder, nach der beengten Fahrt.

Haelwyn wies uns den Weg zum Penderyn-Hotel, und ich sagte ihr, wenn wir bis Tagesanbruch nicht zurück seien, würden wir auch nicht mehr kommen. Sie schüttelte uns grinsend die Hand, wünschte uns viel Glück und fuhr davon, um ihre Tante zu besuchen.

Zur gleichen Zeit saß Hades pfeifeschmauchend in der menschenleeren Bar des Penderyn-Hotel und genoß den Blick aus den großen Panoramafenstern. Hinter dem hell erleuchteten Justizpalast war der Vollmond aufgegangen und ließ die alte, von flirrenden Lichtern und reger Betriebsamkeit erfüllte Stadt in kühlem Glanz erstrahlen. Die Gipfel der Berge, die hinter dem Häusermeer aufragten, verschwanden in dichten Wolken. Jane balancierte am anderen Ende des Schankraums auf der Kante ihres Stuhls und funkelte Hades wütend an.

»Eine herrliche Aussicht, finden Sie nicht auch, Miss Eyre?«

»Sie verblaßt neben dem Blick aus meinem Fenster in Thornfield, Mr. Hades«, antwortete Jane mit spitzer Stimme. »Zwar könnte ich mir durchaus schönere denken, doch war er mir ans Herz gewachsen wie ein alter Freund, zuverlässig und beständig. Ich verlange, unverzüglich dorthin zurückgebracht zu werden.«

»Alles zu seiner Zeit, meine Liebe, alles zu seiner Zeit. Von mir haben Sie nichts zu befürchten. Wenn ich mein Geld habe, dürfen Sie zurück zu Ihrem Edward.«

»Die Habgier wird Ihnen noch einmal das Genick brechen, Sir«, entgegnete Jane gelassen. »Sie glauben vermutlich, daß das viele Geld Sie glücklich machen wird, aber Sie irren. Glück und Zufriedenheit ziehen das reiche Mahl der Liebe der mageren Kost des Geldes vor. Die Liebe zum Geld ist die Wurzel allen Übels!«

Acheron lächelte.

»Sie haben ja keine Ahnung, wie dumm Sie sind, Jane, Sie und Ihr puritanisches Getue. Sie hätten mit Rochester fortgehen sollen, statt sich an einen Schlappschwanz wie St. John Rivers zu verschwenden.«

»Rivers ist ein braver Mann!« widersprach Jane wütend. »Frommer und tugendhafter, als Sie es sich je könnten träumen lassen.«

Das Telefon klingelte, und Acheron brachte Jane mit einer Handbewegung zum Schweigen. Es war Delamare; er sprach aus einer Telefonzelle in Swindon.

»Schlappohrige Kaninchen in fürsorgliche Obhut abzugeben«, las er ihm eine Kleinanzeige aus dem *Mole* vor. Lächelnd legte Hades auf. Na, wer sagt's denn, dachte er, die Behörden spielen also doch mit. Er winkte Felix8, und sein neuer Handlanger packte die sich vergeblich sträubende Jane Eyre am Arm und zerrte sie hinter sich aus der Tür.

Bowden und ich hatten ein Fenster aufgebrochen und standen in den finsteren Eingeweiden des Hotels. Der feuchte, heruntergekommene Raum voller klobiger Gerätschaften zur Essenszubereitung mußte wohl früher die Küche gewesen sein.

»Wohin jetzt?« zischte Bowden.

»Nach oben – sie sind bestimmt in einem Ballsaal oder so.«

Ich knipste eine Taschenlampe an und warf einen Blick auf unseren hastig skizzierten Plan. Da es zu riskant gewesen wäre, nach den Originalzeichnungen zu suchen, solange Goliath uns auf Schritt und Tritt bewachte, hatte Victor den Grundriß des Gebäudes aus dem Gedächtnis rekonstruiert. Ich stieß eine Schwingtür auf, und wir befanden uns im Souterrain. Über uns lag die Empfangshalle. Im trüben Licht der Straßenlaternen, das durch die schmutzigen Fenster hereinfiel, stiegen wir vorsichtig die stockfleckige Marmortreppe hinauf. Wir waren fast am Ziel, das spürte ich. Ich zog meine Automatik; Bowden tat es mir nach. Ich warf einen Blick in die Lobby. Eine Messingbüste von Y Brawd Ulyanov nahm den Ehrenplatz in der riesigen Lobby ein, gleich gegenüber den verrammelten Türen. Links war der Eingang zu Bar und Restaurant und rechts der alte Empfangstisch; über uns führte eine imposante Treppe zu den Ballsälen hinauf. Bowden tippte mir auf die Schulter und deutete zur Tür des Hauptsalons. Sie war angelehnt, und durch den Spalt schimmerte ein schmaler Streifen orangefarbenen Lichts. Wir wollten uns eben in Bewegung setzen, als wir von oben Schritte hörten. Wir zogen uns in den Schatten zurück und verharrten mit angehaltenem Atem.

Eine kleine Prozession kam die breite Marmortreppe herunter. Angeführt wurde sie von einem Mann, den ich als Felix8 erkannte; in der einen Hand hielt er einen Kerzenleuchter, die andere umklammerte das Handgelenk einer zierlichen Frau. Sie trug ein viktorianisches Nachtgewand und einen Wintermantel um die Schultern. Aus ihren – durchaus resolut wirkenden – Zügen sprachen Verzweiflung und Hoffnungslosigkeit. Der Mann hinter ihr warf im Flackerschein der Kerzen keinen Schatten – Hades.

Wir sahen sie im Rauchsalon verschwinden. Rasch schlichen wir auf Zehenspitzen quer durch die Halle zu der reichverzierten Tür. Ich zählte bis drei, dann stießen wir sie auf und stürmten hinein.

»Thursday! Meine Liebe, wie *vorhersehbar*!«

Ich erstarrte. Hades thronte lächelnd auf einem riesigen Lehnsessel. Mycroft und Jane saßen niedergeschlagen auf einer Chaiselongue. Hinter ihnen stand Felix8 und hielt zwei Maschinenpistolen auf Bowden und mich gerichtet. Vor ihnen befand sich das ProsaPortal. Verflucht noch mal, wie hatte ich nur so naiv sein können? Wenn ich Acherons Gegenwart spüren konnte, konnte er das umgekehrt natürlich auch.

»Bitte lassen Sie Ihre Waffen fallen«, sagte Felix8. Er stand zu dicht bei Mycroft und Jane, um einen Schuß zu riskieren; bei unserer letzten Begegnung war er vor meinen Augen gestorben, und ich sprach den ersten Gedanken aus, der mir in den Sinn kam.

»Habe ich Ihr Gesicht nicht schon mal irgendwo gesehen?«

Er ging nicht darauf ein.

»Ihre Waffen, bitte.«

»Damit Sie uns wie die Dodos abknallen können? Nichts zu machen. Die behalten wir.«

Felix8 rührte sich nicht vom Fleck. Da er seine MPs auf uns gerichtet hielt, hatten wir ohnehin kaum eine Chance.

»Es scheint euch zu wundern, daß ich euch erwartet habe«, sagte Hades, und ein Lächeln spielte um seine Lippen.

»Das könnte man sagen.«

»Das Blatt hat sich gewendet, Thursday. Ich dachte eigentlich, zehn Millionen seien sehr viel Geld, bis jemand an mich herantrat, der mir allein für die Maschine deines Onkels das Zehnfache bot.«

Mycroft rutschte verdrossen hin und her. Er hatte es sich längst abgewöhnt, zu jammern oder zu lamentieren; das führte ohnehin zu nichts. Er freute sich jetzt nur noch auf die kurzen Besuche bei Polly, die man ihm ab und zu gewährte.

»Wenn das so ist«, sagte ich langsam, »können Sie Jane Eyre ja wieder in ihr Buch zurückbringen.«

Hades dachte einen Augenblick nach.

»Warum nicht? Aber zuerst möchte ich dich mit jemandem bekannt machen.«

Links von uns ging eine Tür auf, und herein kam Jack Schitt, flankiert von drei seiner Leibwächter, die Plasmagewehre bei sich trugen. Die Situation war alles andere als günstig. Ich raunte Bowden eine halblaute Entschuldigung zu und sagte dann: »Goliath? Hier, in Wales?«

»Dem Konzern stehen alle Türen offen, Miss Next. Wir kommen und gehen, wie es uns gefällt.« Schitt setzte sich in einen verblichenen roten Polstersessel und holte eine Zigarre hervor.

»Seit wann arbeitet Goliath mit Verbrechern zusammen?«

»Das ist eine relativistische Frage, Miss Next – extreme Situationen erfordern extreme Maßnahmen. Ich bezweifle, daß Sie das verstehen. Aber wir haben nun einmal sehr viel Geld zu unserer Verfügung, und Acheron hat sich großzügigerweise bereit erklärt, uns Mr. Nexts bemerkenswerte Erfindung zu überlassen.«

»Wozu?«

»Wissen Sie, was das hier ist?« fragte Schitt und schwenkte die klobige Waffe, die er auf uns gerichtet hielt.

»Ein Plasmagewehr.«

»Exakt. Ein tragbares Ein-Mann-Feldartilleriegeschütz, das genau dosierbare Mengen reiner, komprimierter Energie abfeuert. Es ist ohne weiteres in der Lage, aus hundert Meter Entfernung eine dreißig Zentimeter dicke Panzerplatte zu durchschlagen; Sie werden mir hoffentlich recht geben, wenn ich behaupte, daß jedes Landheer dieser Welt damit praktisch unbesiegbar ist.«

»*Falls* Goliath liefern kann ...«, wandte Bowden ein.

»Die Dinge liegen ein klein wenig komplizierter, Officer Cable«, entgegnete Schitt. »Die Sache ist nämlich die – *es funktioniert nicht.* Wir haben fast eine Milliarde in die Forschung gesteckt, und trotzdem funktioniert das Mistding nicht. Schlimmer noch, seit kurzem steht eindeutig fest, daß es auch niemals funktionieren *wird*; weil diese Technologie überhaupt nicht funktionieren *kann*.«

»Aber die Krim steht kurz vor einem Krieg!« stieß ich wütend hervor. »Was passiert, wenn die Russen dahinterkommen, daß die neue Technologie bloß ein Bluff ist?«

»Sie werden nicht dahinterkommen«, antwortete Schitt. »Denn auch wenn unsere Technologie hier draußen nicht funktioniert, *da drin* funktioniert sie zweifellos.«

Er streichelte das ProsaPortal und beobachtete Mycrofts genetisch manipulierte Bücherwürmer. Im Augenblick ruhten sie friedlich in ihrem Goldfischglas. Sie hatten soeben eine gehörige Portion Präpositionen verdaut & furzten nun munter Et-Zeichen und Apostrophe; sie l'g'n g'r'd'zu in d'r Luft. Schitt hielt ein Buch hoch. Es zeigte auf dem Umschlag einen heroischen, halbnackten Soldaten mit gewaltigen Muskeln und darunter den martialischen Titel: *Das Plasmagewehr auf dem Schlachtfeld*. Ich warf einen Blick zu Mycroft hinüber; der nickte traurig.

»Sehen Sie, Miss Next?« Schitt lächelte & klopfte mit dem Fingerknöchel auf das triviale Machwerk.

»Hier drin funktioniert das Plasmagewehr tadellos. Wir brauchen dieses kleine literarische Meisterwerk mit dem ProsaPortal nur zu öffnen, dann können wir die Gewehre herausholen & ausliefern. Das ist die Mutter aller Waffen, Miss Next.«

Damit meinte er nicht etwa das Plasmagewehr. Er zeigte auf das ProsaPortal. Prompt rülpsten die Bücherwürmer erhebliche Mengen unnötiger Großschreibungen.

»Was Die Menschliche Vorstellungskraft Fortan Auch Ersinnen Mag, Wir Können Es Reproduzieren. Betrachten Sie Das Portal Nicht Etwa Als Tor Zu Zahllosen Welten, Sondern – als dreidimensionalen Fotokopierer. Mit Seiner Hilfe Können Wir Buchstäblich Alles Herstellen; Sogar Ein Zweites Portal – im Palmtop-Format. 365 Mal im Jahr Weihnachten, Miss Next.«

»Noch mehr Tote auf der Krim; hoffentlich können Sie nachts noch ruhig schlafen, Schitt.«

»Im Gegenteil, Miss Next. Die Russen Werden Sich Vor Angst In Die Hosen Machen, Wenn Sie Sehen, Was Das Stonk Alles Kann. Der Zar Wird England Die Halbinsel Endgültig Überlassen; Eine Neue Riviera, Wär Das Nicht Schön?«

»*Schön*? Massenhaft Sonnenliegen & Bettenburgen? Erbaut auf einer Insel, die die Russen in spätestens fünfzig Jahren zurückverlangen werden? Aufgeschoben ist nicht aufgehoben, Schitt. Und wenn Rußland ein eigenes Plasmagewehr hat, was dann?«

Jack Schitt blieb stur.

»Ach, Machen Sie Sich Deswegen Keine Sorgen, Miss Next, Ich Werde Denen *Doppelt* Soviel Berechnen Wie Der Englischen Regierung.«

»Hört, Hört!« warf Hades ein, der von Schitts Skrupellosigkeit zutiefst beeindruckt zu sein schien.

»Hundert Millionen Dollar Für Das Portal, Thursday«, setzte er atemlos hinzu, »& 50% vom Reinerlös!«

»Sie Eine Marionette Der Goliath Corporation, Acheron? Das Sieht Ihnen Aber Ganz & Gar Nicht Ähnlich.« Voller Ärger stellte ich fest, daß die Unnötigen Großschreibungen mich jetzt auch schon erfaßt hatten.

Acherons Wangen bebten, doch er riß sich zusammen und erwiderte: »Von Nichts Kommt Nichts, Thursday...«

Schitt beäugte ihn mißtrauisch. Er nickte einem seiner Männer zu, worauf der eine kleine Panzerfaust auf Hades richtete.

»Die Gebrauchsanweisung, Hades.«

»Bitte!« flehte Mycroft. »Sie bringen die Würmer durcheinander! Sie fangen an zu tren-nen!«

»Hal-ten S#e D'n M&, My-croft«, schnauzte Schitt. »Bit-te, H'-des, Die G'-br'chs'n-wei-s'ng.«

»Guter Mann, v'n w'l-cher G'-br'chs-'n-wei-s'ng red'n S#e?«

»Mr. Hades!!!! Das Kl'-ne Art'lle-rie-geschütz Mei-n's Mit-Ar-beiters Wird S'lbst #h-nen Kaum 'nt-gangen sein. Sie Ha-b'en My-crofts G'-br'chs-'n-wei-s'ng Für'd's Por-tal & Das G'-dicht, In Dem S#e Mrs. Next Ge-fan-gen-hal-ten. Ge-b'n-S#e's Mir.«

»Nein, Mr. Schitt. Geben S#e Mir Das Gewehr...«

Doch Schitt zuckte nicht mit der Wimper; die Macht, die Snood und zahllosen anderen Menschen den Verstand geraubt hatte, konnte der schwarzen Seele Schitts nichts anhaben. Hades klappte die Kinnlade herunter. Jemand wie Schitt war ihm noch nicht begegnet, zumindest seit dem ersten Felix nicht. Er lachte. »Sie Wa-g'n Es ... *Mich* Über's Ohr Zu Hau-en?«

»S'lbst-ver-st'nd-lich. An-dern-falls Hät-t'n Sie Kei-nen R's-pekt Vor Mir, & Das Ist Kei-ne G'-s&e Basis Für Eine Funk-tio-nie-r'n-de Part-ner-schaft.«

Hades sprang vor das ProsaPortal.

»& Ich Dach-te, Sie & Ich, Wir Sei-'n 1 Herz & 1 See-le ...!« rief er, legte das Originalmanuskript von *Jane Eyre* in die Maschine und gab die Bücherwürmer dazu, die endlich aufhörten, zu rülpsen und zu furzen, und sich an die Arbeit machten.

»Wirklich!« fuhr Hades fort. »Ich muß schon sagen, von Ihnen hatte ich mehr erwartet. Ich dachte, wir wären Partner.«

»Aber früher oder später würden Sie alles für sich allein haben wollen, Hades«, widersprach Schitt. »Vermutlich eher füher als spä-ter.«

»Wie wahr.« Hades nickte Felix8 zu, der sofort das Feuer eröff-nete.

Bowden und ich standen direkt in seiner Schußlinie; er konnte uns unmöglich verfehlen. Mein Herz machte einen Satz, doch ko-mischerweise wurde die erste Kugel wie von unsichtbarer Hand ab-gebremst und blieb knapp zehn Zentimeter von mir entfernt in der Luft hängen. Sie war jedoch nur der Auftakt einer tödlichen Garbe von Geschossen, die wie in Zeitlupe aus dem Lauf von Felix8s Pistole drangen, dessen Mündung wie eine erstarrte Feuerchrysantheme aussah. Ich blickte zu Bowden, der ebenfalls in der Flugbahn eines Projektils stand; die glänzende Kugel hing dreißig Zentimeter von seinem Kopf entfernt unbeweglich in der Luft. Doch er rührte sich nicht von der Stelle. Auf den zweiten Blick bemerkte ich, daß nie-mand im Raum sich bewegte. *Mein Vater war ausnahmsweise einmal genau im richtigen Moment erschienen.*

»Komme ich ungelegen?« fragte Dad und blickte von der Tastatur des verstaubten Flügels auf. »Ich kann auch wieder verschwinden, wenn dir das lieber ist.«

»N-nein, Dad, das ist gut, *echt* gut«, stammelte ich.

Ich schaute mich um. Mein Vater blieb nie länger als fünf Minuten, und wenn er wieder verschwand, würden die Kugeln ihr anvisiertes Ziel mit ziemlicher Sicherheit treffen. Mein Blick fiel auf einen schweren Eichen-Tisch. Ich kippte ihn um und stellte ihn auf die Seite; Staub, Abfälle und Leek-U-Like-Kartons flogen nach allen Seiten.

»Sagt dir der Name Winston Churchill etwas?« fragte mein Vater.

»Nein; wer soll das sein?« ächzte ich, während ich den schweren Eichentisch vor Bowden schob.

»Aha!« sagte mein Vater und kritzelte etwas in ein Büchlein. »Eigentlich sollte er England im letzten Krieg regieren, aber ich glaube, er starb als Teenager bei einem Sturz. *Ausgesprochen* peinlich.«

»War er etwa auch ein Opfer der französischen Revisionisten?«

Mein Vater gab keine Antwort. Seine Aufmerksamkeit galt der Raummitte, wo Hades sich am ProsaPortal zu schaffen machte. Für Menschen wie Hades stand die Zeit nur selten still.

»Bitte lassen Sie sich durch mich nicht stören!« rief Hades, als ein Lichtstrahl aus dem Portal fiel und das Dunkel erhellte. »Ich verschwinde in den Roman, bis diese unangenehme Situation vorüber ist. Ich habe immer noch Polly und die Gebrauchsanweisung, wir können also durchaus noch verhandeln.«

»Wer ist das?« fragte mein Vater.

»Acheron Hades.«

»Ach ja? Ich hatte ihn mir kleiner vorgestellt.«

Doch Hades war verschwunden; das ProsaPortal summte leise und schloß sich dann hinter ihm.

»Ich muß noch ein paar Korrekturen vornehmen«, verkündete mein Vater, stand auf und klappte sein Notizbuch zu. »Wie heißt es noch so schön? Die Zeit wartet auf niemanden.«

Mir blieb gerade noch genügend Zeit, hinter einem großen Sekretär in Deckung zu gehen, bevor die Welt wieder zum Leben erwachte. Der Feuerstoß aus den Maschinenpistolen von Felix8 traf nicht Bowden, sondern den zum Schutzschild umfunktionierten Eichentisch, und der für mich bestimmte Geschoßhagel bohrte sich mit dumpfen Schlägen in die Holztür, hinter der ich eben noch gestanden hatte. Binnen zwei Sekunden schwirrten uns die Kugeln nur so um die Ohren, als auch die Goliath-Leute zu den Waffen griffen, um Jack Schitt Feuerschutz zu geben, der, voller Erstaunen darüber, daß Hades mitten im Satz verschwunden war, den Rückzug in den alten *Atlantic Grill* anzutreten versuchte.

Mycroft – und kurz darauf auch Jane – warfen sich zu Boden, während Staub und Trümmer nach allen Seiten spritzten. Ich brüllte Jane ins Ohr, sich nicht zu bewegen, als eine Kugel gefährlich dicht an unseren Köpfen vorbeipfiff, Zierleisten von einem Möbelstück sprengte und eine Staubwolke auf uns herabregnen ließ. Ich kroch ein Stück, bis ich Bowden sehen konnte; er lieferte sich einen heftigen Schußwechsel mit Felix8, der hinter einem umgestürzten pseudogeorgianischen Tisch am Eingang zu den *Palm Court Tea Rooms* in der Falle saß. Kaum hatte ich ein paar Schüsse auf die Goliath-Leute abgegeben, die Schitt eilig nach draußen gezerrt hatten, als die Ballerei ebenso unvermittelt aufhörte, wie sie begonnen hatte. Ich lud nach.

»Felix8!« rief ich. »Noch können Sie sich ergeben! Ihr richtiger Name ist Danny Chance. Ich verspreche Ihnen, daß wir unser möglichstes tun werden, um ...«

Plötzlich hörte ich ein merkwürdiges Glucksen und spähte um die Rückenlehne des Sofas. Ich dachte, Felix8 sei verwundet, doch im Gegenteil: Er lachte. Sein im großen und ganzen ausdrucksloses Gesicht verzerrte sich vor Freude. Bowden und ich wechselten ratlose Blicke, rührten uns aber nicht von der Stelle.

»Was ist daran so komisch?« brüllte ich.

»*Habe ich Ihr Gesicht nicht schon mal irgendwo gesehen!*« kicherte er. »Jetzt hab ich's kapiert!«

Er brachte seine Waffe in Anschlag und gab mehrere Schüsse auf uns ab, während er sich rückwärts zur Tür hinausstahl und in der dunklen Eingangshalle verschwand. Nun, da sein Herr und Meister entkommen war, hatte er hier nichts mehr verloren.

»Wo ist Hades?« fragte Bowden.

»In *Jane Eyre* mitsamt der Gebrauchsanweisung für das Portal«, antwortete ich und stand auf. »Behalten Sie das Ding im Auge – und wenn er zurückkommt, benutzen Sie das hier.«

Ich reichte ihm die Panzerfaust. Plötzlich war Schitt wieder da. Von der jähen Stille angelockt, stand er in der Tür.

»Hades?«

»Der ist in *Jane Eyre*.«

Schitt befahl mir, ihm das ProsaPortal auszuhändigen.

»Ohne die Gebrauchsanweisung werden Sie daran wenig Freude haben«, sagte ich. »Wenn ich Hades aus Thornfield herausgeholt und Mycroft meine Tante zurückgebracht habe, gehört die Gebrauchsanweisung Ihnen. Entweder oder; Sie haben die Wahl. Ich nehme Jane jetzt mit.«

Ich wandte mich an meinen Onkel. »Mycroft, bitte schick uns an die Stelle zurück, wo Jane aus ihrer Kammer kommt, um den Brand in Rochesters Zimmer zu löschen. Oder besser, noch ein kleines Stück vorher. Als ob Jane nie aus dem Roman verschwunden wäre. Geht das? Wenn ich zurückkommen will, gebe ich dir ein Zeichen.«

Jack Schitt rang die Hände und rief: »Welch süßer Wahn hält mich umfangen?«

»Das ist das Zeichen«, sagte ich, »die Worte *süßer Wahn*. Wenn du sie hörst, mußt du sofort das Tor aufmachen.«

»Sind Sie sicher, daß Sie wissen, was Sie tun?« fragte Bowden.

»Hundertprozentig«, sagte ich und half Jane auf die Beine. »Stell bloß die Maschine nicht ab! So sehr mir das Buch auch gefällt, ich habe keine Lust, meinen Lebensabend darin zu verbringen.«

Schitt knabberte an seiner Unterlippe. Ich hatte ihn ausgestochen. Er konnte sein Blatt, wenn überhaupt, frühestens bei meiner Rückkehr ausspielen.

Ich sah nach, ob meine Waffe noch geladen war, atmete tief durch und nickte Jane zu.

Sie lächelte erwartungsvoll zurück.

Wir nahmen uns fest bei der Hand und traten durch das Tor.

32.

Heimkehr nach
Thornfield Hall

Es war ganz anders, als ich es mir vorgestellt hatte. Ich dachte,
Thornfield Hall wäre viel größer und luxuriöser eingerichtet. Es
roch stark nach Bohnerwachs, und auf dem Flur im oberen
Stock war es eiskalt. Im ganzen Haus brannte kaum ein Licht,
und das Labyrinth von Gängen schien sich in tiefer Finsternis
zu verlieren. Es war unwirtlich und düster. Am auffallendsten
aber war die Stille; die Stille einer Welt ohne Flugmaschinen,
Verkehr und große Städte. Das Industriezeitalter hatte gerade
erst begonnen; der Planet hatte sein Haltbarkeitsdatum noch
nicht überschritten.

THURSDAY NEXT
– Ein Leben für SpecOps

Die Landung brachte mich ziemlich aus dem Gleichgewicht: ein
greller Lichtblitz, gefolgt von sekundenlangem, ohrenbetäubendem
Rauschen. Ich fand mich auf dem Gang vor der Schlafkammer des
Hausherrn wieder, ein paar Zeilen über der Stelle, an der Hobbes
eingedrungen war. Das Feuer brannte lichterloh, und wie auf ein
Stichwort öffnete Jane ihre Tür, sprang mit Riesenschritten in Ro-
chesters Zimmer und goß einen Krug Wasser über das brennende
Bett.

Ich blickte mich rasch um, doch von Hades keine Spur; am anderen Ende des Korridors brachte Grace Poole gerade die irre Bertha
hinauf in die Dachkammer. Die Verrückte wandte den Kopf und
grinste schwachsinnig. Grace Poole warf mir einen mißbilligenden

Blick zu. Mit einem Mal kam ich mir unendlich fremd vor; diese Welt war nicht die meine, und ich gehörte nicht hierher.

Ich trat beiseite, als Jane aus Rochesters Zimmer stürzte, um frisches Wasser zu holen; aus ihrer Miene sprach große Erleichterung. Lächelnd riskierte ich einen Blick ins Zimmer. Jane hatte das Feuer gelöscht, und Rochester fluchte, weil er in einer Wasserpfütze lag.

»Haben wir eine Überschwemmung?«

»Nein, Herr«, antwortete sie, »aber es hat gebrannt. Rasch, stehen Sie auf; Sie sind ganz naß. Ich hole Ihnen eine Kerze.«

Rochester erblickte mich an der Tür und zwinkerte mir verstohlen zu, bevor er von neuem eine bestürzte Miene aufsetzte.

»Bei allen Elfen der Christenheit, ist das nicht Jane Eyre?« fragte er mit glänzenden Augen, als sie wiederkam. »Was hast du mit mir gemacht ...«

Ich trat vor die Tür, in der sicheren Gewißheit, daß sich das Buch zu Hause von selbst umschreiben würde. Der Hinweis auf den »Agenten in Schwarz« würde überschrieben werden, und mit ein wenig Glück würde wieder Normalität einkehren, wenn sich Hades nicht einmischte. Ich bückte mich nach der Kerze, die noch auf dem Boden stand, und zündete sie wieder an. Jane kam aus Rochesters Zimmer, bedachte mich zum Dank mit einem Lächeln, nahm mir die Kerze ab und ging wieder hinein. Ich schlenderte den Flur entlang, betrachtete ein schönes Bild von Landseer und ließ mich schließlich auf einem von zwei Regency-Stuhl nieder.

Obwohl das Haus nicht allzu groß war, bot es Acheron zahlreiche Möglichkeiten, sich zu verstecken. Ich sagte seinen Namen vor mich hin, damit er wußte, daß ich da war, als plötzlich irgendwo im Haus eine Tür knallte. Ich zog einen Fensterladen auf und erblickte Hades' unverkennbare Gestalt, die im Mondschein über die Wiese lief. Ich sah ihm nach, bis er in der Dunkelheit verschwand. Obwohl er auf den Feldern praktisch unerreichbar für das Gesetz war, hatte ich jetzt die Oberhand: Ich wußte, wie das ProsaPortal zu öffnen war, und er nicht. Ich hielt es für äußerst unwahrscheinlich, daß er mir etwas antun würde. Ich setzte mich wieder und dachte über Landen und Daisy Mutlar nach, bis der Schlaf mich übermannte.

Ich fuhr hoch, als Rochesters Zimmertür aufging und Edward erschien. Er hielt eine Kerze in der Hand und sprach an der Tür mit Jane.

»... ich muß in das obere Stockwerk hinauf. Sei ruhig und rühr dich nicht von der Stelle.«

Er tappte leise den Flur entlang und zischte: »Miss Next, sind Sie da?«

Ich stand auf. »Hier, Sir.«

Rochester nahm mich am Arm und führte mich die Galerie entlang zum Treppenabsatz. Dort blieb er stehen, stellte die Kerze auf einen niedrigen Tisch und ergriff meine Hände.

»Ich danke Ihnen, Miss Next, ich danke Ihnen von ganzem Herzen! Es hat mir regelrechte Höllenqualen bereitet, nicht zu wissen, ob und wann meine geliebte Jane zurückkommen würde!«

Er sprach mit glühender, tief empfundener Leidenschaft; ich fragte mich unwillkürlich, ob Landen mich je so geliebt hatte wie Rochester seine Jane.

»Aber das war doch wohl das mindeste, Mr. Rochester«, sagte ich glücklich, »nachdem Sie sich an dem Abend vor dem Lagerhaus so rührend meiner Wunden angenommen haben.«

Er wischte meine Worte brüsk beiseite. »Wollen Sie gleich wieder zurück?«

Ich blickte zu Boden. »Das ist leider nicht ganz so einfach, Sir. Außer mir befindet sich noch ein Eindringling in diesem Buch.«

Rochester trat ans Geländer. Er sprach, ohne sich umzudrehen. »*Er*, nicht wahr?«

»Sie kennen ihn?« fragte ich erstaunt zurück.

»Er hat viele Namen. Haben Sie einen Plan?«

Ich erklärte ihm das vereinbarte Zeichen und beharrte darauf, daß es sicherer sei, wenn ich bis zum Ende des Romans in Thornfield bliebe. Danach würde ich Hades mitnehmen – so oder so.

»Das Ende des Romans«, murmelte Rochester bedrückt. »Wie ich diesen Schluß doch *hasse*. Allein der Gedanke, daß meine Jane mit diesem erbärmlichen Feigling St. John Rivers nach Indien reist, läßt mir das Blut in den Adern gefrieren.« Er gewann seine Selbstbeherrschung zurück. »Aber bis dahin bleiben mir wenigstens noch ein paar glückliche Monate. Kommen Sie, Sie haben doch gewiß Hunger.« Er ging den Flur entlang und winkte mir, ihm zu folgen.

»Ich schlage vor, wir fangen *ihn*, wenn Jane abgereist ist, nach ...« – ihn schauderte bei dem Gedanken – »... nach der Hochzeit. Wir werden dann ganz allein sein, weil sich mit Jane naturgemäß auch die Handlung nach Moor House zu diesen albernen Verwandten verlagert. Da ich im Buch dann nicht mehr vorkomme, können wir tun, was uns beliebt, und ich bin durchaus geneigt, Ihnen zu helfen. Doch wie Sie bereits ganz richtig sagten, dürfen Sie Jane auf keinen Fall beunruhigen oder gar verwirren; dieses Buch ist in der ersten Person geschrieben. Ich kann mich nur dann davonstehlen, um mit Ihnen zu sprechen, wenn ich in der Geschichte keine Rolle spiele. Aber Sie müssen mir versprechen, daß Sie Jane aus dem Weg gehen. Mrs. Fairfax und Adele werde ich persönlich ins Vertrauen ziehen; sie werden Verständnis dafür haben. Die Dienstboten Mary und John tun ohnehin das, was ich ihnen sage.«

Wir standen vor einer Tür, und Rochester klopfte energisch an. Erst stöhnte jemand, dann tat es einen dumpfen Schlag, und schließlich erschien eine reichlich aufgelöste Gestalt.

»Mrs. Fairfax«, sagte Rochester, »das ist Miss Next. Sie wird ein oder zwei Monate bei uns wohnen. Ich möchte, daß Sie ihr etwas zu essen holen und ein Bett bereiten; sie hat eine weite Reise hinter sich und bedarf dringend der Stärkung und Ruhe. Es wäre schön, wenn Sie mit niemandem über ihre Anwesenheit sprechen würden, und ich wäre Ihnen dankbar, wenn Sie dafür Sorge tragen könnten, daß Miss Next und Miss Eyre sich nicht begegnen. Ich brauche wohl nicht extra zu betonen, wie wichtig mir das ist.«

Mrs. Fairfax musterte mich von Kopf bis Fuß, zeigte sich von meinem Pferdeschwanz und meiner Jeans gleichermaßen bestürzt und fasziniert, nickte und ging voran zum Speisezimmer.

»Wir unterhalten uns morgen weiter, Miss Next«, sagte Rochester, und in seinem gramerfüllten Gesicht machte sich ein mattes Lächeln breit. »Und ich möchte Ihnen nochmals danken.«

Er wandte sich um und überließ mich Mrs. Fairfax, die sogleich die Treppe hinunterhastete und mich bat, im Speisezimmer zu warten, sie werde mir etwas zu essen holen. Kurz darauf brachte sie mir etwas Brot und kalten Braten. Ich aß gierig, während Pilot – der hereingekommen sein mußte, als Hades das Haus verließ – mein Hosenbein beschnüffelte und aufgeregt mit dem Schwanz wedelte.

»Er erinnert sich an Sie«, sagte Mrs. Fairfax verwundert, »aber obwohl ich seit vielen Jahren hier in Diensten stehe, kann ich mich nicht entsinnen, Sie schon einmal gesehen zu haben.«

Ich kraulte Pilot hinterm Ohr.

»Ich habe ihn einmal ein Stöckchen apportieren lassen. Bei einem Spaziergang mit seinem Herrn.«

»Aha«, erwiderte Mrs. Fairfax mißtrauisch. »Und woher kennen Sie Mr. Rochester?«

»Ich, äh, habe die Rochesters auf Madeira kennengelernt. Ich war eine Freundin seines Bruders.«

»Aha. *Furchtbar* tragisch.« Ihre Augen verengten sich. »Dann kennen Sie die Masons?«

»Nur flüchtig.«

Wieder warf sie einen verstohlenen Blick auf meine Jeans.

»Und wo Sie herkommen, tragen Frauen Hosen?«

»Sehr oft sogar, Mrs. Fairfax.«

»Und woher kommen Sie, wenn ich fragen darf? Aus London?«

»Nein. Von sehr weit her.«

»Ach!« rief Mrs. Fairfax und lächelte verschmitzt. »Aus Osaka, nicht wahr?«

Nachdem sie mir das heilige Versprechen abgenommen hatte, daß ich Pilot nicht füttern würde, eilte sie davon und ließ mich mit dem Hund allein. Zehn Minuten später kam sie mit einem Teetablett zurück und überließ mich dann eine weitere halbe Stunde mir selbst, um mir ein Zimmer zurechtzumachen. Schließlich führte sie mich in eine Kammer im ersten Stock mit einem herrlichen Ausblick. Ich hatte darauf bestanden, daß Pilot bei mir blieb, und er schlief vor der verschlossenen Tür, wohl weil er unbewußt spürte, in welcher Gefahr ich schwebte. Ich schlief unruhig und träumte, daß Hades mich auslachte.

Während ich schlief, hatten Victor und die Kollegen in der Swindoner LitAg-Außenstelle die Rückkehr der Ich-Erzählerin in den Roman gefeiert. Abgesehen von einer flüchtigen Bemerkung über die Geräusche, die in der Nacht des Zimmerbrandes aus Mrs. Fairfax' Kammer dringen, war alles mehr oder weniger genauso wie zuvor. Ein Mitglied der Brontë-Gesellschaft überprüfte den Text, während der sich selber schrieb und die letzten zweihundert Seiten füllte, die tagelang leer gewesen waren. Der Brontë-Experte kannte den Roman auswendig, und seine zufriedene Miene gab keinerlei Anlaß zur Besorgnis.

Ich wurde wach, als Pilot an der Tür zu scharren begann, weil er hinausgelassen werden wollte. Lautlos schob ich den Riegel zurück und öffnete. Als ich Jane über den Flur huschen sah, machte ich die Tür gleich wieder zu und schaute auf die Uhr. Es war noch nicht einmal sechs, und die meisten Dienstboten schliefen noch. Nachdem ich ein paar Minuten gewartet hatte, ließ ich Pilot hinaus und folgte zögernd, immer auf der Hut, falls mir Jane über den Weg lief. Da die meisten Hausbewohner den Vormittag damit zubringen würden, Mr. Rochesters Kammer wiederherzurichten, wollte ich nach dem Frühstück einen Spaziergang unternehmen, doch die Haushälterin hielt mich zurück.

»Miss Next«, verkündete sie, »Mr. Rochester hat mich über die Ereignisse der vergangenen Woche aufgeklärt, und ich möchte Ihnen ebenfalls herzlich danken.« Obwohl ihre Stimme keinerlei Gefühlsregung erkennen ließ, zweifelte ich nicht an ihrer Aufrichtigkeit. Sie setzte hinzu: »Er hat mich beauftragt, das Haus gegen Agenten zu sichern, die Miss Eyre etwas antun könnten.«

Ich sah aus dem Fenster; draußen stand ein Feldarbeiter mit einer großen Spitzhacke Wache. Plötzlich warf er einen Blick ins Haus und lief eilig davon. Gleich darauf trat Jane aus der Tür, nahm einen tiefen Zug der frischen Morgenluft und ging wieder hinein. Sofort bezog der Feldarbeiter von neuem seinen Posten.

»Miss Eyre darf unter keinen Umständen erfahren, daß wir sie bewachen und beobachten«, mahnte Mrs. Fairfax.

»Verstehe.«

Mrs. Fairfax nickte und musterte mich prüfend. »Gehen Frauen dort, wo Sie herkommen, ohne Kopfbedeckung aus dem Haus?«

»Sehr häufig sogar.«

»Bei *uns* ist das nicht üblich«, sagte sie in vorwurfsvollem Ton. »Kommen Sie, ich gebe Ihnen ein paar anständige Kleider.«

Mrs. Fairfax nahm mich mit in ihr Zimmer und reichte mir eine Haube sowie eine dicke schwarze, knöchellange Pelerine. Ich dankte ihr, und Mrs. Fairfax knickste höflich.

»Ist Mr. Rochester heute im Haus?« fragte ich.

»Er hat anderweitige Verpflichtungen. Soviel ich weiß, weilt er bei Mr. Eshton. Colonel Dent und Lord Ingram werden auch dort sein. Ich erwarte ihn frühestens in einer Woche zurück.«

»Halten Sie das für ratsam, nach allem, was passiert ist?«

Mrs. Fairfax sah mich an, als sei ich ein kleines Kind.

»Sie haben es offenbar noch immer nicht begriffen, wie? Nach dem Brand verreist Mr. Rochester für eine Woche. So ist das nun einmal.«

Ich wollte weiter in sie dringen, doch die Haushälterin entschuldigte sich und ließ mich allein. Ich sammelte meine Gedanken, strich die Pelerine glatt und machte einen Gang ums Haus, um nachzusehen, ob alles fest verriegelt war. Die bewaffneten Feldarbeiter nickten mir im Vorbeigehen ehrfürchtig zu. In der Hoffnung, daß sie Hades nie begegnen würden, ging ich über die Wiese in dieselbe Richtung, in die er am Vorabend verschwunden war. Kaum hatte ich die hohen Birken am Grenzzaun hinter mir gelassen, hörte ich eine vertraute Stimme. Ich fuhr herum.

»Haben wir überhaupt eine Chance gegen ihn?«

Es war Rochester. Er stand hinter einem der mächtigen Baumstämme und blickte mich mit tiefbesorgter Miene an.

»Auf jeden Fall, Sir«, antwortete ich. »Ohne mich ist er hier gefangen; wenn er zurückwill, *muß* er mit uns verhandeln.«

»Und wo ist er?«

»Ich wollte mal in der Stadt nachsehen. Ich dachte, Sie seien bei Mr. Eshton?«

»Ich mußte vor meiner Abreise unbedingt noch einmal mit Ihnen sprechen. Sie werden Ihr möglichstes tun, nicht wahr?«

Ich versprach ihm, nichts unversucht zu lassen, und machte mich auf den Weg in die Stadt.

Millcote war ein malerisches Städtchen. Im Zentrum gab es eine Kirche, eine Poststation, drei Wirtshäuser, eine Bank, zwei Tuchgeschäfte, einen Getreidehändler sowie verschiedene andere Läden. Es war Markttag, und auf den Straßen herrschte Hochbetrieb. Niemand würdigte mich eines Blickes, als ich zwischen den Ständen umherging, die sich unter der Last von Wild und Wintergemüse bogen. Abgesehen von dem schwachen Tintengeruch, der die Luft erfüllte, wirkte alles täuschend echt. Der erste Gasthof, auf den ich stieß, hieß *The George*. Da er im Buch namentlich Erwähnung fand, hatte ich dort vermutlich die besten Chancen.

Ich trat ein und fragte den Wirt, ob ein Mann von hünenhafter Statur sich vormittags ein Zimmer genommen habe. Er verneinte, gab mir jedoch den Rat, mein Glück in einem der anderen Gasthäuser zu versuchen. Ich dankte ihm und wollte eben wieder gehen, als das gänzlich deplacierte Klicken eines Kameraverschlusses meine Aufmerksamkeit weckte. Langsam drehte ich mich um.

Hinter mir stand ein japanisches Pärchen in zeitgenössischer Tracht; die Frau hielt eine große Nikon-Kamera in der Hand. Eilig versuchte sie den eklatanten Anachronismus zu verbergen und schleifte ihren Mann mit sich zur Tür.

»Warten Sie!«

Sie blieben stehen und wechselten nervöse Blicke.

»Was machen Sie hier?« fragte ich ungläubig.

»Wir sind nur zu Besuch, aus Osaka«, versicherte die Frau eilig, worauf der Mann – er sprach offenbar kein Englisch – heftig nickte und die Nase in einen japanischen Brontë-Führer steckte.

»Wie …?«

»Ich bin Mrs. Nakijima«, sagte die Frau, »und das ist Mr. Suzuki.«

Der Mann grinste mich an und schüttelte mir aufgeregt die Hand.

»Das gibt's doch nicht!« rief ich wütend. »Wollen Sie damit sagen, Sie sind *Touristen?*«

»Genau«, gestand Mrs. Nakijima, »ich mache den Sprung jedes Jahr einmal und nehme einen zahlenden Besucher mit. Wir rühren nichts an und sprechen auch nie mit Miss Eyre. Wie Sie sehen, sind wir passend gekleidet.«

»Japaner? Im England des 19. Jahrhunderts?«

»Warum nicht?«

Ja. Warum eigentlich nicht?

»Und wie machen Sie das?«

Die Frau zuckte die Achseln.

»Ich *kann* es einfach«, lautete ihre schlichte Antwort. »Ich konzentriere mich, sage mein Sprüchlein auf und, peng, hier bin ich.«

Dafür hatte ich jetzt keine Zeit.

»Passen Sie auf. Ich heiße Thursday Next. Ich arbeite für Victor Analogy in der LitAg-Außenstelle Swindon. Ich nehme an, Sie haben vom Diebstahl des Manuskripts gehört?«

Sie nickte.

»In diesem Buch treibt eine finstere Gestalt ihr Unwesen, und die muß ich extrahieren. Der Mann ist äußerst gefährlich und schreckt vor nichts zurück. Wenn er Sie findet, wird er versuchen, Sie zu benutzen, um hier herauszukommen. Ich empfehle Ihnen dringend, sofort abzureisen. Springen Sie zurück nach Hause, solange es noch geht. Wenn er Sie findet, könnte er Ihnen sehr weh tun!«

Mrs. Nakijima besprach sich mit ihrem Kunden. Schließlich erklärte sie mir, daß Mr. Suzuki wegen Jane gekommen sei und sein Geld zurückhaben wolle, wenn sie ihn nicht in die Nähe von Thornfield Hall führte, damit er einen Blick auf Jane werfen konnte. Also setzte ich ihr meinen Standpunkt noch einmal auseinander, und schließlich sagten sie ja. Ich folgte ihnen nach oben in ihr Zimmer und wartete, während sie packten. Schließlich gaben mir Mrs. Nakijima und Mr. Suzuki die Hand, hielten sich aneinander fest und lösten sich in Luft auf.

Ich schüttelte traurig den Kopf. Es gab offenbar so gut wie keinen Flecken mehr auf dieser Welt, den die Tourismusindustrie noch nicht entdeckt hatte.

Ich trat aus dem warmen Gasthaus in den kalten Vormittag hinaus, ging an einem Stand vorbei, an dem Wurzelgemüse feilgeboten wurde, und weiter ins *Millcote*, wo ich mich nach neuen Gästen erkundigte.

»Und wen darf ich Mr. Hedge melden?« fragte der Wirt und spuckte in einen unförmigen Bierkrug, den er sodann mit einem Lappen polierte.

»Sagen Sie ihm, Miss Next möchte ihn sprechen.«

Der Wirt verschwand nach oben und kam kurz darauf zurück. »Zimmer sieben«, sagte er knapp und machte sich wieder an die Arbeit.

Acheron saß am Fenster, mit dem Rücken zur Tür. Er rührte sich nicht, als ich hereinkam. »Hallo, Thursday.«

»Mr. Hedge?«

»Die Engländer des 19. Jahrhunderts sind ziemlich abergläubisch. Ich dachte, der Name Hades könnte sie auf falsche Gedanken bringen.«

Er drehte sich zu mir um; seine stahlblauen Augen schienen direkt in mich hineinzublicken. Aber seine Macht über mich hatte nachgelassen; er konnte nicht in mir lesen wie in anderen. Er spürte das sofort, verzog die Lippen zu einem müden Lächeln und starrte wieder aus dem Fenster.

»Du wirst immer stärker, Thursday.«

»Ich wachse an meinen Gegnern.«

Er lachte höhnisch.

»Ich hätte schon in Styx' Wohnung auf Nummer sicher gehen sollen.«

»Und sich dadurch den ganzen Spaß verderben? Wenn ich und die anderen SpecOps Ihnen nicht immer wieder die Tour vermasseln würden, wäre Ihr Leben doch todlangweilig.«

Statt mir eine Antwort zu geben, wechselte er das Thema. »Jemand, der so raffiniert ist wie du, wäre nie in dieses Buch gekommen, wenn er nicht auch wüßte, wie er wieder hinauskommt. Sag schon, Thursday. Was habt ihr abgemacht? Ein Codewort, das Mycroft anzeigt, wann er das Tor öffnen soll?«

»So ähnlich. Wenn Sie mir die Gebrauchsanweisung und Polly aushändigen, bekommen Sie einen fairen Prozeß, das verspreche ich Ihnen.«

Hades lachte. »Ich glaube, für einen fairen Prozeß ist es zu spät, Thursday. Ich könnte dich auf der Stelle umbringen, und um ehrlich zu sein, verspüre ich einen nahezu unwiderstehlichen Drang, das zu tun; lediglich die traurige Aussicht, bis in alle Ewigkeit in dieser provinziellen Geschichte gefangen zu sein, hält mich davon ab. Ich wollte nach London, aber das ist unmöglich; die einzigen Städte in dieser Welt sind die Ortschaften, die Charlotte Brontë sich ausgedacht hat und die im Roman vorkommen. Gateshead, Lowood – mich wundert, daß dieses Kaff so *groß* ist. Gib mir das Codewort, dann bekommst du die Anleitung und Polly.«

»Nein. Erst geben Sie mir die Gebrauchsanweisung und meine Tante.«

»Siehst du? So kommen wir nicht weiter. Ich nehme an, du möchtest warten, bis sich das Buch neu geschrieben hat, nicht wahr?«

»Natürlich.«

»Dann hast du von mir nichts zu befürchten, bis Jane endgültig aus Thornfield fortgeht. Danach verhandeln wir.«

»Nein, Acheron, ich verhandle nicht.«

Hades schüttelte langsam den Kopf.

»Und ob du verhandeln wirst. Du bist zwar derart anständig und solide, daß einem das Kotzen kommt, aber selbst du wirst schwerlich den Rest deines jämmerlichen Lebens hier verbringen wollen. Du bist doch eine intelligente Frau; dir wird schon was einfallen.«

Ich seufzte und ging; nach dieser Begegnung mit Hades' finsterer Seele war das geschäftige Treiben der Käufer und Händler eine wahre Wohltat.

33.

Das Buch wird geschrieben

Wir saßen im Rauchsalon des Penderyn-Hotels und sahen, daß Thursday ganze Arbeit leistete. Die Geschichte entwickelte sich rasant; ganze Wochen schrumpften auf wenige Zeilen zusammen. Mycroft oder ich lasen den Text, der sich selbst neu schrieb, laut vor. Wir alle warteten darauf, daß die Worte »süßer Wahn« auftauchten, doch vergeblich. Wir machten uns auf das Schlimmste gefaßt; daß wir Hades vielleicht nie erwischen würden. Daß Thursday als eine Art ewige Hausmeisterin in dem Roman gefangen bleiben könnte.

BOWDEN CABLES
– *Tagebuch eines LitAg*

Die Wochen in Thornfield Hall vergingen wie im Flug, und ich verwandte meine ganze Energie darauf, Jane zu beschützen, ohne daß sie etwas davon merkte. Ich postierte einen jungen Burschen vor dem Millcote, der Hades überwachen sollte, aber der begnügte sich damit, jeden Morgen einen Spaziergang zu unternehmen, den örtlichen Arzt um Lektüre anzugehen und sich die Zeit im Wirtshaus zu vertreiben. Seine Untätigkeit bot einigen Anlaß zur Besorgnis, ich war aber froh, daß er sich vorerst zurückhielt.

Rochester hatte seine Heimkehr brieflich angekündigt, und ihm zu Ehren fand eine kleine Feier im engsten Freundeskreis statt. Das Erscheinen der dusseligen Blanche Ingram setzte Jane ziemlich zu, aber das kümmerte mich wenig. Ich war viel zu sehr damit beschäftigt, mit John, dem Gatten der Köchin, die nötigen Sicherheitsvorkehrungen zu treffen. Ich hatte ihm beigebracht, mit Rochesters Pistolen zu schießen, und zu meiner großen Freude erwies er sich als exzellenter Schütze. Ich hatte angenommen, daß Hades sich vielleicht unter die Gäste mischen würde, doch abgesehen vom Erscheinen Mr. Masons von den Westindischen Inseln ereignete sich nichts Außergewöhnliches.

Aus Wochen wurden Monate, und obwohl ich Jane – natürlich absichtlich – nur selten sah, blieb ich mit dem Personal und Mr. Rochester in ständiger Verbindung, um dafür zu sorgen, daß alles glattging. Und wie es schien, *ging* alles glatt. Mr. Mason wurde von seiner irren Schwester im dritten Stock gebissen; ich stand vor der verschlossenen Tür, während Jane die Wunden versorgte und Rochester nach dem Arzt schickte. Als der Arzt kam, hielt ich draußen in der Laube Wache, weil ich wußte, daß sich Jane und Rochester dort treffen würden. Und so ging es ohne Unterlaß, bis Jane zu ihrer todkranken Tante in Gateshead fuhr.

Inzwischen hatte Rochester beschlossen, Blanche Ingram zu heiraten, und das Verhältnis zwischen ihm und Jane war merklich abgekühlt. Als sie abreiste, war ich erleichtert; endlich konnte ich mich ein wenig entspannen und mich in Ruhe mit Rochester unterhalten, ohne Janes Verdacht zu erregen.

»Sie bekommen zuwenig Schlaf«, bemerkte Rochester bei einem gemeinsamen Spaziergang über die Wiese. »Sie wirken müde und haben dunkle Ringe unter den Augen.«

»Ich schlafe nicht sehr gut, jedenfalls nicht, solange Hades kaum fünf Meilen entfernt ist.«

»Aber Ihre Späher würden Ihnen doch gewiß mitteilen, wenn er etwas unternähme?«

Er hatte recht; das Spionagenetz funktionierte tadellos, wenn auch nur dank Rochesters beträchtlicher finanzieller Unterstützung. Wenn Hades den Fuß vor die Tür setzte, erfuhr ich es binnen zwei Minuten, von einem Reiter, der sich für ebendiesen Fall bereithielt. So wußte ich jederzeit, wo ich ihn finden konnte, einerlei ob er einen Spaziergang machte, las oder die Bauern mit seinem Stock verprügelte. Er hatte sich nie näher als eine Meile an das Haus herangewagt, und so sollte es auch bleiben.

»Meine Späher haben mir bislang nichts Beunruhigendes berichtet, obwohl ich mir beim besten Willen nicht vorstellen kann, daß jemand wie Hades tatsächlich so untätig ist. Ich finde das geradezu beängstigend.«

So gingen wir eine Weile vor uns hin. Rochester zeigte mir allerhand Interessantes, doch ich war nicht recht bei der Sache.

»Wie sind Sie eigentlich zu mir gekommen in jener Nacht, als ich angeschossen vor dem Lagerhaus lag?« fragte ich schließlich.

Rochester blieb stehen und sah mich an.

»Es ist einfach *geschehen*, Miss Next. Ich kann es Ihnen nicht erklären, ebensowenig wie Sie mir erklären können, wie Sie als kleines Mädchen hierhergelangt sind. Außer Mrs. Nakijima und einem Reisenden namens Foyle ist mir auch niemand sonst bekannt, dem das je gelungen wäre.«

Ich war erstaunt. »Sie kennen Mrs. Nakijima?«

»Selbstverständlich. Gewöhnlich zeige ich ihren Gästen Thornfield, solange Jane in Gateshead weilt. Das ist völlig ungefährlich und – nebenbei gesagt – auch sehr lukrativ. Ein Landhaus zu unterhalten ist auch in diesem Jahrhundert nicht gerade billig, Miss Next.«

Ich gönnte mir ein Lächeln. Mrs. Nakijima sahnte dabei vermutlich ordentlich ab; schließlich war eine Reise wie diese der Wunschtraum jedes Brontë-Fans, und davon gab es in Japan jede Menge.

»Was haben Sie vor, wenn Ihre Arbeit hier beendet ist?« fragte Rochester und zeigte Pilot ein Kaninchen; der rannte bellend davon.

»Zurück zu SpecOps«, antwortete ich. »Und Sie?«

Rochester sah mich nachdenklich an; er runzelte die Stirn, und ein zorniger Ausdruck huschte über sein Gesicht. »Wenn Jane mit diesem schleimigen St. John Rivers fortgeht, ist es mit mir aus und vorbei.«

»Und was wollen Sie dann tun?«

»*Tun*? Nichts. Das bedeutet mein Ende.«

»Den Tod?«

»Nicht direkt«, entgegnete Rochester und wählte seine Worte

mit Bedacht. »Wo Sie herkommen, wird man geboren, lebt und stirbt. Habe ich recht?«

»Mehr oder weniger.«

»Was für ein jämmerliches Dasein muß das sein!« rief Rochester lachend. »Und wenn Sie niedergeschlagen sind, suchen Sie vermutlich Trost bei jenem inneren Auge, das wir Gedächtnis nennen, nicht?«

»Meistens«, antwortete ich, »obwohl das Gedächtnis hundertmal schwächer ist als unsere tatsächlich erlebten Gefühle.«

»Ganz Ihrer Meinung. Hier werde ich weder geboren, noch sterbe ich. Ich erblicke mit achtunddreißig Jahren das Licht der Welt und verlasse sie bald darauf schon wieder, nachdem ich mich zum ersten Mal verliebt und dann das Objekt meiner Verehrung sogleich wieder eingebüßt habe!«

Er blieb stehen und hob den Stock auf, den Pilot ihm statt des entwischten Kaninchens gebracht hatte.

»Sie müssen wissen, daß ich mich in Sekundenschnelle an jede gewünschte Stelle des Romans und wieder zurück expedieren kann; ein gut Teil meines Lebens liegt zwischen dem Augenblick, da ich jenem zarten, spitzbübischen Wesen meine aufrichtige Liebe gestehe, und dem Moment, wo der törichte Mason und sein Anwalt mir die Hochzeit verderben. In diese Wochen kehre ich am häufigsten zurück, aber ich besuche auch die schlechten Zeiten – denn ohne einen Maßstab ist man geneigt, die Höhepunkte für selbstverständlich zu nehmen. Zuweilen spiele ich mit dem Gedanken, die beiden von John am Kirchtor abpassen und hinhalten zu lassen, bis die Trauung abgeschlossen ist, aber das läßt der Roman leider nicht zu.«

»Das heißt, während Sie hier stehen und mit mir plaudern ...«

»... begegne ich Jane gleichzeitig zum ersten Mal, umwerbe und verliere sie für immer. Ich sehe Sie deutlich vor mir, als kleines Kind, mit angsterfüllter Miene angesichts der donnernden Hufe meines Pferdes ...«

Er betastete seinen Ellbogen.

»Sogar die Schmerzen spüre ich, die mir der Sturz verursacht.

335

Wie Sie sehen, hat meine Existenz, obgleich befristet, durchaus ihre Vorteile.«

Ich seufzte. Ach, wenn das Leben doch auch in Wirklichkeit so einfach wäre; wenn man sich auf die guten Zeiten beschränken und die schlechten einfach überspringen könnte . . .

»Gibt es einen Mann, den Sie lieben?« fragte Rochester mit einem Mal.

»Ja; aber unser Verhältnis ist gespannt. Er hat meinen Bruder eines tödlichen Irrtums bezichtigt, und ich fand es ungerecht, den Fehler einem Toten anzulasten, der sich nicht mehr verteidigen kann. Und jetzt fällt es mir schwer, ihm zu vergeben.«

»Was gibt es denn da zu vergeben?« fragte Rochester. »Setzen Sie einen Strich darunter, und konzentrieren Sie sich darauf zu *leben*. Ihr Leben ist kurz; viel zu kurz, um die Zeit mit Bösesein zu vertrödeln und auf das Glück zu verzichten, das ohnehin nur von begrenzter Dauer ist.«

»Ach!« entgegnete ich. »Er ist verlobt!«

»Na und?« spottete Rochester. »Vermutlich mit jemandem, der ebensowenig zu ihm paßt wie Blanche Ingram zu mir!«

Ich dachte an Daisy Mutlar, und es schien da in der Tat einige Parallelen zu geben.

Wir gingen schweigend nebeneinanderher, bis Rochester eine Uhr aus seiner Westentasche zog. »Meine Jane kehrt soeben aus Gateshead zurück. Wo sind mein Stift und mein Notizbuch?«

Er kramte in seinen Taschen und förderte einen Bleistift und ein gebundenes Zeichenbuch zutage. »Ich soll ihr wie zufällig begegnen; sie wird in Kürze hier übers Feld kommen. Wie sehe ich aus?«

Ich strich seine Krawatte glatt und nickte zufrieden.

»Finden Sie eigentlich, daß ich gut aussehe, Miss Next?« fragte er gänzlich unerwartet.

»Nein«, sagte ich wahrheitsgemäß.

»Pah!« stieß Rochester hervor. »Frauenzimmer! Hinfort, mir aus den Augen; wir sprechen uns noch!«

Ich ließ ihn stehen und ging am See entlang zum Haus zurück, in tiefes Nachdenken versunken.

Und so verstrich Woche um Woche, es wurde langsam wärmer, und die Bäume schlugen aus. Ich bekam Rochester und Jane kaum zu Gesicht; die beiden hatten nur noch Augen füreinander. Mrs. Fairfax gefiel die Liaison gar nicht, und ich mußte sie mehrfach ermahnen. Darüber plusterte sie sich auf wie eine alte Henne und gab sich fortan verschnupft. Monatelang ging in Thornfield alles seinen gewohnten Gang; aus dem Frühling wurde Sommer, und auch am Tag der Hochzeit war ich da, auf Rochesters ausdrückliche Bitte in der Sakristei versteckt. Ich sah, wie der Pfarrer, ein wohlbeleibter Mann namens Wood, die Frage stellte, ob einem der Anwesenden ein Hindernis bekannt sei, welches die Eheschließung vor dem Gesetz oder vor Gott verbiete. Ich hörte, wie der Anwalt sein schreckliches Geheimnis preisgab. Rochester geriet völlig außer sich vor Zorn, als Briggs die eidesstattliche Erklärung verlas und erklärte, die wahnsinnige Bertha Mason sei Rochesters rechtmäßige Ehefrau. Während sie noch herumstritten, hielt ich mich verborgen und kam erst aus meinem Versteck, als Rochester die Anwesenden zu seinem Haus führte, um ihnen die Verrückte zu zeigen. Statt ihnen jedoch zu folgen, unternahm ich einen Spaziergang. Ich hatte keine Lust, dabei zu sein, wenn Jane und Rochester sich damit auseinandersetzen müssen, daß sie nicht heiraten können.

Am nächsten Morgen ging Jane fort. Ich folgte ihr in sicherem Abstand auf der Straße nach Whitcross; sie schien mir wie ein kleines, verirrtes Tier, das anderswo nach einem besseren Leben sucht. Ich blickte ihr nach, bis sie verschwunden war, und ging dann auf einen Imbiß nach Millcote. Nachdem ich im George zu Mittag gegessen hatte, maß ich mich mit drei fahrenden Kartenspielern; bis zum Abend hatte ich ihnen sechs Guineas abgeknöpft. Während wir noch spielten, trat ein Knabe an unseren Tisch.

»Hallo, William!« sagte ich. »Was gibt's Neues?«

Ich beugte mich zu dem Dreikäsehoch hinunter, der gebrauchte Erwachsenenkleider trug, die man auf ihn zurechtgeschneidert hatte.

»Verzeihung, Miss Next, aber Mr. Hedge ist verschwunden.«

Erschrocken sprang ich auf, nahm die Beine in die Hand und

hielt erst an, als ich im Millcote angekommen war. Ich stürzte treppauf zum Absatz, wo einer meiner verläßlichsten Spione stand und verlegen an seiner Mütze zupfte. Hades' Zimmer war leer.

»Es tut mir leid, Miss. Ich war unten im Schankraum, habe aber nichts getrunken; ich schwör's. Er muß sich unbemerkt davongeschlichen haben . . .«

»Ist sonst noch jemand die Treppe heruntergekommen, Daniel? Raus mit der Sprache, schnell!«

»Nein, niemand. Niemand außer der alten Dame . . .«

Ich nahm das Pferd meines Kundschafters und war im Nu in Thornfield. Keiner der Wachtposten vor den Türen hatte Hades gesehen. Ich ging hinein und fand Rochester im Morgenzimmer, wo er sich an einer Flasche Brandy gütlich tat. Als ich eintrat, hob Edward das Glas.

»Sie ist fort, nicht wahr?« fragte er.

»Ja.«

»Verdammt! Verflucht seien die Umstände, die mich zur Heirat mit dieser Närrin zwangen, und verflucht seien auch mein Vater und mein Bruder, denen ich diese Liaison verdanke!«

Er sank in einen Sessel und starrte zu Boden.

»Ist Ihre Arbeit hier beendet?« fragte er niedergeschlagen.

»Ich glaube schon, ja. Sobald ich Hades gefunden habe, bin ich auf und davon.«

»Ist er denn nicht im Millcote?«

»Nicht mehr.«

»Aber Sie glauben, ihn fassen zu können?«

»Ja; in dieser Welt scheint er geschwächt zu sein.«

»Dann sollten Sie mir lieber Ihr Paßwort verraten. Wenn es soweit ist, könnte es knapp werden. Wer gewarnt ist, ist gewappnet.«

»Stimmt«, gestand ich. »Um das Portal zu öffnen, müssen Sie . . .«

Da plötzlich schlug die Haustür zu, ein Windstoß wirbelte Papiere auf, und vertraute Schritte hallten über den Flur. Ich erstarrte und warf einen hastigen Blick auf Rochester, der immer noch in sein Glas stierte.

»Das Codewort . . . ?«

Eine Stimme rief nach Pilot. Der voluminöse Baß des Hausherrn.

»Mist!« knurrte Hades, gab die Gestalt Rochesters auf und sprang durch die Wand. Latten und Kalkbewurf zerbrachen wie Reispapier vor ihm. Als ich endlich auf den Korridor kam, war er schon fort, im Labyrinth des Hauses verschwunden. Inzwischen stand der echte Rochester neben mir, und gemeinsam lauschten wir die Treppe hinauf, doch kein Laut drang an unser Ohr. Edward ahnte, was geschehen war, und rief seine Knechte zusammen. Binnen zwanzig Minuten hatte er das Haus umstellen lassen und den Befehl erteilt, unverzüglich auf jegliche Person zu schießen, die ohne das verabredete Losungswort zu entkommen versuchte. Dann gingen wir in die Bibliothek, wo Rochester ein Paar Pistolen hervorholte und vorsichtig lud. Er blickte mit Unbehagen auf meine Browning-Automatik, während er zwei Zündhütchen auf den Zündkegeln der Pistolen placierte und die Schlaghämmer spannte.

»Kugeln machen ihn bloß böse«, sagte ich.

»Haben Sie eine bessere Idee?«

Ich schwieg.

»Dann folgen Sie mir jetzt. Je schneller dieser Lump aus meinem Buch verschwindet, desto besser!«

Bis auf Grace Poole und die Verrückte hatte man das Haus geräumt, und Mrs. Poole hatte Anweisung, bis zum Morgen niemandem, nicht einmal Mr. Rochester, die Tür zu öffnen. Rochester und ich begannen in der Bibliothek und arbeiteten uns von dort über das Speisezimmer in das ausschließlich nachmittäglichen Besuchern vorbehaltene Empfangszimmer vor.

Nichts.

Wir kehrten zur Treppe zurück, wo wir John und Matthew postiert hatten, die beide Stein und Bein schworen, daß sie niemanden gesehen hätten. Unterdessen war die Nacht hereingebrochen; die Wachtposten hatten Fackeln erhalten, deren trüber Schein flackernd die Flure erhellte. Treppe und Täfelung des Hauses waren aus dunklem Holz, das nur wenig Licht zurückwarf; es war finster wie im Bauch eines Wals. Als wir die Treppe erklommen hatten, sahen wir nach rechts und links, doch das Haus war stockfinster. Ich verfluchte mich, daß ich keine vernünftige Taschenlampe mitgenommen hatte.

Als habe jemand meine Gedanken erhört, blies mit einem Mal ein Windstoß alle Kerzen aus, und vor uns schlug eine Tür. Mir stockte das Herz, und Rochester stieß einen derben Fluch aus, als er gegen eine Truhe stieß. Rasch zündete ich den Kandelaber wieder an. Im warmen Schein starrten wir einander ins Gesicht, und als Rochester bemerkte, daß ich ebenso große Furcht empfand wie er, stählte er seinen Mut und rief: »Feigling! Zeig dich!«

Es gab einen lauten Knall, gefolgt von einem grellen, orangefarbenen Blitz, als Rochester einen Schuß in Richtung der Treppe zum Dachgeschoß abgab.

»Da! Da läuft er, wie ein Hase; ich glaube, ich habe ihn getroffen!«

Wir eilten zu der Stelle, fanden jedoch kein Blut, sondern nur die schwere Bleikugel, die in der Brüstung steckte.

»Jetzt haben wir ihn!« jauchzte Rochester. »Von hier oben gibt es kein Entkommen, außer über das Dach, und auch keinen Weg nach unten, es sei denn er will an den Regenrinnen seinen Hals riskieren!«

Wir stiegen die Treppe hinauf ins obere Stockwerk. Obgleich die Fenster hier etwas größer waren, herrschte unheimliche Dunkelheit. Plötzlich erstarrten wir. Mitten auf dem Flur, halb im Schatten, das Gesicht von einer einzigen Kerze schwach erhellt, stand Hades. Er gehörte nicht zu jenem Typus des Verbrechers, der sich versteckte. Er hielt die Kerzenflamme an ein aufgerolltes Stück Papier, bei dem es sich nur um das Wordsworth-Gedicht handeln konnte, in dem meine Tante gefangen war.

»Das Codewort, Thursday, wenn ich bitten darf!«

»Niemals!«

Er hielt die Kerze noch näher an das Blatt und verzog die Lippen zu einem Lächeln.

»Das Codewort, *bitte*!«

Doch sein Lächeln gerann jäh zu einer schmerzverzerrten Fratze;

er heulte auf in unmenschlicher Qual, und Kerze und Gedicht fielen zu Boden. Als er sich langsam umwandte, sahen wir, woher seine Schmerzen rührten. Auf seinem Rücken saß, sich wildentschlossen an ihn klammernd, die irre Mrs. Rochester. Sie gackerte wie toll und zerrte an einer Schere, die sie Hades zwischen die Schulterblätter getrieben hatte. Er schrie erneut auf und sank auf die Knie, während seine Kerze einen mit Wachs polierten Sekretär in Brand setzte. Gierig leckten die Flammen an dem Möbelstück, und Rochester riß einige Vorhänge herab, um sie zu ersticken. Doch Hades stand schon wieder, strotzend vor neugewonnener Kraft: Die Schere war zurückgezogen worden. Er schlug nach Rochester und streifte ihn am Kinn; Edward taumelte und stürzte zu Boden.

Mit einem manischen Grinsen im Gesicht nahm Acheron eine Petroleumlampe vom Büffett und schleuderte sie quer durch den Flur; sie explodierte und entzündete einen Wandbehang. Dann wandte er sich zu der Irren um, die sich, scheinbar blindlings um sich schlagend, auf ihn stürzte. Mit einem geschickten Hieb riß sie Hades das zerfledderte Schulheft mit Mycrofts Gebrauchsanweisung aus der Tasche, stieß einen infernalischen Triumphschrei aus und lief davon.

»Geben Sie auf, Hades!« brüllte ich und drückte zweimal ab. Acheron schwankte unter der Wucht der Schüsse, hatte sich jedoch rasch wieder gefangen und lief Bertha und der Gebrauchsanweisung hinterher. Hustend hob ich das kostbare Gedicht auf; unterdessen erfüllte dichter Rauch den Flur. Die Gobelins standen in Flammen. Ich half Rochester auf die Beine. Wir rannten hinter Hades her, der auf seiner Jagd nach der Gebrauchsanweisung und der schwachsinnigen Kreolin weitere Brände gelegt hatte. Wir fanden die beiden in einem großen Hinterzimmer.

Es gab keinen geeigneteren Augenblick, um das Portal zu öffnen; das Bett brannte lichterloh, und Hades und Bertha vollführten ein wahnsinniges Katz-und-Maus-Spiel. Das Heft umklammernd, schlug sie mit der Schere nach ihm, wovor er große Angst zu haben schien.

»Sagen Sie das Codewort!« rief ich Rochester zu.

»Wie lautet es?«

»Süßer Wahn!«

Rochester schrie das Losungswort. Nichts. Er schrie es noch lauter. Noch immer nichts. Ich hatte einen Fehler gemacht. *Jane Eyre* war in der ersten Person geschrieben. Bowden und Mycroft konnten folglich nur das lesen, was Jane erlebte – was wir erlebten, kam im Buch nicht vor. Das hatte ich nicht bedacht.

»Was jetzt?« fragte Rochester.

»Ich weiß nicht. *Achtung!!!*«

Bertha stürzte wie eine Furie an uns vorbei zur Tür, gefolgt von Hades, der die Gebrauchsanweisung offenbar so dringend zurückhaben wollte, daß er Rochester und mich darüber fast vergessen hatte. Wir liefen hinter ihnen her auf den Korridor, doch das Treppenhaus war unterdessen eine regelrechte Flammenwand, und Hitze und Rauch drängten uns zurück. Hustend und mit tränenden Augen flüchtete sich Bertha aufs Dach, dicht gefolgt von Hades, Rochester und mir. Die frische, kühle Luft war eine Wohltat. Bertha lief uns voran auf das Bleidach des Ballsaals. Wir konnten sehen, wie sich das Feuer unten ausgebreitet hatte. Die stark gewachsten Möbel und Fußböden versorgten die hungrigen Flammen mit immer neuer Nahrung; nur noch wenige Minuten, und das große, zundertrockene Haus war ein Inferno.

Die Irre vollführte einen trägen Tanz in ihren Nachtgewändern; eine trübe Erinnerung, vielleicht, an eine Zeit, da sie noch eine Dame gewesen war, himmelweit entfernt von dem traurigen, jämmerlichen Dasein, das sie jetzt fristete. Sie knurrte wie ein Tier im Käfig und bedrohte Hades mit der Schere, als er fluchend die Rückgabe des Heftes forderte, mit dem sie ihm höhnisch vor der Nase herumwedelte. Rochester und ich sahen zu; das Splittern der Scheiben und das Brüllen des Feuers durchbrachen die Stille der Nacht.

Weil Rochester es nicht über sich brachte, untätig herumzustehen und seiner Frau und Hades bei ihrem Danse macabre zuzuschauen, verpaßte er Hades mit der zweiten Pistole eine Kugel ins Kreuz. Hades wirbelte herum, unverletzt, doch außer sich vor Zorn. Er zog seine Waffe und feuerte mehrmals auf Rochester; ich brachte mich hinter einem Kamin in Sicherheit. Bertha nutzte die Gelegenheit und rammte Hades die Schere bis zum Anschlag in den Arm. Er schrie auf vor Schreck und Schmerz und ließ die Waffe fallen. Bertha tanzte glücklich um ihn herum und fing wild an zu gackern. Hades sank in die Knie.

Ich hörte ein Stöhnen hinter mir und wandte mich um. Eine von Acherons Kugeln hatte Rochesters Handteller durchbohrt. Er zog ein Taschentuch hervor, und ich half ihm, es um seine zerschmetterte Hand zu wickeln.

Als ich mich wieder umdrehte, sah ich gerade noch, wie sich Hades die Schere aus dem Arm riß; sie segelte durch die Luft und landete nicht weit von mir entfernt. Im Nu hatte er seine alte Kraft zurückgewonnen und stürzte sich wie ein Löwe auf die unselige Bertha. Er packte sie an der Kehle und entriß ihr das Heft. Dann stemmte er sie in die Luft und hielt sie hoch über seinen Kopf, während sie einen Schrei ausstieß, der selbst das Brüllen des Feuers noch übertönte. Einen Augenblick lang zeichneten sich ihre Silhouetten gegen die Flammen ab, die zuckend in den Nachthimmel schlugen, dann trat Hades mit zwei raschen Schritten an die Brüstung und warf Bertha vom Dach; ihr Kreischen verstummte erst, als sie drei Stockwerke tiefer mit einem dumpfen Schlag aufprallte.

Hades trat von der Brüstung zurück und fuhr mit loderndem Blick zu uns herum.

»Süßer Wahn, hä?« Er lachte. »Jane ist zu ihren Verwandten gefahren und hat die Handlung mitgenommen. Und ich habe die Gebrauchsanleitung!«

Er fuchtelte mit dem Heft, schob es sich in die Tasche und hob seine Waffe auf.

»Wer schießt zuerst?«

Ich drückte ab, doch Hades fischte die heransausende Kugel mit der bloßen Hand aus der Luft. Er öffnete die Faust; das Geschoß hatte sich in eine winzige Bleischeibe verwandelt. Er lächelte, und hinter ihm stoben Funken in den Himmel. Ich schoß noch einmal; wieder fing er die Kugel.

Der Schlitten meiner Automatik ging in Ladestellung: Das Magazin war leer und wartete auf Nachschub. Zwar hatte ich durchaus noch Munition, aber das spielte keine Rolle mehr. Ich mußte dem Unvermeidlichen ins Auge sehen: Bisher war alles gutgegangen, ich hatte länger als jeder andere überlebt und alles menschenmögliche getan. Doch jetzt hatte mein Glück mich verlassen. Er würde mich abknallen.

Hades lächelte mich an.

»Timing ist alles, Thursday. Ich habe das Paßwort, die Gebrauchsanleitung und nicht zuletzt die Oberhand. Wie du siehst, hat sich das Warten gelohnt.«

Triumph spiegelte sich in seiner Miene.

»Es mag dir zum Trost gereichen, daß ich dir die Ehre angedeihen lassen wollte, Felix9 zu werden. Ich werde dich als meine größte Rivalin in Erinnerung behalten – *Chapeau!* Und du hast selbstverständlich recht – du hast dich nie auf Kompromisse eingelassen.«

Ich hörte gar nicht mehr hin. Ich dachte an Tamworth, Snood und seine anderen Opfer. Ich blickte zu Rochester, der sich die blutgetränkte Hand hielt; sein Kampfgeist war erloschen.

»Die Krim wird uns ein Vermögen bringen«, fuhr Hades fort. »Wieviel man an so einem Plasmagewehr wohl verdient? Fünfhundert Pfund? Tausend? Zehntausend?«

Ich dachte an meinen Bruder auf der Krim. Er hatte mich gebeten, zurückzukommen und ihn rauszuholen. Auf dem Rückweg wurde mein Panzer von einer Artilleriegranate getroffen. Ich mußte mit Gewalt daran gehindert werden, ein anderes Fahrzeug zu requirieren und ins Feld zurückzukehren. Ich sah ihn nie wieder. Ich hatte mir nie verziehen, ihn dort zurückgelassen zu haben.

Hades schwadronierte immer noch vor sich hin, und ich wünschte beinahe, er würde ewig weiterreden. Nach allem, was ich durchgemacht hatte, erschien mir der Tod mit einem Mal seltsam verlockend. Es heißt, daß auf dem Höhepunkt der Schlacht eine tiefe, feierliche Stille eintritt und man – durch den schweren Vorhang des Schocks gegen alle Schrecken der Umgebung geschützt – plötzlich wieder ruhig und nüchtern denken kann. Obwohl mein Tod beschlossene Sache war, kam mir nur eine scheinbar banale

Frage in den Sinn: Warum, in drei Teufels Namen, hatte Berthas Schere auf Hades eine so verheerende Wirkung? Ich hob den Kopf und sah zu Acheron, dessen Lippen Worte formten, die ich nicht hören konnte. Ich stand auf, und er drückte ab.

Aber er hatte bloß mit mir gespielt: Die Kugel verfehlte mich bei weitem, und ich zuckte nicht mal mit der Wimper. Die Schere war der Schlüssel: Sie war aus *Silber!*

Ich durchwühlte meine Hosentasche nach der Silberkugel, die ich vor langer Zeit von Spike bekommen hatte, während Acheron in seiner Eitelkeit und Arroganz immer weiterschwafelte. Diese Dummheit würde ihn teuer zu stehen kommen. Ich schob die schimmernde Patrone in meine Automatik und zog den Schlitten durch. Die Kugel glitt in die Kammer, ich zielte und drückte ab.

Zunächst geschah gar nichts. Dann verstummte Acheron plötzlich und griff sich dorthin, wo die Kugel eingedrungen war. Er hob die Finger und betrachtete sie wie vom Donner gerührt; er war es gewohnt, daß Blut an seinen Händen klebte – doch nicht sein eigenes. Erst sah er mich an, als wolle er noch etwas sagen, dann fing er leise an zu wanken, bis er schließlich vornüberkippte, der Länge nach hinschlug und reglos liegenblieb. Acheron Hades, der drittböseste Mensch der Welt, war endlich tot, erschossen auf dem Dach von Thornfield Hall und von niemandem beweint und betrauert.

Um über Acherons Ableben nachzudenken, blieb uns nicht viel Zeit; die Flammen schlugen von Sekunde zu Sekunde höher. Ich nahm Mycrofts Heft und half Rochester auf die Beine. Wir schleppten uns zur Brüstung; das Dach war heiß geworden, und wir spürten, wie sich die Balken unter unseren Füßen bogen. Das Bleidach hob und senkte sich, als sei es lebendig. Wir blickten über die Brüstung, doch kein Weg führte nach unten. Rochester ergriff meine Hand und zog mich zu einem zweiten Dachfenster. Als er es einschlug, mußten wir vor einem Schwall von heißem Rauch in Deckung gehen.

»Der Dienstbotenaufgang!« rief er hustend. »Hier entlang!«

Wir ließen uns durch das Fenster hinunter, bis wir festen Boden unter den Füßen spürten. Rochester tastete sich durch den dunklen, verräucherten Flur. Ich folgte ihm ergeben und klammerte mich an seine Rockschöße, damit ich mich nicht verlief. Wir kamen zum Dienstbotenaufgang; das Feuer schien diesen Teil des Hauses noch nicht erreicht zu haben, und Rochester führte mich eilig treppab.

Wir hatten die Hälfte der Strecke hinter uns gebracht, als in der Küche ein Feuerball explodierte und eine lohende Masse aus Feuer und heißen Gasen über den Flur und die Stiege hinaufraste. Ich sah nur noch, wie eine riesige Blase aus roter Glut zerplatzte, als die Treppe unter uns nachgab. Dann wurde mir schwarz vor Augen.

34

Ihr Buch geht zu Ende

Wir warteten umsonst auf Thursdays Codewort. Ich las das Buch zum x-ten Mal und suchte nach einem Hinweis darauf, was ihr zugestoßen war. Ich hatte vermutet, daß Thursday beschlossen haben könnte, im Roman zu bleiben, weil es ihr nicht gelungen war, Hades zu fassen. Der Schluß der Geschichte rückte näher; wenn Jane nach Indien ging, war das Buch zu Ende. In diesem Fall konnten wir die Maschine abschalten. Denn dann waren Thursday und Polly für immer verloren.

BOWDEN CABLES
– Tagebuch eines LitAg

Ich schlug die Augen auf und sah mich um. Ich befand mich in einem kleinen, aber geschmackvoll möbliertem Zimmer, gleich unter einem halboffenen Fenster. Jenseits einer Wiese wiegten sich hohe Pappeln im Wind, doch die Aussicht war mir fremd; in Thornfield sah es anders aus. Da ging die Tür auf, und Mary trat ein.

»Miss Next!« sagte sie freundlich. »Sie haben uns einen fürchterlichen Schrecken eingejagt!«

»War ich lange bewußtlos?«

»Drei Tage. Eine schwere Gehirnerschütterung, hat Dr. Carter gesagt.«

»Wo...?«

»Sie sind in Ferndean, Miss Next«, antwortete Mary beschwichtigend, »einem von Mr. Rochesters anderen Gütern. Sie werden schwach sein; ich bringe Ihnen etwas Brühe.«

Ich ergriff ihren Arm. »Und Mr. Rochester?«

Sie hielt inne, tätschelte mir lächelnd die Hand und sagte, sie werde jetzt die Brühe holen. Ich sank in die Kissen zurück und dachte an die Nacht, in der Thornfield gebrannt hatte und Acheron starb. Die arme Bertha Rochester. Ob ihr bewußt gewesen war, daß sie uns durch ihre zufällige Wahl der Waffen das Leben gerettet hatte? Vielleicht hatte sie in ihrer geistigen Umnachtung eine besondere Antenne für den Schwachpunkt des Scheusals gehabt? Ich würde es nie erfahren, war ihr aber dennoch dankbar.

Nach einer Woche konnte ich wieder aufstehen und gehen, obwohl ich nach wie vor unter starken Schwindelgefühlen litt. Man erzählte mir, daß ich beim Einsturz des Dienstbotenaufgangs einen Schlag auf den Kopf erhalten und das Bewußtsein verloren hatte. Rochester hatte mich in einen Vorhang gewickelt und aus dem brennenden Haus geschleppt. Dabei war er von einem herabstürzenden Balken getroffen worden und hatte das Augenlicht verloren; die Hand, die Acherons Kugel zerschmettert hatte, war am Morgen nach dem Feuer amputiert worden. Wir trafen uns im dunklen Speisezimmer.

»Haben Sie große Schmerzen, Sir?« fragte ich beim Anblick seiner erbarmungswürdigen Gestalt; seine Augen waren verbunden.

»Zum Glück nicht«, log er, obwohl er bei der leisesten Bewegung das Gesicht verzog.

»Ich danke Ihnen; Sie haben mir ein zweites Mal das Leben gerettet.«

Er lächelte matt. »Sie haben mir meine Jane zurückgebracht. Für jene Monate des Glücks würde ich diese Wunden mit Freuden doppelt und dreifach erleiden. Aber sprechen wir nicht über meinen jämmerlichen Zustand. Geht es Ihnen gut?«

»Dank Ihnen.«

»Ja, ja, aber wie wollen Sie in Ihre Welt zurückkehren? Jane und dieser feigherzige Hanswurst Rivers sind vermutlich längst in Indien; und mit ihnen die Handlung. Wie könnten Ihre Freunde Sie da retten?«

»Mir wird schon was einfallen«, sagte ich und tätschelte ihm den Arm. »Man kann nie wissen, was die Zukunft bringt.«

Für meine Kollegen von Spec-Ops war der nächste Tag angebrochen. Die Monate, die ich in dem berühmten Buch zugebracht hatte, waren für sie so rasch vergangen wie die Zeit, die man braucht, um davon zu lesen. Angesichts der kriminellen Umtriebe vor seiner Haustür hatte das walisische Politbüro Victor, Finisterre und einem Mitglied der Brontë-Gesellschaft freies Geleit ins Hotel Penderyn zugesichert, wo die drei jetzt mit Bowden, Mycroft und einem zunehmend nervöser werdenden Jack Schitt zusammensaßen. Der Vertreter der Brontë-Gesellschaft las den Text, der auf den vergilbten Seiten erschien, laut mit. Von ein paar kleinen Änderungen abgesehen, nahm der Roman den üblichen Verlauf; seit zwei Stunden folgte der Wortlaut exakt dem Original: Jane erhielt einen Heiratsantrag von St. John Rivers, der sie als seine rechtmäßige Ehefrau nach Indien mitnehmen wollte, und sie bat um Bedenkzeit.

Mycroft trommelte mit den Fingern auf den Schreibtisch und ließ den Blick über die zuckenden Nadeln und Skalen an seiner Maschine schweifen; er wartete auf das Stichwort zum Öffnen des Portals. Das Problem war nur, daß das Buch langsam, aber sicher seinem Ende zuging.

Da geschah das Unglaubliche. Der Experte der Brontë-Gesellschaft, ein gewöhnlich überaus beherrschter kleiner Mann namens Plink, war plötzlich wie elektrisiert. »Moment mal; das ist neu! Das gab es früher nicht!«

»Was?« rief Victor und blätterte rasch in seinem Exemplar. Und tatsächlich, Mr. Plink hatte recht. Die Worte, die eines nach dem anderen auf dem Papier erschienen, gaben der Handlung eine völlig neue Wendung. Nachdem Jane der Heirat mit St. John Rivers zugestimmt hatte, so dies Gottes Wille sei, hörte sie eine Stimme – eine *neue* Stimme, Rochesters Stimme –, die aus der Ferne nach ihr rief. Wo kam sie her, diese Stimme? Diese Frage stellten sich weltweit an die achtzig Millionen Leser, während sie die neue Geschichte, die sich vor ihren Augen schrieb, gebannt verfolgten.

»Was soll das heißen?« fragte Victor.

»Ich weiß nicht«, antwortete Plink. »Das ist zwar Charlotte Brontë pur, stand vorher aber *definitiv* nicht im Manuskript!«

»Thursday«, murmelte Victor. »Das muß sie sein. Mycroft, halten Sie sich bereit!«

Begeistert lasen sie, wie Jane sich gegen Indien und St. John Rivers entschied und beschloß, nach Thornfield Hall zurückzukehren.

Mit Mühe und Not schaffte ich es nach Ferndean und zu Rochester zurück, bevor Jane dort eintraf. Ich überbrachte ihm die Neuigkeit im Speisezimmer; wie ich sie im Haus der Rivers gefunden, mich unter ihr Fenster geschlichen und mit verstellter Stimme: »Jane! Jane! Jane!« gerufen hatte, wie Rochester es manchmal tat. Es war keine besonders gute Imitation, doch sie erfüllte ihren Zweck. Jane bebte geradezu vor Erregung und packte auf der Stelle ihre Sachen.

Rochester schien alles andere als begeistert. »Ich weiß nicht, ob ich Ihnen danken oder Sie verfluchen soll, Miss Next. Der Gedanke, daß sie mich so sieht, ein Blinder mit nur einem gesunden Arm! Und Thornfield in Trümmern! Sie wird mich hassen, ich weiß es bestimmt!«

»Sie irren, Mr. Rochester. Und wenn Sie Jane auch nur halb so gut kennen, wie ich glaube, würden Sie nie und nimmer auf so eine Idee kommen!«

Es klopfte an der Tür. Es war Mary. Sie meldete, daß Rochester Besuch habe, der seinen Namen jedoch nicht nennen wolle.

»Herr im Himmel!« rief Rochester. »Sie ist es! Sagen Sie, Miss Next! Ob sie mich wohl lieben könnte? So, wie ich bin?«

Ich beugte mich zu ihm hinunter und küßte ihn auf die Stirn. »Aber natürlich. So wie jede andere auch. Mary, lassen Sie sie nicht herein; wie ich Jane kenne, wird sie sich trotzdem nicht abweisen lassen. Leben Sie wohl, Mr. Rochester. Ich weiß beim besten Willen nicht, wie ich Ihnen danken soll, aber ich kann Ihnen versichern, ich werde Sie und Jane niemals vergessen.«

Rochester wandte den Kopf, ganz so, als wolle er am Geräusch herausbekommen, wo ich mich befand. Er streckte den Arm aus und drückte meine Hand. Seine Haut war weich und warm. Ich dachte unwillkürlich an Landen.

»Adieu, Miss Next! Sie haben ein großes Herz; werfen Sie es

nicht achtlos fort. Es gibt jemanden, der Sie liebt und den Sie lieben. Wählen Sie das Glück!«

Als Jane hereinkam, stahl ich mich rasch ins Nebenzimmer und verriegelte lautlos die Tür, während Rochester den Arglosen mimte und vorgab, Jane nicht zu erkennen.

»Geben Sie mir das Wasser, Mary«, sagte er. Ein Rascheln ertönte, dann hörte ich Pilot durchs Zimmer tappen.

»Was geht hier vor?« erkundigte sich Rochester in seinem üblichen schroffen Ton. Ich unterdrückte ein Kichern.

»Platz, Pilot!« befahl Jane. Der Hund gab Ruhe, und einen Augenblick lang war es still.

»Mary, Sie sind es doch, nicht wahr?« fragte Rochester.

»Mary ist in der Küche«, erwiderte Jane.

Ich zog Mycrofts zerfleddertes Heft und das leicht angesengte Gedicht aus meiner Tasche. Ich hatte zwar noch ein Hühnchen mit Jack Schitt zu rupfen, aber das konnte warten. Ich sank erschöpft in einen Sessel, als ein Ausruf Rochesters durch die Tür drang.

»*Wer* ist da? *Was* soll das? Wer spricht da?«

Ich spitzte die Ohren.

»Pilot kennt mich«, gab Jane fröhlich zurück, »und John und Mary wissen, daß ich hier bin. Ich bin gerade erst gekommen!«

»Grundgütiger!« stieß Rochester hervor. »Was für eine Sinnestäuschung ist das? Welch *süßer Wahn* hält mich umfangen?«

»Danke, Edward«, flüsterte ich, als sich das Portal in einer Zimmerecke öffnete. Ich warf einen letzten Blick auf die Welt, in die ich nie zurückkehren würde, und trat hindurch.

Ein greller Blitz, sekundenlanges Rauschen, Ferndean Manor war verschwunden, und an seiner Stelle erblickte ich den vertrauten, schäbigen Salon des Hotels Penderyn. Bowden, Mycroft und Victor stürmten freudig auf mich zu. Ich gab Mycroft das Gedicht und die Gebrauchsanweisung; der machte sich sofort daran, das Tor zu den »Narzissen« zu öffnen.

»Hades?« fragte Victor.

»Tot.«

»Sicher?«

»*Hundertprozentig.*«

Das Portal öffnete sich erneut, Mycroft eilte hindurch und kehrte kurz darauf mit Polly an der Hand zurück; sie hatte einen Strauß Narzissen im Arm und schien sich in Ausflüchten zu ergehen.

»Wir haben uns doch nur *unterhalten*, mein geliebter Crofty! Du glaubst doch nicht im Ernst, daß ich mich für einen toten Dichter interessiere, oder?«

»Jetzt bin ich dran«, sagte Jack Schitt aufgeregt und schwenkte *Das Plasmagewehr auf dem Schlachtfeld*. Er legte es zu den Bücherwürmern und machte Mycroft ein Zeichen, das Portal zu öffnen. Sobald die Würmer ihre Arbeit beendet hatten, tat Mycroft wie geheißen. Grinsend streckte Schitt den Arm durch die schimmernde, weiße Öffnung und tastete nach einem der Plasmagewehre, die im Buch so eindrucksvoll geschildert wurden.

Aber Bowden hatte andere Pläne. Er gab ihm einen leichten Stups, und Jack Schitt verschwand schreiend in der Öffnung. Bowden nickte Mycroft zu, und der zog den Stecker. Die Maschine verstummte, und die Verbindung zum Buch brach ab. Jack Schitt hatte sich den falschen Moment ausgesucht. Vor lauter Begeisterung für das Gewehr hatte er vergessen, seine Gorillas zu rufen. Als die beiden Goliath-Leute eintraten, waren Bowden und Mycroft schon dabei, das ProsaPortal zu zerstören, nachdem sie die Bücherwürmer vorsichtig umgefüllt und dem Vertreter der Brontë-Gesellschaft das – jetzt leicht veränderte – Originalmanuskript von *Jane Eyre* überreicht hatten.

»Wo ist Colonel Schitt?« fragte der erste der beiden Männer.

Victor zuckte die Achseln. »Er mußte kurzfristig weg. Es ging um die Plasmagewehre.«

Die Goliath-Leute hätten vermutlich weitere Fragen gestellt, wäre der walisische Außenminister nicht gerade in diesem Moment im Hotel eingetroffen, um uns mitzuteilen, daß man uns nun, da der Fall erledigt sei, aus der Republik zu eskortieren gedenke. Die Goliath-Agenten protestierten, wurden jedoch bald von mehreren Soldaten der Walisisch-Republikanischen Armee hinauskomplimentiert, die sich von den Drohungen der beiden nicht im mindesten beeindrucken ließen.

Wir wurden in der Präsidentenlimousine von Merthyr nach Abertawe kutschiert. Der Vertreter der Brontë-Gesellschaft verlor während der gesamten Fahrt kein Wort – ich spürte, daß er mit dem neuen Schluß nicht recht zufrieden war. Als wir in die Stadt kamen, machte ich mich aus dem Staub, rannte zu meinem Wagen und fuhr – Rochesters Rat beherzigend – auf schnellstem Weg nach Swindon. Um fünfzehn Uhr sollten Landen und Daisy sich das Jawort geben, und dabei wollte ich sie nicht allein lassen.

35.

Unser Buch geht zu Ende

Ich hatte *Jane Eyre* erheblich entstellt; meine »Jane! Jane! Jane!«-Rufe an ihrem Fenster hatten das Buch für immer verändert. Das war ein schwerer Verstoß gegen meine Ausbildung als LitAg und alle Grundsätze, die zu wahren ich geschworen hatte. Für mich war es nichts weiter als ein Akt der Wiedergutmachung; schließlich trug ich die Schuld daran, daß Thornfield abgebrannt und Rochester verletzt worden war. Ich hatte aus Mitleid, nicht aus Pflichtgefühl gehandelt, und das ist manchmal auch ganz gut so.

THURSDAY NEXT
– private Tagebücher

Um fünf nach drei hielt ich mit quietschenden Reifen vor der Kirche Unserer Heiligen Jungfrau von den Hummern, zum Erstaunen des Fotografen und des Fahrers eines großen Hispano-Suiza, der für das glückliche Paar bereitstand. Ich atmete tief durch, sammelte meine Gedanken und lief mit weichen Knien die Treppe hinauf. Die Orgel toste, und als ich vor der Tür stand, verließ mich beinahe der Mut. Was zum Teufel machte ich hier eigentlich? Glaubte ich allen Ernstes, daß ich nach zehnjähriger Abwesenheit wie aus dem Nichts auftauchen konnte und der Mann, den ich einst geliebt hatte, alles stehen und liegen lassen und mich heiraten würde?

»Und ob«, sagte eine Frau zu ihrer Begleitung, als ich an ihnen vorbeiging, »Landen und Daisy sind verliebt bis über *beide* Ohren!«

Ich schlich im Schneckentempo weiter, in der heimlichen Hoffnung, daß ich vielleicht zu spät gekommen wäre und mir die Last der Entscheidung auf diese Weise abgenommen worden sei. Die Kirche war bis auf den letzten Platz besetzt, und ich schlüpfte unbemerkt hinein und versteckte mich im Schatten des Taufsteins. Vorn standen Landen und Daisy, umringt von einer kleinen Schar Brautjungfern und Helfern. Viele Gäste trugen Uniform, Landens alte Kameraden aus dem Krimkrieg. Eine Frau, die ich für Daisys Mutter hielt, schniefte in ihr Taschentuch, und ihr Vater sah ungeduldig auf seine Armbanduhr. Landens Mutter saß allein auf der anderen Seite.

»Ich ersuche und ermahne euch«, sprach der Pfarrer, »vorzutreten und die Stimme zu erheben, so einem von euch ein Ehehindernis bekannt ist, oder aber für immer zu schweigen.«

Er hielt inne, und mehrere Gäste rutschten unruhig hin und her. Mr. Mutlar, dessen fehlendes Kinn ein wulstiger Specknacken mehr als wettmachte, schien sich nicht allzu wohl zu fühlen und blickte nervös um sich. Der Pfarrer wandte sich an Landen und wollte eben fortfahren, als von hinten eine Stimme laut und deutlich sagte:

»Die Trauung darf nicht fortgesetzt werden: Ich erkläre hiermit, daß ein Ehehindernis besteht!«

Hundertfünfzig Köpfe drehten sich nach dem Sprecher um. Einer von Landens Freunden lachte, er hielt das Ganze für einen Scherz. Daisys Vater wollte sich das nicht bieten lassen. Mit Landen hatte seine Tochter einen guten Fang gemacht, und ein geschmackloser Witz durfte die Trauung nicht stören.

»Fahren Sie fort!« befahl er mit Donnerstimme.

Der Pfarrer blickte vom Sprecher zu Daisy und Landen und von dort weiter zu Mr. Mutlar.

»Ich kann erst fortfahren, wenn feststeht, ob der Einspruch berechtigt ist oder nicht«, sagte er mit gequältem Gesicht; so etwas hatte er noch nie erlebt.

Mr. Mutlars Gesicht hatte eine äußerst ungesunde tiefrote Färbung angenommen, und wäre er in seiner Nähe gewesen, hätte er den Sprecher wahrscheinlich verprügelt.

»Was soll dieser Unfug?« brüllte er statt dessen, worauf ein Raunen durch die Bänke ging.

»Unfug, Sir?« erwiderte der Sprecher mit klarer Stimme. »Bigamie läßt sich wohl schwerlich als Unfug bezeichnen.«

Ich starrte Landen an, den diese Wende der Ereignisse sichtlich verwirrte. War er etwa schon verheiratet? Ich konnte es nicht fassen. Ich wandte mich nach dem Sprecher um, und mir stockte das Herz. Es war Mr. Briggs, der Anwalt, den ich zuletzt in der Kirche in Thornfield gesehen hatte! Plötzlich hörte ich etwas rascheln, und als ich mich umdrehte, stand Mrs. Nakijima neben mir und hob lächelnd einen Finger an die Lippen. Ich runzelte die Stirn, und der Pfarrer sprach weiter.

»Welcher Art ist denn das Hindernis? Vielleicht läßt es sich ja beseitigen oder erklären oder irgendwie aus der Welt schaffen?«

»Schwerlich«, lautete die Antwort. »Ich habe es unüberwindlich genannt, und ich pflege meine Worte mit Bedacht zu wählen. Es besteht schlechtweg in einer früheren Ehe.«

Landen und Daisy sahen sich fragend an.

»*Verdammt noch mal, wer sind Sie?*« fragte Mr. Mutlar. Er schien vor Wut beinahe platzen zu wollen.

»Mein Name ist Briggs, ich bin Anwalt in der Dash Street zu London.«

»Tja, Mr. Briggs, vielleicht hätten Sie die Güte, uns über Mr. Parke-Laines frühere Ehe und die Machenschaften dieses feinen Herrn ins Bild zu setzen?«

Briggs blickte von Mr. Mutlar zu dem Paar vor dem Altar.

»Meine Informationen betreffen nicht Mr. Parke-Laine; ich spreche von Miss Mutlar, oder, mit Ehenamen, Mrs. Daisy Posh!«

Ein Aufschrei des Entsetzens ging durch die Gemeinde. Landen starrte Daisy an; die warf ihren Blumenkranz zu Boden. Eine der Brautjungfern fing an zu weinen, und Mr. Mutlar stürmte nach vorn und ergriff Daisys Arm.

»Miss Mutlar heiratete Mr. Murray Posh am 20. Oktober 1981!« rief Mr. Briggs mit lauter Stimme, um den Tumult zu übertönen. »Die Trauung fand in Southwark statt! Die Ehe wurde nie geschieden!«

Das war zuviel. Es erhob sich lauter Protest, und die Familie Mutlar eilte hastig davon. Der Pfarrer richtete ein unerhörtes Gebet an niemand bestimmten, während Landen schwerfällig auf die Bank sank, welche die Familie Mutlar gerade geräumt hatte. Von hinten schrie jemand: »Geldgeile Schlampe!«, und die Familie Mutlar rannte die Treppe hinunter, um den Beschimpfungen zu entkommen, die man in einer Kirche so noch nie vernommen hatte. Einer der Trauzeugen benutzte das Durcheinander dazu, um eine Brautjungfer zu küssen; die quittierte seine Bemühungen mit einer schallenden Ohrfeige.

Ich lehnte mich gegen den kalten Stein der Kirchenmauer und wischte mir die Tränen aus dem Gesicht. Obwohl ich wußte, daß es eigentlich nicht richtig war, lachte ich. Briggs zwängte sich durch die aufgebrachte Menschenmenge und lüftete höflich den Hut.

»Guten Tag, Miss Next.«

»Eine *wunderschönen* guten Tag, Mr. Briggs! Wie, um alles in der Welt, kommen Sie hierher?«

»Die Rochesters haben mich geschickt.«

»Aber ich habe das Buch doch erst vor drei Stunden verlassen!«

Mrs. Nakijima fuhr dazwischen. »Sie haben es kaum zwölf Seiten vor Schluß verlassen. In dieser Zeit sind in Thornfield über zehn Jahre vergangen; Zeit genug, um alles *genau* zu planen!«

»Thornfield?«

»Ja, sie haben es wieder aufgebaut. Seit mein Mann im Ruhestand ist, bewirtschaften wir das Haus. Weder er noch ich werden im Roman erwähnt, und Mrs. Rochester ist sehr daran gelegen, daß dem auch so bleibt; ein weitaus angenehmeres Leben als in Osaka, und noch dazu viel einträglicher als die Touristikbranche.«

Mir fehlten die Worte.

»Mrs. Jane Rochester hat Mrs. Nakijima gebeten, mich hierherzubringen, um Sie zu unterstützen«, bemerkte Mr. Briggs. »Sie und Mr. Rochester wollten Ihnen helfen, wie Sie ihnen geholfen haben. Sie wünschen Ihnen Glück und Gesundheit für die Zukunft und danken Ihnen für Ihre zeitige Intervention.«

Ich lächelte. »Wie geht es den beiden?«

»Ausgezeichnet, Miss«, antwortete Briggs vergnügt. »Ihr Erstgeborener ist jetzt fünf; ein braver, rundum gesunder Junge, das getreue Ebenbild seines Vaters. Vergangenen Frühling hat Jane eine wunderschöne Tochter zur Welt gebracht. Sie haben sie Helen Thursday Rochester getauft.«

Ich sah zu Landen, der am Eingang stand und seiner Tante Ethel zu erklären versuchte, was hier vor sich ging.

»Ich muß mit ihm sprechen.«

Ich war wieder allein. Mrs. Nakijima und der Anwalt waren nach Thornfield entschwunden, um Jane und Edward den erfolgreichen Vollzug ihrer Mission zu melden.

Als ich näher kam, setzte sich Landen auf die Kirchentreppe, zog die Nelke aus seinem Knopfloch und schnupperte nachdenklich daran.

»Hallo, Landen.«

Landen blickte auf und blinzelte. »Ach«, sagte er. »Thursday. Ich hätte es mir denken können.«

»Darf ich mich zu dir setzen?«

»Tu dir keinen Zwang an.«

Ich hockte mich neben ihn auf die warmen Kalksteinstufen.

»Steckst du hinter der ganzen Sache?«

»Nein, ausnahmsweise einmal nicht«, antwortete ich. »Ich muß gestehen, daß ich hierhergekommen bin, um die Hochzeit zu verhindern, aber dann hat mich der Mut verlassen.«

Er sah mich an. »Warum?«

»Warum? Na ja, weil ... weil ich dachte, daß ich eine bessere Mrs. Parke-Laine abgebe als Daisy. Nehme ich an.«

»Das *weiß* ich«, rief Landen, »und ich bin ganz deiner Meinung. Ich wollte wissen, warum dich der Mut verlassen hat. Schließlich jagst du Verbrechergenies, leistest hochriskante SpecOps-Arbeit, verstößt munter gegen so ziemlich jede Regel, um unter schwerem Artilleriesperrfeuer stehende Kameraden zu retten, und dann ...«

»Verstehe. Weiß auch nicht. Vielleicht ist es leichter, diese Entscheidungen auf Leben und Tod zu fällen, wenn es nur Schwarz und Weiß gibt. Jedenfalls komme ich damit problemlos klar. Emotionen dagegen, tja ... die sind eine Grauzone, und mit Zwischentönen habe ich so meine Schwierigkeiten.«

»In dieser Grauzone lebe ich jetzt seit zehn Jahren, Thursday.«

»Ich weiß, und das tut mir leid. Es ist mir schwergefallen, meine Gefühle für dich mit deinem vermeintlichen Verrat an Anton zu vereinbaren. Das war wie ein emotionales Tauziehen, und ich war das kleine Tüchlein in der Mitte, zwischen den beiden Parteien, und konnte mich nicht rühren.«

»Ich habe ihn auch geliebt, Thursday. Er war so etwas wie ein Bruder für mich. Aber irgendwann mußte ich das Seil loslassen.«

»Ich habe auf der Krim etwas verloren«, murmelte ich, »aber ich glaube, ich habe es wiedergefunden. Meinst du, wir haben die Zeit, es noch einmal zu versuchen?«

»In letzter Minute, was?« sagte er grinsend.

»Nein«, erwiderte ich, »eher drei Sekunden vor zwölf!«

Er küßte mich zärtlich auf den Mund. Es war eine warme, vertraute Empfindung, wie wenn man nach einem langen Spaziergang durch den Regen nach Hause kommt und im Kamin ein Feuer prasselt. Mir kamen die Tränen, und ich schluchzte leise in seinen Kragen, während er mich in den Armen hielt.

»Verzeihung«, sagte der Pfarrer, der auf einen geeigneten Moment gewartet hatte. »Ich störe nur ungern, aber um halb vier habe ich die nächste Trauung.«

Entschuldigungen murmelnd standen wir auf. Die Hochzeitsgäste warteten noch immer auf eine endgültige Entscheidung. Fast alle wußten von Landen und mir, und nur wenige, wenn überhaupt, hielten Daisy für die bessere Partie.

»Willst du?« flüsterte mir Landen ins Ohr.

»Will ich was?« fragte ich und unterdrückte ein Kichern.

»*Dummkopf!* Willst du mich heiraten?«

»Hmm«, sagte ich, und mein Herz machte einen Lärm wie die Kanonen auf der Krim. »Darüber muß ich nachdenken ...«

Landen runzelte fragend die Stirn.

»Ja! Ja, *ja!* Ich will, ich will, ich will!«

»Endlich!« seufzte Landen. »Was muß ich nicht alles auf mich nehmen, um die Frau meines Herzens zu kriegen!«

Wir küßten uns noch einmal, diesmal etwas länger; so lange, bis der Pfarrer schließlich auf seine Uhr sah und Landen auf die Schulter tippte.

»Danke für die Generalprobe«, sagte Landen und schüttelte dem Pfarrer die Hand. »In vier Wochen sehen wir uns wieder!«

Der Pfarrer zuckte die Achseln. Dies war die wohl absurdeste Hochzeit seiner Laufbahn.

»Freunde«, verkündete Landen den verbliebenen Gästen, »ich möchte meine Verlobung mit dieser wunderschönen SpecOps-Agentin namens Thursday Next bekanntgeben. Wie ihr wißt, hatten wir die eine oder andere Meinungsverschiedenheit, aber das ist jetzt *fast* vergessen. In meinem Garten steht ein Festzelt, es gibt jede Menge zu essen und zu trinken, und wenn mich nicht alles täuscht, spielt ab sechs Uhr Holroyd Wilson. Da es eine Schande wäre, das alles zu vergeuden, schlage ich der Einfachheit halber vor, daß wir den Anlaß ändern! Wir feiern jetzt unsere Verlobung!«

Die Gäste stimmten begeistert zu und verteilten sich auf die verfügbaren Transportmittel. Landen und ich nahmen meinen Wagen und machten einen kleinen Umweg. Wir hatten uns viel zu erzählen, und die Party... nun ja, die kam auch eine Weile ohne uns aus.

Die Fete dauerte bis vier Uhr morgens. Ich trank zuviel und fuhr mit dem Taxi ins Hotel zurück. Landen bekniete mich, doch über Nacht zu bleiben, aber ich erklärte ihm etwas kokett, da müsse er bis nach der Hochzeit warten. Ich erinnere mich nur noch, daß ich in mein Hotelzimmer zurückkam, alles andere ist vergessen; ich lag in tiefem Koma, bis um neun Uhr am nächsten Morgens das Telefon schrillte. Ich war halb angezogen, Pickwick schaute Frühstücksfernsehen, und mein Kopf tat so weh, als ob er jeden Moment platzen wollte.

Es war Victor. Er klang nicht besonders gut gelaunt, aber Höflichkeit war eine seiner Stärken. Er erkundigte sich nach meinem unwerten Befinden.

»Es ging mir schon mal besser. Wie läuft's im Büro?«

»Mäßig«, antwortete Victor mit einer gewissen Zurückhaltung in der Stimme. »Die Goliath Corporation will sich mit Ihnen über

Jack Schitt unterhalten, und die Brontë-Gesellschaft ist stocksauer, weil Sie das Buch, ich zitiere, ›versaut‹ haben. War es denn *unbedingt* nötig, Thornfield niederzubrennen?«

»Das war Hades...«

»Und Rochester? Blind und mit verstümmelter Hand? Ich nehme an, das war auch Hades?«

»Ähm, ja.«

»Da haben Sie wahrhaftig einen ziemlich kapitalen Bock geschossen, Thursday. Ich wäre Ihnen dankbar, wenn Sie vorbeikommen und mit den Brontë-Leuten sprechen könnten. Der gesamte Vorstand ist hier bei mir, und die Herrschaften wollen Ihnen weiß Gott keinen Orden anheften.«

Es klopfte an der Tür. Ich versprach Victor, so schnell wie möglich dort zu sein, und stand schwankend auf.

»Ja, bitte?« rief ich.

»Zimmerservice!« antwortete eine Stimme vor der Tür. »Ein Mr. Parke-Laine hat Kaffee für Sie bestellt!«

»Moment!« sagte ich und versuchte Pickwick ins Bad zu scheuchen; Haustiere waren im Hotel strengstens verboten. Anders als sonst wirkte er leicht aggressiv; hätte er Flügel gehabt, hätte er vermutlich wütend damit geschlagen.

»Mach... jetzt... bitte... keine... Schwierigkeiten!« ächzte ich, schob das widerborstige Federvieh ins Badezimmer und verriegelte die Tür.

Ich zog mir einen Bademantel über und öffnete die Tür. *Schwerer* Fehler. Draußen stand zwar ein Kellner, doch der war nicht allein. Kaum hatte ich die Tür ganz aufgemacht, zwängten sich noch zwei weitere Männer in schwarzen Anzügen ins Zimmer, schleuderten mich gegen die Wand und hielten mir eine Kanone an den Kopf.

»Wenn Sie Kaffee mit mir trinken wollen, brauchen Sie noch zwei Tassen«, preßte ich durch die Lippen.

»Sehr witzig«, meinte der falsche Kellner.

»Goliath?«

»Sie haben's erfaßt.«

Er spannte den Hahn des Revolvers.

361

»Und jetzt zur Sache, Schätzchen. Schitt ist ein wichtiger Mann, und wir wollen wissen, wo er ist. Die nationale Sicherheit und der Krimkrieg hängen davon ab, dagegen ist das Leben einer mickrigen Agentin einen Dreck wert.«

»Ich bringe Sie zu ihm«, stieß ich mühsam hervor und schnappte gierig nach Luft. »Es ist ein paar Meilen außerhalb der Stadt.«

Der Goliath-Agent lockerte seinen Griff und befahl mir, mich anzuziehen. Ein paar Minuten später verließen wir das Hotel. Ich hatte noch immer einen dicken Kopf, und ein dumpfer Schmerz pochte in meinen Schläfen, aber wenigstens konnte ich inzwischen wieder halbwegs klar denken. Vor dem Eingang standen eine Handvoll Leute, und es befriedigte mich sehr, als ich die Familie Mutlar erkannte, die sich offenbar auf dem Rückweg nach London befand. Daisy redete auf ihren Vater ein, und Mrs. Mutlar schüttelte entnervt den Kopf.

»Geldgeile Schlampe!« rief ich.

Schlagartig verstummten Daisy und ihr Vater und sahen mich mit großen Augen an, während die Goliath-Leute mich an ihnen vorbeizulotsen versuchten.

»Was haben Sie gesagt?!«

»Haben Sie was an den Ohren? Ich weiß nicht, wer die größere Nutte ist, Ihre Frau oder Ihre Tochter.«

Das verfehlte seine Wirkung nicht. Mr. Mutlar lief tiefrot an und schlug mit der Faust nach mir. Ich duckte mich, und der Hieb traf einen der Goliath-Leute. Ich rannte in Richtung Parkplatz. Eine Kugel pfiff über meine Schulter; ich wich aus, trat auf die Fahrbahn und wäre beinahe von einer großen schwarzen, militärisch anmutenden Ford-Limousine überfahren worden, die mit quietschenden Reifen zum Stehen kam.

»Steigen Sie ein!« rief der Fahrer. Ich ließ mich nicht zweimal bitten. Ich sprang hinein, und der Ford raste davon, während zwei Einschußlöcher in der Heckscheibe erschienen. Der Wagen jagte mit qualmenden Reifen um die Ecke und war bald außer Schußweite.

»Danke«, murmelte ich. »Eine Sekunde später, und ich hätte mir

362

die Radieschen von unten beguckt. Können Sie mich vor der Spec-Ops-Zentrale absetzen?«

Der Chauffeur schwieg; zwischen ihm und mir befand sich eine Trennscheibe aus dickem Glas, und mit einem Mal beschlich mich das ungute Gefühl, womöglich vom Regen in die Traufe geraten zu sein.

»Sie können mich irgendwo absetzen«, sagte ich. Er gab keine Antwort. Ich zog an den Türgriffen, aber die Türen waren verriegelt. Ich hämmerte gegen das Glas, doch er ignorierte mich; wir fuhren am SpecOps-Gebäude vorbei in Richtung Altstadt. Und das ziemlich schnell. Zweimal überfuhr er eine rote Ampel, und einmal nahm er einem Bus die Vorfahrt; ich knallte gegen die Tür, als er so rasant um eine Ecke bog, daß er beinahe mit einem Bierwagen kollidiert wäre.

»He, halten Sie an!« schrie ich und schlug erneut gegen die Trennscheibe. Worauf der Fahrer noch mehr Gas gab und in der nächsten Kurve einen anderen Wagen schnitt.

Ich zerrte an den Türgriffen und wollte eben mit den Absätzen gegen das Fenster treten, als der Wagen urplötzlich eine Vollbremsung machte; ich rutschte vom Sitz und klatschte wie ein nasser Sack auf den Boden. Der Chauffeur stieg aus, öffnete mir die Tür und sagte: »Bitte sehr, junges Fräulein, Sie wollen Colonel Phelps doch wohl nicht warten lassen?«

»Colonel Phelps?« stammelte ich. Der Fahrer lächelte und grüßte zackig, als der Groschen endlich fiel. Phelps hatte versprochen, mir einen Wagen zu schicken, damit ich an der Diskussionsrunde teilnehmen konnte, und er hatte Wort gehalten.

Ich sah hinaus. Wir standen vor dem Swindoner Rathaus, und eine riesige Menschenmenge starrte mich an.

»Hallo, Thursday!« sagte eine vertraute Stimme.

»Lydia?« fragte ich, überrascht vom jähen Wechsel der Ereignisse.

Tatsächlich. Und sie war beileibe nicht die einzige Reporterin vor Ort; sechs oder sieben Kameras waren auf mich gerichtet, während ich mich aus meiner überaus mißlichen und noch dazu höchst uneleganten Lage zu befreien und auszusteigen versuchte.

»Ich bin Lydia Startright vom Toad News Network«, sagte Lydia mit ihrer besten Reporterstimme, »und neben mir steht Thursday Next, die SpecOps-Agentin, die *Jane Eyre* gerettet hat. Zunächst einmal, Miss Next, möchte ich Ihnen zu Ihrer erfolgreichen Rekonstruktion des Romans gratulieren!«

»Was soll das heißen?« antwortete ich. »Ich habe alles vermasselt! Ich habe Thornfield abgefackelt und den armen Mr. Rochester halb verstümmelt!«

Miss Startright lachte. »Jüngsten Umfragen zufolge finden neunundneunzig von hundert Befragten den neuen Schluß wesentlich besser als den alten! Jane und Rochester heiraten! Ist das nicht *wunderbar?*«

»Aber die Brontë-Gesellschaft ...?«

»... hat das Buch ja nicht für sich gepachtet«, sagte ein Mann im Leinenanzug, an dessen Revers eine große blaue Charlotte-Brontë-Rosette prangte.

»Die Gesellschaft ist ein Haufen aufgeblasener Wichtigtuer. Gestatten, Walter Branwell, Vorsitzender der Kampfgruppe ›Brontë fürs Volk‹.«

Er streckte mir die Hand hin und grinste energisch; einige Zuschauer klatschten Beifall. Ein regelrechtes Blitzlichtgewitter brach los, als mir ein kleines Mädchen einen Strauß Blumen überreichte und ein anderer Journalist mich fragte, was für ein *Mensch* Rochester sei. Der Chauffeur nahm mich am Arm und führte mich ins Rathaus.

»Colonel Phelps erwartet Sie, Miss Next«, raunte er mir freundlich zu. Die Menge bildete ein Spalier, und ich kam in eine riesige, berstend volle Halle. Verwundert blinzelnd blickte ich mich um. Ein aufgeregtes Murmeln ging durch den Saal, und ich hörte mehrere Gäste meinen Namen flüstern. Im alten Orchestergraben befand sich eine improvisierte Presseloge, besetzt mit einer Phalanx von Reportern aller großen Sender. Die Veranstaltung in Swindon war in den Brennpunkt des öffentlichen Interesses gerückt; was hier gesprochen wurde, war von kaum zu überschätzender Bedeutung. Ich bahnte mir einen Weg zur Bühne, wo sich die beiden feindlichen Lager an zwei Tischen gegenübersaßen. Über Colonel Phelps hing eine große englische Flagge; sein Tisch war mit Wimpeln und Blumen geschmückt und bog sich unter der Last von Notizblöcken und Flugblättern. Unterstützt wurde er von mehreren, zumeist uniformierten Angehörigen der Streitkräfte, die auf der Halbinsel Dienst getan hatten. Einer der Soldaten hatte sogar ein Plasmagewehr bei sich.

Am anderen Ende der Bühne stand der »Anti«-Tisch. Auch hier saßen zahlreiche Veteranen, freilich nicht in Uniform. Ich erkannte das Studentenpärchen, das mich am Flugplatz in Empfang genommen hatte, und meinen Bruder Joffy, der mich lächelnd mit einem stummen: »Na, du Pflaume?« begrüßte. Es wurde still im Saal; die Zuschauer hatten von meiner Teilnahme gehört und auf mein Eintreffen gewartet.

Die Kameras folgen mir, als ich mich der Bühnentreppe näherte und langsam hinaufstieg. Phelps stand auf, um mich willkommen zu heißen, doch ich ließ ihn links liegen, ging weiter zum »Anti«-Tisch und nahm auf dem Stuhl Platz, den einer der Studenten für mich geräumt hatte. Phelps war entsetzt; er wurde puterrot, beherrschte sich jedoch, als er bemerkte, daß die Fernsehkameras auf ihn gerichtet waren.

Lydia Startright war mir auf die Bühne gefolgt. Sie sollte die Veranstaltung moderieren; sie und Colonel Phelps hatten darauf bestanden, auf mich zu warten. Startright war froh darüber; Phelps nicht.

»Verehrte Damen und Herren«, hob Lydia an, »der Verhandlungstisch in Budapest ist verwaist, und die neue englische Offensive wirft ihren Schatten voraus. Während eine Million Soldaten einander auf dem Schlachtfeld gegenüberstehen, wollen wir uns die Frage stellen: Wie steht es um die Krim?«

Phelps stand auf und wollte etwas sagen, doch ich kam ihm zuvor.

»Ich weiß, es ist ein alter Kalauer«, begann ich, »aber der Krimkrieg ist Krim-inell.« Ich machte eine Pause. »Davon bin ich überzeugt, und für diese Überzeugung kämpfe ich. Selbst Colonel Phelps dort drüben wird mir zustimmen, wenn ich sage, daß es höchste Zeit ist, die Krim endgültig zu befrieden.«

Colonel Phelps nickte.

»Im Unterschied zum Colonel bin ich allerdings der Meinung, daß Rußland einen berechtigteren Anspruch auf das Territorium hat.«

Eine kontroverse Bemerkung; Phelps' Anhänger waren empört, und es dauerte zehn Minuten, bis die Ordnung wiederhergestellt war. Schließlich gelang es Startright, die Gemüter zu beruhigen, so daß ich endlich fortfahren konnte.

»Vor knapp zwei Monaten bot sich die günstige Gelegenheit, diesen Wahnsinn ein für allemal zu beenden. England und Rußland saßen in Budapest am Verhandlungstisch, und der vollständige Rückzug aller englischen Truppen schien nur noch eine Frage der Zeit.«

Im Saal herrschte Totenstille. Phelps hatte sich zurückgelehnt und ließ mich keine Sekunde aus den Augen.

»Doch dann kam das Plasmagewehr. Codename: Stonk.«

Ich blickte einen Moment zu Boden.

»Besagtes Stonk war der Schlüssel zu einer neuen Offensive und einem möglichen Wiederaufflackern des Krieges, in dem es seit acht Jahren – Gott sei Dank – nur zu vereinzelten Gefechten gekommen ist. Es gibt da allerdings ein Problem. Die Offensive ist auf Sand gebaut; allen anderslautenden Behauptungen zum Trotz ist das Plasmagewehr nur ein Bluff – *Stonk funktioniert nicht!*«

Ein Raunen ging durch den Saal. Phelps starrte mich mürrisch an, eine Augenbraue zuckte. Er flüsterte dem Brigadier, der neben ihm saß, etwas zu.

»Die englischen Truppen warten auf eine neue Waffe, die nicht kommen wird. Die Goliath Corporation hat die englische Regierung zum Narren gehalten; trotz Investitionen in Milliardenhöhe taugt das Plasmagewehr soviel wie ein Besenstiel.«

Ich setzte mich. Niemandem, weder dem Publikum vor Ort noch den Zuschauern der Fernsehübertragung, entging die Tragweite meiner Worte; der englische Kriegsminister hatte den Telefonhörer schon in der Hand. Er wollte mit den Russen sprechen, bevor die auf dumme Gedanken kamen – und womöglich zum Angriff übergingen.

Colonel Phelps war aufgestanden.

»Kühne Behauptungen, die von geradezu bestürzender Unkenntnis zeugen«, proklamierte er gönnerhaft. »Wir alle haben gesehen, welch enorme Wirkungen Stonk zu erzielen vermag, und die Schlagkraft dieses Wunderwerks der Waffentechnik steht hier auch nicht zur Debatte.«

»Dann liefern Sie uns den Beweis«, entgegnete ich. »Wie ich sehe, haben Sie ein Plasmagewehr hier im Saal. Kommen Sie mit in den Park, und führen Sie es uns vor. Ich stelle mich freiwillig als Zielscheibe zur Verfügung.«

Phelps machte eine Pause, und in dieser Pause verlor er das Duell – und den Krieg. Er sah zu dem Soldaten mit dem Gewehr; der blickte ängstlich zurück.

Zwei Minuten später verließen Phelps und seine Leute unter den Buhrufen des Publikums die Bühne. Er hatte gehofft, seinen gründlich einstudierten einstündigen Vortrag über das Andenken der Gefallenen und die Bedeutung der Kameradschaft halten zu können; statt dessen hielt er nie wieder eine Rede in der Öffentlichkeit.

Vier Stunden später wurde zum ersten Mal seit 131 Jahren ein offizieller Waffenstillstand erklärt. Nach weiteren vier Wochen saßen die Politiker am Runden Tisch in Budapest. Und vier Monate später hatten sämtliche englischen Soldaten die Halbinsel verlassen. Die Goliath Corporation wurde für ihren Betrug zur Rechenschaft gezogen. Die Konzernleitung gab – wenig überzeugend – vor, von nichts gewußt zu haben, und schob alles auf Jack Schitt. Ich hatte eigentlich auf eine härtere Strafe gehofft, aber wenigstens war ich Goliath auf diese Weise erst einmal los.

36.

Im Hafen der Ehe

Landen und ich heirateten am selben Tag, als auf der Krim der Frieden ausgerufen wurde. Um das Honorar für die Glöckner zu sparen, erklärte mir Landen. Als der Pfarrer sein »Der möge seine Stimme nun erheben oder aber für immer schweigen« sprach, schaute ich mich nervös um, doch niemand meldete sich. Ich traf mich mit den Leuten von der Brontë-Gesellschaft, und sie freundeten sich rasch mit dem neuen Ende an, besonders als sie merkten, daß sie als einzige dagegen waren. Obwohl ich bedauerte, daß Rochester so schwere Verletzungen erlitten und obendrein auch noch sein Haus verloren hatte, freute es mich, daß er und Jane nach über hundert Jahren der Bitterkeit und Frustration endlich den wahren Frieden und das Glück genießen konnten, das sie so redlich verdienten.

THURSDAY NEXT
– Ein Leben für SpecOps

Der Empfang erwies sich als größer, als wir angenommen hatten, und gegen zehn tummelte sich die Hälfte der Gäste schon draußen in Landens Garten. Da Boswell ziemlich angetrunken war, verfrachtete ich ihn in ein Taxi und schickte ihn ins Finis. Paige Turner hatte sich dem Saxophonisten an den Hals geworfen – seit mindestens einer Stunde hatte die beiden niemand mehr gesehen. In einem stillen Moment drückte ich Landens Hand und fragte: »Hättest du eigentlich Daisy *wirklich* geheiratet, wenn Briggs nicht eingegriffen hätte?«

»Ich habe die Antworten auf deine Fragen, Schätzchen!«

»Dad?«

Er trug die Paradeuniform eines Colonels der ChronoGarde.

»Ich habe über deine Worte nachgedacht und ein paar Erkundigungen eingezogen.«

»Tut mir leid, Dad, aber ich habe keine Ahnung, wovon du redest.«

»Weißt du nicht mehr, wir haben doch vor zwei Minuten erst miteinander gesprochen?«

»Nein.«

»Verflixt!« rief er. »Dann bin ich offenbar zu früh. Verfluchte Chronographen!«

Er tippte auf das Zifferblatt und verschwand ohne ein weiteres Wort.

»Dein Vater?« fragte Landen. »Hattest du nicht gesagt, er sei auf der Flucht?«

»Das war er, ist er und wird er vermutlich auch immer bleiben. Du weißt schon.«

»Schätzchen!« rief mein Vater. »Na, erstaunt? Mit mir hast du wohl nicht gerechnet?«

»Das kann man so nicht sagen.«

»Ich wünsche euch beiden alles Gute!«

Ich blickte mich um; die Party war nach wie vor in vollem Gange. Die Zeit stand *nicht* still. Es konnte nicht lange dauern, bis die ChronoGarde auftauchte, um ihn zu verhaften.

Mein Vater erriet, was ich dachte. »Zum Teufel mit SO-12, Thursday!« sagte er und nahm einem Kellner im Vorbeigehen ein Glas vom Tablett. »Ich wollte meinen Schwiegersohn kennenlernen.«

Er wandte sich zu Landen um, ergriff seine Hand und musterte ihn eingehend von Kopf bis Fuß.

»Wie geht es dir, mein Junge? Hast du dich sterilisieren lassen?«

»Äh, nein«, antwortete Landen leicht verlegen.

»Dann vielleicht ein böses Foul beim Rugby?«

»Nein.«

»Ein wohlgezielter Huftritt ins Gemächt?«

»Nein.«

»Und wie steht es mit einem Kricketball in die Klöten?«

»Nein!«

»Gut. Dann gehen aus diesem kläglichen Fiasko ja vielleicht ein paar Enkelkinder hervor. Es wird höchste Zeit, daß die kleine Thursday ein paar kräftige Junge wirft, statt wie ein wildes Bergferkel durch die Gegend zu toben ...« Er hielt inne. »Was guckt ihr so komisch?«

»Du warst doch vor kaum einer Minute erst hier.«

Er runzelte die Stirn, zog eine Augenbraue hoch und blickte verstohlen um sich.

»Wie ich mich *kenne*, immer vorausgesetzt es war *tatsächlich* ich, halte ich mich irgendwo ganz in der Nähe versteckt. Ja, seht ihr? Da drüben!«

Er zeigte auf einen Winkel des Gartens, wo sich eine Gestalt im Schatten hinter dem Gewächshaus verbarg. Er kniff die Augen zusammen und versuchte den logischen Gang der Ereignisse zu rekonstruieren.

»Moment. Ich habe dir vermutlich einen Gefallen getan und bin ein wenig zu früh wieder zurückgekommen; in meinem Beruf nicht ungewöhnlich.«

»Um was für einen Gefallen sollte ich dich denn gebeten haben?« fragte ich, nach wie vor etwas verwirrt, aber durchaus bereit, mich auf sein Spielchen einzulassen.

»Ich weiß nicht«, sagte mein Vater. »Eine brennende Frage, über die zwar seit Ewigkeiten gestritten wird, die aber bislang unbeantwortet geblieben ist.«

Ich dachte einen Augenblick nach. »Ging es eventuell um die Autorenschaft der Shakespeare-Dramen?«

Er lächelte. »Gute Idee. Ich will sehen, was sich machen läßt.«

Er leerte sein Glas. »Also, noch mal alles Gute, ihr beiden; ich muß los. Die Zeit wartet auf niemand, wie es bei uns so schön heißt.«

Er lächelte, wünschte uns viel Glück für die Zukunft und verschwand.

»Kannst du mir vielleicht erklären, was hier los ist?« fragte Landen gründlich verwirrt, nicht so sehr durch die Ereignisse an sich, sondern vielmehr durch ihre sonderbare Reihenfolge.

»Ich glaube nicht.«

»Bin ich weg, Schätzchen?« fragte mein Vater, der sein Versteck hinter dem Gewächshaus verlassen hatte.

»Ja.«

»Gut. Also, ich habe herausbekommen, was du wissen wolltest. Ich bin ins London des Jahres 1610 gereist und habe mich ein wenig umgehört; Shakespeare war nur ein unbedeutender Schauspieler, der nebenbei einen kleinen Getreidehandel in Stratford unterhielt, was ihm so peinlich war, daß er es verschwieg. Kein Wunder – wer täte das nicht?«

Das war allerdings interessant.

»Und wer hat die Stücke nun geschrieben? Marlowe? Bacon?«

»Nein; so einfach ist das nicht. Verstehst du, kein Mensch hatte von den Stücken je *gehört*, geschweige denn sie geschrieben.«

Ich begriff nicht. »Was willst du damit sagen? Daß es sie gar nicht gibt?«

»Genau das will ich damit sagen. Sie existieren nicht. Sie wurden nie geschrieben. Weder von ihm noch von sonst jemand.«

»Ich muß doch sehr bitten«, fuhr Landen dazwischen, der allmählich ungeduldig wurde, »wir haben doch *Richard III.* erst vor sechs Wochen gesehen.«

»Natürlich«, sagte mein Vater. »Die Zeit ist aus den Fugen, *und wie*. Da mußte ich natürlich etwas unternehmen. Ich nahm ein Exemplar der Gesammelten Werke mit ins Jahr 1592 und gab sie dem Schauspieler Shakespeare, damit der sie nach dem vorgegebenen Fahrplan auf die Bühne bringen konnte. Beantwortet das deine Frage?«

Ich war immer noch verwirrt. »Dann hat Shakespeare die Stücke also *nicht* geschrieben?«

»Weder er«, bestätigte er, »noch Marlowe, Oxford, de Vere, Bacon oder ein anderer von den üblichen Verdächtigen.«

»Aber das ist doch unmöglich!« rief Landen.

»Im Gegenteil«, widersprach mein Vater. »Da die Zeitskala des Universums unendlich ist, sind Unmöglichkeiten ganz alltäglich. Wenn ihr erst einmal so alt seid wie ich, werdet auch ihr feststellen, daß praktisch *alles* möglich ist. Die Zeit ist aus den Fugen; Fluch ihren Tücken, daß ich zur Welt kam, sie zurechtzurücken!«

»Das stammt von *dir*?« fragte ich, da ich bislang angenommen hatte, er zitiere *Hamlet*, und nicht umgekehrt.

Er lächelte.

»Eine läßliche Eitelkeit, die man mir sicherlich nachsehen wird, Thursday. Außerdem: Wer soll schon davon erfahren?«

Mein Vater starrte in sein leeres Glas, sah sich vergeblich nach einem Kellner um und sagte dann:

»Lavoisier hat mich bestimmt längst ausfindig gemacht. Er hat geschworen, mich zu fassen, und er versteht sein Handwerk. Kein Wunder; er war schließlich siebenhundert Jahre lang mein Partner. Eins noch: Wie starb der Herzog von Wellington?«

Mir fiel ein, daß er mich das schon einmal gefragt hatte. »Wie gesagt, Dad, er starb 1852 friedlich in seinem Bett.«

Lächelnd rieb mein Vater sich die Hände. »*Hervorragende* Neuigkeiten! Und Nelson?«

»In Trafalgar von einem französischen Scharfschützen erschossen.«

»Wirklich? Tja, man kann nicht alles haben. Also: viel Glück, ihr beiden. Ein Junge oder Mädchen wäre schön; eins von jeder Sorte wäre noch besser.«

Er beugte sich vor und senkte die Stimme.

»Ich weiß nicht, wann ich wiederkomme, also hört mir gut zu. Kauft euch weder ein blaues Auto noch ein Planschbecken, haltet euch von Austern und Kreissägen fern, und macht im Juni 2016 um Oxford einen großen Bogen. Kapiert?«

»Ja, aber ...«

»Na, dann tschüs, die Zeit wartet auf niemand!«

Er umarmte mich, schüttelte Landen die Hand und tauchte im Getümmel unter, bevor wir weitere Fragen stellen konnten.

»Gib dir keine Mühe«, sagte ich und legte Landen den Zeigefinger auf die Lippen. »Es hat keinen Sinn, über diesen SpecOps-Bereich nachzudenken.«

»Aber wenn . . .«

»Landen!« sagte ich. »Nein!«

Auch Bowden und Victor zählten zu den Partygästen. Bowden freute sich für mich und hatte rasch begriffen, daß ich nicht mit nach Ohio kommen würde, weder als seine Frau noch als seine Assistentin. Man hatte ihm die Stelle angeboten, und er hatte sie abgelehnt, mit der Begründung, dazu mache ihm die Arbeit bei den Swindoner LitAgs zuviel Spaß, und er wolle es sich im Frühjahr vielleicht noch einmal überlegen; Finisterre war an seiner Stelle gegangen. Doch im Moment quälten ihn andere Sorgen. Er holte sich einen steifen Drink und trat neben Victor, der sich angeregt mit einer älteren Dame unterhielt.

»Ahoi, Cable!« murmelte Victor und stellte ihn seiner neuen Freundin vor, ehe er Bowdens Bitte um ein kurzes Gespräch unter vier Augen nachkam.

»Ende gut, alles gut. Scheiß auf die Brontë-Gesellschaft; ich bin auf Thursdays Seite. Ich finde, der neue Schluß ist ein Gedicht!« Er hielt inne und sah Bowden an. »Warum machen Sie so ein langes Gesicht? Es ist ja länger als ein Dickens-Roman. Was ist? Geht es um Felix8?«

»Nein, Sir; den kriegen wir über kurz oder lang. Aber ich habe *versehentlich* den Schutzumschlag des Buches vertauscht, in dem Jack Schitt verschwunden ist.«

»Sie meinen, er ist gar nicht bei seinen geliebten Plasmagewehren?«

»Nein, Sir. Ich habe mir erlaubt, *dieses* Buch mit dem Umschlag von *Das Plasmagewehr auf dem Schlachtfeld* zu versehen.«

Er reichte ihm das Buch, das im ProsaPortal gelegen hatte. Victor betrachtete den Rücken und lachte. Es war eine Sammlung von Poes Gedichten.

»Werfen Sie mal einen Blick auf Seite sechsundzwanzig«, sagte Bowden. »Im ›Raben‹ gehen merkwürdige Dinge vor.«

Victor schlug den Band auf und überflog die Seite. Er las die erste Strophe laut vor:

Mitternacht, von Gram umschattet,
Grübelnd saß ich, sann ermattet
Über Rachepläne, schwor Vergeltung der verfluchten Next – – –
Die leidige Jane Eyre, welch Wunder,
Gab meinem Seelenfeuer Zunder,
Und so sitz ich geifernd eingesperrt in diesen Text.
»Holt mich raus«, so ruf ich eifernd, »sonst puste ich euch alle weg!«

Victor klappte das Buch wieder zu.

»Die letzte Zeile reimt sich aber nicht.«

»Was haben Sie denn erwartet?« gab Bowden zurück. »Er ist schließlich ein Goliath-Mann, kein Dichter.«

»Aber ich habe den ›Raben‹ doch gestern erst gelesen«, setzte Victor verwirrt hinzu. »Da war alles noch in bester Ordnung!«

»Nein, nein«, erklärte Bowden. »Jack Schitt treibt sein Unwesen nur in diesem *einen* Exemplar – wer weiß, was er angerichtet hätte, wenn wir ihn in ein Originalmanuskript geschickt hätten.«

»Herz-l'ichen Glü'ck-wunsch!« rief Mycroft. Er kam mit Polly auf uns zu; ihr neuer Hut stand ihr blendend.

»Wi'r Fre'uen Uns Wirk-lich *Se'hr* Für Euch!« ergänzte Polly.

»Hast du wieder an den Bücherwürmern gearbeitet?« erkundigte ich mich.

»Mer'kt Man D'as?« fragte Mycroft zurück. »Wi'r Müs-sen Los!« Und weg waren sie.

»Bücherwürmer?« wollte Landen wissen.

»Nicht, was du denkst.«

»Mademoiselle Next?«

Sie waren zu zweit. Sie trugen elegante Anzüge und zeigten mir SpecOps-12-Marken, die ich noch nie gesehen hatte.

»Ja?«

»Préfet Lavoisier, ChronoGendarmerie. *Où est votre père?*«

»Den haben Sie leider verpaßt.«

Er fluchte laut.

»*Colonel Next est un homme très dangereux, mademoiselle. Il est important de lui parler concernant ses activités de trafic de temps.*«

»Er ist mein Vater, Lavoisier.«

Lavoisier starrte mich an und versuchte herauszufinden, was er sagen oder tun mußte, um mich zur Mithilfe zu bewegen. Schließlich gab er seufzend auf.

»*Si vous changez votre avis, contactez-moi par les petites annonces du* Grenouille. *Je lis toujours les archives.*«

»Da können Sie lange warten, Lavoisier.«

Er sann einen Augenblick über eine Antwort nach, entschied sich dann jedoch dagegen und verzog die Lippen statt dessen zu einem Lächeln. Er grüßte zackig, wünschte mir in perfektem Englisch einen angenehmen Tag und ging davon. Doch sein junger Kollege hatte mir noch etwas zu sagen: »Ich gebe Ihnen einen guten Rat«, murmelte er unsicher. »Falls Sie je einen Sohn bekommen, der zur ChronoGarde möchte, versuchen Sie ihn davon abzubringen.«

Er verabschiedete sich lächelnd und folgte seinem Partner, um ihm bei der Suche nach meinem Vater zu helfen.

»Was sollte denn das?« fragte Landen.

»Keine Ahnung. Aber kam er dir nicht auch irgendwie bekannt vor?«

»Doch.«

»Wo waren wir stehengeblieben?«

»Mrs. Parke-Laine?« erkundigte sich ein stämmiger, etwas zu kurz geratener Mann und starrte mich aus tiefliegenden braunen Augen an.

»SO-12?« Ich fragte mich, woher dieser finster dreinblickende Zwerg mit den buschigen Brauen so plötzlich kommen mochte.

»Nein, Ma'am«, antwortete er, stibitzte einem Kellner im Vorbeigehen eine Pflaume vom Tablett und schnüffelte mißtrauisch daran, bevor er sie samt Stein verschlang. »Bartholomew Stiggins mein Name, SO-13.«

»Und wofür sind *Sie* zuständig?«

»Kein Kommentar«, erwiderte er knapp, »aber wir haben eventuell Verwendung für Ihre Fähigkeiten.«

»Was denn für ...«

Aber Mr. Stiggins hörte mich schon gar nicht mehr. Statt dessen starrte er gebannt auf einen kleinen Käfer, den er in einem Blumentopf entdeckt hatte. Mit größter Sorgfalt und einer Geschicklichkeit, die so gar nicht zu seinen riesigen, ungelenken Pranken passen wollte, ergriff er das winzige Insekt und steckte es sich in den Mund. Ich sah Landen an; der verzog angeekelt das Gesicht.

»'tschuldigung«, sagte Stiggins, als habe man ihn beim Nasebohren erwischt. »Wie sagt man noch? Der Mensch ist ein Gewohnheitstier?«

»Im Komposthaufen gibt's noch mehr«, sagte Landen zuvorkommend.

In den Augen des kleinen Mannes schien sich ein Lächeln anzudeuten; ich hatte den Eindruck, daß er mit seinen Gefühlen hinterm Berg hielt.

»Falls Sie interessiert sind, melde ich mich wieder.«

»Tun Sie das«, sagte ich.

Er setzte grunzend seinen Hut auf, erkundigte sich nach dem Weg zum Komposthaufen, wünschte uns einen guten Tag und verschwand.

»Ich habe noch nie einen Neandertaler im Anzug gesehen«, bemerkte Landen.

»Mach dir wegen Mr. Stiggins keine Gedanken«, sagte ich und stieg auf die Zehenspitzen, um ihn zu küssen.

»Ich dachte, du hast mit SpecOps abgeschlossen?«

»Nein«, erwiderte ich lächelnd. »Ich glaube, ich fange gerade erst richtig an ...!«

Inhalt